朱樹
中外戲劇選集（上）

朱樹——著

臺灣商務印書館

出版好書的百年理想

劇作家朱樹先生的劇作《朱樹中外戲劇選集》及紀實文學《屹立在心靈世界的巨人》的出版，是臺灣商務印書館百年來秉承「出版好書、有益人生」的理念實踐。

朱樹先生和臺灣商務的許多作家一樣，憑著創作的熱忱，按照自己的理想努力寫作，為的是要將鼓勵人心向上的理念流傳於世。臺灣商務印書館也是懷著造福人類的理想，將「開卷有益」的各種優良創作公諸於世，在人心福田播下善念與引領的種子。

百年前，張元濟先生和王雲五先生帶領上海商務印書館出版好書，弘揚中華文化，引介西方文化，為百年來的中國帶來中西文化的激盪和現代化。臺灣商務印書館自一九四九年之後，繼續出版好書，傳承文化，至今已經產生無形的影響，好幾個世代的人，都讀過商務的好書。

作家的著作，一旦出版，就要接受讀者的嚴格檢驗，只有真正的優良創作才會流傳下來。臺灣商務至今還有許許多多的好書繼續銷售，我們應該感謝作者和讀者的不斷鼓勵和支持。

臺灣商務立足臺灣，放眼世界，以海內外讀者和作者為念，出版「知識、經典、文學、生活」四類好書，期待您不吝賜教，您的批評和指正，是我們不斷進步的動力。

臺灣商務印書館前總編輯方鵬程　謹序

二〇一三年十月二日

爲信仰而創作，爲理想而創作（代序）

世界上恐怕沒有一個作家像筆者那樣瘋狂地編寫劇本：筆者早年走上文學道路是寫作詩歌和散文，三十年前，忽而紮入劇影創作，從此一發不可收拾。題材包括古今中外，上下數千年，內容有政治事件、歷史陳跡、英雄壯舉、凡人生活等，主要是大寫「人」。

筆者之所以致力於劇本創作，誓為中國高雅文藝傑作躋身于世界優秀文藝之林而拚搏、獻身。主要有以下幾個原因：

第一，外國作家沒有做到的事，中國作家做到了。例如，筆者花了五年時間創作了世界上第一部塑造莎士比亞巨人形象的真史劇《莎士比亞》，一九八八年刊於《江蘇戲劇叢刊》第3期，一九八九年初英國駐華使館文化處發來賀信，希望拙作到倫敦演出；並為上海、南京、四川等多家話劇團看中。一九九四年，列入上海九四國際莎士比亞戲劇節參演劇碼；一九九六年，由中國代表團帶去洛杉磯在第六屆世界莎學大會上交流；二〇〇二年附入由中國莎學界編輯的《莎士比亞戲劇故事全集》裡出版（鄭土生副研究員等主編），二〇〇四年，由話劇改編的同名廣播劇《莎士比亞》作為蘇州人民的禮物，獻給第二十八屆世界遺產大會，出版物贈送與會的世界各國代表。廣播劇多次播出。

中國莎學專家予以高度評價：「你創作了《莎士比亞——新世紀的風暴》真不簡單呵！……

而且確實是把握了莎士比亞劇作的風格。」「朱樹創作了世界上第一部塑造莎士比亞形象的真史劇，若是上演會有國際影響。」「朱樹先生創作了世界莎學史上第一部以莎士比亞為題材的歷史劇。真實、生動、形象地反映了莎士比亞那個偉大的時代，為我國莎學的進一步發展開闢了新路，增添了光輝。外國作家沒有做到的事，中國作家做到了。這是一部為國爭光的作品。」「很敬佩朱樹先生花了很大功夫寫成了這個極有價值的劇本。如果演出，必定會在國內外引起重視，並永遠載入史冊。」「朱樹先生創作的《莎士比亞》以頗有戲劇性的結構再現了莎翁生平的主要生存狀態，創造了一個才華橫溢，充滿人文主義精神，有血有肉的莎翁形象。」……

第二，外國作家已經做到的事，中國作家要做得更好。例如八〇年代末，筆者創作了一部謳歌法國民族英雄貞德的話劇：《火刑柱上的較量》（後更名為《貞德——天主的女兒》）；貞德是屬於全世界的，是人類的一個奇蹟！所以歐美各國有那麼多大文豪莎士比亞、蕭伯納、伏爾泰、席勒、馬克·吐溫、法郎士……用各種文藝形式謳歌她、描繪她。但這些大文豪所寫的有關貞德的戲劇都有缺陷、糟粕；筆者則揚長避短，取其精華，去其糟粕，力圖和他們的同類題材的劇作一爭高低。

第三，大陸的話劇團一面叫苦「劇本荒」。沒有好劇本，等米下鍋，抑或炒冷飯；專家、作家向錢看而不願編話劇，或者改行、下海、炮製電視劇；另一方面卻把體制外作者編寫的好劇本拒之門外，百般挑剔。中國的話劇極不景氣，一落千丈，觀眾寥寥，成為少數人的玩意兒。筆者這個人是逆向思維，偏要反其道而行之，越是沒有人寫話劇，筆者越要寫話劇；越是挫折，筆者越是堅持走自己的路，絕不為一時的上演而閹割藝術的靈魂、磨掉劇本的棱角。筆者明知不可為而偏偏為之，越是沒有人搞高雅文藝、嚴肅文學，筆者越是要創作宏大作品、世界題材，例如話劇《蘇格拉底——人類的馬虻》、電影文學劇本《史達林——大恐怖的年代》（十部）。

由於眾所周知的原因，高雅文藝、嚴肅文學劇本面臨出版難、上演難、拍攝難的困境。於是，筆者寫的現代劇不能上演，那就寫歷史劇；外國劇無法演出，那就不為上演而編劇，而把它寫成主要供閱讀的劇本。國外不是專門有這種文學樣式的劇本嗎？話劇劇本，顧名思義即是為演出而編寫的舞臺腳本，算是半成品。但如果換一種寫法，以追求文學性為主的「案頭劇」，不就成了獨立於舞臺的一件藝術品了嗎？只要適逢良機，稍加處理，案頭劇是不難變成舞臺劇的。世界戲劇史上不乏有這種奇特的現象：一些令人擊節歎賞的名家大匠的舞臺劇，一到讀它的書面文字時卻無法令人恭維，很難打動人心。反之，一些文學性很強的劇本，搬上舞臺而獲得成功的例子並不鮮見。例如英國著名小說家哈代的《列王》，這部以拿破崙戰爭為題材的史劇，便是一部不以演出為目的的文學作品，詩劇洋洋大觀，共分三部十九章一百三十三場。文學性、舞臺性堪稱雙絕的，只有莎士比亞那樣極少數「天之驕子」才能創作。

當筆者不再為發表、演出、投拍而寫作；不是為媚俗、討俏、趕時髦、求名利而寫作，心靈才獲得前所未有的自由、寬廣、幸福。這猶如拙著《屹立在心靈世界上的巨人》序言中所說的那樣：「為信仰而創作、為理想而創作，為人類至高無上的人文精神而創作。」如果沒有這種精神，人和禽獸沒有兩樣。今天我們人類在科技領域、物質世界可以自詡為萬物之靈長、百代之富豪；可是在文化領域、精神世界卻退化為眾生之蟲豸、千古之窮漢！故而在物質文明高度發達的二十世紀上半葉會遭到兩次世界大戰的浩劫；在精神文明泡沫吹噓的二十世紀末，人類的弱點和劣根性暴露無遺：吸毒、賣淫、貪污、賄賂、縱欲、權錢交易、恐怖活動等人類的痼疾已成為瘟疫。不是諾查瑪丹斯所預言的上帝將毀滅人類，也不是好萊塢科幻影片所虛構的外星人毀滅人類，甚至不是自然災害毀滅人類。如果有一天，人類會被毀滅，地球變成徒有其表的荒漠，那麼這個罪魁禍首必然是人類自己！那麼筆者會像莊子那樣鼓盆而歌、手舞足蹈！人類只有洗心革面的大行動，才能拯救自己！只有召回被泯滅的人文精神才能拯救自己！

人們面對熙熙攘攘、繁華奢侈、固若金湯的世界，準以為朱樹是白癡、狂人、瘋子；政治家、哲學家、文學家、藝術家準以為朱樹是庸人自擾、杞人憂天。你把人類的命運看得過分悲觀，你誇大了人性的弱點，它跟人類的優點相比，只是一根指頭跟九個指頭的關係，人類的前景是越來越好。五四運動以來，中國有哪一個作家像你朱樹炮製這種大而無當、華而不實的東西？學以致用，你應該關心現實，直面人生，寫寫凡人小事，像瓊瑤、王朔談談情說說愛、耍耍流氓、弄弄花巧；你喜歡雅文學，那就去像周作人、賈平凹吟風弄月，感時傷懷，寫些閒適小品；或者去研究陰陽八卦、食色性。當然，還可以寫主旋律的東西……總之不要坐而論道、譁眾取寵，關懷什麼「人類的命運」？你朱樹連自己的命運也關懷不了！

脾氣一向不那麼溫良恭儉讓的筆者，聽了居然一點也不惱。笑答：「先生，謝謝您的恭維！您把拙作比作塵埃，我怎麼當得起這樣的美譽呢？您瞧！天上的雲朵多麼絢麗、多麼壯觀；空中的雨水多麼晶瑩、多麼豐沛；您瞧我們人類享受大自然的恩惠，目之觀、耳之聽、身之受有多麼歡欣、多麼幸運！可是，先生您必然知道這也有塵埃的一份功勞呢。沒有塵埃，就沒有雲朵，沒有雨水、沒有色彩；沒有塵埃，太陽的和宇宙中的有害物質便會直達人體，致癌生病。對人是如此，對人類賴以生存的植物、動物、莊稼、牲畜亦是如此。大千世界無所不有、無所不在的塵埃，實在是人類的保護神、上帝！而您卻視而不見、充耳不聞地詛咒上帝、貶低上帝？」

古代哲人有句名言：「讓人家去說吧，走你自己的路。」

筆者堅持不懈地繼續在創作劇本。在攀登文藝高峰的崎嶇小路上，筆者並非是單槍匹馬、四面楚歌，而是不乏同志、朋友。例如近四十年來拙作《莎士比亞》得以出版、播放；筆者的一些劇本在海內外發表。

新年伊始，筆者從三十年來創作的四十個劇本中選出十個精品，打算結集出版。它們是《鯀禹父子——治水》（複合話劇）、《李白——大鵬歌》（電影文學劇本）、《蔣百里——軍魂文宗》（複合話劇）、《莎士比亞——新世紀的風暴》（話劇）、《林肯——重塑美利堅》（話劇）、《貞德——天主的女兒》（話劇）、《普希金——詩歌　愛情　自由》（詩劇）、《尼采——孤獨的超人》（話劇）、《蘇格拉底——人類的馬虻》（戲劇）、《波德賴爾——一個世紀病患者的命運》（電影劇本）等。筆者相信它一定能夠得到伯樂的賞識與支持。

朱樹　二〇一三年三月

序言

軍師、軍神、軍魂，蔣百里！
文豪、文宗、文仙，蔣百里！

感謝中國著名學者、詩人、作家朱樹先生，去年經余策畫拜託，母病丁憂之際，不辭千辛萬苦，日夜疾書，精心創作複合話劇《蔣百里──軍魂文宗》，五幕四十場。朱樹是位高產優質劇作家，這是他第四十一部佳作。恭喜定稿，結集出版！

姑蘇學者朱樹這位優秀詩人，用詩的語言寫劇本，詩情畫意，劇本就是長篇敘事詩。朱樹史詩劇本《蔣百里──軍魂文宗》，使歷史舞台上的先哲蔣百里將軍，終於走向中外話劇舞台復活，還將在銀幕上再現偉人形象，栩栩如生，光照人間！

人們常說，「文武全才」，百里先生文功武略特異，當之無愧，無人可比，而且愛國愛家，戰略英明，艱苦卓絕，人格偉大，正是現代中國文武第一人！這從朱樹對此自〈序〉，以及《蔣百里──軍魂文宗》劇的本身集中體現，讀者和觀眾自會領略感受，毋庸贅言。余作序言，導讀而已。

蔣百里「文江學海」，手不釋卷，不但精通古文，還稔熟日文、德文、英文、法文、義大利文等外文。他留日、留德學軍事雙料「海歸」，一九一〇年被清廷授予禁衛軍「文武從二品」，驚世駭俗，時年才二十九歲。衆所周知，無論文狀元，還是武狀元，通常中魁時僅授七品，而蔣百里既是文、又是武的三品以上，鳳毛麟角，史上罕見。他是清末最年輕的「遺老」。

蔣百里不羣不黨，超越黨派，在紅藍綠橙灰五顏六色光譜中，他非藍非綠也非紅，可歸納入「橙色」吧。正因為他脫俗非凡，人格魅力，故長期被執政當局敬而遠之，塵封在歷史迷霧中。

自上世紀八十年代起，中國史學界、軍界和文壇先進，才開始研究「蔣百里軍事思想」，但尚未有專著論述蔣百里文化思想，更遑論平頭百姓所知幾多了。朱樹傑作《蔣百里——軍魂文宗》，彌補前者的不足，填補後者的空白，難能可貴，擊節稱快。

余在二〇一一年十月，曾發表〈讓文豪軍神蔣百里從歷史迷霧中走出來〉等長篇拙文，優先凸顯蔣百里將軍是文宗，中國五四前後新文化運動領導人，同時又是軍神，兵學巨擘泰斗，用意亦在補缺，正本清源。朱樹君的《蔣百里——軍魂文宗》，異曲同工，已有充分表述，但畢竟囿於劇情和篇幅，未便在百里文化層次更多展開。張某藉此，拾珠補遺，略說幾句，以饗讀者。

蔣百里早在一九〇三年東京主編《浙江潮》，鼓吹革命；一九一七年，他與其師梁啟超合辦紀念蔡鍔的「松坡圖書館」；一九一九年考察歐洲，寫出煌煌巨著《歐洲文藝復興史》，以及《東方文化史與哲學史》、《宋之外交》、《同一湖談自治》、《聯省自治制辨感》、《主權階級與輔助階級》、《我的社會主義討論》等許多宏論華章；蔣百里並與胡適加盟、由徐志摩發起、蔣復璁聯絡的梁啟超等文化巨人一起，興辦倡導新文化的「新月社」；尤其蔣百里還傾注大量心血，創辦並主編《改造》大型雜誌，發行規模最大的學術文化叢書《共學社叢書》等等。他是文壇旗手，始終主導中國新文化運動。時至今日，思想家蔣百里文史哲經觀念，仍在昭示，閃鑠光芒。我們感恩，稱頌先哲蔣百里是中國大文豪、文宗或文仙，名至實歸。

緬懷蔣百里英烈，尤其是他與王寵惠、張君勱精心策畫研究，倡導民主憲政、主權在民、普選權利和依法治國，一九二三年率先推出中華民國新《憲法》；蔣百里並應邀親赴湖南，嘗試推動「憲政省治」試點。常聞誤說，「多難興邦」，自我安慰，欺人之談。多災多難，豈能「復興」？！不做亡國奴，不被毀滅，已是萬幸，上上大吉。惟有民主憲政，才能興邦安國。平寃獄、興人權，社會正義，公民有免於恐懼的自由，方為正道。習近平等當下國人，又在做「中國夢」。真正的「中國夢」，應是一百年來的「憲政夢」。那就請仁人志士諸君，重溫蔣百里等先賢，九十年前制定的新中國聯邦《憲法》，取其精華，前為今用，中國就有救了！

我們說蔣百里先生是「軍師」，兩個層面：一是軍界老師，軍事教育家，他從保定軍官學校校長，到中央軍委會高級顧問，再到陸軍大學（前身黃埔軍官學校）代校長，以及平時誨人不倦，門生故吏「將帥滿天下」，就連眾望所歸的蔣介石統帥，也曾對蔣百里先生三跪九叩，拜他為師；一是上至袁世凱、黎元洪等多位總統，下到各路諸侯「總司令」，競相聘請他做「總參謀長」，以此為榮。

我們對超級儒將蔣百里先生，尊稱為「軍神」和「軍魂」，實因他的軍事天才，大戰略家，既是中國文人的楷模，也是中國軍人的楷模。蔣百里是民族英雄，愛國典範，一貫倡導軍隊國家化、國防化、現代化和立體化。無論他早年撰寫軍事論著《孫子新釋》、《軍事常識》等書的軍校教材，還是抗戰初期就寫了許多抗日雄文，其中最出色的當首推《日本人》和《抗戰基本觀念》，這兩篇剖析日本形勢的傑作，斷定日本必敗，中國必勝，極大地激勵了四萬萬同胞的抗日鬥志。蔣百里是國民政府抗日衛國戰爭計劃的設計者和奠基人，他一九三七年初出版發行的代表作《國防論》新書，成為整個第二次世界大戰中國戰區的戰略依據，蔣介石委員長以降全國軍民均受教益。在這部讓百里耗盡心血的千鈞之作扉頁上，飽含深情地寫下這樣的鏗鏘字句：「千言萬語化作一句話，中國是有辦法的。」

蔣百里「持久戰」主要論點是：第一，用空間換時間，「勝也罷，負也罷，就是不要和它講和」；第二，不畏鯨吞，只怕蠶食，全面抗戰；第三，開戰上海，利用地理條件減弱日軍攻勢，阻日軍到第二棱線（湖南）形成對峙，形成長期戰場。提出要建設國防，必須提前解決兩個問題：一、如何使國防設備費有益于國民生產的發展。我們太窮了，應當一個錢當兩個錢用；二、如何能使學理與事實密切地溝通。現在不是空談就是盲動，盲與空有相互的關係，愈空愈盲，愈盲愈空。並擬定了建立民軍的三條組織大綱：一、建制之主義。以自衛為根本原則，絕對排斥侵略主義；二、編制之原則。軍事區域之單位宜多，而各單位內之兵力宜少。三、建設之順序。以京漢鐵路以西為總根據地，逐漸東進；以求設備完全。所以，結論是：抗日必須以國民為本，打持久戰。蔣百里指導抗日衛國戰爭的偉大方略，當然都得到蔣介石統帥的首肯並組織實施。

蔣百里如鷹之傲視宇內，一雙慧眼背後是如椽的鐵翼。世人稱「一個蔣百里就兩次打敗了整個日本陸軍」，第一次就是指他日本軍校第一名畢業，把奪魁獎賜的日本天皇佩劍帶回中國抗日了。同期的有三百餘日本士官，後來堪稱日本陸軍的一代菁英，當年畢業時都曾慘敗在蔣百里手下。第二次指他提出對日持久戰的偉大理論。中國軍民八年全面抗日的戰場上，軍神蔣百里帶出來的無數國防軍子弟，浴血沙場，成為中國軍隊高層指揮官的柱石。蔣百里是現代諸葛亮，奈何壯志未酬，英年仙逝，駕鶴西去，「出師未捷身先死，長使英雄淚滿襟」，但百里先生的《國防論》英明戰略，終于化成抗日戰爭偉大勝利的現實。

蔣百里「修身、齊家、治國、平天下」，首要治好社會細胞的家庭。他與左梅愛情堅貞不渝，福澤仁愛，家教有方，子女長才，滿門英烈。大陸人士，對蔣百里三女、音樂家蔣英及其夫婿錢學森，家喻户曉。且不說他長女蔣昭，最聰穎有才華的靚女，十四歲就寫小說，可惜十八歲因病早逝；而百里二女蔣雍博士曾是美國國會圖書館中文部主任，當年隨母去南京湯山探監百里的，主要有蔣復璁、蔣昭和蔣雍三兄妹；四女蔣華教授是中華民國開國元勳魏宸組之兒媳、國府幡遷臺灣後僑務委員、比利時大使魏崇明之母，知之甚少。五女蔣和自百里逝世後是中共地下黨員，比她大一歲的蔣復璁長女隨此小姑「鬧革命」，在上海某校秘建支援新四軍聯絡站，並隨五姑抗戰勝利後鼓動學潮曾在上海一起被捕，蔣復璁以國府教育部接收華東五省首席代表身分，親身出面營救五妹和長女出獄脱險。蔣和也是有骨氣的，肯講真話，中共文革時是北京中央冶金部高級德文翻譯，在上海被捕審查而失去自由時，面對中共中央文革組長陳伯達污蔑蔣百里、蔣復璁父子，大義凜然，敢罵「陳伯達是個大壞蛋」，弄得審查者既不敢向上滙報，又不能對她審問下去。蔣復璁一九八〇年訪問德國時，蔣和專程從北京趕到柏林拜晤「慰堂哥」。蔣和是蔣百里唯一在世的子女，但也年事已高多病。中國圖博業奠基人、七十五年前中央圖書館創館館長、臺灣故宮博物院復院院長蔣復璁院士，是蔣百里嗣子，華人世界更是無人得知。這是因為蔣百里的子孫，有國民黨員，有共產黨員，當然也有無黨派的，政治安危劃線原故，蔣家守口如瓶一百年。

張英前年拙文，把「慰堂是百里嗣子」的百年秘聞、一九一三年蔣百里任保定軍官學校校長自殺時生命垂危，百里因原配夫人查品珍女士（金鏞大俠的姑母）不育無後，徵得大哥和太太同意立大哥幼子慰堂為子，延續其一房的香火的秘密，據實捅了出來，以正視聽；朱樹今次劇本，對此也有交代。這是研究蔣學這門「顯學」，我們的「獨家新聞」。一九九二年八月四日，我邀貝嶺等在陪都台北，首次拜會總統資政蔣緯國將軍，他談起當年追隨蔣百里留德這節，充滿著對百里的感恩。朱樹《蔣百里》劇本第三稿，加了復璁、緯國兩個「小蔣」，並重現徐志摩揹著行李陪百里坐牢的場景，還加了蔣百里主導和平解決西安事變過程中，出現周恩來這號第三者配角，如此等等，在在充實劇本的真實性和含金量。

天賦人權，好劇本要充分體現人性的。朱樹的《蔣百里——軍魂文宗》，已全方位反映人性，但劇本祇能寫到百里一九三八年十一月四日悲壯謝世，高潮結尾。至于百里身後的家事，多蒙蔣百里曾孫、蔣復璁長孫蔣學嗚等蔣家後人提供，不吝教正，這裡不妨補敘一二：

蔣百里嗣子蔣復璁「長兄為父」，代表女方家長做證婚人。一九四六年在上海，他主持獲得美國哈佛大學營養學博士、回國出任上海震旦大學教授兼生物系主任蔣華與留美工程師魏需卜的婚禮：一九四七年九月十七日在上海，他主持德國鋼琴家、歌唱家蔣英教授與美國物理學家、力學教授錢學森的婚禮。

一九四八年十一月，蔣復璁轉請公假，到廣西宜山鶴嶺，又祭拜其父蔣百里，會同蔣公百里生前故舊好友，經百里當年反對袁世凱稱帝的高階將領「秘密同盟」老友、浙江省政府主席陳儀協助，於十一月二十日遷葬百里至杭州萬松嶺。當宜山鶴嶺起棺火化遺骸時，竟見已入土十年的蔣百里屍身居然不朽！其生前至交竺可楨大哭，曰「百里，百里，有所待乎？我今告你，我國戰勝矣！」眾人泣不成聲。

百里逝世，全面抗戰之初，許多名人輓聯輓詩，沉痛哀悼。黃炎培輓聯云：「天生兵學家，亦是天生文學家。嗟君歷儘塵海風波，其才略至戰時始顯；一個中國人，來寫一篇日本人。留此最後結晶文字，有光芒使敵膽為寒。」邵力子輓聯云：「合萬語為一言，信中國必有辦法；打敗仗也還可，對日本切勿言和。」章士釗〈輓百里〉詩曰：「文節先生宜水東，千年又致蔣山傭。談兵稍帶儒酸氣，入世偏留狷介風。名近士元身得老，論同景略遇終窮。知君最是梁夫子，苦憶端州笑語融。」蔣介石也傷感：平生除父母長輩外，僅跪拜過三位，一拜先總理孫中山先生為父，二拜陳其美先生為兄，三拜蔣百里先生為師。如今百里也走了，痛不堪言！

一九四八年十二月，蔣復璁把其父蔣百里遷至杭州安葬後，在就任聯合國教科文組織代表臨行前，與四妹蔣華於上海慶祝母親蔣左梅大人六十壽辰，伸張正義，盡子孝道。蔣復璁為福母蔣左梅祝壽時，特撰壽序。

值得一提的蔣英更是大孝女。一九五五年，蔣英經比利時四妹蔣華秘密「穿針引線」，錢學森夫婦從美國轉輾到了北京，安頓下來，就把其母蔣左梅從上海接到京城，安享晚年，直至一九七八年臨終。主持蔣百里夫人蔣左梅北京追悼會的，恰是百里任保定軍官學校校長時的學生劉斐。蔣英擇址遷其父蔣百里墳墓，把父母百里、左梅合葬於杭州西湖畔，四十年後重逢地下，永不離棄。尤其可敬的是：蔣英去年也逝世後，遺囑絕不去大西北「航天城」與夫君錢學森合葬，而是「孔雀東南飛」，毅然決然回到西湖父母墓地旁邊陪葬。蔣百里蔣左梅貴伉儷，有賢孝女如斯，可謂笑到最後，含笑天堂！

當然，中國《蔣百里——軍魂文宗》，如同本書朱樹另外的精華劇本，《莎士比亞》的英國劇翁莎士比亞、《重塑美利堅》的美國總統林肯、《天主的女兒》的法國聖女貞德、《詩歌 愛情 自由》的俄國藝術之父普希金、《孤獨的超人》的德國哲學家尼采、《人類的馬虻》的古希臘思想家蘇格拉底、《一個世紀病患者的命運》的法國現代詩鼻祖波德賴爾，中國古代《治水》的大英雄鯀、禹，《大鵬歌》的唐代詩仙李白等，主人公的結局都是悲壯的，生活在那個年代的偉大悲劇人物。但正因為如此，他們才溫暖人間，永垂青史！

蔣百里終身不得志，自知之明。他在抗戰臨時陪都武漢，曾私下答記者問：「不得志，無待人言，我自己也知道。不但一時，恐將永世。然而，你須知道，與其謂蔣百里不得志，毋寧說用蔣百里不得時。但我為什麼不能得人之用呢？亦如子貢所云：『夫子之道至大也，故天下不能容……』我雖不得志，不因此而頹唐。你想，韓非為李斯所僭，在縲絏中尚能作〈孤憤〉、〈五蠹〉、〈內外儲〉、〈說難〉等五十五篇，時至今日，學者猶誦其文而仰其人，可見『志』，不一定在『得』，要緊的還是在『傳』。況我今日所處，優於韓子何止千百倍。」「『志』不一定在『得』，要緊的還是在『傳』。」雖說蔣百里先生「志」不在「得」，但他「窮則獨善其身，達則兼濟天下」，偉大人格如同巍巍昆侖，高山仰止的行為和振聾發聵的傳世驚人之作，還是令今人誦其文而仰其人的！

我們這代人，沒有蔣百里的雄才大略，但「不得志」，卻是共性。作者朱樹也是不得志的，然而其諸多經典劇作，正在發酵，將由臺灣商務印書館結集付印，並將公演，亦會傳世！

蔣百里，龍的傳人，傳人的代表。從特定意義上說，他就是龍的化身。憤怒出詩人，正義出大家。朱樹著有《十二生肖詩歌》，富有哲理，瑯瑯上口，鏗鏘有力，擲地有聲。其中之四是歌頌「龍」的，氣勢磅礴，末了四句，畫龍點睛，姑且引用，本文結語：

我是雷！我是電！我是狂飆！我是豪雨！
我是長江！我是大河！我是彩雲！我是虹霓！
我是利劍！我是旗幟！我是星星！我是珍珠！
我是真善美的保護神！我是假惡醜的埋葬者！

張英（歐華文化交流總會主席）
二〇一三年中秋節寫於荷蘭

目錄

蔣百里
—軍魂文宗—
（複合話劇・五幕四十場）

百年中國第一位軍事學家
中國文藝復興的巨人

紀念蔣百里先生誕生 130 週年
逝世 75 週年

蔣百里先生是中國有數的軍事學家，他未曾典兵，而他的學生多是典兵大將；他的軍事著作雖不算多，而片語隻字都可作兵學經典……百里先生的彥博宏通，實是一位罕有的學者。中國歷史上有名的軍人，多是文學修養很好的人。百里先生如果典兵，便是典型的儒將風流。

——**王芸生（《大公報》總編輯）**

蔣百里先生不僅為中國唯一的軍事學者，且對政治及文學無不富有天才。他腦子裡裝的東西實在太豐富。大凡絕頂聰明的人，對學問不肯下刻苦功夫，惟獨他絕頂聰明而具有無限的求知欲；大凡極有學問的人，往往恃才傲物，惟獨他虛懷若谷；別人有一技之長或一得之知無不為之狂喜讚美及提攜後進之能事。

——**陶菊隱（史學家、著名報人）**

中國軍事由老粗掌兵到現代化的階段，由文人指揮到專門家（軍官學生）指揮的階段，有一人焉，對中國歷史文化富於研究，對世界潮流洞若觀火，見得到，說得出，眼、耳、腦、筆，並用綱舉目張的，恐怕只有百里先生一人了。百里先生天才豐富，情感熱烈，為中國建軍的惟一人才。他一生名望很高然而一生不得其用，這不足為百里先生悲，實為中國前途惜。

——**李小川（雲南都督府軍參議）**

序言

蔣百里先生，中國近代國防之父、中國抗日戰略思想家、新文化運動的領軍人物。但現在有多少軍人、文人知道他的赫赫大名和巍巍功績呢，更遑論一般國民了？

今天，蔣百里的理論和思想超越時空，光照人間！

蔣百里（一八八二～一九三八），字方震，浙江海寧人。一八九九年考入求是書院（浙江大學前身）。一九〇一年留學日本學習軍事，一九〇三年在東京主編《浙江潮》，一九〇六年赴德國研習軍事。一九一二年任保定陸軍軍官學校校長。先後被中華民國政府袁世凱、黎元洪、蔣介石等歷屆總統聘為參謀長、高級顧問。就連吳佩孚、孫傳芳、馮玉祥等軍閥也禮聘他為總參謀長。一九一六年輔佐蔡鍔討伐袁世凱稱帝。一九二〇年起協助梁啟超從事新文化運動。一九三一年經歷牢獄之災後潛心研究西方哲學、佛學、歷史、文學、經濟。一九三五年以軍事委員會高等顧問出使歐美各國考察總動員法。精通日文、德文及其英文、法文、義大利文等外文。一九三六年十二月為和平解決西安事變作出貢獻。一九三七年春，出版凝聚其軍事思想精華的《國防論》。同年九月奉使赴德、意進行外交活動。十二月，寫作學術名著《日本人——一個外國人的研究》。一九三八年任陸軍大學代理校長。同年十一月四日在廣西宜山不幸病逝。

蔣百里是第一個把近代西方先進軍事理論系統地介紹到中國來的人。

蔣百里是第一個致力於國防理論建設的人。
蔣百里是第一個站在中國歷史和世界歷史高度研究中國國情和軍情的人。
蔣百里是第一個介紹西方文藝復興到中國來的人。
……
在軍閥混戰、內憂外患、政府腐敗、人人為己的時局，鮮有像蔣百里這樣的「書呆子」公而忘私、國而忘家，一心致力於國防建設和抗日戰略的研究。不僅如此，他在文藝、歷史、哲學、經濟各個領域都有精深的研究與獨到的見解。著名學者、記者曹聚仁先生把他譽為中國的「達・芬奇」、「文藝復興時代的典型人物」。當之無愧！他的著作和見解不僅在當時有著天才的預見，即使在今天讀來，仍有其積極意義。
「文江學海」，他的著作才能為什麼像江海一樣廣闊？主要原因，他一生手不釋卷；有誰像他那樣在任何時候都在讀書，讀了幾千部書？「腦袋中裝了四館二院。四館是博物、圖書、歷史、科學；二院是文學、軍事，外加各式講座還帶隨意小酌」，加上實踐。所以杜甫說：「讀書破萬卷，下筆如有神。」
「窮則獨善其身，達則兼濟天下。」不論是得志還是不得志，蔣百里都把潔身自好、修養品德作為做人的原則。在他身上集中體現了中華民族及其人類優秀的品德：堅毅、忠貞、善良、正直、坦率、溫存、穩重、樂觀、慈愛、豪放、勇敢、機智、聰慧、認真、熱情、謙遜、大度、精明強幹、遠見卓識、公正無私、疾惡如仇……稱得上完美，在他那個時代裡已屬罕見，在今天更是鳳毛麟角！

讀其書，如見其人。他像鯤鵬一般把人帶到長空、高山、海洋，鳥瞰人間、俯視世界、瞻望未來……

見其照，如見其靈。他像陽光一樣使善人、弱者、被壓迫者有了希望、溫暖、力量。使一切惡人、強者、壓迫者暴露其邪惡、冷酷、虛弱的本性。

然而，這樣偉大而完美的人，在海峽兩岸都被塵封在歷史的迷霧中，大陸更是在共和國成立後把他抹去，連他的著作與思想也被連根剷除。唯一值得慶幸的是，正因為被遺忘、被清除，他的與芸芸眾生的亡靈在一起的墳墓才沒有被紅衛兵暴徒砸爛。

今天，筆者有幸受到海外知名人士、歐華文化交流總會主席張英先生的重託，創作關於蔣百里先生的話劇《軍魂文宗——蔣百里》，感到無上光榮和艱巨！

話劇謳歌了蔣百里先生光輝的戰鬥一生，披露了鮮為人知的史實。塑造了蔣百里的偉人形象，反映了蔣介石、梁啟超、蔡鍔、袁世凱、張學良、周恩來、張耀亭、唐生智、劉文島、蔣復璁、蔣緯國、張群、徐志摩、林徽因等風雲人物的多姿多采的人生。展現了墨索里尼、齊亞諾、戈林、荒木禎夫 真崎甚三郎、閒院宮等意德日法西斯群醜的嘴面。

筆者編劇期間，經歷了一生中最不幸、最悲痛的變故：養育我、教誨我，領我走上文學道路，支持我文藝創作的精神支柱——慈母朱毓芬卻沉疴去世！

「你要寫好蔣百里的劇本啊。」

沉痛，使我難以提筆。

遺囑，使我重又打字。

母親！母親！如今，愚兒終於完成了劇本《蔣百里——軍魂文宗》，將告慰您老人家在天之靈！

它是筆者所創作的話劇中最富有特色的劇作：

一，劇本忠於史實，客觀塑造歷史人物的形象，不為政治與黨派所左右，經得起歷史與時間的檢驗。

二，主人翁蔣百里的身影出現在每一幕、每一場景中。

三，現有的話劇形式難以容納和反映蔣百里一生的歷程和心靈，因此筆者汲取了捷克斯洛伐克舞臺美術家斯沃博達創造的「活動與光的戲劇」元素，在劇本中採用了投影、多螢幕等舞美形式。

四，「複合話劇•五幕四十場」的「五幕」並不是指通常意義的戲劇段落，而是表示每一幕的中心內容而已。所以筆者追加了小標題。

「他是一個堂堂男子漢；整個說起來，我再也見不到像他那樣的人了。」不！蔣百里將活在舞臺上！活在人們心裡！活在一切時代中！

蘇州•書癡居　二〇一三年元月

人物表

蔣百里　（一八八二・十・十三～一九三八・十一・四）中國傑出的軍事學家、文學家。名方震，字百里，浙江海寧硤石人。早年留學日本士官學校，曾任保定陸軍軍官學校校長、總參議、陸軍大學代理校長等職。

左梅　原名佐藤屋登，後改名蔣左梅，蔣百里夫人，日本北海道人，護士。

蔣介石　原名瑞元，學名志清，後改名中正，浙江奉化人。早年留學日本，加入中國同盟會，後任黃埔軍校校長，國民革命軍第一軍軍長。南京國民政府成立後，歷任軍事委員會委員長、中央政治會議主席、行政院長、國民政府主席。

梁啟超　字卓如，號任公、飲冰室主人，廣東新會人。大學者，舉人出身，與其師康有為一起宣導變法維新，並稱「康梁」。政治上主張改良主義，但全力推介西方資本主義社會的政治、經濟學說，對當時的知識界有很大影響和進步作用。

蔡鍔　著名軍事家。原名艮寅，字松坡，湖南寶慶人。早年留學日本士官學校，出任軍政府雲南、貴州都督，後組織護國軍起兵討袁。

袁世凱　北洋軍閥首領。字慰亭，號容庵，河南項城人。曾任清政府直隸總督、北洋大臣、軍機大臣之要職，後任中華民國首任大總統，卻準備復辟帝制。

張學良 字漢卿，號毅庵，乳名雙喜，遼寧海城人，人稱「少帥」，奉系首領張作霖之子。九一八事變時下令「不抵抗」；西安事變發動者。曾任武昌行營主任、西北剿共副總司令。

周恩來 字翔宇，原籍浙江紹興，生於江蘇淮安。早年留學日本，後去法、德等國勤工儉學，參加過五四運動，建黨建團。後任黃埔軍校政治部主任、國民革命軍第一軍政治部主任、中共軍委書記、中央軍委副主席等職務，參與了和平解決西安事變。

張耀亭 保定陸軍軍官學校教育長、四川督署參謀長。

唐生智 字孟瀟，湖南東安人。保定陸軍軍校畢業，曾參加辛亥革命、討袁護法、北伐戰爭。後任國民政府軍事參議院院長、總監、南京衛戍司令。

劉文島 字永清，號塵蘇，別號率真，湖北廣濟縣人。保定陸軍軍校畢業，曾任黃埔軍校政治教官等職，歷任國民政府駐德、奧、義公使、大使。

蔣復璁 字慰堂，浙江海寧硤石人，蔣百里侄兒。早年留學德國，歷任清華大學、北京大學、中央大學講師、教授，首任中央圖書館館長等職務，為中國圖書館事業做出了很大貢獻。

蔣緯國　幼名建鎬，號念堂，浙江奉化人，生於日本，蔣介石次子，蔣經國之弟。曾任蔣百里訪問德國時的少尉侍從官。

張群　字嶽軍，四川華陽人。保定陸軍軍校畢業，曾任總參議、上海市長等職。

徐志摩　中國著名詩人、散文家。原名章垿，字槱森，後改名志摩，浙江海寧硤石人，蔣百里表侄。新月派代表人物，創辦新月社，曾留學美國、英國研究政治經濟學，後改學文學，任北京大學、北京女子大學教授。

林徽因　中國著名建築學家、文學家。浙江杭州人，為中國第一位女性建築學家，又被譽為中國一代才女。

歐斯特　日本通。曾任德國遠東艦隊艦長。

蔣英　中國女聲樂教育家和女高音歌唱家。蔣百里之三女，中國航天之父、科學家錢學森之妻。

查良鏞　中國知名作家、學者、社會活動家等，筆名「金庸」，蔣百里之堂侄。

蔣華、蔣和　蔣百里四女、五女。

佐父、佐母　佐藤屋登之父母。

墨索里尼　義大利元首、法西斯黨魁。

齊亞諾　義大利外長。

戈林　德國納粹黨黨魁、空軍司令。

荒木禎夫　日本皇道派領袖、陸軍大臣。

真崎甚三郎　日本皇道派領袖、陸軍大將。

閒院宮　載仁親王，日本陸軍參謀總長。

時間：一九一三～一九三八

地點：中國　日本　德國　義大利

序幕

〔一九一三年六月十八日。〕

〔保定陸軍軍官學校・尚武堂。〕

〔晨光熹微。號令聲中，一隊學生及教職員工跑步上，精神抖擻，儀表威武。〕

〔學生們交頭接耳，竊竊私議，神態各異，但大都表現為興奮、激動、焦灼之狀。〕

「蔣校長回來了！」「聽說蔣校長是到京裡請求辦學撥款的。」「看來這回蔣校長親自出馬，一定馬到成功！」

〔「蔣校長到！」頓時，全場寂靜。全體肅立，翹首仰望。〕

〔蔣百里中等身材，面容英俊，氣宇軒昂，一身戎裝，腰掛指揮刀從容而上。他正當韶光華年，雄姿英發。〕

值日官 請蔣校長訓話！

蔣百里 （神情肅穆，語氣沉重，一板一眼地）同學們！弟兄們！半年前，我蔣方震有幸來保定接任本校教育的重任。我的就職宣言你們會記得嗎？唐孟瀟同學，我是怎麼說的？

唐生智　唐生智在！蔣校長是這樣演講的：「我相信我們的智慧能力，我不相信國家會一直貧弱、我們的軍隊終不如人。我此次奉命來貴校任校長，一定要使保定陸軍軍官學校成為中國最完備的軍校，使在學諸君成為最優秀的軍官。將來治軍，能訓練出最精銳良好之軍隊，報效國家。我當獻身這一任務，實踐斯言！萬一不效，當自戕以謝天下！」

〔全場響起熱烈掌聲。〕

蔣百里　對。但是你的述說不全面。接著我又說：「我要你們做的事，你們必須辦到。你們辦不到，我要責罰你們；我辦不到，我要責罰我自己！」（全場冷場，眾人面面相覷，大惑不解。）當時，我是不是這樣說的呢？你們儘管說實話。劉永清同學！

劉文島　劉文島在！蔣校長是這樣教導我們的。

蔣百里　好！諸位，這半年事實證明，你們一切都比較好，沒有做對不起學校、辜負我期望的事。我向你們致敬！

〔蔣百里致以軍禮。〕

〔群情激動，呼聲若雷：「蔣校長好！」「向蔣校長致敬！」〕

蔣百里　（示意安靜）不！是我自己不能盡到校長的責任，是我對不起你們！（蔣百里鞠躬）

〔全場譁然：「不！不！不！」〕

唐生智　（挺身而出）蔣校長是我們最好的校長！最負責任的校長！

〔一呼百喏，激起共鳴：「對！對！」「蔣校長是我們最好的校長！最負責任的校長！」〕

甲　蔣校長一來，學校的面貌馬上改觀，他做的第一件事就是量體裁衣，給我們每個學生一套新軍服、馬靴，裝備都是新的……

乙　蔣校長每天都巡視廚房，考察伙食的營養成分，並與師生共進午餐……

丙　蔣校長規定同學們要互相幫助，互相監督，親手糾正我們的儀表……

丁　蔣校長教課一絲不苟，要求嚴格，尤其是外語和戰術不許缺課……

戊　蔣校長雷打不動，每天上下午都帶副官巡視操場，每晚查看學生的宿舍……

值日官　肅靜！肅靜！且聽蔣校長繼續訓話。

蔣百里　要建設中國的新軍，就必須把保定陸軍軍官學校辦成第一流的軍事學校，就該不惜代價進行大刀闊斧地改革。只要我們同心協力，這是能夠辦到的。然而，要經費沒有經費，辦事情卻要鑽門路。我蔣方震實在沒有這個本領，不能尸位素餐地佔據校長這個位置。我沒有盡到責任就得引咎辭職。

〔全場震驚，群情憤激：「這不是蔣校長的過錯！」「這是那班老官僚的阻撓！」〕

唐生智 打倒老官僚！

劉文島 我們要陸軍總長段祺瑞引咎辭職！

蔣百里 我蔣方震引咎辭職也不能解決問題，天下烏鴉一般黑。你們不要輕舉妄動，要鼓起勇氣來擔當中國未來的大任！

〔全場鴉雀無聲，無可奈何，有的淚水漣漣。〕

〔蔣百里迅即拔出藏在身上的手槍，扣動板機。〕

〔一聲槍響，劃破了死水般的長空，在中國大地上震盪。〕

「蔣校長自殺了！」

第一幕　因禍得福

第1場

〔舞臺上一片漆黑，不時響起雜亂的腳步聲、稟報聲。〕

「報告袁大總統，保定陸軍軍官學校蔣百里校長開槍自殺！」

袁世凱的聲音　（驚呼聲）什麼？蔣校長自殺了?!

「報告袁大總統！雲南都督蔡鍔發來的電報：北京政府務必查明事件原因，追究責任。」

「報告袁大總統！內閣總理熊希齡電報：此案如不查個水落石出，誓不甘休！」

「報告袁大總統！國會電報：蔣百里校長自殺案，政府必須立即成立調查委員會……」

「報告袁大總統！廣東、湖南、浙江等省的公法團電報，強烈譴責政府的責任……」

「報告袁大總統！保定軍官學校學生他們除了通電呼籲，還按省籍每省推舉一名代表來京請願……」

「報告袁大總統——」

袁世凱的聲音　（打斷）還完了沒有？本總統自會妥善處置此事。蔣百里還活著嗎？立即給我

秘書的聲音　接通保定的長途電話。

袁世凱的聲音　袁大總統，電話已經接通。

張耀亭的聲音　是張教育長嗎？我是袁慰亭，蔣校長怎麼樣？有否危險？

袁世凱的聲音　報告總統先生，蔣校長開槍自殺並未傷及要害……

老天保佑！本總統立即委託日本駐華公使派出最好的醫生為蔣校長手術。本總統派遣專員趕赴保定調查事件真相……

第2場

〔舞臺轉亮。〕

〔保定陸軍軍官學校．校長室。〕

〔簡陋狹窄的室內，除了書籍別無長物。〕

〔蔣百里躺在行軍床上，面色慘白，雙目緊閉，處於昏迷狀態中。鮮血染紅了毯子、繃帶。〕

〔張耀亭引導身穿白大褂的一男一女兩位日本醫務人員上。〕

張耀亭　兩位辛苦了！請這邊走。

男醫生　辛苦什麼？我和佐藤小姐接到我駐華公使伊集院的命令，便匆匆趕來。蔣校長是袁大總統也器重的人呀！

佐藤 救人如救火，我與平戶醫生不敢怠慢。蔣校長的傷勢怎麼樣？

張耀亭 當時，蔣校長開槍自殺，子彈是從胸部穿入的，大概沒有傷著要害，否則你們也見不到他一面了，子彈還留在身體裡……已給他打了一針強心針……到了，倆位請進！

〔平戶醫生、佐藤護士隨同張耀亭至蔣百里病床前。〕

〔平戶由佐藤協助，給病人按脈搏、驗傷勢。〕

張耀亭 （擔心地）平戶醫生？

平戶 張教育長，您瞧，病人身上前後有兩個傷口，子彈是從兩根肋骨間呈波紋狀地穿出來，擦傷了小肺尖，鮮血從這裡流入腹腔。腹腔內瘀血很多……

張耀亭 哪怎麼辦？

平戶 病人的傷勢沒有我原先擔心的那麼嚴重。張教育長，我要向您表示祝賀：這是奇蹟——用貴國的一句成語來形容「不幸中之大幸」！子彈從胸部射入，由背部穿出，因此不必手術了。瘀血暫時只能由它，否則抽血水會影響心臟。病人雖沒有生命危險，但需要長期休養，尤其不能讓他再存消極的念頭。精神的安慰比醫藥的治療更重要。（佐藤會意地隨即從病人的枕頭下搜出不少安眠藥片）

張耀亭　（苦笑）蔣校長還有輕生的念頭。

平戶　校長命不該絕。佐藤小姐，應勸他放寬眼界，你的責任比我的更重。

佐藤　嗯。

〔同下。〕

第3場

〔景同。〕

〔蔣百里半臥病榻，閉目養神。〕

〔佐藤上。〕

佐藤　蔣校長，早上好！（佐藤將一束鮮花插在瓶子裡）

蔣百里　（驚醒）啊，佐藤小姐。早上好！

佐藤　蔣校長，您夜裡睡得好嗎？有什麼不舒服？傷口疼痛好些了嗎？

蔣百里　輾轉翻側，難以入眠，創傷像刀絞般地折磨，夢魘又壓迫我喘不過氣來……真是生不如死！生不如死！

佐藤　啊，蔣校長還存在輕生的念頭？怪不得我在蔣校長枕頭下沒收了一百片安眠藥片。

蔣百里　原來如此！怪不道我搜遍枕頭一片安眠藥也找不到。

佐藤　我不讓您再去自殺。

蔣百里　你就這麼自信，佐藤小姐？

佐藤　（激動）救死扶傷，這是我們醫務工作者的天職！蔣校長您不想想，您自殺的噩耗震動全國，社會各界向政府提出抗議，人們都希望您活著。蔣校長，如果您再有三長兩短，我怎麼向中國人交代？怎麼向您的二千多名學生、同仁、員工交代？怎麼向袁大總統交代？

蔣百里　有這麼嚴重？（一陣疼痛，按住胸部）

佐藤　您怎麼啦，蔣校長？

蔣百里　沒有什麼？剛才一陣難過，現在好了。

佐藤　都是我不好。只顧交談，忘了自己的職責。來，蔣校長，不，現在您是病人，配合我的工作。

〔佐藤說著為蔣百里俐落地按脈、量體溫、洗漱、服藥、進食……〕

蔣百里　麻煩您了，佐藤小姐。

佐藤　麻煩什麼啊？能為蔣校長專門護理，我感到無上的光榮！蔣校長是全國都敬仰的一位軍人。聽張教育長介紹，蔣校長早年在我國留學，在日本士官學校以第一名的成績畢業，天皇親自賜給指揮刀嘉獎。真了不起！

蔣百里 這是往事了。方震當年留學日本學習軍事，原是希望能為積貧積弱的祖國建設自己的新軍和國防有所作為。可是一晃六年過去了，一事無成！

佐藤 啊，聖人孔夫子說「三十而立」，蔣校長方才壯年，已經是貴國最有名、最年輕的軍校校長，而且留學過日本、德國。蔣校長有這樣出色的成績，怎麼還說一事無成？（蔣百里長歎）

佐藤 我猜測蔣校長想說什麼，如果不到山窮水盡的地步，蔣校長怎麼會採取輕生的手段？

蔣百里 （大喜）您真是說到我的心坎裡了……（又是一陣劇痛）

佐藤 蔣校長……您太激動了，影響了傷口。您不能費神說話，您必需躺下休息。

蔣百里 不……有您在身邊，我就忘了疼痛，和您交談，這是最好的醫藥！

佐藤 （噗哧一笑）我真有這麼神？您得聽我的，否則我回京去，讓平戶醫生派別的護士來護理蔣校長。

蔣百里 您這是要脅。您是不可代替的。佐藤小姐，我聽您的！

佐藤 蔣校長，您在敝國留學時，到日本人家裡作客，給您印象最深的是什麼？

蔣百里　（思忖了一下）客廳或者書房的牆壁上，大書的一個「忍」字。

佐藤　（讚道）啊，蔣校長真是絕頂聰明的人！一猜就著。我就把這「忍」字訣送給您。忍是堅忍和承載，忍是大智大勇者所為。自殺不是智勇而是逃避人生責任。人生責任應該以大無畏的精神，衝破一切阻礙，以實現偉大的理想。如果不能忍，將來如何能夠建功立業？如果有熱血、有志氣的好男兒輕言犧牲，國家大事有何人承擔？又如何對得起國家和培養人才的老前輩？（蔣百里驚訝地瞪視對方）

佐藤　（侃侃而談）國家培養一個您這樣的人才要耗費多大的財力、氣力，您就這樣一死了之？這無論對國家，還是對個人都是不負責的態度。只有活著才能報效國家，只有活著，才是男子漢大丈夫的作為。（蔣百里像被人猛擊一掌，搖搖欲墜，戰戰兢兢）

佐藤　（見狀，惶恐不安，語無倫次）蔣校長您……蔣校長，我不該……我不知……我只顧自己說得痛快。

（平戶上。）

平戶　（叱責）佐藤！你怎麼敢在關公面前舞大刀，不知天高地厚？人家是大校長，你是小護士，還不趕快向蔣校長賠禮道歉？

佐藤　（囁嚅）平戶醫生……蔣校長……

蔣百里　（驚醒）啊……是我應該感激不盡，佐藤小姐！您剛才的一番教訓，真是醍醐灌頂，使我大夢初醒。

佐藤　（又驚又喜）蔣校長您不批評我狂妄自大，反而誇獎我？真是醜死了，醜死了！

蔣百里　（掩面而泣）

不要哭，不要哭。佐藤小姐，我說的是真話。我有生以來，除了母親，還沒有一個人這樣教訓我，您說的雖是大道理，卻那樣實事求是，真心實意，沒有半點虛偽和賣弄。

平戶　啊……蔣校長真的這樣評價她的「忍」字訣？佐藤小姐不愧是我的好助手，是我日本公使館最好的醫護人員。您別瞧她是小護士，她可是受過正規教育的，她經過十年基本教育後，畢業于護士助生專門學校，又在帝國大學實習了五年，才派來中國的。

蔣百里　（肅然起敬）我這個「大校長」在貴國留學的學歷，遠不及佐藤「小護士」在帝國大學鍛鍊的時間。哈哈。

佐藤　（破涕為笑）哈哈。

平戶　（笑得尷尬）哈哈。

佐藤 蔣校長，其實我講的道理在敝國人人都懂，在國民教育中是基礎課。

蔣百里 人人都懂，但人人都不會講、不敢講。只有您佐藤小姐對我直言談想。

佐藤 蔣校長您再這樣抬舉我，我以後再也不敢關公面前舞大刀了。

蔣百里 不。我希望您天天給我敲警鐘。

佐藤 我也希望蔣校長一天比一天振作起來。

蔣百里 佐藤小姐，我依您的話不再輕生了。平戶醫生您作證。

平戶 蔣校長，我感到十分欣慰。佐藤小姐，這是您的莫大榮幸！

佐藤 謝謝倆位。我一定做好自己的工作。

蔣百里 佐藤小姐，但不過有一個問題要請教您：日後我遇到生死關頭，在我身邊沒有像你這樣的人提醒我，誰來鼓起我的勇氣？

〔佐藤愕然。〕

平戶 （察言觀色）這倒是一個難題，佐藤小姐。

佐藤 我……

平戶 佐藤小姐一時難以解題，那就慢慢來吧。我帶來了袁大總統的口諭：袁大總統對蔣校長的康復非常關心，對我們的治療十分滿意。蔣先生如果不願再接任校長一職，那就讓他來京休養吧。

〔同下。〕

第4場

〔換景。〕

〔北京川田醫院・單人病房。〕

〔蔣百里身穿病員制服，坐在床上看書，床頭放著一疊精裝書籍。〕

〔蔣百里大病初癒的樣子，他不時地放下書本，望望室外。〕

〔平戶上。〕

平戶 早上好，蔣先生！

蔣百里 早上好！平戶醫生！

平戶 蔣先生，您的氣色好極了！恢復得比我想像的要快得多。沒有幾天您就可以出院了。

蔣百里 那太好了！住院已經四個月了，真是度日如年呀！

平戶 蔣先生天天有佐藤小姐陪伴，還嫌寂寞？

蔣百里　您說笑了，平戶醫生。我在康復中，佐藤小姐在貴院又不能服侍我一個人。所以您又手不釋卷地看書？

平戶　（至床邊，拿起書本）啊，全是外文書，德文書，還有英文的，真了不起！《歌德集》、《席勒集》、《海涅集》、《莎士比亞全集》、《神曲》……蔣先生真是博古通今，學貫中西。不僅軍事是專家，而且又酷愛文藝。

蔣百里　這些書都是我在留學德國軍校時買的，文藝的比軍事的多。回國後雜事叢生，忙於公務，住院養病倒是靜心讀書的好機會。

平戶　人家出國帶回來的東西，都是吃的、穿的、用的、玩的。唯有我們的蔣先生帶回來的全是書書書，真是十足的書呆子！哈哈。

蔣百里　我就是要做書呆子！哈哈。

平戶　（眼明手快，拿過對方手上的書本）《簡愛》？（搖頭）

蔣百里　這是英國女作家夏洛蒂•勃朗特的長篇小說，也是作者追求愛情、自由、平等，自強不息的自我寫照。出版後在世界上引起轟動，我看了一遍，我讓佐藤小姐也看了。

平戶　（將書本還給對方）真對不起，蔣先生。

蔣百里　（低聲）平戶醫生，鄙人託您的事？

平戶　（面有難色）蔣先生的委託，真是我的莫大榮幸！但不過此事難度非同一般……又沒有一個適當的機會。我一定盡力而為！

〔佐藤上。〕

平戶　啊，來了！是她！

佐藤　真對不起，平戶醫生！蔣校長！剛才護理一個急診病人，我來晚了。

蔣百里　我這兒沒有事，飲食起居都能自理了。你自去忙吧。

平戶　佐藤小姐，我找你有些事。我們外面去談。

〔兩人走出病室。〕

佐藤　平戶醫生，你找我有什麼事？是業務上的嗎？

平戶　我們邊走邊談吧。有一件事要和你商量，就是有關你的終身大事。在家靠父母，出門靠朋友。我作為你的同仁和朋友，又是可以做你長輩的人了，有責任關心你。你二十二歲，年齡不小了，若是在國內，早就成家扶養孩子了。受人之託，忠人之事。蔣校長意欲和你結百年之好，又不好意思直接開口，於是他託了袁大總統，總統託了日本公使，公使又把這任務交給我，要我徵求你的意見。

〔佐藤愕然。〕

平戶　我祝賀你！蔣校長名副其實是中國的人才，他的終身大事引起了兩國要人的重視。我作為月老，也感到榮幸，你倆都是我所敬愛的人。但是，我又不得不告訴你實情，以一個醫生負責的立場：蔣先生的病不會完全康復，即便好了也沒有報效社會的能力，你必須慎重考慮呀！

佐藤　謝謝平戶醫生的費心！這或許是誤會，我對蔣校長沒有別的意思。

〔一護士上。〕

護士　佐藤護士長！急診室醫生叫您去幫忙！

佐藤　我馬上就來！

〔三人分頭下。〕

第5場

〔換景。〕

〔舞臺中間一隔為二。〕

〔左面為北京大元帥統率辦事處參議室。〕

〔右面為日本北海道新瀉縣佐藤家佐藤屋登寢室。〕

〔夜，兩邊皆亮著燈火。〕

〔蔣百里和佐藤分別從左右上，一個入座，另一個席地而坐。〕

〔參議室，桌上、地上都是菸頭。〕

〔蔣百里心事重重，一副失魂落魄的模樣，提筆書寫，不時地寫了撕掉，撕了再寫。〕

〔蔣百里邊寫邊讀出聲來：〕

「佐藤小姐：您好！我寫了許多信給您，您卻連一封信也沒有回。究竟是我的信沒有收到？還是您不願意再和我交往？再是您已經有了家室？不，不！您不可能沒有收到我的來信，否則來信早已退還；您家的地址正確無誤，當初您把令堂病重命您速回的電報出示給我看。你不可能和我斷絕關係，在我養病您護理我的日日夜夜裡，這是我一生中最難忘最珍貴的時刻。沒有您，我可能還病臥床榻；沒有您，我或許再會自殺。我們有共同的語言、愛好、志向。您不可能成家立業，否則您會告訴我，讓我斷了念頭。佐藤小姐，我不是依您的話不再輕生了嗎？可是，已經一年了，您沒有解答我的難題：『日後我遇到生死關頭，在我身邊沒有像你這樣的人提醒我，誰來鼓起我的勇氣？』您一定有難言的痛苦，讓我一起來分擔，好嗎？……」

〔佐藤寢室。地上攤著許多信封、信紙。〕

〔佐藤拆信默讀，熱淚盈眶，強忍痛苦。〕

〔佐藤思忖良久，提筆書寫邊唸道：〕

「蔣先生：您好！我感到最大的欣慰，是蔣先生比我預想的還好，不僅病體迅速康復，而且榮任新職，報效國家。您的許多來信我都收到了，每一次都想給您回信，但每一次我手上的筆和我的心一般沉重，只會加重彼此的痛苦。真對不起！我是父母的長女，又是婦產科醫生，我得擔當家庭和社會的責任。我不會說假話，現在我以實情相告，日本女子嫁給中國人有許多困難，而我必需遵循父母之命，因此難上加難。我已向雙親請示過。父母大人對我說：『我們日本國不是沒有好青年，何必嫁給一個身帶暗傷的中國人？』看來此事無望，你還是死了這條心吧。真對不起！……」

〔佐藤淚水涔涔，泣不成聲。〕

〔參議室。蔣百里拆信默讀，一陣激動。〕

〔蔣百里拿起酒瓶，斟滿酒杯痛飲，疾筆振書：〕

「佐藤小姐：您好！我終於收到您的回信了，今天是我幸福的日子！無論您告訴我的是令人心碎的消息，無論我們會碰到多大困難，我都不會退縮！令父母大人言之有理，誰不希望自己的子女能有一門好婚姻？但是中國人中就沒有比日本更好的年輕人嗎？我已經完全康復了，瞧，我像《水滸傳》中的武松連老虎也能打了！親愛的，我不能沒有你！

你是那麼善良、美麗、堅忍、聰慧、自強……佐藤小姐，小說《簡愛》裡面，男主人羅契斯特彈唱的一首歌詞，我轉贈給你……」

〔佐藤寢室。佐藤拆閱，輕輕朗誦：〕

在熱情燃燒的心窩，
心所感受的至誠的愛，
從每一血管中，用加速的跳動，
把生命的潮水注進來。
每天她的來是我的希望，
她的去是我的苦惱。
阻撓她腳步的意外，
是我血管裡的冰條。
我夢想：愛人也被人愛，
是種無名的福氣；
我盲目而熱忱地
朝這個目標急驅。

但是我們生活所間隔的地面
無路而且寬廣，
並像海洋浪濤般
起沫的急流一樣危險。

而且鬼祟如強盜的道路，
穿過森林或荒原，
因為強權和公理、悲苦和怨忿，
站在我們精神中間。

我不怕危險，我蔑視阻礙。
預兆我也輕忽；
無論什麼東西騷擾、警告和威脅，
我都激昂地不顧。

我的虹迅速前進，像光一樣疾馳，
我如同在夢中一樣飛翔。
因為在我眼前榮耀地升起
那雨與光的孩子。

那溫存的、莊嚴的歡樂，
仍然光輝閃耀在朦朧的雲端；
我並不介意，怎樣嚴密而可怖，
災難逼近在我身前。

在這甜蜜的時刻，我無所顧忌，
雖然我所衝破的一切險阻有如迅電，
會有力地飛向前來，
要嚴厲地報復冤仇：

雖然傲慢的憎恨要把我打倒，
公理不容我上前分辯。
殘暴的強權，也大怒皺眉
發誓與我不共戴天。

懷著崇高的信心，我的愛
把她的小手放在我手裡，
宣誓說，結婚的神聖繩索，
將使我們的天性合而為一。

我的愛用保證的接吻起誓，
和我同死——和我同在；
我終於得到了無名的福氣；
我愛人—也被人愛！

〔佐藤面色蒼白，一陣戰慄，掩面哭泣。〕
〔倆位老人——佐藤的父母上。〕

佐母 登兒！登兒！你怎麼啦？
佐藤 （揩去淚水）我沒有什麼，媽？（趕忙把身上披的衣裳覆蓋信封、信箋）
佐母 （將信將疑）沒有就好。
佐藤 爸，媽，夜已深了，你們還沒有睡覺？
佐母 還不是為你的終身大事操心？剛才又有人為你做媒來了，男方可是好青年，一表人材，知書識禮，又在政府裡做官……
佐藤 （打斷）不要！不要！不要！
佐母 登兒，你聽我說，你已經不小了，你回國後我們為你找了多少對像，你統統回絕，你就打算一輩子不成家，做老處女？一年來，我和你爸為你的終身大事日

佐藤　夜操心，頭髮都白了。

佐父　（歇斯底里地）別說了！別說了！

佐藤　屋登！你怎麼能這樣對待你媽媽？變得這麼不通情理？你從前不是這樣的，我們為你感到驕傲：你是媽媽的好幫手、妹妹的好榜樣、爸爸的知音，年紀輕輕就以優異的成績出國服務……

佐母　（傷感地失聲痛哭）爸，媽……真對不起。

好了，好了，既然登兒沒有意思，那就回掉人家吧，這是緣分。

〔佐父長歎。〕

〔一個小姑娘上。〕

小姑娘　姐姐！姐姐！郵箱裡的信。又是那個中國人的信！

〔佐藤把信奪了過去。〕

〔兩老會意地互相一瞥。〕

〔佐藤忘乎所以，迫不及待地拆閱來信。〕

蔣百里　（畫外音）佐藤小姐：您好！一日三秋，我望穿秋水，我等得快要瘋了！您卻這樣殘忍，用無言的冷淡回答我的滿腔熱情。我是因你而生，你現在又想置我於死地？好，我馬上到日本來，要死也死在你家裡，死在你面前！

佐藤　（驚呼）啊……

兩老　（驚慌）「登兒你怎麼啦？」「女兒，他信上怎麼說？」

佐藤　他他……自殺……（昏了過去）

佐母　登兒，登兒……老頭子，趕忙去請郎中！

〔佐父連忙給長女掐人中。〕

小女兒　（拍手）姐姐醒來了！姐姐醒來了！

〔佐藤緩緩醒來。佐母端來一碗薑糖水給她喝。〕

佐母　菩薩保佑！你嚇壞了我們。登兒，到底發生了什麼事？

〔在佐藤的默許下，佐父匆匆看信。〕

佐父　（如釋重負）那個中國青年說，如果女兒不嫁給他，他就要到日本來，死在她面前。這是要脅。

佐母　（吃驚，恍然大悟）啊……

〔佐藤默不作聲，突然掀起衣裳，把一大疊信移到父親面前。〕

〔佐父認真地閱讀一封又一封蔣百里寫給佐藤屋登的信。〕

佐母 媽完全明白了……當一個人生下地來，就把自己的命運帶來了。登兒，你救過他一次，那就再救他一次吧！愛情是不分中國日本的。媽預料他終身不會虧待你；你若是捨棄他而嫁給別人，此生永遠不得安寧。父母之命要聽，但女兒的終身大事得由你自己做主。

佐藤 （激動地親吻母親）媽，你太好了！

佐母 老頭子，你怎麼不說話？

佐父 （閱畢信，思忖道）女兒，你若是受了委屈，隨時可以回娘家來，我把你應得的一份產業留給你。

〔佐藤感動之至，撲入父親的懷抱哭了起來。〕

——**幕落**

第二幕　毀家紓難

第6場

〔一九一五年初。〕

〔北京東城錫拉胡同・蔣百里家。〕

〔這是一幢西式洋房，客廳牆上引人注目地掛著一幀放大的蔣百里夫婦的新婚照，新郎西裝革履，風流瀟灑，新娘霓裳羽衣，花容月貌。〕

〔高腳茶几上置有一盆鐵幹虬枝，繁花盛開的梅椿盆景。〕

〔蔣百里、佐藤屋登上。〕

〔蔣百里身穿便服，佐藤身穿中式服裝。〕

佐藤　方震，今天是星期日，你難得在家休息，往常你從無節假日，即使是公休日，還照常八進八出。你上午捧著書本，現在飯後，你陪我去逛逛頤和園、王府井……自從我們結婚，喬居北京後，你還沒有一次陪我去園林或者商店。

蔣百里　左梅，實在抱歉！我不是忙於公事，就是——

佐藤　就是讀書，寫作。

蔣百里　（笑道）你真是我肚裡的蛔蟲。

佐藤　我可不是你的寄生蟲。方震，今天難得的機會，你就陪我去吧，否則我太無聊了。

蔣百里　松坡兄下午要來，有些事反而不方便在機關裡談。

佐藤　啊……蔡鍔先生可是我家的座上客。

〔三男二女上。〕

〔為首的一位壯年人，清矐儒雅，西裝革履。〕

壯年人　（大步流星而來）百里兄！

蔣百里　（驚喜）說到曹操，曹操就到。松坡兄，請！

蔡鍔　百里兄，你瞧後面還有誰來了？

蔣百里　（喜出望外）啊，恩師！恩師！還有耀亭兄！兩位夫人！

〔梁啟超一身中式服裝，正當強仕之年，英風不減。〕

蔣百里　（迎上前去，向梁啟超鞠躬）恩師您好！

梁啟超　（擋住）什麼恩師不恩師的？百里，你還是稱呼我先生，或者叫我梁啟超。

蔣百里　這怎麼使得？老師快請裡面坐！

張耀亭　（緊握對方）蔣校長您好！

蔣百里　我早就引咎辭職了，你也當不成代校長。耀亭，你和你夫人什麼時候到的北京？公事還是私事？

張耀亭　剛到，就到貴衙門來找您……我和內人來討杯喜酒。

蔣百里　說笑，說笑。左梅，你招待兩位夫人。

〔佐藤手挽手地招待蔡鍔夫人、張耀亭夫人入座。〕

〔佐藤又利索地給來賓端茶。〕

張耀亭　蔣夫人，你到中國後的第一個好感是什麼？

佐藤　（笑道）中國良鄉的糖炒栗子有多麼好吃啊！

張耀亭　哈哈……不成敬意的小小禮物。瞧！我和你弟婦帶來了正宗的中國良鄉的糖炒栗子！（高舉包裝精美的禮物）

佐藤　謝謝！（接過禮物）

〔佐藤隨即拆開包裝，把栗子分派給眾人吃。〕

梁啟超　（注視牆上的結婚照，又督視佐藤，讚道）郎才女貌，天作之合！新夫人的儀表比照片上還好。百里，我祝賀你，你不要虧待她呀！

蔡鍔　老師你過慮了！新娘的結婚禮服，以及她現在穿的中式服裝都是百里親自設計的，還有這所新居也是百里布置的。

梁啟超　百里多才多藝，人才難得！想當初你們三人蔣百里、蔡松坡、張孝准在日本留學時取得了驕人的成績，包攬了日本陸軍士官學校前三名畢業生獎牌，被譽為「中國士官三傑」。這是何等揚眉吐氣的事啊！中國的希望寄託在你們身上！

蔣百里　老師過譽。要使中國強大，必須富國強兵，改革軍制，重視教育，可是中國的事情難辦啊！

梁啟超　「冰凍三尺，非一日之寒。」同樣打破堅冰，非一日之功。百里，你怎麼稱呼你夫人「左梅」？

蔣百里　我和內人都喜歡梅花，她嫁過來後，我徵得她的同意，給她起了個中國名字「左梅」，蔣左梅，讓她融入中國社會。

梁啟超　（拊掌叫好）「左梅」，《左傳》的左，梅花的梅。起得好！起得好！「不經一番寒徹骨，哪得梅花撲鼻香。」我一走進客廳，便嗅到滿屋清香。

蔡鍔　嫂夫人，中國話會講嗎？

蔣百里　（搖頭）她不和外人接觸，就連和傭人溝通也只會做手勢。

蔡鍔　這不好！要融入中國社會，語言是第一關，何況她是蔣百里的主婦。

張耀亭　我倒有一個錦囊妙計，就怕蔣校長拒之千里。

蔣百里　鄙人不恥下問。

張耀亭　打麻將。

蔣百里　（反感）什麼，「打麻將」?!日後左梅正經事還來不及幹，你卻要叫她消遣過癮？

梁啟超　消遣未必會過癮。我有時讀書、寫作勞累了會換一種方式休息，那就是「打麻將」。

蔡鍔　耀亭，你說下去。

張耀亭　其實，打麻將裡面大有學問：一，這是中國應酬場合不可缺少的工具，蔣夫人借此可以多結識幾位朋友。二，借此能夠學習中國的方言和風俗習慣。三，借此鍛鍊一個人的修養，做到「勝固欣然，敗亦可喜。」

蔡鍔　言之有理。百里兄，你不妨讓令嫂試試。

張夫人　你們男人只顧自己熱熱鬧鬧地高談闊論，卻讓我們女人冷冰冰地枯坐像聾子對啞子

蔣百里　左梅，你跟倆位夫人去打麻將。

張夫人　蔣先生真是救命菩薩。

左梅　（為難）方震，我不會打麻將呀！

蔡夫人　你不會，我教你。

張夫人　啊呀，打麻將要四個人。

張耀亭　三缺一；我來湊數！怠慢諸位了。

〔左梅前導，張耀亭、蔡夫人、張夫人同下。〕

第7場

〔景同。〕

蔡鍔　（激動）我今天一定要來，把老師也請了過來。百里兄，你知道嗎，一個驚天秘密。

蔣百里　「驚天秘密」？

蔡鍔　日本最近向北京政府提出亡我中國的「二十一條」，並要求「絕對保密，盡速答覆」。

蔣百里　「二十一條」？它的具體內容是什麼？

蔡鍔　不太清楚。這是英國使館一位好友透露的，雙方正在秘密談判中。反正要把我國的領土、經濟、軍事、政治等主權全部由日本人來控制。我們豈不做了實際上的亡國奴？

蔣百里　豈有此理？袁大總統怎麼會幹出這種事？

梁啟超　條約如果簽訂，總要召開國務會議吧？我作為進步黨黨魁、內閣司法部長總有資格參加會議吧。會上我將據理直爭，堅決反對！

蔣百里　恐怕為時已晚。

蔡鍔　所以現在我們要商量個辦法。

梁啟超　前年國民黨發動「二次革命」，倒是倒袁的好機會，如果我是站在你們的立場上。但我是不贊成暴力的，袁世凱還是要走共和之路，所以採納我的主張，把民主黨、共和黨、統一黨合併，而改建為「進步黨」，與國民黨抗衡，否則，將來國民黨也要搞獨裁。

蔣百里　（思忖道）老師，國民黨「二次革命」是時機不成熟，國民黨的軍事力量實際上很薄弱，孫中山、黃興兩位黨魁矛盾重重。而袁世凱的北京政府軍事力量非常強大，所以大軍一到，覆巢無完卵。當時民心思和平，而國民黨以暴易暴，

蔡　鍔　開了以武力解決問題的先河，怎麼能得人心？

蔣百里　百里兄，言之有理。當時我任雲南總督，黃興派人來昆明要我出兵討袁，我婉言謝絕。我還公開發表聲明「試問我國現勢，弱息僅存，邦人君子方將戮力同心，相與救亡之不暇，豈堪同室操戈，自召分裂！」

蔡　鍔　這是一。第二，國民黨執政如果要搞獨裁，即使有在野黨監督也沒有用。就像袁大總統要搞獨裁，一意孤行，解散國民黨，解散國會，廢止憲法，把保衛國防的軍隊變成保護其權力的私人武裝……怎麼辦？

蔣百里　問得好！

梁啟超　只有起來革命！

蔡　鍔　我不贊成你的意見，但是我捍衛你說話的權利。

蔣百里　百里兄和老師的爭論倒使我想起了從前在日本時你們的論戰。老師在創辦的《新民叢報》宣揚「立憲」，尤重「新民」；百里在其主辦的《浙江潮》上予以反駁……

梁啟超　我愛我師，但更愛真理。

「青出於藍勝於藍」，真理才是我們最可敬的老師！

〔蔡鍔、蔣百里肅然起敬。〕

蔡鍔 我對袁大總統曾經寄予厚望，認為他「宏才偉略，群望所歸」。然而今天獲悉他竟然要和日本簽訂賣國條約，不啻是在我胸口上捅了一刀！現在回想起來，我和袁世凱交往多年，這個人真是老謀深算，虛與委蛇呀！

梁啟超 何以見得？

蔡鍔 我和百里兄在日本留學時就立志建設我國的現代化國防，後來把希望寄託在袁世凱身上，我多次向他上書或者面陳，他不是敷衍就是拖拉……我的改造北洋派的夢想終成泡影。還有百里兄建設保定軍校的計畫也成畫餅，就連張耀亭的「代校長」一職也沒有兌現，教育長也丟了。

蔣百里 （恍然大悟）我明白了。

梁啟超 還是要瞭解究竟，現在全國得民心的還是袁大總統。

蔣百里 袁世凱二十一條簽訂之日，就是我們喚起民眾、討袁救國的時刻！

蔡鍔 （喜出望外）英雄所見略同！

「袁大總統到！」

〔一個粗壯威武、鬚髮皆白，一身戎裝的老人在一隊衛兵的護衛下上堂。〕

〔梁啟超、蔡鍔、蔣百里不由得吃驚，只得起身迎接。〕

「慰亭兄！歡迎！歡迎！」「不知袁大總統駕到，有失遠迎！」「袁大總統光臨，不勝榮幸。」

袁世凱 幸會！幸會！真是「群賢畢至，少長咸集」。任公先生，松坡兄，百里兄，你們星期日還在商量軍國大事，一心為公哪！

〔袁世凱揮手，讓衛兵們退下堂去。〕

蔣百里 袁大總統，若是我們商量軍國大事，就得策畫於密室，豈能在客廳裡無所顧忌，高談闊論？

梁啟超 我和松坡兄是來祝賀百里兄的喬遷之喜，並且來討杯喜酒。還有張耀亭夫婦也來了。百里兄在天津德國飯店舉行婚禮，我們無幸參與。無事不登三寶殿，慰亭兄今天怎麼有空光臨蔣參議的府上？

袁世凱 公事繁忙，夙興夜寐。袁某今天也是來討杯喜酒喝。哈哈……

眾人 哈哈。

袁世凱 （督視蔣百里夫婦的新婚照，讚不絕口）好！好！百里啊，你是因禍為福，遇難呈祥。如果你沒有自殺這件事，左梅小姐也不會來護理你，如果左梅小姐不嫁給你，你或許再會自尋短見，真所謂千里姻緣一線牽。

蔡鍔 袁大總統，你還不知道百里兄追求左梅小姐到何種程度：他趕到日本去求婚，左梅小姐若是不答應，他就死在她面前。

袁世凱 是嗎？百里兄有這種癡情，世界上任何一個美女都願意嫁給這位文武雙全的周郎了。

蔣百里 袁大總統，你休聽松坡兄胡說！

袁世凱 無論怎麼說，袁某可要居功自傲。如果沒有我這個大媒人，也就沒有你這門好親事。

蔣百里 袁大總統說的是。左梅！袁大總統來了！

〔左梅以及張耀亭夫婦、蔡夫人上。〕

左梅等人向袁世凱致意 袁大總統好！

袁世凱 好好……蔣夫人真是絕色美女。我這個做大媒的還是第一次見到我為之介紹的新娘。蔣夫人，我剛才對百里說我「可要居功自傲。如果沒有我這個大媒人，也就沒有你這門好親事。」

左梅 多謝袁大總統！

袁世凱 想當初，想當初啊，是我袁某人要日本駐華使館派出最好的醫生、最好的護士為蔣校長搶救，又是我袁某人要左梅小姐專職護理蔣校長，還是我袁某人為蔣校長的人生大事，慎重其事地託付平戶醫生完成任務。我卻沒有喝到你倆的喜酒。

左梅 我和我先生一定請袁大總統，還有諸位貴賓補喝喜酒。（蔣百里翻譯）

袁世凱　好！張代校長，你怎麼也來北京？

蔡鍔　還「代校長」呢？他的教育長也一起撤掉了，袁大總統你難道不知道嗎？

袁世凱　事無巨細，什麼都管，我袁世凱就是生三頭六臂也顧不上呀！我一定要追究是誰的主意？耀亭啊，我一定要讓你官復原職，去掉那個「代」字。

張耀亭　（搖頭）我不想回保定，軍校已成了他們的天下。

蔡鍔　好馬不吃回頭草。袁大總統，我建議還是讓耀亭兄來京做事，繼續追隨百里兄。他倆在日本留學時就是同學。

蔣百里　方震在保定軍校辦學能有起色，張教育長功不可沒呀！

袁世凱　人才難得。耀亭可以安排在辦事處，做蔣百里的助手。怎麼樣？

〔眾人拊掌叫好。〕

張耀亭　多謝袁大總統栽培！

蔣百里　諸位坐坐。

〔左梅給袁世凱端茶、敬菸。〕

袁世凱　蔣夫人真是聰明過人，中國的禮儀習俗都學會了。

蔣百里　內人還在學打麻將呢。

袁世凱 打麻將好！打麻將是最好的學習，最好的享受。從前袁某風靡麻將到廢寢忘餐的程度，現在做了總統，就無福享受了。

張夫人 （拖過丈夫）蔣夫人、蔡夫人，讓他們談公事，我還等著「槓頭開花」呢！

張耀亭 袁大總統怠慢了，我們繼續去打麻將。

袁世凱 好好，你們自去「築長城」吧。

〔張耀亭、左梅、張夫人、蔡夫人下。〕

袁世凱 百里，你為袁某著作的《孫子淺釋》，袁某十分欣賞，通俗易懂，深入淺出……我建議你把你在留學日本、德國研究他國軍事的文章寫出來。「中學為體，西學為用」嘛！

蔣百里 敝職正有此意。

袁世凱 百里，你有實踐，又有理論。你是中國不可多得的軍事人才，德國軍事學家伯盧麥將軍不是讚你：「從前拿破崙說過，若干年後，東方將出現一位偉大的軍事家。」這或許就應在你身上吧？

蔣百里 豈敢，豈敢？中國的軍事家遠在天邊，近在眼前。

袁世凱 誰？

蔣百里 「昭威將軍」蔡松坡！

袁世凱　喔，是極，是極！

蔣百里　你瞧，松坡兄最早提出了實行「軍國民主義」，「欲建造軍國民，必先陶鑄國魂」，後來又身體力行地練新軍、辦學堂、著學說……武昌起義爆發，松坡兄被公推為「雲南軍都督府」都督，他親自率師佔領昆明，宣告雲南獨立。又馬不停蹄地實行各項改革，把雲南搞得生氣勃勃，面貌一新。

袁世凱　所以，袁某特地把他調到中央來，以使英雄大有用武之地。

梁啟超　我倒聽到相反的說法。外間傳聞說你是怕他尾大不掉，名為調用，實為軟禁，重演「杯酒釋兵權」的活劇。

袁世凱　你把袁某看成了什麼人？包藏禍心、老奸巨猾、鼠目寸光、妒賢嫉能的小人！

梁啟超　恰恰相反，慰亭兄。所以鄙人曾經反對過你，而最終支持你，擁護你。

袁世凱　（咄咄逼人地）一粒老鼠屎會壞了一鍋雞湯。既然你這樣以訛傳訛，那麼我不得不自我標榜，讓世人瞧瞧我袁世凱究竟是什麼人？一八八二年，是我平定了藩屬國朝鮮軍亂，留鎮朝鮮時舉國上下無不稱道。一八九五年，在小站練兵，是我創建了中國第一支新軍。一八九九年，是我認定義和團為「左道邪教」予以驅逐，使我山東免遭災禍。一九〇二年，是我開礦設廠、修築鐵路、創辦巡警、開辦學堂、襄贊新政。一九一一年，是我支持武昌起義，成立中華民國，並迫使清帝遜位……

梁啟超 慰亭兄政績有口皆碑。但豈不聞「天意憐幽草，人間重晚晴」？

袁世凱 你是懷疑袁某的晚節？哈哈，我袁項城絕不會做秦檜、洪承疇那樣的賣國賊！

梁啟超 袁大總統，你多慮了。

袁世凱 言歸正傳。你剛才說什麼？啊，說我是重演「杯酒釋兵權」的活劇。曾參殺人?!

〔袁世凱霍然起立。〕

梁啟超 王安石有三不足：「天變不足畏，祖宗不足法，人言不足恤。」你袁大總統怕什麼呢？

袁世凱 「眾口鑠金，積非成是」。我袁某能讓謠言滿天飛嗎？

蔣百里 兩位不必爭了，當事人在嘛。松坡兄—

蔡鍔 外間的流言蜚語還說我蔡鍔被袁世凱誘騙進京，軟禁起來……我不是活得好好的，獨來獨往，自由自在嗎？

袁世凱 痛快！痛快！我請松坡兄來京，就是要讓他擔任練兵的大任，並且任命他為陸軍總長。松坡兄，是不是這樣？

蔡鍔 恭敬不如從命。卑職也希望由此改造軍隊。

袁世凱　（得意地）怎麼樣，老夫子？

梁啟超　遺憾的是紙上談兵。

袁世凱　老夫子，你只知其一，不知其二。我袁項城雖說是總統，卻總而不統。下面那幫強梁指揮不動，像段祺瑞、徐世昌、馮國璋他們占著茅坑不拉屎，又妄自尊大、妒賢嫉能。

梁啟超　「羈鳥戀舊林，池魚思故淵。」與其是這樣，那你還不如讓蔡將軍回雲南？

袁世凱　你明白了我的苦衷？總統總統，總而統之，我一定要當名副其實的總統！我要叫那些老兵痞滾蛋！我要讓你蔡松坡、你蔣百里，還有張孝準等軍中英傑大顯身手。但這要等待時機。

梁啟超　（釋然）唔。

袁世凱　在座諸位是袁某的左臂右膀，袁某要予以大用的。「兼聽則明，偏信則暗。」袁某就是要聽聽各方面的意見，尤其是反對我、攻擊我的言論。

梁啟超　袁大總統快人快語！

蔣百里　袁大總統，卑職斗膽向您稟報一則消息，不論它是否實有其事，還是流言蜚語，請總統閣下不要追根刨底，卑職也不會提供消息的來源。

〔蔡鍔乾咳一聲。〕

袁世凱　袁某保證！

梁啟超　蔣百里——

蔣百里　（充耳不聞）袁大總統，卑職聽聞外面謠傳政府代表在和日本秘密談判，日本向我提出二十一條不平等要求。

袁世凱　（怔了一下）是有這回事。但具體條例袁某不清楚，既然是「秘密談判」，連我也不好打聽什麼。

〔梁啟超、蔡鍔驚呼。〕

袁世凱　你們是懷疑袁某？諸位，你們難道忘了嗎，我袁項城一直維護我國的領土完整，主權獨立？一九一二年，我軟硬兼施，雙管齊下，使被老毛子唆使的所謂「大蒙古國」回到祖國的懷抱。

梁啟超　這是袁大總統在外交上最光彩奪目的一仗！

袁世凱　一九一三年，英國強盜搞什麼「麥克馬洪線」，企圖分裂西藏，我袁項城堅決反對，沒有出賣一寸中國領土給洋人！

蔡鍔　袁大總統更鑄輝煌！

袁世凱　我不會拿原則作交易。但國際交往一國對另一國提出要求也是正常的事，中國是弱國，日本是強國，而且中國內亂不斷，百廢待舉——

梁啟超　難道弱國無外交？

蔡鍔　「流血救民吾輩事，千秋肝膽自輪菌！」

袁世凱　我敢向諸位保證，如果日本向我提出的二十一條，涉有侵犯我主權、束縛我內政，我決不批准簽約，我必定誓死力拒！

〔梁啟超、蔡鍔、蔣百里齊聲叫好。〕

袁世凱　此事就到此為止，切勿外傳。

〔眾人點頭。〕

〔侍衛官上。〕

侍衛官　報告袁大總統！有緊要公事，請回。

袁世凱　（起立）你們瞧，做了元首，就連訪友、閒談、打麻將……這些普通老百姓都能享受的福氣也沒有了。

蔡鍔　百里兄，時候不早了，我和老師也要告辭。

蔣百里　耀亭！

〔張夫人的歡呼聲：「槓頭開花！」〕

〔張耀亭夫婦、蔡夫人、左梅上。〕

張夫人　我最後一副牌，槓頭開花！和了個十三代！

袁世凱　好哇！張夫人，下一回，我要和你們打擂台，也要槓頭開花，來個十三代！

〔眾人大笑，拍手叫好。同下。〕

第8場

〔一九一六年三月。〕

〔蔣百里宅・書房〕

〔蔣百里上。〕

〔蔣百里扭亮電燈，入座。〕

〔蔣百里神情暗淡，長吁短歎。〕

〔蔣百里拿出酒瓶傾酒，痛飲。〕

〔蔣百里一支連一支地抽菸。〕

蔣百里　從此天下大亂，國將不國……

〔蔣百里悲不自禁，痛哭流淚。〕

〔蔣百里陡然一震，疾筆振書。〕

蔣百里 （邊寫邊唸）袁大總統台鑒：當您收到此信時，我已經不在北京而南下相助蔡松坡將軍討伐您了！不妨實言相告，是我和恩師梁任公協助蔡將軍潛離虎穴，重返昆明的。於國於私，您曾經在我的心目中是位了不起的政治家，中國的希望、新政的希望寄託在您身上。然而，今天我完全失望了！在這短短一年裡您幹了兩件倒行逆施、罪大惡極、冒天下之大不韙的勾當：一，您屈從日本人的淫威，簽訂了二十一條賣國條約。二，您竊弄神器，黃袍加身，開歷史的倒車……您墮落成了民族的罪人，歷史的罪人！全國共討之，全民共誅之！如果您不懸崖勒馬，迷途知返，放棄帝制，洗雪國恥，您必將慘遭身敗名裂、遺臭萬年的下場！何去何從，請您三思；時不可失，機不再來！鈞安！蔣百里。民國五年三月五日

〔蔣百里寫畢，封信。〕

〔左梅上。〕

左梅 你又是一夜未睡，又是菸又是酒，這樣不愛惜自己的身體。

蔣百里 下不為例。我昨天從公府回來，決定馬上走，可是有一些事又非辦不可。我的行裝整理好了嗎？盡量輕裝簡從，書是例外。

左梅 你這個書呆子啊，書是你的命根子，我怎麼會不知道？我給你去做早飯。

蔣百里 不必了，泡飯鹹菜乳腐足兮！我還有話要向你交代。

〔左梅點頭。〕

蔣百里 （掏出一紙）左梅，這是銀行存摺。存有二百元，作為你每個月家庭開支。但不過我有言在先，如果多了是你的，少了我可不管。

左梅 （笑道）你倒真會當家。

蔣百里 左梅，我實言相告，我不但沒有錢，而且還欠了幾千元的債。

左梅 我只聽說中國留學生回國後，就能做大官、發大財，哪有你這個留日、留德的雙料留學生老是哭窮，你不怕你的外國太太生氣嗎？

蔣百里 我知道你不會生氣，才敢於娶你，才敢於把實情告之。我在外國沒有學到做官發財的本領，別說今天窮，將來也不一定會富。你若要生氣，只怕一輩子也氣不了。

左梅 我聽說中國人有句俗語：「嫁雞隨雞，嫁狗隨狗。」

蔣百里 你真是我的賢內助！我走後你不妨回一趟日本，你已經兩年沒有探親了。

左梅 是啊，這些日子來我日夜想念父母大人。

蔣百里 （拿出紙包，遞給左梅）這四千元錢是給你的。

左梅 （打開紙包，裡面是一疊紙幣。一驚）你剛才還說欠了幾千元債，怎麼現在卻有四千元現金呢？

蔣百里　這是我的積蓄，兩回事。是給你買鑽戒的。你雖能安貧樂道，但第一次歸寧，娘家的親戚假使因為你嫁給一個窮軍人而瞧不起你，叫我怎麼對得起你呢？

左梅　不。講虛榮，愛面子是東方人尤其是中國人的一種壞習慣。有不少人因為愛面子反而丟了面子。這錢還是留作家用，以備不時之需。方震，你的美意我願銘刻心上，不願戴在手指上。

蔣百里　（感動難言）好……夫人。

左梅　方震，還有什麼事要交代？天快要亮了。

蔣百里　（拿起桌上的信）這五封信是寫給袁世凱、徐世昌、黎元洪、段祺瑞、馮國璋等政要的。我到了南京發平安電報後，你再把信寄出。

左梅　左梅知道。

〔蔣百里、左梅同下。〕

——**幕落**

第三幕　成仁取義

第9場

〔一九二六年初。〕

〔北京協和醫院內科一病室。〕

〔梁啟超半臥病床，把卷讀書，病室裡沒有他人。〕

〔護士前導，蔣百里上。〕

護士　梁先生，有人來看你！

梁啟超　（驚喜）百里！百里！（翻身起床）

蔣百里　（快步過去）老師快躺下！老師您的病體？

梁啟超　我哪裡有什麼病？吃得下，睡得著，精神飽滿，氣色亦好，一點病痛的感覺也沒有。倒是你，面色蒼白，神情疲憊，你要保重身體啊！光陰似箭，白駒過隙。百里，你也逾不惑之年了！

蔣百里　（感慨）老之將至，學生虛度年華，一事無成！

梁啟超　如果你也這樣評價自己，那麼世界上還有誰不是虛度年華，浪擲光陰呢？來，這邊坐。

〔兩人在一邊的兩張椅子上入座。梁啟超為來客泡茶。〕

蔣百里　我自己來。

梁啟超　百里，你不是遷居上海？你不是一直為國事奔波？你怎麼知道我住在協和醫院？你家裡都好嗎？弟婦大概又添了孩子吧？

蔣百里　一言難盡！

梁啟超　那你就慢慢說吧，這兒沒有人來打擾。

蔣百里　這十年來世事變幻莫測，難以逆料。袁世凱做了八十一天皇帝夢，一命嗚呼。可是松坡兄積勞成疾，英年早逝，未就壯志；張耀亭代我入川，卻慘遭殺害；生我、育我的家母突然亡故，未享天年……我沒有盡人子之孝心。（悲從中來，泣不成聲）

梁啟超　百里！百里！親朋好友誰不知道你是個大孝子？你幼小時，令堂生病，你便割肉煮湯給她喝；你東渡日本後，不時寫信向令堂噓寒問暖；你回鄉探親總是朝夕侍奉老人；你北京新居落成，就請母親由元配夫人查品珍陪同來京共享天倫之樂……古人曰：「忠孝不能兩全」；而百里你為忠為孝……

蔣百里　恩師您不必說了。我對不起母親，儘管大哥把小兒復璁過繼給我，但老人家總希望我也能生下一個嫡親孫子……成了她永久的心病。

梁啟超　啊，這是怎麼回事？

蔣百里　這件事從來沒有對外公開。當初學生自殺未遂，生命垂危，我便請求前來送別的大哥、大嫂能否讓侄兒接續我的香火？他們欣然同意，便立大哥的幼子慰堂為繼子……對外我們仍然是叔侄相稱。

梁啟超　（恍然大悟）怪不道你對慰堂視同己出，不，比自己的千金還要珍重。你悉心栽培，教他學德文，送他進德國人辦的中學，又把他推薦給我，在松坡圖書館擔任編輯。

蔣百里　我瞧他是個有用之人，尤其對圖書有一種天生的興趣。

梁啟超　好啊！我國的圖書館事業還在草創階段，正需要像慰堂這樣有心的青年人篳路藍縷，以啟山林。我建議推薦他去德國留學深造。

蔣百里　恩師，你真是太好了……

梁啟超　（忽然想起）查夫人不會生育？

蔣百里　我沒有和她同房，怎麼會生育？

梁啟超　（一驚，不悅）啊……查家可是富甲一方的書香門第、積善之家，想當初雍正帝炮製了查慎行、查嗣庭的文字大獄，可是查家後代不改本色，詩書傳家，人才輩出。查家難道與你們蔣家不門當戶對？而查夫人大家閨秀，德言容功聞名鄉里，堪稱楷模。你卻棄之敝帚，這可是你最孝順的令堂大人為你配的親事。

蔣百里　老師息怒，恕學生直言告之。

梁啟超　你說！

蔣百里　古人曰：「父母之命，媒妁之言。」這是雙方父母訂的婚事，我根本不知情，再說我當時急著東渡日本，哪有心思考慮小家私事？留學回來後憂心國事，百廢待舉，母親召我回鄉完婚。一見之下，大失所望，查女士完全是個老派女人，封建禮教培育的殉葬品，與新時代、新潮流格格不入：一字不識，裹著小腳，遵循的是三從四德，思慮的是油鹽柴米——

梁啟超　（插言）我懂了：「道不同，不相謀。」

蔣百里　（痛苦）我第一次、也是唯一一次對母親產生了反感，隨即北上……從舊道德說來，她實在是個好女人，對我和左梅的婚姻毫無嫉妒之心，對我的幾個女兒視同己出；母親讓她改嫁，她卻「從一而終」，朝夕侍奉婆婆猶如親娘，我，我實在有愧於她。

梁啟超　「女子無才便是德」，舊時代毀了她這樣的好女子。你沒有「孝順」令堂大人，否則封建禮教也會毀滅你這樣的棟樑之材！

蔣百里　母親曾婉轉地勸說親家解除婚約，查家倒也同意，可是查品珍說：「我生是查家人，死是蔣家鬼！」

梁啟超　令堂大人畢竟是女中英傑的新派人物，曾在家鄉創辦「振坤女子小學」。

蔣百里　（默然）

梁啟超　（見狀）長兄為父，慰堂可以告慰太夫人了……再說你我都是新潮的人，生男生女都是一樣的。言歸正傳，你再說下去。

蔣百里　這些年來，我奔波於湖南、湖北、浙江、江蘇等地，先是想「聯省自治」，憲政治國；後是企圖利用軍閥的矛盾，南北議和，統一中國，實現松坡兄的遺願。然而，吳佩孚、孫傳芳等軍閥都為一家之私利而群雄割據，天下大亂，內戰不斷，百里的夢想成了泡影。

梁啟超　你也不必過哀。袁世凱死後，我在內閣出任財政總長，還想在政治上有所作為……順便問一下，百里啊，你為何不參加黨派？如果你加入了我的研究系，或者後來的進步黨，我們在政治舞臺上便大有作為。

蔣百里　孔夫子說：「君子矜而不爭，羣而不黨。」學生和松坡兄一樣，不參加任何黨派和政治團體，否則會捲入政治旋渦，被黨派利益所左右，失去了獨立的人格、自由的追求，愧對自己的良心。

梁啟超　唔。後來段祺瑞下臺，我則絕意仕進。「塞翁失馬，焉知非福？」這反而成全你我潛心學問的願望。不是嗎？如果你不是身居閒職，百無聊賴，豈能隨我去歐洲考察，在見識上有了長足的進步？老實說，你十年來在學術著作上的成果，是你在軍事上的作為無法相比的！

蔣百里　（驚訝）老師？

梁啟超　「入局者迷，旁觀者清。」你寫出了一系列煌煌作品：《國民皆兵新論》、《德國戰敗之諸因》、《從歷史上解釋國防經濟學之基本原則》、《攻略與戰略》、《軍事教育之要旨》、《軍國主義之衰亡與中國》、《歐洲文藝復興史》等等。我尤其欣賞這本《歐洲文藝復興史》！

〔蔣百里發現梁啟超閱讀的正是《歐洲文藝復興史》。〕

蔣百里　老師您還在讀它？

梁啟超　百讀不厭呀！這本書圖文並茂，十分精彩。所以當時一出版，轟動京城，一時洛陽紙貴，僅一年有餘便出了三版。你編撰的這本書是我中國第一部介紹西方文藝復興的史書。我尤其欣賞你在導言中的一個觀點兩句話，歐洲文藝復興的精神：一為「人之發見」，一為「世界之發見」。

蔣百里　是老師請法國史學家演講在先，又是老師為學生作序在後，而且序言下筆萬言，一瀉千里。

梁啟超　（大笑）兒子大過了娘，序言超過了原文。

蔣百里　是啊，若是我忙於事務，混跡官場，我還能潛心研究學術與著作嗎？比起做軍人，我私心更願意做文藝學者。我喜歡古希臘的雕刻、古羅馬的美術、但丁的詩歌、歌德的小說、莎士比亞的戲劇……

梁啟超　好，不過我還沒有說完呢。你還協助我創立了「讀書俱樂部」、「共學社」、「講學會」以及「文學研究會」、「新月社」等新文化機構。

蔣百里　（插話）創辦「新月社」，徐志摩功不可沒，是他提議借用印度詩聖泰戈爾的詩集《新月集》而命名的。當然，還有令兒媳林徽因也積極參與。

梁啟超　我們還邀請了國際著名學者來華講學：美國學者杜威講實用主義哲學，英國學者羅素講教育，印度詩人泰戈爾講東方文明，德國學者杜里舒講生命哲學……

蔣百里　我對內人說過，如果我不能在軍事上施展抱負，而「長安大，不易居」，我打算解甲還田，學陶淵明一邊自食其力，一邊讀書寫作。

梁啟超　喔。令夫人是否同意？

蔣百里　左梅說我不是山林之材、草野之民。我們在上海省吃儉用也可以待下去。說我不會長期被埋沒。

梁啟超　令夫人實在是位知書識禮，目光遠大的女士！這在中國婦女中也是鮮見的。

蔣百里 現在我們已經有了五個孩子，女兒，內人的負擔更重了。

梁啟超 五位千金！這有什麼不好？

蔣百里 我也這樣安慰她。現在是新時代了，我要把女兒培養成不比男兒遜色的新女性。

梁啟超 好！

蔣百里 我這次到北京來就是送三個女兒繼續讀書，順便來探望老師，不料獲悉老師住院便趕來，老師病情究竟怎麼樣？

梁啟超 我沒有病，只是發現尿中帶血，我才去德國人辦的醫院門診，回說是尿血症，但找不出病源。家人又要我到協和醫院檢查，現在剛住下來。

蔣百里 既來之，則安之。總要找出病根子，治好了再出院。「天將降大任於斯人」，恩師，您還要幹一番事業。

梁啟超 （激動地背誦）「神龜雖壽，猶有竟時；騰蛇乘霧，終為土灰。老驥伏櫪，志在千里；烈士暮年，壯心不已……」

蔣百里 （反感）亂世之奸雄！竊國之大盜！

梁啟超 （驚訝）你這樣評價曹操？

蔣百里　中國人的正義感和氣節都誤於曹操、司馬兩家之手。曹是特工的始作俑者，親友信件須受檢查，甚至行動也受監視。人人只許談風月，不得臧否朝政。他的兒子繼承其衣缽，所謂「煮豆燃萁」成為千古以來最痛心的一句話。司馬氏對他的作風從旁學習，像後來希特勒學習墨索里尼的一樣，而且青勝於藍，即以其人之道還治其人之身。他裝病偃臥玩弄曹家的子弟，結果曹家被他吞滅。

梁啟超　你說下去！說下去！

蔣百里　司馬炎統一寰宇，模仿乃祖的遺風，以自私的動機廢兵革，收北方郡縣兵器，而中國從此更衰弱，卒召五胡之亂。雖有志士祖逖等，終亦無能為力。就國防來說，魏晉都是中華民族的罪人；秦皇、漢武卻不無相當的貢獻。

唐太宗的母親是蒙古的歌姬。這個混血兒雖演手足相殘的慘劇，但把國防力逐步恢復起來。他開科取士是開明的統治思想，進一步的愚民政策，從此統治階級與輔佐階級截然劃分，文人永遠是只夠臣奴的材料。宋太祖「杯酒釋兵權」當然也是帝王自私的一貫作風。宋初的楊家將比以後的岳家將更高明，兵法固然為上乘，武器尤有心得。蒙古人學了他的戰術還不打緊，得了他的兵器以至還擊中國且能馳騁歐洲，一方面造成了中國全部淪陷的黑暗時期，但為害更烈的是把火藥傳到歐洲，日本又得自歐洲而來打中國，中國以發明家變成了挨打的國家，實在是痛心的事呀！

梁啟超　（拍案叫好）精彩之極！

蔣百里　老師過獎。學生只是一鱗半爪的見解。

梁啟超　人家讀史是窮經皓首，人云亦云地陳詞濫調、老生常談；而你蔣百里讀史卻發聾振聵，總有新穎、獨到的見解。

蔣百里　學生想就中國歷史這個大課題繼續研究下去，這或許對當今時勢有所益處。

梁啟超　大有好處！但不過當今時勢是否會讓你優遊自在地著書立說呢？

蔣百里　（不解）老師？

〔劉文島一身戎裝，風塵僕僕而上。〕

劉文島　蔣老師！太老師！

蔣百里　（起迎）劉永清，你怎麼也來了？

劉文島　學生奉命請老師出山。

梁啟超　（笑道）百里，怎麼樣？「天生我才必有用」「我輩豈是蓬蒿人」？

蔣百里　坐坐。永清先喝杯茶再說。

〔劉文島入座，大口喝茶。〕

蔣百里　是誰的命令？你是從哪兒來？你不是在黃埔軍校嗎？

劉文島　學生正是從廣州來，奉黃埔軍校校長、國民革命軍總司令蔣介石之命，請先生出山。學生趕赴上海，師母說您已遠去北平，學生立即乘火車來京，輾轉尋到太老師住的協和醫院。

蔣百里　你說說詳情。

劉文島　學生現在學長唐孟瀟手下任駐粵代表兼黃埔軍校政治教官。廣東的形勢十分喜人，國民革命軍將要北伐，完成統一中國的大業。學生有幸受到蔣總司令的接見，蔣總司令高瞻遠矚，運籌帷幄，他真切地表示：「百里先生如果肯參加革命，則對革命事業的進展必定大有幫助：他是老成持重的穩健派，穩健派參加革命，能使國人更能認識革命的重要性，具有提高士氣、轉移國際視線的雙重作用。」國民政府各個當局也推舉蔣老師擔任重任。

蔣百里　他們要我去做什麼呢？

劉文島　蔣總司令請老師擔任國民革命軍總參謀長，這是兩全其美的好事。一是老師深孚眾望，學力兼長；二是北伐軍出師湖南，而湖南軍人大多是蔣校長的學生，行軍借道、配合作戰等問題，都好商量……

梁啟超　百里，這可是千載難逢的機會！你還猶豫什麼？

蔣百里　不去。

梁啟超　（吃驚）「不去」？為什麼不去？

劉文島　老師？

蔣百里　你們試想，我蔣百里不久前當過吳佩孚的參謀長，馮玉祥也曾請我去當參謀長，現在又去出任蔣介石的參謀長，外面會怎麼說？流言蜚語滿天飛，跳到黃河裡也洗不清。我蔣方震「揀盡寒枝不肯棲，寂寞沙洲冷」。梁任公，學生剛才還對您強調一個人的氣節至關重要，怎麼一到自己身上，卻自食其言，出爾反爾呢？

梁啟超　你真是書生氣十足！

劉文島　（大失所望）老師這……

蔣百里　我會讓你回去覆命的，多謝蔣總司令的好意。

〔一個戎裝軍人上。〕

軍人　蔣校長在這兒嗎？

蔣百里　（出迎）我就是蔣方震。

軍人　在下是五省聯軍總司令孫傳芳孫大帥麾下副官，從南京趕來。

蔣百里　坐坐！找我有什麼事？

軍人　孫大帥十分看重蔣校長，特地命在下請先生擔任我五省聯軍總司令部總參謀長。

眾人　（不約而同地笑道）總參謀長！

〔**軍人大惑不解。**〕

蔣百里　（自嘲）這裡是參謀長，那裡也是參謀長，繞來繞去都是參謀長。彷彿我蔣方震生下來就是當參謀長的料。

軍人　如果蔣校長不肯屈就總參謀長職務，孫大帥說可以請蔣校長擔任上海市長，或者江蘇省長，請蔣校長挑選。

〔**軍人說著，掏出幾張委任狀。**〕

〔蔣百里哈哈大笑。〕

〔**梁啟超、劉文島接閱。**〕

蔣百里　（把委任狀還給軍人）我既不宜出任軍事重任，也不能勝任政府要職。怎麼辦呢？我可以向孫大帥推薦人才，舉薦高明。由教育家、地質學家丁文江代替我擔任上海市長……

軍人　在下一定向孫大帥稟報。在下告辭了！（下）

蔣百里　老師，您休息吧。有什麼情況，務請告知學生。告辭了！

梁啟超　百里啊，我在宦海中閱歷多兮，可是還沒有見到像你這樣不要做官、不求名利的人。

蔣百里　「會挽雕弓射滿月，西北望，射天狼。」

梁啟超　啊，國人還只知打內戰，百里已關注抵禦外侮了。

蔣百里　國家終將統一，學生最擔心的是日本人鯨吞我中國！

梁啟超　高見！高見！百里，你且說說。

蔣百里　老師，下回再詳談吧。後會有期！

梁啟超　後會有期！

劉文島　太老師再見！

〔眾人同下。〕

第10場

〔一九二九年秋。〕

〔上海國富門路・蔣百里家。〕

〔這是一座石庫門的中式房子・書房。〕

〔室內四壁置有中外古籍和精裝版圖書，牆上、桌上、茶几上掛著、擺有名人字畫、莎士

比亞的畫像、歌德的塑像、伏爾泰的胸像、康德的銅像……〕

〔蔣百里、唐生智上，後面跟著手捧禮盒的士兵。〕

〔唐生智一身戎裝，肩披大氅，腰佩指揮刀，威風凜凜，趾高氣揚。〕

〔蔣百里未老先衰，兩鬢斑白，身穿中式長袍。〕

蔣百里　左梅！左梅！

〔左梅匆匆上。〕

蔣百里　左梅，你瞧誰來了？

左梅　（驚喜）啊……稀客！稀客！您可是唐將軍？

唐生智　（大步流星而來，致以軍禮）正是學生唐生智！師母您可好啊？

左梅　好好。我第一次見到您還是民國二年，為方震護理期間，您還像個淘氣的孩子，調皮搗蛋，敢說敢闖，功課名列前茅，蔣校長十分歡喜您……如今您已是堂堂將軍了，比當家的威風多了。

唐生智　（大笑）師母真是好記性！

蔣百里　我只是穿著軍裝的書生，孟瀟可是名副其實的軍人。他現在是國民政府軍事參議院院長、五路軍總指揮，統率十四個軍的兵力。

左梅　啊，真了不起！

唐生智　學生全靠蔣校長栽培！（敬禮）

蔣百里　孟瀟你過謙了！

唐生智　這次學生忙裡偷閒，前來上海拜訪蔣校長，稍帶薄禮，聊表寸心。

蔣百里　孟瀟你幹什麼？豈不聞「君子之交淡若水，小人之交甘若醴」？

唐生智　來而不往非禮也。上次家父生日，蔣校長不是千里前來祝壽嗎？學生素知蔣校長的脾氣，所以這些薄禮是給師母和幾位千金的。

〔唐生智命令士兵送上禮品。〕

〔蔣華、蔣和兩個小女孩奔上。〕

蔣華　爸爸！爸爸！和女兒打牌！

蔣和　爸爸！爸爸！給女兒講故事！

蔣百里　（抱起蔣和，挽住蔣華）好好！待會兒，爸爸和你們打牌、講故事。

蔣和　不，現在就講故事，武松打虎！

左梅　爸爸現在有客人！孩子們懂事，蔣華你帶妹妹去屋裡玩耍。

〔唐生智忙拿過兩個禮盒，分別給蔣華、蔣和。〕

左梅　快謝謝叔叔！

〔「**謝謝叔叔！**」「**謝謝叔叔！**」兩個孩子興高采烈地離去。〕

蔣百里　孟瀟你呀！我給她們講唐詩、講《水滸》，她們聽得津津有味，甚至忘了吃飯、睡覺……我想日後根據她們的天分、志向而培養她們。

唐生智　老師是軍事家，又是教育家，還怕將門不出虎子嗎？蔣校長您當年培養的學生如今都是帶兵一方，戰功赫赫的將軍了！

左梅　只有您老師還是個沒有一兵一卒的參謀。不說了，不說了，唐將軍，今晚您就在我家吃便飯，叫花雞、鹹鴨蛋、韭菜炒肉絲……

唐生智　師母，您不必忙了。我還有公事馬上回南京。

蔣百里　左梅你不知道唐將軍篤信宗教，入了佛門，人稱「佛教將軍」？他的將士都摩頂受戒當了佛教徒。佛教的第一條戒律就是「不殺生」。

左梅　阿彌陀佛！

唐生智　（虔誠）大慈大悲！救人救世！

〔左梅下。〕

〔**蔣百里和唐生智分賓主入座，品茗言談。**〕

唐生智 學生日理萬機，戎馬倥傯，但再忙也要面聆蔣校長的教誨。

蔣百里 這烽火十年，兵火連天，沒有一天不在打仗，沒有一天有太平日子，苦了百姓，害了國家，高興了敵人。你瞧，先是段祺瑞和曹錕、吳佩孚的直皖戰爭，繼而是張作霖和曹錕、吳佩孚的第二次直奉戰爭，又有江蘇的齊燮元和浙江的盧永祥的江浙戰爭，接著孫傳芳和吳佩孚的浙奉戰爭，北伐戰爭後又爆發了內戰，汪精衛和蔣介石的寧漢戰爭，蔣介石和李宗仁、白崇禧的蔣桂戰爭……現在又在醞釀新的戰爭……

唐生智 蔣介石是個野心家，他要代替那些軍閥當國家元首。為什麼他能當別人就不能當？我唐生智在北伐戰爭中大敗軍閥的草頭王，第一個率軍攻克南京，這是有目共睹、有口皆碑的事實。我們湖南的雄兵最為強大，天下無敵！

蔣百里 （吃驚）你打算怎麼樣，孟瀟？國民革命軍總司令蔣介石不是委以重任命你討伐桂系軍閥李宗仁、白崇禧？

唐生智 用人不疑，疑人不用。蔣介石不信任我，我也不信任他！什麼「國民政府軍事參議院院長」？這是徒有虛名的空頭銜。他是覬覦我的實力，讓我火中取栗後再收拾我。

蔣百里 你怎麼能這樣以己之心度他人之腹？我已經在蔣主席面前為你擔保，而且謝絕了他的好意，讓我出任五路總指揮討伐馮玉祥。我怎能以師道之尊奪門生之

唐生智 席，蔣總司令最終同意仍讓你出任五路總指揮。

蔣百里 （恍然大悟）謝恩師！你們要消釋前嫌，共赴國難呀！

唐生智 謹遵師命。

蔣百里 「東不如西」。孟瀟，我倒覺得英雄用武之地不在中原，而在西北、新疆！

唐生智 （一驚）學生冥頑不靈，請老師詳解。

蔣百里 前不久，令尊大人六十大壽，方震前來祝壽之際，撰寫賀聯一幅「北方大將，西域奇才」。

唐生智 不敢當！不敢當！

蔣百里 西元一八八五年，陝甘總督左宗棠授命總辦新疆軍務，他率領大軍收復失地，抵禦外敵，統一新疆，功高勞苦，拜為東閣大學士。左閣老七十大壽時，有人便贈賀聯一幅：「南極壽星，北門鎖鑰；西方活佛，東閣梅花。」此聯傳誦一時，名震天下。

唐生智 你要我學左宗棠去西北？

蔣百里 為什麼不呢？中國國防有兩處樞紐之地，一是東北，另一便是新疆。從前方震從日本留學回來就請纓去瀋陽，但被奉系軍閥張作霖所不容。而今張作霖橫死，其子張學良繼位，日寇侵佔我東北全境，從此失去了東北布置國防的好機會。而新疆遠在漠北西域，是列強環伺之區，還是真空地帶，國防只能在那兒做起。所以，我勸你不要糾纏於蝸角蠻觸之爭，而去西域建功立業，像左宗棠做個功蓋當世、造福後人的民族英雄。

〔唐生智不置可否。〕

蔣百里 孟瀟，你年輕時懷有壯志，「感時思報國，拔劍起蒿萊」，如今壯年雄心不減，「大慈大悲，救人救世」，時勢造英雄，新疆才是你大展鴻圖之地呀！

唐生智 老師，事關重大，學生不才，容學生深思熟慮，從長計議後再作決定。

蔣百里 也好。孟瀟，你是我的得意門生，忠言逆耳，良藥苦口。所以不管你聽得進聽不進，為師臨別贈言給你：一，物極必反，盛極必衰。二，雄心和野心只相差一步。

唐生智 （一震）學生刻骨銘心……學生告辭了，先生請留步！

蔣百里 我送送你。

〔唐生智、蔣百里同下。〕

第11場

〔一九三〇年元旦。〕
〔上海國富門路・蔣百里家。〕
〔外面爆竹聲聲，家裡冷冷清清。〕
〔蔣百里在書房裡寫《靈飛經》，但不時放下筆來。〕
〔忽然響起一陣雜亂的腳步聲。〕
〔傭人匆匆上〕

傭人　先生，不好了！不好了！

蔣百里　不要慌，你慢慢說。

傭人　（語無倫次）先生，外面官官兵兵……

〔傭人的話音未落，一隊全副武裝的官兵奔上。〕

蔣百里　（起立，出迎）你們這是幹什麼？

為首的軍官　蔣先生，兄弟是警備司令部的，兄弟奉上鋒命令前來搜查。

〔軍官揚揚手中的證件。〕

蔣百里　要搜你搜吧，我蔣方震沒有犯禁違法的東西！

軍官　（揚手）搜！

〔士兵們蜂擁而上，四處出擊，翻箱倒櫃，砸牆破壁。〕

〔蔣百里頹坐椅上，大惑不解。〕

〔兩名士兵興匆匆地抱著物件而出：「長官！長官你瞧！」〕

軍官　（冷笑）你還說沒有違禁品，這是什麼？無線電臺！密碼本！

〔蔣百里欲言而止，無可奈何。〕

軍官　弟兄們！把這罪證帶回去，一部分弟兄繼續在這兒值日、把守。

〔官兵們下。〕

〔蔣百里怒視滿地狼藉，不由得歎息。〕

〔一位不速之客上。〕

來客　百里兄！百里兄！

蔣百里　（驚喜）岳軍兄！岳軍兄今天怎麼會來？

張群　今天是新年啊，愚弟特來拜年。

蔣百里　（苦笑）「花徑不曾緣客掃，蓬門今始為君開。」

張群　（一瞥，怒）這是怎麼回事？本市長一定要嚴厲查辦！

蔣百里　剛才警備司令部來人搜查，抄去了我用來通訊的工具……

張群　這事恐怕難辦。

蔣百里　真是「屋漏又遭連夜雨，船破偏遇打頭風」，內人住院，本人抄家，孟瀟下野去日本養病。

張群　「留得青山在，不怕沒柴燒。」您留在這兒，煩惱無窮。百里兄，愚弟建議您還是出國小憩。

蔣百里　張岳軍，你今天是來做說客？

張群　既然百里兄識破，鄙人實言相告，張群是銜命而來。

〔劉文島形色匆匆上。〕

劉文島　老師！老師您受委屈了！

蔣百里　（不悅）又一個說客。永清，你是來拜年吧？

劉文島　是……是給老師拜年。

蔣百里　恐怕醉翁之意不在酒？

劉文島　學生不會說謊。學生今次奉命請老師出國休憩，這於國於己都有益而無害。

蔣百里　（冷笑）你倆倒是如出一轍，不謀而合！

張群　百里兄還可以借此難得的機會，考察歐美的軍事、文藝，再寫出一部大著《歐洲文藝復興史》，這豈不是兩全其美之事？

劉文島　老師要走馬上走，南京當局特批給先生五萬元路費。

蔣百里　（一反往常，大發雷霆）我蔣方震沒有刮地皮、發橫財；也沒有錢出國！別人恩賜的我絕不要！我也不會離開此地！

〔張群和劉文島面面相覷，無言以對。〕

〔蔣百里拿起桌上的酒瓶痛飲。〕

〔劉文島和張群打個照面，便拿下蔣百里的酒瓶。〕

劉文島　老師，您不能再喝了，學生回去覆命。

張群　我們尊重您的主見。這樣吧，您還是離開這個是非之地，到杭州換個環境。至於蔣夫人那兒，我自會命院方全面給她治療護理。

〔蔣百里點頭。〕

〔蔣百里送張群、劉文島下。〕

第12場

〔杭州西湖・蔣莊。傍晚。〕

〔蔣莊又名「蘭陔別墅」。亭臺樓閣，湖光山色。〕

〔蔣百里在花徑小路上散步，顯得心事重重，愁眉不展。〕

〔遠處有幾名士兵「保護」蔣百里。〕

〔軍官乙和一個身穿棉袍的青年人上。〕

青年人 （邊呼喚）福叔！福叔！

蔣百里 （驚喜）復璁！復璁！你怎麼來了？

蔣復璁 我好不容易打聽到福叔在這兒，這位軍官又仗義讓侄兒來見你。

蔣百里 （肅然起敬）多謝您了！

軍官乙 （還禮）蔣先生，你們談吧。（下）

蔣復璁 福叔您好嗎？

蔣百里 我一切都好，請你轉言叫福母以及親人們放心。

蔣復璁 好好。

蔣百里　冬天天晚得早，請回吧。璁兒，你要專心於學業，不要辜負太老師、在天之靈梁任公對你的期望啊。

蔣復璁　是，是。福叔……

蔣百里　你還有什麼事要我幫助的？璁兒，你儘管說。

〔蔣復璁從懷裡掏出一件包裹的物品，解開，原來是一張字紙。〕

蔣百里　這是？

蔣復璁　這是小子的書法，敬獻給福叔您的。

蔣百里　（唸道，大喜過望）「能受天磨真鐵漢，不遭人忌是庸才。」好書法！好對聯！難得你有如此心機。

蔣復璁　小子有什麼「心機」？倒是夫人的堂侄，查家的「小阿哥」有心機？

蔣百里　查良鏞？他還是個小孩子。你且坐下說說。（兩人在石凳上坐談）

蔣復璁　福叔你別瞧他人小，卻聰明伶俐，好讀詩書，能說出連大人也不會說、不敢幹的言行。

蔣百里　喔？

蔣復璁　這回不知他從哪兒得到福叔被捕的消息，便大聲嚷嚷：「福叔是大好人，蔣介石是大壞蛋，他要殺蔣先生了！快去救他！」我喝止他：小孩子別胡言亂語？蔣公怎麼會殺害先生？你姑父是蔣委員長的老師。他央求我帶他到南京去救他，我當然拒絕。

蔣百里 鏞兒怎麼救我？

蔣復璁 他說他要學昆侖奴救虯髯客而救姑父出大牢。

蔣百里 （仰天大笑）小小年紀有如此心機！哈哈

蔣復璁 （笑道）笑話，笑話……

蔣百里 （正色地）此子不同凡響，你轉告他好好讀書，將來報效祖國！

蔣復璁 （起立）是。福叔，小子告辭了！（下）

〔蔣百里佇立，目送蔣復璁遠去。〕

〔軍官乙上。〕

軍官乙 蔣先生，請回吧。在下特備酒菜請蔣先生小酌。

蔣百里 （驚醒）啊……人家說三月不知肉味，我是三天不知酒味就不行。

〔軍官乙前導，兩人進入一間軒屋，室內生著炭火，桌上擺著佳餚。〕

〔兩人脫掉外衣。〕

軍官乙　蔣先生請！

蔣百里　李長官請！

軍官乙　今天能和蔣先生對酌，實在是在下機會難得，莫大的榮幸！這都是浙江的名菜：杭州煨雞、西湖醋魚、金華火腿、西湖蓴菜……這兩瓶酒一黃一白都是佳釀，狀元紅是紹興名酒，窖藏二十年，這桂花酒也有十年了，在下一直捨不得喝，今天在下要和蔣先生喝個痛快！

蔣百里　（阻擋）這怎麼使得？

軍官乙　蔣先生能抬舉在下，就是最痛快的事。

〔軍官乙不由分說便開封兩瓶酒。〕

軍官乙　蔣先生來白的還是黃的？

蔣百里　桂花酒吧。

軍官乙　（斟滿酒杯）蔣先生請！

蔣百里　（喝了一口，讚道）味醇酒香！名不虛傳！

軍官乙　（又敬菸給對方）蔣先生，請抽菸！上海的紫氣牌香菸。

蔣百里　李長官如此好酒好菸待蔣方震，莫不是要為我送行？來，乾杯！

軍官乙　喔？是為先生送行。（乾杯）

蔣百里　哈哈，痛快！痛快！「人生有酒須盡歡，莫使金樽空對月。兩人對酌山花開，一杯一杯復一杯。」

軍官乙　像蔣先生這樣俠骨柔腸、豪情滿懷、文武雙全的軍人天下少有。您為了國家大事而保了唐生智，誰知姓唐的不聽蔣先生的話，飛揚跋扈，野心勃勃，竟要反蔣總司令，自立為王，最後全軍覆沒，逃亡日本，讓老師做替罪羊！

蔣百里　李長官你也知道？

軍官乙　在下前些日子才獲悉。（瞥見桌上的一幅對聯）

軍官乙　（唸道）「能受天磨真鐵漢，不遭人忌是庸才。」

蔣百里　是剛才侄兒為我書寫的。

軍官乙　好！好！在下沒有喝過幾年墨水，那幅字反正是讚美蔣先生是鐵骨錚錚的男子漢大丈夫吧。

蔣百里　慚愧！慚愧！

軍官乙　好！蔣先生請！（斟滿酒杯）

蔣百里　人逢知己千杯少。來來，乾杯！（碰杯）乾。

〔桌上杯盤狼藉，杯裡滴酒不剩。〕

〔蔣百里醉得昏昏欲睡。〕

軍官乙　（起立，低聲）蔣先生，準備動身吧。

蔣百里　（驚醒）啊……司馬遷曰：「人固有一死，或重於泰山，或輕於鴻毛。」今天我蔣方震之死，輕於鴻毛。

軍官乙　不！在下放先生走，部下都睡熟了，小船就繫在湖邊。

蔣百里　（驚訝多於感動）那麼你呢？

軍官乙　在下是個無名小卒算什麼？先生還要幹轟轟烈烈的大事業。

蔣百里　（抽菸）我如果要走早就遠走高飛而不會自投羅網了。我不能連累你，你的好意我心領了。

軍官乙　先生現在不走，明天就將提解到南京去，吉凶難卜，生命繫於一線呀！

蔣百里　死我不怕，怕的是名節不能全始全終。外面會說蔣百里為了逃命，讓別人當替死鬼。「人生自古誰無死，留取丹心照汗青。」我絕不走！

軍官乙　（感動至深）蔣先生……在下送您。

〔兩人同下。〕

第13場

〔一九三〇年四月。〕

〔南京三元巷軍法處監獄，傍晚。〕

〔單人牢房，桌、椅、床、櫥等傢俱一應俱全，桌上堆放著書籍、文稿、文房四寶，一角點燃一盞洋油燈。〕

〔蔣百里和左梅上。〕

左梅　我和孩子們要回去了，明天再來看望你。

蔣百里　真是難為你了，早出晚歸的，還要服侍我。

左梅　難為什麼？這牢房好比家裡，我們相守一起有什麼不好？只是你沒有自由，夜晚更是寂寞。唉……

蔣百里　左梅，你為何唉聲歎氣？

左梅　想從前你為官之時，門前車水馬龍，人們紛至遝來。如今你犯事坐牢，就連你的親朋好友、同事門生也躲得不見影子——

〔幕後的聲響打斷道：「誰說『躲得不見影子』？我不是蔣百里先生的親友弟子嗎？」〕

左梅　（驚呼）啊呀，我的大侄兒！

〔一個西裝畢挺、戴著金絲邊眼鏡，風度翩翩的壯年人上。〕

蔣百里 （又驚又喜）志摩！志摩！你從哪兒變出來的？你提著行李幹什麼？

徐志摩 我是特地來陪福叔坐牢，把牢籠坐穿！

左梅 嬸嬸是錯怪你了。

徐志摩 我帶了頭，我的學生、同事都會來陪蔣先生坐牢！（放下行李）

蔣百里 （感歎）這兒是軍法重地，他們怎麼會放你進來？

徐志摩 誰人不知，哪個不曉，大名鼎鼎的自由派詩人徐志摩?!

蔣百里 你還是我行我素、獨來獨往。你就不怕辦你的罪？

徐志摩 誰敢？他們今天把我抓起來，我明天便在報上揭露，全國的輿論定叫他們焦頭爛額，騎虎難下！

左梅 大侄子是有這個本領的。

蔣百里 你還寵他？他更會忘乎所以，不知天高地厚。

徐志摩 放心吧，侄兒是學貫中西、知道法度的人。嬸嬸，侄兒還要和叔叔秉燭夜遊，聯床長談。

左梅 你和福叔還要做夜遊神？好好，我今夜能夠睡個安穩覺。（朝裡喊）蔣華、蔣和，咱們回去吧！喔，我再給你帶本書來，羅莎·盧森堡的《獄中書簡》。

蔣百里　左梅，虧你想得周到。

徐志摩　賢內助！賢內助！

左梅　瞧你們，你福叔不是要精神糧食麼？

〔內呼應：「是，媽媽！」「爸爸，明天見！」〕

蔣百里　明天見！

〔同下。〕

第14場

〔景同。〕

〔蔣百里和徐志摩促膝相談。〕

〔徐志摩的神態有時激動，有時沮喪，有時起立，有時頹坐。〕

蔣百里　你現在還愛她嗎？

徐志摩　除非死神才能把我和她分開！

蔣百里　侄兒，中國的好女子哪個不好找，你非要愛林徽因？

徐志摩　福叔，中國的好女子哪個不好找，你非要愛蔣左梅？

蔣百里　你真會將愚叔一軍。左梅是救了我的命！

徐志摩　嬸嬸是你的女神，就像林徽因是我的天使。她給了我靈感，給了我生命，給了我愛情，我才有了幸福。她是我的繆斯！我的維納斯！我的雅典娜！就連詩聖泰戈爾也讚美我倆是「金童玉女」、「天作之合」。福叔，你難道不懂？

蔣百里　我懂！但是你有家室，有孩子；她也有了戀人，而且其阿公又是你的老師、知音。

徐志摩　（霍然起立）先生，你不是推崇英國女作家夏洛蒂•勃朗特的名著《簡愛》嗎？小說中羅契斯特給簡愛的情詩，給我指出了光明之路：「我夢想：愛人也被人愛，是種無名的福氣；我盲目而熱忱地朝這個目標急驅。我不怕危險，我蔑視阻礙。預兆我也輕忽；無論什麼東西騷擾、警告和威脅，我都激昂地不顧！」

蔣百里　（感觸）你……你真是愛情至上。

徐志摩　是的！是的！我是愛情至上！自由至上！愛美至上！

蔣百里　林小姐是否也會這樣愛你？

徐志摩　（歇斯底里）先生，你竟然懷疑林小姐的玉潔松貞？我們曾朗誦雪萊與拜倫的詩篇、共讀狄更斯與哈代的小說、唱和薩福與彼特拉克的情歌、演出莎士比亞與泰戈爾的詩劇……就在昨天，我和她還在其北京客廳裡吟詩作畫，唱歌跳舞，成了林徽因沙龍裡兩顆最耀眼的明星！瞧！她來了！

蔣百里 誰？

徐志摩 林徽因！

第15場

〔舞臺轉暗。〕

〔一束光柱打在上場的林徽因身上，她豆蔻年華，光彩照人，髮辮上繫著藍色的蝴蝶結，一身月白色的衣裙、月白色的襪子、月白色的皮鞋。〕

〔又一束光柱打在迎去的徐志摩身上。〕

〔兩人握手、擁抱。一邊散步一邊唱和。〕

徐志摩 《再別康橋》

悄悄的我走了，
正如我悄悄的來；

我輕輕的招手，
作別西天的雲彩。
那河畔的金柳，
是夕陽中的新娘，
波光裡的豔影，
在我的心頭蕩漾。
軟泥上的青荇，
油油的在水底招搖；
在康河的柔波里，
我甘心做一條水草！
……

林徽因

《那一晚》

那一晚我的船搖出了河心，
澄藍的天上托著密密的星。
那一晚你的手牽著我的手，
迷惘的星夜封鎖起重愁。
那一晚你和我分定了方向，
兩人各認取個生活的模樣。

到如今我的船仍然在海面飄，
細弱的桅杆常在風濤裡搖。
到如今太陽只在我背後徘徊，
層層的陰影留守在我周圍。
到如今我還記著那一晚的天，
星光、眼淚、白茫茫的江邊！
到如今我還想念你岸上的耕種，
紅花兒黃花兒朵朵的生動。
……

徐志摩

《你去》

你去，我也走，我們在此分手；
你上哪一條大路，你放心走，
你看那街燈一直亮到天邊，
你只消跟從這光明的直線！
你先走，我站在此地望著你，
放輕些腳步，別教灰土揚起，
我要認清你的遠去的身影，

直到距離使我認你不分明，
再不然我就叫響你的名字，
不斷的提醒你有我在這裡
為消解荒街與深晚的荒涼，
目送你歸去
……
林徽因

《別丟掉》

別丟掉
這一把過往的熱情，
現在流水似的，
輕輕
在幽冷的山泉底，
在黑夜，在松林，
歎息似的渺茫，
你仍要保持著那真！
一樣是明月，
一樣是隔山燈火，
滿天的星，只有人不見，

夢似的掛起，
你向黑夜要回
那一句話——你仍得相信
山谷中留著
有那回音！

〔林徽因飄然而去。〕

〔徐志摩追去，失聲痛哭：「徽因！徽因！……」〕

第16場

〔舞臺轉亮。〕

〔蔣百里囚室。徐志摩伏案哭泣，淚水漣漣。〕

蔣百里 志摩！志摩你醒醒！

徐志摩 我該怎麼辦？怎麼辦？

蔣百里 「兩情若是久長時，又豈在朝朝暮暮。」去把這愛情化作你的靈感、你的生命、你的詩歌。

徐志摩（激動地緊握對方）好表叔，您真是我的良師益友！

蔣百里（搖頭笑道）志摩，天快亮了，你回去吧！

徐志摩（驚訝）福叔，你趕我走？

蔣百里　我巴不得你陪我坐牢到底，但外面海闊天空，你大有用武之地，我也要——

徐志摩（恍然大悟）啊，愚侄明白了。我這就走！

〔徐志摩離座，拿起行李。〕

〔兩人同下。〕

——幕落

第四幕　力挽狂瀾

第17場

〔一九三三年暮春時節，某天上午。〕

〔舞臺背景上映出海寧東山（瑪瑙谷萬石窩）‧徐志摩墓地。天朗氣晴，草長鶯飛，山野青翠。〕

〔一少年上。稚氣未脫，卻顯得老成持重，大模大樣地在前面開路。〕

〔蔣百里和蔣復璁身穿中山裝，神情肅穆，邊行邊談，蔣百里手持一束鮮花。〕

蔣百里　……自從慈母去世後，不孝兒已是十年沒有回鄉祭掃先人的墳墓了。「十年生死兩茫茫，不思量，自難忘！」

蔣復璁　好在老太太仙逝後，查夫人年年清明節代福叔及我們全家去老人家墳上掃墓……逢年過節她還要為老太太和蔣家祖先上香磕頭，求菩薩保佑子孫。

蔣百里　我這趟回來勸品珍解除婚約，她盡到了義務和責任，她卻「從一而終」，堅決要維護這個家，沒有埋怨我的意思。倒是親友們尤其是族中老長輩指責我的不是……情何以堪，情何以堪？

蔣復璁　人言可畏，人言可畏。

少年　（轉身，止步）姑父，當初姑媽是你在留學前奉父母之命訂的親，結婚也是迫不得已的。這是父親攀交情、母親討媳婦，而不是丈夫討妻子！

蔣復璁　言之有理。

蔣百里　（驚喜）良鏞！你小小年紀有如此見識。後生可畏！後生可畏！

查良鏞　誰再對大丈夫叔叔亂張烏鴉嘴，我去和他們辯論，舌戰羣儒！

蔣復璁　這個小書呆子博覽群書，什麼《三國演義》、《紅樓夢》、《水滸傳》、《西遊記》、《七俠五義》、《俠隱記》等小說看得津津有味，滾瓜爛熟；而且作文成績年年第一。

蔣百里　好！

〔猝然，查良鏞奪過蔣百里手上的花束奔去。〕

〔蔣百里、蔣復璁面面相覷，大惑不解。〕

查良鏞　（喊叫）到了！到了！表哥在等候我們！

〔蔣百里、蔣復璁恍然大悟，疾步而去。〕

查良鏞　（鞠躬致意）表哥！表哥！姑父和慰堂表弟來看望您了！（轉身，把花束交給

蔣百里）

〔蔣百里把鮮花整齊地放在徐志摩墓地。〕

〔蔣百里和蔣復璁、查良鏞肅立、默哀。〕

〔墓地上豎立大小不一的兩塊墓碑。〕

〔大的墓碑上由胡適之題寫「詩人徐志摩之墓」碑文。〕

〔小的墓碑上是凌叔華題寫的碑文「冷月照詩魂」。〕

蔣百里　（凝視墓碑上徐志摩的肖像，不由得悲從中來）志摩，志摩，愚叔來遲了！我沒有想到南京一別，竟成永訣……你太癡情了！因癡情而死！是林徽因害了你！不不，是愚叔害了你！

蔣復璁　福叔怎麼是你害了志摩？這是飛來橫禍，飛機撞山造成的悲劇。

蔣百里　是我害了他！是我害了他！在他陷入情網而不可自拔時，我沒有拯救他，反而引用秦觀的《鵲橋仙》詞使他在歧路上越走越遠……（泣不成聲）

蔣復璁　福叔此言大謬不然！既然表哥「陷入情網而不可自拔」，那麼誰都勸不轉他回頭是岸。他是性情中人，遲早會發生悲劇！

蔣百里　賢侄！賢侄！在大時代中愚叔期望你做中國的雪萊，而不僅僅是做歌唱愛情和大自然的濟慈……如今夢斷懸崖，晨星永沉。（悲慟欲絕，搖搖欲墜）

蔣復璁　（熱淚盈眶，扶持蔣百里）福叔節哀，福叔節哀。

查良鏞　（痛哭流淚，扶著墓碑）表哥，表哥，你看見了嗎？你叫姑父不要悲傷了！

〔驟然，舞臺背景上天昏地暗，烏雲翻滾狂風席捲，草木凋零。〕

蔣復璁　（驚呼）福叔，快走吧，天要變了！

查良鏞　表哥顯靈了！表哥顯靈了！

蔣復璁　「逝者已矣生者如斯。」姑父，您不是說您明天就要動身去湖南考察國防經濟嗎？

蔣百里　（猛醒）啊……我這次走之後，或許再沒有機會回鄉了。中日難免一戰，這些地區都將陷於敵手。有些事我向你和品珍交代了。

蔣復璁　福叔，您還有什麼事吩咐侄兒？

蔣百里　我覺得鏞兒是個可以造就的人材，你要扶植他。有什麼困難，你要幫助他。

蔣復璁　請福叔放心，侄兒盡力而為，讓他好好報效國家。

查良鏞　（拍手）謝謝姑父！謝謝表哥！我要做圖書家！

蔣復璁　（笑）還要做書呆子？

查良鏞　不不，姑父是軍事家，我要做外交家！抵抗日本鬼子！

蔣百里、蔣復璁　（擊節讚賞）好！好！

〔蔣百里和蔣復璁、查良鏞朝徐志摩靈位致敬。〕

〔三人大步而下。〕

第18場

〔一九三六年十二月十一日下午。〕

〔西安臨潼華清池·五間廳。〕

〔一個面容瘦削、腰背筆挺，身穿綢袍，留有一字鬍鬚，年約五旬的長者上。〕

〔長者入座，拿起桌上的古籍閱讀。〕

〔衛士上。〕

衛士　報告蔣委員長！張副總司令已把軍委顧問蔣百里先生接來。

蔣介石　（起立）快請蔣先生進來！

〔蔣百里和張學良上，前者身穿西裝，風塵僕僕，後者一身戎裝，英氣勃勃。〕

蔣百里　（敬禮）委員長，您好！

蔣介石　（熱情地握手）先生好！先生請坐。

張學良　（欲下）委員長，在下已將蔣先生從西安接到這兒。

蔣介石　你也聽聽。

〔三人分賓主入座。〕

〔衛士端茶、敬菸。〕

〔蔣百里謝過，喝茶，抽菸。〕

蔣介石　先生一路上辛苦了，您此番出國考察有一年多了吧？

蔣百里　（點頭）除了公務外，方震帶了內人和兩個女兒順便遊覽各國的名勝古蹟，瞭解當地的風土人情，研究那兒的歷史文化，獲益非淺。方震打算像從前恩師、故人梁任公撰寫《歐遊心影錄》那樣，寫一部旅行歐美的見聞錄，記述各國的政治、軍事、文化、經濟、風物、名勝古跡。

蔣介石　好！這將是一部煌煌巨著。中正沒有機會出國，但讀了先生的書猶如身臨其境，深入堂奧。

蔣百里　委員長謬獎！

蔣介石　中正順便問一下，蔣緯國的留學問題有否希望？

蔣百里　方震正要向委員長覆命。令郎勤奮好學，報國心切，加上委員長的國際威望，

蔣介石　鄙人在德國的人脈，蔣緯國以少尉銜被德國慕尼黑陸軍軍官學校錄取。（取出文檔）

蔣百里　（閱）太好了！中正拜謝先生對犬子的舉薦。（鞠躬）

蔣介石　（擋住）委員長言重了。中日必有一戰，國家急需培養軍事人才，令郎投筆從戎，改學軍事，才是他進入德國軍校的首要條件。

蔣百里　哎，他人地生疏，又不通德語，如果沒有您的鼎力相助，要進德國第一流軍校談何容易？

蔣介石　委員長過獎。不過，這次唯一遺憾的是內人痛苦，埋怨方震把兩個女兒丟在國外。

蔣百里　（吃驚）什麼？您把兩位令嬡丟掉了？

蔣介石　（笑道）不是丟掉，是讓她們也留學德國？

先生您且說說。

第19場

〔換景。〕

〔舞臺背景上映出德國柏林火車站的外景。〕

〔蔣百里和左梅、三女蔣英、五女蔣和上，後面跟隨一個身穿中山裝的英俊青年。〕

〔左梅心酸的模樣，用手帕抹淚。〕

蔣百里 這回我們的孩子能進入德國初級貴冑學校，機會難得……又適合兩女的志趣，一個酷愛音樂，一個喜歡文學，將來對於國家都是有用的人才。

左梅 你除了公務外，凡事總和我商量，為什麼女兒留學這樣的大事不跟我商量一下？到了柏林，生米煮成熟飯。

蔣百里 我假如和你商量了，你就不會放她們出國一步。

左梅 真有你的，兩個女兒畢竟還小啊！

蔣百里 一個十七歲，一個十三歲，不小了！你想想你自己十五歲就獨自遠行去外地讀書，後來又到中國……她們畢竟還能互相照顧，有個道伴。蔣英、蔣和，爸爸說得對不對？

蔣英、蔣和 （異口同聲）爸爸說得對！

蔣百里　（笑）怎麼樣？

左梅　（不悅）你們心目中就只有爸爸，沒有媽媽。

蔣英、蔣和　（不約而同）爸爸好！媽媽也好！

青年人　太師母，我會照顧兩位妹妹！

蔣百里　委員長的令郎也這麼保證，你還有什麼不放心的？

佐梅　我放心！我放心！

蔣百里　蔣英，你將來學音樂，到了有相當成就的一天，會感到內心的空虛，那時你不能灰心放棄，必須一面回想歷史的進程，一面在大自然中求解決的難題。這是天人交戰的關頭，也就是一生成敗的關頭。

〔蔣英默默點頭。〕

蔣百里　快要分別了，大家應該高高興興。來，蔣英給我們唱支歌兒。

蔣英　（思忖了一下）我給媽媽、爸爸唱支歌兒作為紀念吧。

蔣英　（唱）

乘著歌聲的翅膀，親愛的，隨我前往，

去到那恒河岸旁，最美麗的地方；

那花園裡開滿了紅花，月亮在放射光芒。

玉蓮花在那兒等待，等她的小妹妹。

紫羅蘭微笑地耳語，仰望著明亮星星，

玫瑰花悄悄地講著她芬芳的心情；

那溫柔而可愛的羚羊，跳過來細心傾聽，

遠處那聖河的波濤，發出了喧囂聲。

……

〔路過的旅客停下傾聽。〕

〔蔣英唱罷。眾人拍手叫好。〕

〔左梅破涕為笑。〕

蔣百里　蔣英，這支由音樂家門德爾松根據詩人海涅詩歌作曲的德國民歌《乘著歌聲的翅膀》，你現在只會用中文唱，將來你就能用德文唱了。

蔣英　爸爸、媽媽，等我們再見面時，女兒會用德文唱給大家聽。

蔣百里　我們期待你們三人學成歸來。再見！

蔣英、蔣和　爸爸、媽媽再見！

蔣緯國　太老師、太師母再見！

〔火車的汽笛聲鳴響。〕

〔蔣百里一家下。〕

第20場

〔布景回到西安臨潼華清池・五間廳。〕

蔣介石　（莞爾一笑）一場虛驚，先生您真是教子有方啊！

蔣百里　這是題外事，言歸正傳。方震這次奉委員長之命考察義大利、奧地利、南斯拉夫、捷克、匈牙利、德國、法國、英國、美國等歐美諸國的軍事和國防建設，真是大開眼界，受益良多，與從前的見識，不可同日而語。

蔣介石　先生您出國考察，中正真是望眼欲穿，恨不能立即知道歐美國家是如何實施國防總動員法。現在國家的形勢岌岌可危，日本帝國隨時隨地會發動侵略戰爭……

蔣百里　是啊，兩年前，方震以私人身分赴日本考察經濟，曾訪問當年日本士官學校的老同學、現在是日本軍界的要人荒木禎夫、真崎甚三郎，還有日本皇族閒院宮。我們有一次交鋒……

第21場

〔舞臺轉暗。〕

〔隨著蔣百里的述說，轉換場景。〕

〔日本東京陸軍部。〕

〔蔣百里、荒木禎夫、真崎甚三郎、閒院宮等人上。〕

〔蔣百里邊走邊和他們爭執什麼。〕

〔一束光柱打在蔣百里以及荒木禎夫、真崎甚三郎、閒院宮等辯論者身上。〕

蔣百里 ……你們無論說得多麼漂亮，總掩飾不了侵略我國的野心！

真崎甚三郎 你們東北地廣人稀，資源豐富蘊藏於地；而日本人口眾多，不能不求一條出路呀！

蔣百里 那麼你們強佔就是了，何必講什麼冠冕堂皇的理論，豈非自欺欺人！

荒木禎夫 老同學，你何必這樣大動肝火？

蔣百里 這是事關國家大計，我蔣方震豈能忍氣吞聲，講什麼斯文？

閒院宮 中日問題不是一個「拖」能夠了事的，中國救助英、美，那是遠水難救近火。日本人應當老老實實地講，中國人應當爽爽快快地回答。蔣介石如果派代表

蔣百里 來，做出明朗的姿態，我願盡力幫助。我是以私人身分來貴國考察的，但我可以告訴您，蔣介石不會屈從於日本！

〔同下。〕

第22場

〔舞臺轉亮。〕

〔布景回到西安臨潼華清池・五間廳。〕

蔣介石 （拊掌叫好）好……但我國內憂外患還沒有做好戰爭準備。

蔣百里 委員長，方震打算把這次考察的所見所聞、所想所思以及從前的有關文章，編寫一本書，題目為《國防論》。

蔣介石 （大喜）《國防論》？太好了。先生，您寫了沒有？

蔣百里 已寫了一部分，請委員長假以時日。

蔣介石 您能否提綱挈領簡單說說，想到那裡就說到那裡？

蔣百里 （思忖一下）世界的變遷真如電光流火，第一次世界大戰以海軍為主導，我預料第二次世界大戰將以空軍為主力。現代經濟和其他各部門，無一不與國防有密切聯繫，各國的情況雖不盡相同，但以國防為中心思想則並無二致……現代戰爭，將由過去的平面戰爭，演化為今後的立體戰爭。

蔣介石　（點頭）先生有獨到見解。那麼我國呢？

蔣百里　遺憾的是，我們不求生產與出口貿易的發展，也不去研究經濟上的自給自足，只求政府少花錢，不問其效率如何，而財富涓涓外流，仍然無補於國民經濟之危。

蔣介石　先生請繼續說下去。

蔣百里　中國建設國防，無論從政治、外交、經濟、工業、軍事哪一個角度來看，都萬萬趕不及了，此時唯一快而有效的辦法，就是積極發展空軍，加快訓練航空人才。空軍必須獨立，英、德、法、義等國的空軍都是獨立的。發展空軍德國做得最好，蘇聯迎頭趕上，英國埋頭苦幹，義大利次之，美國不重視發展空軍。至於我國，空軍還處於萌芽狀態，我自己雖然是陸軍出身，但我力主發展空軍，中國陸軍是堅決反對空軍獨立的，這會分他們的權。所以方震建議發展空軍，應由委員長您親自主持。

蔣介石　先生此建議甚好。

蔣百里　十三年前，家母去世，方震回鄉奔喪，北返途中經過徐州，和門生龔浩談起時勢，認為中日必有一戰，一旦打起來，津浦、京漢兩路必被日軍佔領，中國國

蔣介石　防應以「三陽」（洛陽、襄陽、衡陽）為根據地……請軍事委員會早作準備呀！

（將信將疑）先生有如此見地，容中正深思。

〔外面響起此起彼伏的口號聲：「中國人不打中國人！」「停止內戰，一致抗日！」〕

蔣介石　（起立，憤激）您瞧瞧！漢卿你這是怎麼搞的？

張學良　在下去看看。

〔張學良下。〕

蔣百里　這是怎麼回事？

蔣介石　還不是共產黨組織學生鬧事？彷彿我蔣中正是打內戰、不抗日的罪魁禍首！古人所謂「攘外必先安內」，意思就是先要平定內亂，然後可以抵禦外侮，這話有至當不移、顛撲不破的真理。我們應當堅定確認革命軍當前的責任，只有先剿匪，然後才能抗日。所以，這次蔣某親臨西安督戰，就是命令東北軍張學良、西北軍楊虎城，要麼立即進攻延安共軍，要麼調離西安而去福建、安徽。

蔣百里　他們什麼態度呢？

蔣介石　他們卻天天來逼迫蔣某停止剿匪，立即抗日。張學良更是演得聲淚俱下，蔣某絕不為之動搖！

〔外面口號聲沉寂。〕

〔張學良上。〕

張學良　在下已叫學生不要胡來，蔣委員長正在商討國事。

〔衛士上。〕

衛士　蔣委員長，西安綏靖公署來電請蔣先生赴宴，南京政府的軍政大員都已到場。

張學良　那在下陪同蔣先生回城。

蔣介石　讓先生先回城赴宴。漢卿，你在這兒吃飯，蔣某還有話對你說。

張學良　遵命。

〔蔣百里、蔣介石、張學良分頭下。〕

第23場

〔舞臺轉暗。一片漆黑。〕

〔西安綏靖公署招待所。〕

〔突然響起的槍聲。〕

〔不斷響起的槍聲，由疏而密。〕

〔曙光破曉。〕

〔軍官丙與兩個荷槍實彈的士兵上。〕

軍官丙 從上海來的蔣百里先生住在哪一間房間？

〔蔣百里穿著絲棉棉襖上。〕

軍官丙 您就是蔣先生？

蔣百里 正是。

軍官丙 沒有什麼大事，請蔣先生去客廳裡坐！

〔兩個士兵夾著蔣百里下。〕

第24場

〔天光大亮。〕

〔招待所客廳。〕

〔濟濟一堂，鴉雀無聲，坐滿了年逾半百的中央軍政官員蔣作賓、陳誠、衛立煌、陳繼承、

蔣鼎文、邵力子、朱紹良、陳調元、萬耀煌……及其夫人、被繳槍的衛士。一個個睡眼惺忪，衣冠不整、噤若寒蟬，憂心忡忡。〕

〔軍官丙、士兵、蔣百里上。〕

蔣百里 （見狀，喃喃而語）昨為座上客，今為階下囚。

〔眾人不約而同地起立，又垂頭喪氣地頹坐。〕

〔又有幾個官員被押了進來。但誰也不敢出聲。〕

蔣百里 （對軍官丙）今天究竟發生了什麼事？

軍官丙 你們上了年紀的人，哪裡知道我們年輕人的苦悶？事情不會擴大，過一會就會有真實的消息。

〔外面響起叫賣「號外」的喊聲。〕

「『號外』！『號外』！快來買『號外』呀！」「特大新聞！最新消息！」「『西安事變』！『張楊兵諫』！」

〔軍官丙命士兵買了幾份報紙進來。〕

〔眾人爭先恐後地搶閱報紙。〕

〔有人提議：「還是請蔣百里先生讀報，這樣大家都能知道新聞。」〕

軍官丙　（拿過報紙給蔣百里）蔣先生請！

蔣百里　（朗讀）「張揚兵諫，提出八項要求：一，改組南京政府，容納各黨各派，共同負責救國；二，停止一切內戰；三，立即釋放上海被捕之愛國領袖；四，釋放全國一切政治犯；五，開放民眾愛國運動；六，保障人民集會結社一切政治權利；七，確實遵守總理遺囑；八，立即召開救國會議。……」

〔嘩聲大作，議論紛紛，有的贊同，有的搖頭。〕

〔張學良匆匆上。〕

張學良　（抱拳作揖）對不起！諸位受驚了。

〔群情激憤，不甘人後：「太不像話了，把我們中央大員像犯人似的押來？」「什麼『兵諫』？這是叛亂！」「只有殺罪，沒有餓罪。我們整天沒有進一滴水，一粒米。」「吃飯！吃飯！」「……」〕

張學良　我張學良再次向諸位表示歉意。當務之急是讓諸位吃飽飯、睡好覺。

〔眾人一致表示贊同：「這才像話。」〕

張學良　（低聲吩咐軍官丙）把他們移居樓上，重新分配房間。不許閉門、不准交談、不許關燈，每間房間派兵嚴加把守。

軍官丙　遵命！

張學良　鄙人給諸位安排了新的房間，那裡生活起居衛生設備一應俱全，保證大家滿意。現在請諸位回到各自房間，由士兵嚮導。美酒佳餚會送到各位的房間，請諸位慢慢享用，好好休息。

〔蔣百里隨眾人下。〕

張學良　蔣先生請留步，先君非常敬重您，不才有個疑難問題想請教先生。

蔣百里　就在這兒？

張學良　（瞥見周圍無人，點頭）就幾句話，說完鄙人送先生回房間。

〔兩人入座。〕

蔣百里　什麼疑難問題？

張學良　（掏出一紙遞給對方）蔣先生是無黨派人士，說話、辦事都很公正、坦率。學生十分佩服！

蔣百里　（戴上眼鏡接閱）兵諫電報……我已經在號外上獲悉其內容了。（將電報還給對方）

張學良　先生以為如何？

蔣百里 今天是力的問題。

張學良 「力的問題」？今天在下驚動了你們，非常對不起。請先生能否正面指示一下？

蔣百里 在西安，你們的力量很夠，尤其在這招待所裡，用兩條槍就足夠對付我們了，可是西安之外又是怎樣呢？

張學良 西安之外，我們就力不從心了。

蔣百里 你既然知道得很清楚，就不用來問我了！

張學良 蔣先生您還在生我的氣，明天再請教先生。

〔張學良、蔣百里下。〕

第25場

〔西安・蔣介石寓所〕

〔蔣百里上。〕

〔蔣百里聽見室內爭吵聲便止步。〕

蔣介石的聲音 ……今日蔣某擔負國家存亡之責任，凡效忠中華民國之國民，此時皆應聽中樞與領袖之命令；反之，若劫持領袖，強迫領袖，危害國家者，即為蔣某之敵人，亦即為國民之公敵。

張學良　卑職和楊將軍提出的八項要求呢

蔣介石　你身為軍人，又是黨員，用這種方式陳述國事，不是叛變是什麼？蔣某寧死也絕不接受！

張學良　如果蔣總司令回京，可否向中央提出？

蔣介石　可以提出，但決不贊成。

張學良　你既然不贊成，提它何益？

蔣介石　黨有紀律與議事規則，蔣某怎麼能專斷獨行呢？

張學良　（譏諷）委員長人格實在太偉大了，但有一點不無令人遺憾，在下覺得委員長之思想實在太右！太舊！

蔣介石　何謂「右」？何謂「舊」？又何謂「太右」？

張學良　（怔了一下）委員長所看之書，多是韓非子、墨子一類，豈非太舊？

蔣介石　蔣某不知你所看什麼新書？且你所謂新書者係何種書籍？是否以馬克思《資本論》與共產主義之書籍為新書？須知精神之新舊，不在所看之書之新舊。

張學良　舉例說，委員長滿腦筋都是岳武穆、文天祥、史可法，總覺得趕不上時代。為何不從成功著想，而只求成仁？……

〔蔣百里忍不住地闖入。〕

〔蔣介石側身睡床，張學良侃侃而談。〕

蔣百里 （直言）張學良！蔣委員長滿腦筋如果不是岳武穆、文天祥、史可法這些民族英雄，倒是秦檜、呂文煥、李成棟那些漢奸賣國賊嗎？難道這才叫趕上時代嗎？

張學良 （吃驚）啊……

蔣介石 （轉身，伸手）先生您來了！好！恕中正不能出迎……喔唷。（一陣疼痛）

蔣百里 （急忙過去握手）委員長您的身體？

蔣介石 （指指張學良）還不是那天他們兵變，蔣某越牆出逃時摔在深溝裡，溝有二丈多深……上帝保佑，命不該絕。中正本來差漢卿接您晤談，他要緊和蔣某爭辯。

蔣百里 方震按照約定時間而來，已在門外多時。

張學良 先生，真對不起！

蔣百里 「不成功，即成仁。」這是先總理的教誨。你連忠奸、善惡也分不清，還遑論什麼成功、成仁？

〔張學良語塞。〕

蔣介石　（揮手）你去吧，蔣某要和先生談事。

〔張學良下。〕

蔣介石　剛才中正長篇大論卻阻擋不了他的喋喋不休，而先生您兩句話就把他說得啞口無言。

蔣百里　委員長過獎。

蔣介石　先生一向和顏悅色，今天卻聲色俱厲。

蔣百里　方震怎麼能不惱火呢？張學良從前身為鎮守東北的少帥，卻丟師失地，喪權辱國，中東路事件敗於蘇聯；九一八事變，下令不抵抗，使日軍侵佔我東三省；熱河戰役放棄職守，再次不戰而退……像這樣一個不讀書、不知帶兵，成天只知抽鴉片、玩女人、打麻將的花花公子、敗軍之將，今天儼然像民族英雄動用武力來解決國家大事，我是決不贊成的！方震是沒有好面色給他看的！這幾天，他在您那兒碰壁，便老是來糾纏我，名為請教，實是試探。

蔣介石　他對您怎麼說？

第26場

〔換景。〕

〔西安綏靖公署招待所・蔣百里寢室。〕

〔蔣百里在看書。〕

〔張學良上。〕

張學良 （入座）蔣先生好！今天得到消息，親日派何應欽準備和我們大幹一場，您看黃埔系軍官會不會跟何採取一致行動？

蔣百里 你應當知道得比我更多；我剛從國外回來。

張學良 （自言自語）假如陸軍來攻西安，時間花得長，而我們的抵抗力也不小。我所憂慮的是他們動用空軍，空軍所關係的，不僅是我們的安全問題……

蔣百里 （內心獨白）這樣看來，蔣委員長安然無恙。

蔣百里 你問計於我，我一切都蒙在鼓裡，沒有情報怎能下判斷？你說，俘虜怎麼能當軍師？

張學良 您要哪一類情報呢？

蔣百里 委員長在什麼地方？你們要脅他，他怎樣表示？國內外對這次非常事變反應如何？

張學良　（沉吟一下）我們還是先談力的問題，假如南京派飛機來西安轟炸……

蔣百里　委員長在西安，他們不會來轟炸的。

張學良　（如釋重負，眉飛色舞）是是，明天見！（下）

第27場

〔景同。〕

〔蔣百里在打坐。〕

〔張學良上。〕

〔張學良見狀，佇立一旁。〕

蔣百里　（打坐畢，瞥見對方）張漢卿，又有什麼事？

張學良　蔣先生，您講得對，今天仍然是力的問題：委員長在我們的包圍之中，我們又在中央軍的包圍中。

〔蔣百里不接話頭。〕

張學良　我們共同的朋友，英國顧問、澳大利亞人端納將由南京飛來西安，進行調停。

還有委員長夫人和宋子文也快來西安，周恩來將從延安來參與調停。

蔣百里 張漢卿，你究竟有何貴幹？

張學良 對不起，又要來麻煩蔣先生……我想請您去見一次委員長。我每次見他時，他總是懷疑我不懷好意，大動肝火。鄙人希望您去勸勸他，只有您說得上話。

蔣百里 蔣方震當仁不讓。

張學良 待鄙人向委員長彙報後再通知您晉見時間。

〔蔣百里點頭。〕

〔張學良起立。〕

蔣百里 張漢卿，你是否有打破僵局的誠意？

張學良 蔣先生怎麼懷疑我沒有誠意？

蔣百里 你是否想讓我先到南京去？

張學良 是的，因為您是無黨派色彩的軍界老前輩。

蔣百里 何以不對我先說明？

張學良 想您見過委員長後再告訴您。

蔣百里 我非黨國要人，去了也無濟於事，要解決問題，須派南京方面能信任的人去。

張學良 您看誰好？

蔣百里 留在西安的軍政大員中，你最恨誰？

張學良 我不恨什麼人，但我最反感蔣銘三，此人好出壞主意。

蔣百里 那麼就派蔣銘三。

張學良 為什麼？

蔣百里 派一個你最不喜歡的人前去，表示你絕無傷害其他中央大員之意，表示你對和平解決時局抱有很大的誠意，這樣就能夠產生積極的效果。

張學良 蔣先生高見！我不但同意派他去，而且還想請委員長寫一道停止轟炸西安的親筆手令讓他帶去。

〔張學良下。〕

第28場

〔布景回到西安·蔣介石寓所。〕

蔣介石 （笑）先生不愧為軍師呀！

蔣百里　事變這樣僵持下去總不是辦法，委員長這階下囚就一直做下去？

蔣介石　昨天座上客，今天階下囚。張學良發動兵變，完全打亂了蔣某的抗戰計畫，共產黨、張學良、楊虎城他們說我不抗日，真是笑話！直到這次兵變，張學良偷看了蔣某的日記，才明白蔣某正在策畫抗日鴻圖，可是天機洩漏，事情完全被他搞糟了。

蔣百里　請委員長賜教。

蔣介石　誠如您所說的：「中國建設國防，無論從政治、外交、經濟、工業、軍事哪一個角度來看，都萬萬趕不及了。」我國跟日本的實力相比相差懸殊，各方面的準備不足，如果臨陣磨槍，適得其反。因此，中正作戰略部署，發展國防經濟，積蓄力量，爭取時間，以備與日本侵略者一戰。

蔣百里　方震明白了委員長被人詬病的兩句至理名言：「和平未到完全絕望之時期，絕不放棄和平；犧牲未到最後關頭，亦絕不輕言犧牲。」

蔣介石　這真是中正的苦衷。

蔣百里　那麼，委員長為什麼不把您的抗日大計告知張學良呢？

蔣介石　他是小事精明，大事糊塗！成事不足，敗事有餘！

蔣百里　委員長為什麼不把您的遠見卓識直接告之民眾呢？

蔣介石　晏子曰：「聖人千慮，必有一失；愚者千慮，必有一得。」如果我把抗日的國防計畫公諸於眾，這固然能慰藉民心，但天機洩漏，也必然引起日本軍方死硬派的警惕，而加快發動侵華戰爭。

蔣百里　鄙人茅塞頓開！從前吳越爭霸，越國大敗，越王勾踐如果把臥薪嚐膽、勵精圖治、十年生聚、十年教訓的復國大計公諸於眾，那麼，吳王夫差還會放還人質勾踐嗎？早就把越國滅了，將越王殺掉。

蔣介石　覆水難收！……其實，張學良要做西北王，與中央分庭抗禮。

蔣百里　委員長此言使方震聯想起了一件往事。

蔣介石　先生請說，中正洗耳恭聽。

蔣百里　民國十八年八月，鄙人承蒙蔣總司令的器重，以人格擔保唐生智效忠中央，誰知他野心勃勃，不聽師言而中途變卦，通電反蔣。結果適得其反，眾叛親離，一敗塗地，逃之夭夭……

蔣介石　唉……中正不得不把先生囚禁，從您的寓所裡搜出了無線電臺和密碼本，獲取了您和唐生智秘密通款的證據——「東不如西」，先生您清楚這是什麼罪名。後來還是不少人擔保，先生才提前釋放。

蔣百里　（驚訝）委員長到現在還以為「東不如西」的電文是方震通敵，反對中央的叛變罪證。

蔣介石 軍法處都這樣定性。這還有何種解釋嗎？

蔣百里 東不是指南京、蔣委員長；西也不是指湖南、唐生智。「東不如西」，並不是暗示蔣委員長不如唐生智，而要讓唐生智替而代之。東是指中原，西是指西北、新疆。「東不如西」，就是提醒唐生智，你與其熱衷於在中原打內戰，爭權奪利，作蝸角蠻觸之爭，遠不如去新疆，追隨左宗棠的步伐，為西北的國防建設建功立業。所以，方震曾撰賀聯給他……

蔣介石 啊呀……南轅北轍，完全弄錯了！先生，您受委屈了！（致歉）

蔣百里 方震難辭其咎。

蔣介石 古人曰：「窮則獨善其身，達則兼濟天下。」您先生即使囚禁牢籠、身處逆境，在潔身自好，修身養性之外，還在想著如何「兼濟天下」。中正聽說先生出獄後著書立說，潛心研究中國的政治、經濟、軍事、國防……

蔣百里 「禍兮福所倚，福兮禍所伏。」多虧這次牢獄之災，方震參透了人生哲理，所以，方震自號為「澹寧」。在閒雲野鶴的歲月裡，雷打不動地練靜坐、打太極拳、研究佛經、哲學、唐詩，專心著述……哈哈。

蔣介石 「澹寧」起得好！「非澹泊無以明志，非寧靜無以致遠」。

蔣百里　委員長，西安事變解決越早越好。

蔣介石　您來得正好。先生高見？

〔張學良和一位中年人上，其人身穿中山裝，頗有威儀，光頭濃眉，目光炯炯。〕

警衛　（入報）張學良有要事進見委員長！

〔蔣介石招手。〕

第29場

〔景同。〕

蔣介石　你又有什麼事？

張學良　中共代表周恩來先生專程從延安飛來，慰問委員長。

蔣介石　（一驚）不見！

蔣百里　委員長，「來而不往非禮也」，見比不見為好！

蔣介石　見。

周恩來　（進見）學生周恩來參見蔣委員長！並代表中共方面和毛澤東主席向委員長表

示慰問。區區薄禮，表示些微心意：長白山的野參、雲南的白藥、還有陝北的大棗、蘋果，這是我們自己種的。（邊說邊把禮物放在桌上）

蔣介石 你是蔣某的什麼學生？

周恩來 委員長，恩來不僅是您的學生，而且也是您的部下。一九二四年十一月您是黃埔軍校校長，在下是黃埔軍校政治教官；一九二五年十月，討伐陳炯明叛軍時，蔣校長兼任國民革命軍第一軍軍長，在下兼任國民革命軍第一軍政治部主任；一九二六年五月，蔣校長是國民革命軍總司令，在下則任國民革命軍特別訓練班主任，堅決支持蔣校長北伐……

蔣介石 （打斷）今天不談政治！

周恩來 在下謹守委員長的鈞旨！

蔣百里 （不由得讚道）周先生真是博聞強記。

周恩來 （似曾相識）這位是？

張學良 這位便是大名鼎鼎的中國軍事學家蔣百里先生。

周恩來 （喜出望外，緊握對方）久仰！久仰！恩來有眼不識泰山！您的不朽著作《孫子淺釋》、《歐洲文藝復興史》，以及一系列國防理論均是在下的必讀教材。

蔣百里 這些不過是方震的一孔之見，或是借來的火種。

周恩來　蔣先生高風亮節，虛懷若谷，令人肅然起敬！在下遺憾的是，未能成為蔣校長的學生；在下榮幸的是，今天終於能瞻仰蔣校長的手采！

蔣百里　周先生您過譽了！不過，周先生的風度、才能，方震如雷貫耳。今天一見，果然如此！

周恩來　是嗎？

蔣百里　中國誰不知道共產黨人之中有一位「美髯公」？

張學良　周副主席留了鬍子就像關公。

蔣百里　周先生，您的「美髯」？

周恩來　我把它剃了！

蔣百里　為什麼？

張學良　太可惜了，我也埋怨周副主席。

周恩來　鬍子事小，國家事大！在下要進見蔣委員長怎麼能不修邊幅、不講禮節呢？

蔣介石　（感動）翔宇，翔宇，你的心目中真的還有蔣某嗎？

周恩來　我們共產黨人光明磊落、推心置腹。不僅是在下，而且上至毛澤東、下到紅軍戰士都推崇您蔣委員長。只要委員長「停止內戰，一致抗日」，我們將竭盡全力，和平解決西安事變。我們不僅要保證您委員長的人身安全，而且還要促使史達林讓令郎蔣建豐先生早日回國，參加抗戰。

蔣介石 （感觸）蔣經國在俄國做人質已有十二年了……

張學良 （驚呼）周恩來！「捉蔣」，你對我說得頭頭是道；「放蔣」，你又說得頭頭是道。

蔣百里 天機洩漏。

〔蔣介石冷笑。〕

周恩來 （聲色俱厲）張學良，你大事糊塗，胡言亂語！

張學良 （忿忿不平）你們誇我是「千古功臣」，延安還要搭臺公審蔣介石；這幾天中外輿論卻一致譴責我是「民族罪人」，甚至蘇聯也罵我是「叛徒」、「漢奸」——

周恩來 （喝斷）莫須有！委員長訓令：「今天不談政治！」委員長您辛苦了，在下和漢卿不打擾您了。蔣先生，後會有期！

〔張學良隨同周恩來下。〕

蔣百里 （感歎）周恩來八面玲瓏、縱橫捭闔，是個外交人才。

蔣介石 他們唱的雙簧不攻自破！

蔣百里 （點頭）不過，中共方面和平解決西安事變的提議倒是和方震的想法不謀而合，

蔣介石　委員長亟須離開這個是非之地。

蔣百里　虎狼之穴！

蔣介石　敝意：南京方面應暫停轟炸……

蔣百里　您的建議很好。銘三去南京。但是親筆信不能落到張學良手裡，如果由您把我的手令直接交給蔣銘三，張學良不放心，擔心你倆講他的壞話。

蔣介石　不妨略施小計。當天蔣銘三飛離西安前，委員長當著張漢卿的面直接把親筆手令交給銘三。

蔣百里　兩全其美！先生不愧為軍師。

蔣介石　（自嘲）俘虜當軍師。

〔兩人大笑，蔣百里下。〕

第30場

〔換景。〕

〔西安綏靖公署招待所・蔣百里寢室。〕

〔蔣百里在寫明信片。明信片印有西安的風景。〕

〔蔣百里的書寫聲：〕

「蔣英、蔣和：親愛的女兒！你們一切都好嗎？爸爸非常惦念你們。爸爸現在西安，做了『階下囚』……爸爸每天會寫明信片給你們，留作紀念。」

「……西安事變正在和平解決中，共產黨代表周恩來已從延安抵達西安。」

「……委員長夫人、宋美齡女士，宋子文先生等人從南京飛來西安。」

「……今天，蔣委員長終於飛回南京了，由張學良陪同。」

「……告訴一個好消息，明天再來飛機聲，你們的爸爸就將離開古城西安了。」

〔軍官丙上。〕

軍官丙　報告！請蔣先生赴宴，楊將軍特地為蔣先生和南京的軍政要人舉辦送行宴席。

蔣百里　（起立，笑吟）昨為階下囚，今又座上客！

〔同下。〕

——幕落

第五幕　鞠躬盡瘁

第31場

〔一九三七年十一月。〕

〔德國柏林・雅特隆飯店。室外走廊。〕

〔蔣百里、蔣緯國上。後者一身戎裝，威風凜凜，神色凝重。〕

〔蔣緯國扶蔣百里入座，佇立其後，警惕周圍動靜。〕

〔蔣百里埋頭抽菸，心神不安。〕

〔兩位姑娘手挽手上，朝蔣百里走來。〕

蔣緯國　（眼明手快）這兒不是閒人停留之處，請你們離開！

姑娘甲　這兒是公共場所，要走要留是我們的自由！

姑娘乙　你也管得太寬了？本小姐就是留在這兒不走了！

蔣緯國　你們要幹什麼？（似乎動武的樣子）

〔蔣百里驚醒，朝她們一瞥，似曾相識，不敢相認。〕

〔姑娘們卻笑了起來。〕

蔣百里　（驚喜地起立）蔣英！蔣和！

〔蔣緯國尷尬地木立一邊。〕

蔣英　爸爸，你連我們也認不出來？

蔣和　你的衛士還把我們當成特務？

蔣百里　啊，這是你們的蔣緯國哥哥，他現在是爸爸的侍從武官。

蔣英　怪不得這麼神氣，穿了軍裝，判若兩人。

蔣百里　別說他沒有認出你倆，就連爸爸也不敢相認，保衛爸爸的安全是他的職責呀！

蔣緯國　愚兄一時眼花，沒有認出兩位妹妹，實在抱歉！兩位請坐。（敬禮）

蔣和　（撲入父親的懷抱）爸爸！爸爸！女兒好想念爸爸，還有媽媽。

蔣百里　僅僅兩年，你們長成大姑娘了，亭亭玉立，洋派十足，再加上一身西裝，爸爸還以為是德國姑娘呢。

蔣英　爸爸看世界，目光尖銳，看女兒卻成了近視眼！哈哈。

〔眾人皆笑了起來。〕

蔣英　爸爸，上次臨別紀念，英兒給大家唱了德國民歌《乘著歌聲的翅膀》。爸爸不是說：「你現在只會用中文唱，將來你就能用德文唱了」？

〔蔣百里點頭。〕

蔣英　爸爸，現在女兒會用德文唱給爸爸聽。

蔣百里　唔。

蔣英　爸爸，你怎麼啦？你沒有聽見英兒的話。

蔣百里　爸爸聽見了。英兒，爸爸以後再聽你用德文唱德國民歌吧。

蔣英　（失望）爸爸你……

蔣和　姐姐在學校裡唱歌真好聽呢，受到老師和同學的誇獎，還得了獎。

蔣百里　蔣英，爸爸就請你唱支抗日歌曲《義勇軍進行曲》，好嗎？

蔣和　（拍手）好好！

蔣英　（轉憂為喜）爸爸你為什麼不早說？英兒遵命！

（神滿氣足地唱道）

蔣英　起來！

不願做奴隸的人們！
把我們的血肉，
築成我們新的長城！
中華民族到了
最危險的時候，
每個人被迫著
發出最後的吼聲！
起來！
起來！
起來！
我們萬眾一心，
冒著敵人的炮火
前進，
冒著敵人的炮火
前進！
前進！
前進！進！
……

〔蔣百里一邊打拍子，一邊與蔣和、蔣緯國唱了起來。〕

〔路過的旅客、飯店的工作人員駐足傾聽，有的加入了合唱。〕

〔一曲終了，眾人報以熱烈掌聲。〕

〔蔣百里和兩女重又入座，蔣緯國依然侍衛左右。〕

蔣英　爸爸，你這次作為蔣委員長的特使到歐洲考察可順利吧？

蔣百里　今非昔比，上次是考察，這次是負有使命。上次沒有利害關係，人家還賣你的面子，熱誠接待，竭盡方便；這次十分冷淡，敷衍搪塞，避之惟恐不及。因為日本已和義大利、德國聯盟，他們怎麼會幫你說話？抗戰的爆發，也暴露了中國的實力太差，國與國之間，只有利害而沒有友情。

蔣英　爸爸，怎麼辦？

蔣百里　弱國無外交。爸爸預見到這次出使將空手而返，但明知不可為還要為之，中國不能寄希望於歐美各個大國，抗日要靠自己來。現在，全民都要投入到抗戰這個洪流中去，你們的媽媽現在忙得不亦樂乎，她把省下的開支、變賣首飾用來做繃帶、做紗布、做衣服，準備給傷兵用的，自己一個人忙不過來，又發動女兒、傭人一起幫忙。在家裡，你們的媽媽不說日本話，不穿日本衣，不教女兒學日本話，與國內也中斷了聯繫。

蔣英　好媽媽……我們在家裡還喊口號：「打倒日本人媽媽！」

蔣和　好媽媽！我要回去幫媽媽為傷兵服務。

蔣英　爸爸，我可以用歌聲去參加抗戰。

蔣百里　你們真讓爸爸高興。比身體上成長更重要的就是心靈上的成熟，現在不是青年安心讀書的時候，前方戰地是你們最好的課堂，從戰地得來的學問，比在課堂裡得來的更可寶貴。所以，爸爸這次來就是帶你們回國抗戰。

〔姐妹倆興高采烈地鼓掌。〕

蔣百里　但蔣英留下……蔣英你聽我說。爸爸對你學校校長說明了來意，他覺得你中斷學業非常可惜，「為山九仞，功虧一簣」；蔣英是個不可多得的人才，何去何從，爸爸尊重你的主見。

〔蔣英嗒有若失地「唔」了一聲。〕

蔣百里　今晚爸爸請你們看戲——莎士比亞的名劇《哈姆雷特》。

姐妹倆　（雀躍）好哇，《哈姆雷特》！《哈姆雷特》！

蔣緯國　遵命！

〔蔣百里和蔣英、蔣和、蔣緯國同下。〕

第32場

〔柏林郊外・傍晚。〕

〔蔣百里客寓・書房。〕

〔蔣百里、蔣緯國上。〕

〔蔣百里整理手稿，蔣緯國幫助裝訂。〕

〔蔣英、蔣和上。〕

蔣和 （瞥見桌上的文稿，驚喜）爸爸，你的書寫好了？

蔣英 啊，《日本人——一個外國人的研究》！

蔣百里 爸爸明天回國，讓報紙先發表起來。

〔蔣和、蔣英爭著看文章。〕

蔣百里 這樣吧，爸爸和你們三個年輕人輪流讀一段，好在文章不長。

〔姐妹倆鼓掌。〕

蔣百里率先朗讀：

「世界上沒有像我那樣同情於日本人的！一個偉大的戲角，正在那裡表演一場比《哈姆雷特》更悲的悲劇；在旁觀者哪得不替這悲劇的主人翁，灑一點同情之淚呢？古代的悲劇，是不可知的命運所注定的；現代的悲劇，是主人公性格反映，是自造的。而目前這個大悲劇，卻是兩者兼而有之。……」

接著蔣緯國朗讀：

「這種南方熱情的人種，又受了地理上的影響，日本的氣候風景，真可以自豪為世界樂土，但它缺少了國民教育上的兩種材料。日本自以為是東方的英國，但他缺少了倫敦的霧；日本人要實行他的大陸政策，但他缺少了中國的黃河長江。明媚的風景——外界環境輪廓的明淨美麗，刺激了這個熱情人種的眼光，時時向外界注意。缺少了內省的能力，同時因為時時要注意，卻從繁雜的環境中找不到一個重點。短急清淺的水流，又誘導他成了性急的，矯激的，容易入於悲觀的性格。地震，火山噴發，這些不可知的自然變動，也給予日本人一種陰影。……」

再接著蔣英朗讀：

「日本古代以鯉魚來比武士，因為只有鯉魚受了刀傷，乃至天長日久臨死也不會動，恐怕切腹這個風俗，與吃魚有關係吧。因為魚非新鮮不可口，日本人吃魚便要把魚活活地宰死了吃，極有風味。日本人不懂中國孟子所說『聞其聲不忍食其肉』與『君子遠庖廚』的意義，所以他們的殘忍性，還保有島人吃人肉的遺傳……」

再接著蔣和朗讀：

「『花是櫻花人是武士』！多麼美呀！但它的意義卻是印度悲觀主義的『無常』。因為櫻花當它最美的時候，正是立刻就要凋謝的象徵。好像武士當他最榮譽的時候，就是他效命疆場的一剎那。……」

蔣百里朗讀：

「『武士道與大和魂』…… 要知道武士道的起源，不能不對與佛教思想的輸入加以特別注意。假如從表面上看，武士道與歐洲中古時代的騎士，無大區別。他的美德，是忠實、勇敢，同情，儉樸，守禮節，——只有一件即對於女性觀念與騎士不同，不是尊重，而是蹂躪，——但是日本人以為除此以外他另有歐洲人所沒有的『內在的精神』所謂『大和魂』。據我看(Litz)論美學曾說到忘我的境界，這種容易導人於忘我境界的性格，恐怕就是大和魂的真諦。而這一剎那的異常境遇，是從佛教禪宗所謂『悟』、所謂『空』而來的，但其中有厭世的悲觀色彩……」

蔣緯國朗讀：

「空虛與矛盾，日本國民原是崇拜外國人的，這種幾千年來的遺傳，一時不易改過來。——本來假如從日本文明中除去了歐美輸入的機器與科學；中國、印度輸入的文字與思想以外，還剩些什麼？——現在他卻妄自尊大誇示他獨有的能力，他的宣傳愈是擴大，他的內容愈是空虛。他如今將崇拜的心理，轉移到了嫉妒上去，一方面對中國用兵，一方面卻主張人種戰爭。而畏懼外人的心理，仍像伏流一樣……更進一步說，他在良心上已經發生了一種矛盾，他天天以東方文化自豪，實則無一不是模仿西方。學了拿破崙創造萊茵同盟的故智來製造「滿洲國」，學了英國的故智，企圖把中國分成幾個小國，互相對立，要以有限的能力來滿足無限的慾望。……」

蔣英朗讀：

「一，從內政上說，明治末年確是日本內政的黃金時代，但歐戰一起，軍人政治家就將國軍無目的的濫用。最初就是攫取青島，後來又是兩度的山東出兵，還都不是國家的命運關頭而軍人隨便運用它的武力以求獲得一部分利益……」

蔣和朗讀：

「二，從國際上說，華盛頓會議實為日本獨步東亞的時代，因為這時世界公認日本為一等強國，而且是東亞的重心。所以九國公約對於中國有保全領土主權與機會均等的種種條款。在中國人民看來，這是精神上一種恥辱，而在日本卻是一種榮譽的義務……」

〔全文讀畢，蔣英：「太過癮了！」〕

蔣和　中國人要愛死爸爸了！

蔣緯國　太老師的著作擊中了日本人的要害！

蔣百里　爸爸還要補充一下文章的來歷，這是去年冬天，爸爸在柏林近郊的柏樹林中散步……

第33場

〔舞臺轉暗。〕

〔舞臺背景上映出柏林郊外「綠樹林」的外景：蓊郁的森林、碧藍的湖泊、掩映的別墅……〕

〔蔣百里上。〕

〔蔣百里一邊漫步，一邊沉思。〕

〔蔣百里迷路，不由得焦急。〕

〔從湖上透來的燈光，蔣百里發現樹林裡有一座樓房。〕

〔蔣百里尋蹤而去，敲門。〕

〔一位銀髮、頎長的德國老人上。〕

〔舞臺背景上映出德國老人客廳的景物：中國的瓷器、繡件、古幣、日本的武士刀、和服、古籍……〕

〔老人熱情地招待不速之客，兩人入座。〕

〔老人用中國的茶具、日本的茶道請蔣百里品茗，交談。〕

老人 ……我在貴國和日本都待過。那時我任職敝國遠東艦隊艦長，駐防青島。上次大戰爆發時，日本人攻佔青島，我被俘押解到東京，在集中營裡度過了三年戰俘生活，我便研究日本……

蔣百里 （喜出望外）歐斯特先生是日本通。太好了，鄙人有幸向您請教。

老人 日本人真是一個奇怪而矛盾的民族，好鬥而祥和、黷武而好美、傲慢而尚禮、呆板而善變、馴服而倔強、忠貞而叛逆、勇敢而懦弱、保守而喜新……它從來就想稱霸世界，武人豐臣秀吉統一全國後，日本便對外侵略，例如他說：「在我有生之年，誓將唐（明）之領土，納入我之版圖！」後來又寫信給朝鮮國王李曰公：「我欲假道貴國，超越山海，直入於明，使其四百州盡化我俗，以施王政於億萬斯年，此乃我之夙願！」兩次出兵，大敗而亡……

〔歐斯特起立拿來一些古籍、雜誌、報紙等日文資料給蔣百里閱看。〕

蔣百里 這回日本發動侵華戰爭，日本軍方揚言，三個月滅亡中國！

歐斯特 你們別瞧他來勢洶洶，還不是在重蹈豐臣秀吉的覆轍，最終落到敗亡的下場。這些資料送給您，您比我更需要。

蔣百里 （起立）歐斯特先生，太感謝您了！

〔歐斯特送行蔣百里。〕

第34場

〔舞臺背景返回蔣百里客寓。〕

蔣百里 臨別，歐斯特先生還贈言說：「勝也罷，敗也罷，就是不要和他講和！」

蔣和 日本人看了爸爸的文章，要恨死爸爸了！

蔣英 日本人對爸爸又憎恨又佩服！

蔣百里 恨也好，敬也好，爸爸還要繼續寫抗日的文章。

蔣和 唉……爸爸你看我們中國人，有的自尊心太重，有的自卑心太深，女兒以為這兩者都要不得。我們打日本鬼子，就得老老實實地打下去，打勝了不要驕傲，打敗了不要洩氣。戰爭終有停止的一天，中國絕不會亡國。爸爸，你應該再寫一篇自古以來中國抵抗外侮的文章，用以鼓勵軍心、民氣。

蔣百里 你的建議很好。這是爸爸的天職！

〔蔣百里和他們同下。〕

第35場

〔一九三八年八月。〕

〔漢口・中國臨時首都。〕

〔德明飯店外景，飯店門上懸掛兩條橫幅：「熱烈歡迎蔣百里將軍出使歸來」、「熱烈歡迎蔣百里先生演講」。〕

蔣百里的聲音　……我於民族之興衰，自世界有史以來以迄今日，發見一條根本原則，就是「生活條件和戰鬥條件一致者強，相離者弱，相反則亡」。……

〔響徹雷鳴般的掌聲。〕

〔眾人簇擁著蔣百里上。〕

〔一名記者匆匆上。〕

記者　蔣先生！蔣先生！

蔣百里　（止步，認出對方）你是黃萍蓀。

記者　蔣先生好眼力！正是小子。

〔蔣百里和記者走到一邊交談。〕

蔣百里　令尊、令堂好嗎？你現在何處幹事？

記者　他們都好，小子現在《越風》刊物做記者，今天有幸聆聽蔣先生的演講。

蔣百里　光緒三十年，即一九〇四年，我和令尊同在神戶，那時他剛新婚，大家還都笑他……唉，三十四年，彈指一揮間。

記者　蔣先生的演講太精彩了！今天小子聽先生的演講，比吃山珍海味、瓊漿玉液還美。

〔蔣百里莞爾一笑。〕

記者　小子可否向先生請教一個題外問題嗎？

蔣百里　方震沒有忌諱。

記者　蔣先生，人家都說您這一生很少有得志的時候，這到底是怎麼回事？

蔣百里　老弟，你真厲害，會將我一軍。好，我就私下告訴你。我之不得志，無待人言，我自己也知道，不但一時，恐將永世。然而，你須知道，與其謂蔣百里不得志，毋寧說用蔣百里不得時。但我為什麼不能得人之用呢？亦如子貢所曰：「夫子之道至大也，故天下不能容……」我雖不得志，不因此而頹唐。你想，韓非為李斯所嫉，在縲絏中尚能作〈孤憤〉、〈五蠹〉、〈內外儲〉、〈說難〉等五十五篇，時至今日，學者猶誦其文而仰其人，可見，「志」不一定在「得」，要緊的還是在「傳」。況我今日所處，優於韓子何止千百倍，你瞧我談笑自如，有半點不樂意的地方透露人前嗎？……

〔蔣百里和記者同下。〕

第36場

〔漢口・中國臨時首都。〕

〔軍事委員會委員長辦公室。〕

〔外面響起叫賣報紙的聲音：〕

「《大公報》！」「快來買《大公報》！蔣百里先生的精彩文章！」「《大公報》只剩一份了！」

〔蔣介石上。〕

〔蔣介石手拿報紙，匆匆入座閱看。〕

〔蔣百里上，西裝革履，神采奕奕。〕

〔侍衛官上。〕

侍衛官 委員長，蔣百里先生到！

〔蔣介石聞聲，連忙放下報紙，起立，不料觸動了舊傷。〕

〔侍衛官趕忙攙扶，被蔣介石推開。〕

〔蔣介石一手扶腰，彎腰弓背地親自迎接蔣百里。〕

蔣百里 委員長，您的腰部？

蔣介石 老傷了，不要緊。先生，歡迎您遠道歸來！（緊握對方）

蔣介石 （有所發現）您沒有乘坐自備汽車來？

蔣百里 委員長您怎麼知道方震沒有乘私家車來？

蔣介石 瞧您皮鞋上的灰塵和腳印。

蔣百里 現在國家急需各種交通工具用於抗戰，因此方震把私人汽車捐獻給政府了，自己乘公共汽車或者自行車出行。

蔣介石 （感慨地）啊……如果我們的大小官員都能像先生這樣，國家也不致弄到今天這樣不幸的地步！

蔣百里 鄙人想起了岳飛的一句話：「文官不愛錢，武將不惜死，天下太平矣。」

蔣介石 （喃喃）「文官不愛錢，武將不惜死，天下太平矣。」……先生請坐。

蔣百里 委員長您坐。（扶蔣介石入座）

〔侍衛官奉上茶來。〕

蔣介石　先生果然神機妙算，無不中的。開戰以來，日軍虎狼之勢便佔領了我津浦、京漢兩路，洛陽、襄陽相繼失守，兩湖也岌岌可危。

蔣百里　方震還是估計不足……日軍利於速戰速決，我則長於持久之戰，將其拖垮；現在不是軍人打仗，而是國民拚命……這是卑職的戰略設想，提供給軍事委員會參考。

〔蔣百里從公事包裡取出一疊文稿。〕

蔣介石　中正會交給軍事委員會，讓其研究。

蔣百里　卑職這次出師未捷，勞而無功，請委員長訓導。

蔣介石　哎，這怎麼是您的責任呢？先期回國的蔣復璁秘書長已向蔣某稟報外交失利的情況。

蔣百里　卑職滯留歐洲繼續談判，還想有所挽回，但終於回天無力。

蔣介石　蔣先生，您是立了大功的，我們應該歡迎您凱旋歸來！

蔣百里　（大惑不解）「立功」？

蔣介石　怎麼不是？坐坐！先生坐下再說。

蔣百里　（頓悟）啊……卑職明白了，我們此行的主要目的沒有達到，但次要任務終於落實，義大利同意提供給我國槍炮彈藥，德國簽訂了援助我國建立空軍、飛機檢修廠的合同……

蔣介石 能爭取到國際上物質的幫助，當然是很大的功勞，但不算最大的功勞。

蔣百里 中義兩國都是歷史悠久、文化燦爛的國家。這次特使團贈送給義大利一套由使團秘書長、中央圖書館館長蔣復璁主編，商務印書館影印的《四庫全書珍本》，弘揚了中國文化。

蔣介石 中正順便說一句，令侄兒功不可沒！他剛回國，征塵未洗，眼看日寇兵臨城下，便馬不停蹄地將中央圖書館的珍貴圖書運往重慶，這是中國的文化寶藏呀！

蔣百里 這是蔣復璁應盡的職責。

蔣介石 您還有更大的功勞。

蔣百里 是不久前的台兒莊大捷，卑職在國外也進行大力宣傳，這應該慶功！

蔣介石 台兒莊戰役當然是值得慶功的，它是抗戰以來國軍所打的最漂亮的大仗，殲敵一萬餘人，俘虜七百餘人……區區「平型關大捷」是無法相比的。李宗仁、白崇禧、孫連仲、湯恩伯、張自忠等英勇官兵都受到了嘉獎。但是蔣某又指示：台兒莊戰役不過是第二期抗戰初期之勝利，爾後應極力戒慎因戰勝而產生驕傲。長期抗戰的主要著眼點在於消耗敵軍戰力，而獲得最後勝利。

蔣百里　委員長指示鞭辟入裡，這就是持久戰。

蔣介石　「持久戰」不是先生很早就提出來的嗎？您去年出版的《國防論》是蔣某的必修課。

蔣介石　（拿起報紙）這就是先生最大的功勞——這幾天《大公報》連載了先生的著作《日本人——一個外國人的研究》，今天又登載了先生的文章〈抗戰一年之前因與後果〉，轟動文壇，爭相傳誦。它的作用和影響不可估量，不是打幾場勝仗，擴充幾個師團可以相比的。

蔣百里　（感動，難以言喻）這篇文章還是女兒給我的靈感……還須補充。

蔣介石　好好，現在先聽聽您出使歐洲談判的詳細情況。

蔣百里　（起立）這回卑職出使歐洲諸國，先到義大利……

第37場

〔舞臺轉暗。〕

〔舞臺背景上映出義大利首都羅馬·威尼斯宮的內景。〕

〔義大利元首墨索里尼及其外長齊亞諾接見蔣百里，蔣復璁秘書長、劉文島大使陪同。〕

〔一束光柱打在蔣百里和墨索里尼、齊亞諾的身上。〕

蔣百里 日本侵華為正義所不容，以反共為名，締結日德防共協定，實為偷天換日。願閣下鄭重考慮，作明智的抉擇，以勿加入日德防共協定為是。

〔墨索里尼虛怯，無言。〕

蔣百里 近來貴國加入日、德防共協定之說，甚囂塵上，中國人民及蔣委員長深表憂慮。日本侵華，蔣委員長必定抗戰到底，中國亦必定取得最後勝利！

墨索里尼 義大利參加防共協定，完全是政治作用，絕無傷害中國的意思。

齊亞諾 我今天正告將軍，世界上沒有一個國家真肯幫中國的忙。……斡旋中日問題的中心在柏林；如果中義成為政體相同的國家，則兩國合作問題將達到意想不到的階段——

蔣百里 （打斷）你談話的動機也許是可取的，但中日之戰乃是日本侵略中國而中國進行抵抗，侵略一天不停止，抵抗也就一天不會停止！（下）

第38場

〔移景。〕

〔舞臺背景上映出德國首都柏林・空軍總部的內景。〕

〔德國納粹黨黨魁、空軍司令戈林接見蔣百里，蔣復璁陪同，蔣緯國侍從。〕

〔一束光柱打在蔣百里和戈林身上。〕

蔣百里 中日之戰，乃是日本發動進攻，中國既已奮起抗戰，除非侵略軍退出中國，絕不中途妥協！

戈林 我們德國有句諺語：「一個人吃了苦頭，就會去找魔鬼。」中國如肯接受朋友的忠告，不再跟魔鬼打交道，我們願作最善的努力。……中國軍民的犧牲精神，全世界都看重，不過你們的力量還是不夠呀，早些收場對你們也有光彩。

蔣百里 我們靠自力更生，艱苦奮鬥！（下）

第39場

〔舞臺轉亮。〕

〔場景回到漢口・中國臨時首都。〕

〔軍事委員會委員長辦公室。〕

蔣介石 德、義為了自己的利益而不肯做中日的調停人，但先生不卑不亢的外交手腕維

蔣百里　護了中國的尊嚴。

國際社會也是勢利的，看實力說話、辦事。比如台兒莊大捷，他們紛紛向我表示祝賀；相反，南京陷落，他們雖然對南京軍民慘遭屠殺表示同情，但對於國軍的不堪一擊則搖頭歎息。

蔣介石　（沉重）南京孤城不能守，然不能不守，對國對民殊難為懷也……

蔣百里　卑職在國外看到外國記者報導侵華日軍南京大屠殺的暴行，深感憤慨和痛心。方震憤慨的是：此種暴行在中外戰爭史上所罕見，屠殺數以十萬計手無寸鐵和放下武器的中國軍民；痛心的是，身為南京衛戍司令的唐生智卻輕諾寡信、沽名釣譽、指揮無方、臨陣脫逃，負有重大的責任。

蔣介石　唐孟瀟逃離南京後，來武漢見蔣某時倒有懺悔的意思，引咎辭職，閉門思過。

蔣百里　不是「引咎辭職」的問題，軍法處應該追究他的罪責！方震作為他的老師也有不教之責。因為他是鄙人的高足，我一直器重他，自從那次方震牢獄之災後才洞察其人格，但我沒有向中央提醒此人不可重用。

蔣介石　哎？當時，南京在敵人兵臨城下，沒有人肯擔負守土大任之時，惟有唐孟瀟挺身而出：「若沒有人出任重負，我唐生智願勉為其難，堅決死守，誓與南京城共存亡！」你能不為他的精神所感動？至於後來的悲劇也不全是他一人的過失，所以中央不追究唐孟瀟以及其他將領的罪過。

〔蔣百里吃驚得無詞以對。〕

蔣介石 （沉痛）中正在軍官訓話會議上檢討自己：「要說罪過，尤其是我作為全軍統帥第一個有罪過。我們對不起已死的官兵與同胞，對不起國家，尤其對不起自己的良心。」

蔣百里 （肅然起敬）蔣委員長……方震作為軍人，三十年來卻一直坐困書齋、紙上談兵、唇槍舌劍，而不能實現我「何日請纓提銳旅，一鞭直渡清河洛」的宿願。現在全國已進行抗戰，卑職希望効命疆場，馬革裹屍，到抗日第一線去殺敵，或者去西北致力於國防建設。

蔣介石 先生的精神可嘉！岳飛了不起，左宗棠也偉大，但我們現在更需要諸葛亮！

蔣百里 諸葛亮？

蔣介石 抗戰全面爆發，我們才感到各方面的不足，尤其是高級指揮官和參謀人才的不足。中正電召先生，就是請先生出任培養軍事人才的要職——陸軍大學校長，這是軍事委員會的一致意見。

蔣百里 委員長不是擔任陸軍大學校長之職嗎？

蔣介石 中正擔任陸大校長已經二十一年了……現在一是我忙不過來，二是您無論實踐還是理論更適宜擔此重任。先生從前不是出任保定陸軍軍官學校第二任校長嗎？先生桃李滿天下，如今各戰區的不少軍事長官都是您的門生。

蔣百里 慚愧！保定軍校不能與陸大相比，再說方震在保定軍校任職只有半年，卑職還是在陸大任教育長吧。

蔣介石 先生虛懷若谷，那麼就請先生代理陸軍大學校長，中正就算兼任吧。

蔣百里 （致以軍禮）我蔣方震「鞠躬盡瘁，死而後已」！

〔蔣介石送蔣百里下。〕

第40場

〔一九三八年十一月四日。〕

〔中國陸軍大學駐桂林辦事處・禮堂。〕

〔天氣晴朗，秋風蕭颯；號令聲中，一隊身穿戎裝的中年軍官魚貫而上；風塵僕僕，精神抖擻。〕

後臺響起蔣百里的朗誦聲：

猶有書生氣，　空拳張國威。

高歌天未白，　長嘯日應回。

舊學深滄海，　新潮動怒雷。
老來逢我子，　心願未應灰。

值日官　蔣校長到！全體起立！

〔**蔣百里面容清矍，步履堅實，一身戎裝，身佩指揮刀而上。時值暮年，精爽不衰，有松柏之姿。**〕

蔣百里　同學們好！

學生們　蔣校長好！

值日官　唱國歌！

蔣百里和學生們齊唱中華民國國歌——《三民主義歌》。

三民主義，吾黨所宗，以建民國，以進大同。
咨爾多士，為民前鋒；夙夜匪懈，主義是從。
矢勤矢勇，必信必忠，一心一德，貫徹始終。
……

值日官　坐下。請蔣校長演講！

〔**學生們鼓掌。**〕

蔣百里　同學們！你們都是來自抗戰前線的中高級指揮官和參謀官，在陸軍大學深造後還將重返前線更好地指揮抗戰。你們的任務光榮而艱巨！（學生們鼓掌）本校的目的就是養成參謀人才，進化為高級指揮官。方震先講兩個題目：一為「參謀官之品格」，二為「知與能」。品格就是有骨氣，氣要高，骨頭要硬，這是做人的基本條件。但在講學問時，卻要兩種相反的原理，就是心要虛，腦子要柔軟……

〔忽然，蔣百里面色蒼白，額滲冷汗。〕

值日官　（見狀）蔣校長，您是否休息一下？

蔣百里　（擺手，繼續演講）戰爭目的在於屈服敵人的意志。屈服一個將領的意志，使他放棄抵抗，這是可能的。屈服一個政府的意志，使他改變政策，這也是可能的；但要屈服一個民族求生存求自由的意志，這在古今中外都是不可能的。就中日戰爭來說，抗戰乃我們民族決心的表現。蔣介石統帥的意志，便是我們民族意志的象徵……

〔全場響起熱烈的掌聲。〕

〔蔣百里猝然倒下。〕

〔驚恐聲、呼喊聲、痛哭聲交織一片：「蔣校長！蔣校長！」「快來人，蔣校長暈過去了！」「蔣校長您不能死！」「爸爸！爸爸！」「百里！百里！」〕

〔舞臺轉暗，一片漆黑。〕

〔一瞬間，黑暗的天幕背景上出現一行碩大的漢字，金光閃耀：〕

「萬語千言，只是告訴大家一句話：中國是有辦法的！」

——劇終

二〇一二年三月初稿

二〇一二年八月二稿

二〇一三年元月三稿

二〇一三年三月四稿

二〇一三年九月五稿

編劇《蔣百里——軍魂文宗》的參考書目：

《蔣百里傳》　陶菊隱
《蔣百里評傳》　曹聚仁
《紀念蔣百里專輯》　海寧市政協文史委
《國士無雙蔣百里》　紀錄片　鳳凰衛視
《歐洲文藝復興史》　蔣百里
《國防論》　蔣百里
《日本人》　蔣百里
《蔣百里先生文選》　國防學會輯
《蔣百里的晚年與軍事思想》　薛光前
《論蔣百里晚年對日戰略與國防建設思想》　曹慶偉
《蔣百里：比毛澤東更早提出完備抗日持久戰計畫》　歷史頻道　鳳凰網
《論持久戰》　毛澤東
《菊與刀》　露絲・本尼迪克特

《蔣介石日記》 蔣介石

《從大歷史的角度讀蔣介石日記》 黃仁宇

《蔣介石年譜》 中國第二歷史檔案館

《蔣介石其人》 楊天石

《蔣介石秘錄》 古屋奎二（日本）

〈毛澤東論西安事變〉

《西安事變日記》 蔣中正

《西安半月記》 蔣中正

《西安事變回憶錄》 宋美齡

《西安事變真相》 曹長青

《西安事變懺悔錄》 張學良

《親歷西安事變》 團結出版社

《被塵封的西安事變內幕》 鳳凰衛視

《張學良口述自傳》 唐德剛

《梁啟超傳》 李喜所

《飲冰室全集》 梁啟超

《蔡鍔自述》　蔡鍔
《蔡鍔傳》　謝本書
《周恩來年譜》　中央文獻出版社
《唐生智》　李吉蓀
《劉文島文史選》　劉文島
《袁世凱傳》　侯宜傑
《吳佩孚傳》　陳傑
《金庸傳》　傅國湧

鯀禹父子
—治水—
（複合話劇）

比普羅米修斯更悲壯
比赫剌克利斯更偉大

序言

大禹是我國神話傳說中的一位最偉大的民族英雄，大禹治水則是我國神話傳說中的光輝燦爛的篇章，它具有深遠的意義和永久的魅力，自古以來就為人民群眾所傳誦。

然而，由於種種因素，人們對它並不瞭然，更別說什麼是大禹精神了。其實，大禹精神不僅是克服困難、百折不撓的偉大精神，更是我中華民族優秀精神的畢集一體：長城精神、戰鬥精神、拚搏精神、獻身精神，這在當今我國人民邁向新世紀的偉大時代，是多麼需要發揚光大呀！

沒有大禹的父親鯀和鯀治水的失敗，也就不會有大禹和大禹治水的成功。兩者是渾然一體、不可分割的。

但令人驚詫的是，無論是神話傳說，還是古籍記載，鯀卻是個被否定的人物。影響所及，連禹也遭到株連，以至文藝史上關於大禹治水這個具有重要意義的題材得不到重視和開掘。據筆者研究，鯀是位真正的英雄，毫不遜色於西方的普羅米修斯這位超人和殉道者。然而，後者造就了古希臘偉大戲劇家埃斯庫羅斯創作出不朽的同名悲劇；前者的業績卻被塵封、埋沒、甚至歪曲。

正是鑒於以上原因，所以筆者決定創作話劇《鯀禹父子——治水》。多年來埋頭研究，但要把它表現出來有多麼困難。不可否認埃氏的《普》劇是部偉大的傑作，後來的西方劇作家在同類的劇作中無出其右。可是細究起來，《普》劇有著不少缺點：場景簡陋、結構單一、動作很少、人物性格靜止……它畢竟是人類文化處於「童年時代」的戲劇；在今日的西方文藝舞臺上也不大能叫人問津。而要表現鯀和禹治水那種恢宏的場面、博大的氣勢、大幅度的動作、複雜的人物性格、神話傳說的豐富內涵，即使是現代話劇的樣式也難以勝任。為此，筆者學習捷克斯洛伐克舞臺藝術家斯沃博達的創新，嘗試用「複合話劇」的形式來創作《鯀禹父子——治水》。

當今中國正面臨生態破壞、環境污染、攔河作壩、亂建水電站，造孽長江大河，危害子孫後代……急需鯀和禹治水！

劇情簡介

上古堯王時，天帝黃帝震怒於人類的不守正道、作惡墮落，便降災懲罰，以示警戒。洪水滔天，滄海橫流，赤縣神州幾成汪洋澤國，魚鱉世界，人類饑寒交迫，死傷大半……

天帝的孫兒鯀目睹下界的災難痛苦萬分，遂挺身而出，力排眾議，要求天帝召回共工，反而遭到斥逐。鯀不忍人民慘遭滅頂之災，乃將生死置之度外，依靠鴟與龜的幫助，竊取了天帝的鎮水之寶——「息壤」，去下界堙塞洪水。猖獗二十二年的洪水漸漸敗退，堯和大臣們乘著竹筏慰問露出笑顏的難民，一起告謝上蒼和鯀。

洪水快近治平之日，天帝發現鯀盜走了「息壤」，大發雷霆，一面命水神共工重又興風作浪，一面命火神祝融把觸犯天條的鯀處死於羽山。然而，鯀的屍體三年不爛，天帝大起恐慌，派遣天神屠龍用寶刀斬殺鯀屍。突然，從鯀的腹部飛出一條虬龍直上天宮，他即是由鯀的精氣孕育而生的兒子——禹。天帝面對禹而惶恐萬分，力窮理屈，終於被其精神所感動。這時，狂妄自大的共工倚仗天命墮落為無惡不作、無法無天的妖魔，他勾結相柳、灌兜、三苗而水淹中國，鯨吞生靈。岌岌可危之際，來到下界的禹被繼位的舜王委以重任。禹便在會稽山下大會天下群神共商治水大計，討伐共工等「四凶」。他把藐視軍令、作威作福的防風氏予以正法，大長了士氣、凝聚了軍心。在震天動地、排山倒海的鏖戰中，敵酋相柳斃命，灌兜自殺，三苗遠逃，共工擒獲；

禹大獲全勝，但治理洪水的任務更為艱巨漫長。禹由伯益輔佐，身先士卒，率領治水大軍劈龍門、開砥柱、三至桐柏山、鎮壓水怪無支祈；禹用天帝賜於的息壤堙障洪水，由應龍疏導河川……

禹在外治水已經十年了，到了三十歲還未成家。在舜的勸慰下，他娶了塗山侯的女兒、美麗而多情的女嬌。新婚的第四天，禹便離家到遠方去治水。在以後的歲月中，他雖有三次機會路過家門，渴望一見望眼欲穿的愛妻和嚶嚶哭泣的孩子。可是，禹隨即想到天下還有多少難民啼饑號寒、流離失所、家破人亡，陷於水深火熱之中……於是，他頭也不回地邁開「禹步」，帶領人民在九州大地上抗洪救災，治理洪水去了。

人物表

禹　又名「文命」，中華民族治水英雄
鯀　黃帝之孫、禹之父，中華民族治水英雄
堯　上古中國帝王
舜　上古中國帝王
伯益　舜時虞臣
后稷　堯、舜時農臣
皋陶　堯、舜時刑臣
契　堯時司馬
岳伯　堯、舜時四方諸侯首領
塗山侯　上古中國諸侯。
女嬌　塗山侯之女、禹之妻

苗兒　孤兒

黃帝　中央天帝，中華民族始祖

伏羲　東方天帝，人類始祖

炎帝　黃帝之兄、南方天帝，中華民族始祖

少昊　少昊與黃帝的關係有幾種說法，比較為學者接受的是「少昊　黃帝之子」。

顓頊　顓頊與黃帝的關係有幾種說法，比較為學者接受的是「顓頊　黃帝之孫」。但顓頊不是少昊之子，傳說黃帝有二十五子。

祝融　火神

防風氏　天神

共工　水神，堯、舜時「四凶」之一

灌兜　堯、舜時「四凶」之一

三苗　堯、舜時「四凶」之一

相柳　共工之臣

天臣天將、群眾、士兵、侍從、諸臣、少女、差使等。

時間：神話傳說時代

地點：中國

第一幕

帝國天宮

〔紫氣氤氳，雲煙繚繞。〕

〔舞臺背景上映出天宮外景：〕

〔雕欄玉砌、金鑲珠嵌、宏偉壯麗、光耀日月。〕

〔背景下分左中右置有三張几案，五把座椅。〕

〔几案上擺著瓊漿玉液，仙桃仙果……〕

〔黃帝和伏羲、炎帝、少昊、顓頊上。後尾隨眾天臣。侍從前導。〕

〔黃帝戴黃冕、服黃袍。四帝一色蒼、朱、白、玄衣冠。〕

黃帝　諸位帝君請！

四帝　天帝請！

〔黃帝和四帝按序入座。天臣於臺前分列左右。〕

黃帝　諸位應邀來朝，我深表謝意。（舉杯）

四帝　天帝言重了，恭敬不如從命！（舉杯同乾）

黃帝　今朝特地邀請諸位大駕光臨，並非天國有難，召你們來共商國是、排難解危；也非下界發難，要你們出兵相助、討伐叛逆；而是請諸位帝君同我一起欣賞天堂神曲。（殿上響起一陣喜出望外的驚歎聲）

四帝　（如釋重負）天帝恩重九天，我等將賞心悅目，一飽耳福。

黃帝　這神曲的標題為《九歌》、《九辯》，是我花了九年功夫才創作而成的；若是由下界的人類製作的話，那將需時四萬七千年。（眾驚呼）

顓頊　卑下的人類除了食、色、性還懂些什麼？他們即使花上十萬年也不能創作出這樣完美的樂曲；即便在咱們至善至美的天國上界，嗜音樂如命的兒臣，也是第一次聽到這樣美妙的神曲之名呀！

少昊　是呀！單是這「九」字，就奧妙無窮，神奇無比，意味著吉祥、完美、有序，

炎帝　九九歸一。比如天有九重、地有九州、日有九烏、山有九丘、鳥有九鳳，狐有九尾……當微臣一想到愚昧的凡人竟敢用如此庸俗的口吻，閒談天帝您創造的樂曲時，說它「像鳥鳴一樣好聽」，我真想用雷火懲罰他們！在我所管轄的鳥王國裡，那些最出色的音樂師：雲雀、夜鶯、百靈……跟您的歌手一比，還不成了烏鴉、八哥、喜鵲？

伏羲　天國的史冊上曾大書這樣一筆：黃帝大敗叛軍，將賊酋蚩尤正法，創作了一部輝煌的凱旋曲，名叫《棡鼓曲》。它共分十個樂章：「雷震驚」、「猛虎駭」「靈夔吼」、「雕鶚爭」……那才是壯懷激烈，地動山搖！如今，儘管我還沒有聽到《九歌》、《九辯》這些仙樂，但憑我遲鈍的感官、冥頑的想像，它一定是空前絕後、美輪美奐的傑作，雄壯如電激雷崩，氣吞山河；柔美如清風朗月，河晏海清。

顓頊　「河晏海清」？「河晏海清」？老朽但願這天上獨有、人間絕無的神曲能使河晏海清！

伏羲　老廢物！膽敢含沙射影，犯上作亂？

黃帝　（抖巍巍地）你你……這豬崽子！(1)

少昊　顓頊，休得無禮！羲皇，不要跟這後生小子計較。

顓頊，你怎麼能如此目無尊長，羲皇是我們的老祖宗誰敢不敬他？話說回來，顓頊恐怕也是出於好心哪。常言道：天地有別、尊卑有序、神人有位，還是北方天帝為咱們建立了永垂不朽的豐功偉績；他將天和地的通路阻斷。從此，下民再也不能隨便闖入神聖的天國，上界的神也不能自甘下賤，墮落塵世，這樣，我們才能安享人類的獻禮和犧牲呀。所以——

炎帝　（打斷）我不是來聽你們調嘴弄舌的！

黃帝　別爭了，諸位帝君。我一向以為我們天國稱得上極樂世界、完美無缺：吃的是靈芝、蟠桃、甘露、仙丹；住的是瓊樓玉宇、瑤臺鑽宮；穿的是霓裳羽衣、雲錦霞緞；乘坐的是螭龍鸞鳳、雲車霧馬。我們看不盡奇花異草、祥禽瑞獸、燦爛星漢、鬼斧神工；聽不盡天籟仙音、絕響華章、天外趣聞、人間禮贊；我們將長生不老，紅顏永駐。只要我們高興便能創造種種奇蹟，令滄海變成桑田，把天堂搬到下界的昆崙山上；如果有誰違背了我們的旨意，那麼沃野千里頓成茫茫戈壁，造福人類的黃河便會張開血盆獠牙……唉，儘管我是天、地、人三界的主宰，我在滿足之中總感到不滿足，在暢快之中總感到某種缺憾。我苦思冥想、離群索居、鬱鬱寡歡……豁然開朗，原來天國唯一缺乏的是——一部嶄新的神曲！它不是往昔我征戰殺伐時的戰歌，也不是東方帝君用單一樂器——瑟演奏的《駕辯》，更不是北方帝君用豬婆龍演奏的《承雲之歌》；而是現在我請諸位欣賞的和平頌歌——《九歌》和《九辯》！

〔剎那，仙音嘹亮，天樂驟起。〕

〔舞臺背景上映出陣容宏偉的天國樂隊演奏《九歌》、《九辯》的盛況：〕

〔樂師們吹奏，彈撥，打擊著簫、管、箎、籥、塤、笙，瑟、筑、鼓、磬、賁鼓、鐘、鏞、鉦、柷、吾、鐃、罄、嶽、鈴等各種樂器。〕

〔仙娥仙女持練甩袖，翩翩起舞。〕

〔樂聲高亢如天風海雨，低回如流泉潺潺，輝煌如春潮澎湃，優美如鶯聲嚦嚦。〕

〔樂聲中，百鳥紛至，百獸齊來，鳳凰起舞，龍蛇助興。〕

〔朝暉夕霞，虹霓極光，日月星辰交相輝映。〕

〔諸帝、臣欣賞得如癡如醉，恍兮惚兮。〕

〔黃帝閉目撫髯，面露笑容。〕

〔鯀從左方上。被守衛的天將持戟攔阻。〕

鯀 （推開雙戟）誰敢阻攔？我必須進見天帝！

黃帝 （不悅地）又是鯀嗎？

鯀 孫兒叩見聖祖天帝。

黃帝 （睜眼）免禮。

鯀 你們還有這麼好的興致欣賞歌舞，縱情聲色而不顧人類的死活？

黃帝　（不動聲色）有這麼嚴重嗎？

〔諸帝臣驚起，朝其虎視眈眈。天將劍拔弩張，氣勢洶洶。〕

鯀　哼！天降暴雨、洪水橫流、泛溢天下，赤縣神州已成汪洋澤國、魚鱉世界，草木瘋長、野獸繁殖、瘴癘彌漫。人類或葬身魚腹、或斃命虎口、或死於瘟神，倖存者在饑寒交迫、風吹雨打中垂死掙扎，奄奄待斃！

顓頊　住口！你這是誣指天帝不公、為虎作倀，別有用心！

〔少昊及諸臣喧嚷：「害群之馬！」「害群之馬！」〕

黃帝　讓他說，天不會坍塌！

鯀　請瞧事實！（手指舞臺背景）

〔原景觀消失。〕

〔舞臺背景上映出下界慘遭洪災的景象：〕

〔大雨滂沱，洪水滔天，滄海橫流，惟餘茫茫。〕

〔露出水面的尖頂曾是四方的高山大峒。〕

〔人們像猿猴似地躲在一無遮擋的洞穴裡僵臥哀鳴。〕

〔幾個身軀瘦長，但精神矍鑠的人卻站在洞外旱地上指著大水，仰望上蒼祈禱。〕

〔浪濤滾滾，挾帶著人和家畜的屍體、茅屋頂、破木板……而去。〕

〔一棵大樹孤零零地在水中東搖西擺。〕

〔樹梢上衣不遮體的難民像巢居的鳥兒瑟縮發抖，驚惶失措。〕

〔水中，巨鱷咬齧樹幹。〕

〔山林沼澤裡出沒毒蛇猛獸、山精水怪。〕

〔不及逃竄的難民被魑魅魍魎所殘踏、撕裂、吞食。〕

鯀　那幾位憂心忡忡、祈求上帝的長者，就是堯王和他的賢臣。如果天帝再不收回洪水，停止懲罰，那麼由人類的始祖、可敬的伏羲、女媧用自己的精血所創造的人，也就是天帝的血嗣都將毀滅殆盡，那麼作為三界統治者的您還有什麼神明和功勳去炫耀呢？

〔殿上喧嘩鵲起：「反了！」「反了！」〕

黃帝　鯀，你難道不知人類罪孽深重，完全辜負了我的期望？是我們教會了他們鑽木取火、播種五穀、營造房屋、繅絲織布，從此告別了茹毛飲血、食不果腹、無家可歸、赤身裸體的野獸生活；又是我們教會了他們識文斷字、算數曆法、刑法律令、觀察星象，脫出了目不識丁、行屍走肉、下賤粗野的禽獸行列；還是我們教會了他們求藥治病、舞蹈歌詠、製作禮樂、淳化風俗，使他們身心兩方面飛快地成長，追上天神的腳步，成為萬物之靈長；我們完成這一切便升上天堂。他們卻是怎樣報答的？「山中無老虎，猢猻稱大王。」他們為金石、美女、財物迷失了本性，為一己的私利勾心鬥角、相互殘殺；他們暴殄天物、破壞自然、佔地霸水，圍海造田；他們沉溺淫樂、縱欲貪歡、加劇貧富、製造罪惡……我豈能容忍其為所欲為、無法無天?!

鯀　喔，人類的罪過有這麼大，所以您對他們懲罰了二十二年還嫌不過癮？

黃帝　孽畜！對這樣嚴重的事態，你卻冷嘲熱諷？

顓頊　人類給了你多大好處，你才為這夥畜生賣命而冒天上之大不韙？

少昊　算了吧，高貴的鯀，你在道義上已為人類盡到了責任；天帝是知道該怎麼辦的。你若是一意孤行，善良的願望、好心的請求，就會走向反面。

炎帝　唉，歡樂的盛會將變成廝殺的戰場。

天臣甲　讓我們繼續欣賞神曲吧。

天臣乙　不！要他招供收受了人類多少「孝敬」。

天臣丙　在這骯髒的人世，賄賂公行、唯利是圖、腐蝕天神，天國法庭應該對鯀審查。要不，他為什麼肯這麼幹，把天界鬧得沸沸揚揚，神神不安？

天臣丁　繩之以法！繩之以法！

鯀　（冷笑）孝敬？好處？賄賂？請問你們諸位大神，在為人類做善事時，考慮的難道是向人們索取孝敬、好處、報酬嗎？如果真是這樣，就不會有這個天國！只有最高貴、最無私、最有貢獻的人能進入天國。人類是你們精心創造的傑作，是你們的血肉、精髓、心願、未來。但他們畢竟還是剛學會走路的孩子，即便他們犯有極大的過錯，也不能用遙遙無期的懲罰來滅絕；人類沒有了，世界空虛了。真正的罪魁禍首是共工、灌兜、三苗這幾個人。

眾天神　（驚呼）共工?!

顓頊　胡說！共工是執行天命的水神。

鯀　是共工。開始時，他確實代天巡狩，賞善罰惡，有功於人。後來禁不起利誘，貪贓枉法、倒行逆施、窮奢極欲，成了更大的罪犯！

黃帝　此事不必提了！共工不堪重任。鯀，念你一片忠心，我授你為巡天察地大將軍之要職……孫兒過來，跟爺爺一起欣賞爺爺所作的神曲。

鯀　多謝天帝！孫兒什麼都不要。只要爺爺發發慈悲，召回共工，命風伯、雨師、雷神停止他的工作。

黃帝　你也太過分了！

鯀　（跪）求求您！求求您！再饒他們一回吧！人類實在太痛苦、太不幸了，他們所受的刑罰即便我們天神也受不了。先是十日同出，草木枯焦、金石融化，大

黃帝　地成了火爐，人類死了一半。如今又是九龍齊降，滄海橫流，人類又死了十之八、九。不能因為一小撮的罪惡而株連人類全體呵！再說，堯王又是位出污泥而不染的聖人：他吃的是糙米飯，喝的是野菜湯，住的是茅草屋，穿的是粗麻衣，用的是土碗鉢；他仁者愛人、一心為民，所以在其執政的百年裡，儘管大旱大水，多災多難，小民百姓總是毫無怨言地跟他風雨同舟地度過難關。

鯀　他們的劫難未滿。

（轉而對四帝懇求）諸位尊貴的天帝、崇敬的大神！鯀懇求你們，只要你們援手，下界的子民還有一線生存的希望。東方帝君、人類的老祖宗，您不是養育了他們，教他們鑽木取火、結網打魚、燒煮食物……南方帝君，您不是教他們播種穀物、藥石針灸？有一次，您為救治垂危的病人，親自嘗百草，中毒爛了腸子……西方帝君，您不是教他們識別好歹、明辨是非？您還用治理鳥王國的經驗告訴人君怎樣治理國家……北方帝君，您不是教他們遵守法令、學習禮儀……還有你們聞名遐邇的天臣祝融、后土、屠龍、大常、大封……一起來拯救萬民吧！

伏羲　天帝——

黃帝　（聲色俱厲）奏樂！

〔舞臺背景上重又映出天國樂隊演奏神曲的盛況。〕

鯀　（悲憤地）不不不！堂堂天國、巍巍帝都，難道沒有一個敢犯顏直諫、為民請命嗎？難道沒有一個肯捨身忘己、拯救生靈嗎？我們還配接受人類的頂禮膜拜嗎？我們怎能在生靈絕望的慘叫聲中心安理得地欣賞歌舞呢？我恥於跟你們一起傾聽瘋狂的葬歌！（踉蹌下，諸帝臣驚惶失措）

黃帝　（拍案）站住！

鯀　你們不去救人類，我去！

黃帝　讓你當救世主，你也沒有本領救人類！

鯀　您答應了！那麼，求天帝格外開恩，賜給我治水的法寶，就像從前大神羿靠了您給的神弓寶箭，將九個造孽的日頭一起射落，為人類除害。

黃帝　從前這是上帝的旨意，現在你是違背天意。我警告你！即使你治水成功，也不能回到天堂；若是失敗了，你的命運將比羿更慘。趁你還沒有跨出天階，望你三思！

諸帝臣　（齊道）望你三思！

鯀　（大笑）哈哈……

黃帝　（震怒，推倒案几）滾！

〔黃帝甩袖而去，諸帝臣、侍從相隨下。〕

〔舞臺轉暗，鯀跌倒在地。〕

鯀 （絕望地）呵呵……我誇下了海口，降龍伏虎，可我勢孤力單，神功微弱，沒有治水的法寶，空懷救人的宏願。我不過是黃帝胯下的坐騎，我怎麼能對付強大而兇惡的共工？那些沉於災難深淵中的人們，我也無力——普渡。我只是憑血氣之勇、一腔義憤才向天帝抗言、直諫；原以為精誠所至，金石為開。呵，天帝的心腸比冰凌更冷酷、比石頭更頑固、比金屬更堅硬；我鯀的心靈也比蘆葦更脆弱……卑賤的鯀，你就去跪在天帝的腳下磕頭求饒吧！窩囊的鯀，你將被三界視作不義、怯懦、叛賣的罪人！精衛銜石填海，夸父追逐日頭，而你你……（悲慟地掙扎而起，走了幾步，又跌倒在地）

〔一道炫目的閃電照亮了舞臺。〕

〔舞臺背景上映出了大地茫茫，洪波滔滔的景象。〕

〔從水天盡頭出現了兩隻碩大的禽獸：一頭烏龜和一隻貓頭鷹朝鯀的方向相偕而來。〕

〔鯀吃驚，不由自主地倒退。〕

貓頭鷹 （急吐人言）鯀呵，你的事咱們都知道了。

烏龜 你不必難過，咱們是來幫助你的。

鯀　（驚喜地）太謝謝……只要能降服洪水，拯救災民，我什麼都願意犧牲！

鴟、龜　（異口同聲地）平息洪水並不是什麼難事呀。

鯀　（焦急地）哪該怎麼辦呢？

貓頭鷹　你知道天國有一種名叫「息壤」的寶物嗎？

鯀　聽說過，但不知它究竟是什麼東西？

貓頭鷹　「息壤」是一種生長不息的土壤，只要取一小撮投入大地，立刻就會出現奇蹟：生長加多，積山成堤。用這種神物來對付洪水，還怕它逞兇嗎？

鯀　快告訴我「息壤」藏在哪兒？

貓頭鷹　這是天帝的至寶，我怎麼知道？唷，你是想偷盜嗎？

鯀　除此以外就沒有別的辦法了。

貓頭鷹　你就不怕你祖父、最高天帝的嚴刑峻法？你必死無疑！

鯀　死？死有何懼！我怕的是死而有憾，治水不成！

烏龜　我知道。（對其耳語，鯀聽得入神）

〔一陣轟雷把鯀驚醒。〕

〔鯀嗒然若失。趕緊掃視周圍，卻一無所有。〕

鯀　（恍然大悟，歡呼）人類有救了！人類有救了！

——幕落

第一幕

中國豫州．獨家村

〔河心沙洲一角。〕

〔舞臺背景上映出洪水平息後的景象：〕

〔雨過天晴、洪水消退，陸地現出一派新綠。〕

〔兩道巍巍長堤屏障在河岸上、綿亙在山野裡。〕

〔河水馴服地在堤下平靜地流淌。〕

〔男女老少四人上，男性成人僅在下體披一小塊獸皮，女人身穿爛縷，小孩赤條條的。〕

〔群眾手舞足蹈，邊唱邊跳，歡欣鼓舞。〕

群眾 （合唱）

洪水逃了！洪水逃了！
淹沒的村莊露了，淹沒的田地露了；
太陽笑了，天開眼了；
白茫茫、土黃黃的顏色變了，

穿上新裝的山野更美了；
全虧鯀了！全虧鯀了！

洪水逃了！洪水逃了！
九仞的大堤築了，千里的長堤築了；
雨師傻了，水神乾瞪眼了；
水高一尺了，堤高二尺了，
殘害百姓的凶龍伏了；
全虧鯀了！全虧鯀了！

洪水逃了！洪水逃了！
躲山裡的出來了，藏樹上的下來了；
把田頭的水排了，把害人的草斬了；
不等房子蓋了，家園修了，
大家都把心裡話向上帝訴了：
全虧鯀了！全虧鯀了！

〔堯和諸臣舜、後稷、皋陶、契、岳伯、灌兜等上。除灌兜外，眾人均不修邊幅、打扮樸野：粗麻、短褐、赤足。〕

灌兜　堯王您聽聽，一路上咱們老是聽到那些無知小民在唱什麼「全虧鯀了！」「全虧鯀了！」彷彿治水的功勞全是鯀一個人的，我再也忍不住這口氣啦！

堯　我聽不出這有什麼不對？

灌兜　您？堯王您真是老好人，您想想鯀是什麼東西？據說是一匹白馬，一匹桀驁不馴的馬(2)。馬，馬能治水嗎？洪水退卻是天帝感於您老人家的仁德呀！

舜　灌兜，你不去治水卻破壞水利，妒忌有功之臣，天下都是被小人弄壞的！

灌兜　言重了！鄙人只是提醒堯王：鯀是有野心、要詭計的人。鯀不是竭力反對堯王把王位讓給你嗎？說你是歷山腳下的鄉巴佬，只懂跟糞土打交道，還說只有他才配當三公。

舜　……

皋陶　你這是挑撥離間！鯀是當著大夥兒的臉而說這番話的。他說：「得天下之道者為帝王，得帝王之道者為三公；帝王之道就是治水、救民；舜沒有幹出這樣的成績，還不能登王位。」

堯　原話大抵如此，不過鯀當時的態度很專橫……別糾纏了。總而言之，天災人禍、弊端叢生、百姓遭殃都是堯某責任，我年老不中用了。我覺得多年的考察、長久的磨練，舜是能夠登上大位的。

舜 不不！應該由鯀來繼承您的王位。

〔歌舞中的群眾瞥見堯和諸臣便驚喜地奔去。〕

群眾 堯王來了！堯王來了！

老翁 還有大舜、后稷、皋陶，契、岳伯，他們都是堯王的賢臣哪！

〔堯和諸臣急忙迎去。〕

堯 （與群眾握手）你們受苦了！

群眾 堯王辛苦了！

岳伯 這兒不是百家村麼？鄉親們都去抗洪救災了？

青年 他們都死了，只剩下我們四人。

岳伯 就剩下你們一家四口。

青年 不！過去是四家，現在成了一家……

〔老翁嗚咽，少婦啜泣，孩子緊緊依偎在她的身邊。〕

〔諸臣唏噓感歎。〕

舜 鄉親們，堯王特地來看望你們！

群眾　（跪謝）謝謝堯王……

堯　（忙攔住）使不得！使不得！是堯某使你們遭災受難，我和大臣們特地來向鄉親們請罪！

諸臣　向鄉親們請罪！

群眾　（慌忙還禮，激動）堯王萬歲！萬萬歲！

堯　百姓萬歲！萬萬歲！

舜　堯王跟鄉親們一樣，在這場歷時二十多年的浩劫中失去了自己的親人，父母和愛妻、糧食、茅屋，只得住在山洞裡忍受饑寒。可是他還需為拯救天下的百姓考慮，他朝朝向上帝祈求，夜夜研究抗洪的辦法，終於感動了上帝派大神鯀下凡征服了凶龍。洪水一退，堯王又不顧自己年老體衰，率領吾等視察天下、慰問災民。鄉親們有什麼困難，有什麼要求盡可以提出，堯王會盡力幫助你們。

老翁　（老淚縱橫，哆哆嗦嗦）沒有難……沒有難，小民生活得好好的（朝青年男女）哎，你們說是吧。

青年夫婦　（異口同聲）爹說得對，咱不缺什麼，不要什麼。

堯　哪你們吃什麼呢？

老翁　吃……吃水苔呀、榆葉呀，還有魚，要多少有多少，味道可鮮呢。

堯 老是吃這種東西可不行，既不能當飽，又要吃壞肚子。

小孩 餓餓餓！苦苦苦！

〔**堯和諸臣大笑。**〕

群眾 （齊道）苗兒，別胡說！

堯 （抱起苗兒）哈哈，你的話可洩露了他們的天機啦！其實別說苗兒吃這種東西受不了，就連我們大人也覺得倒胃口。苗兒，你再也不用吃這種又苦又腥又填不飽肚子的水苔、榆葉、生魚了；而是吃大米、玉米！

〔**后稷招手，幾名士兵將糧食挑上。**〕

后稷 這是朝廷救濟你們的糧食，一部分作口糧，一部分作種子，幫助你們度過暫時難關。

〔**群眾驚喜地從打開的糧袋裡撥弄糧食，苗兒撲去抓起一把大米吞吃。**〕

苗兒 好吃呀！好香呀！

青年夫婦 瞧你這副饞相，像個小野人！

老翁 咱不能要！

〔在場者無不驚訝。〕

老翁 還有比咱更苦更餓的；拿去救濟他們。

青年 爹說得對，應該拿去救濟比咱更苦難的鄉親。

少婦 苗兒，聽爹爹的話。

堯 （感慨地）這樣好的老百姓，真是我中國不幸中之大幸呀！

〔諸臣點頭。〕

舜 鄉親們請收下吧，別地方的受災同胞都得到了安置，生計不愁。

老翁 那咱只好拜謝朝廷的大恩大德了！（與青年夫婦一起跪謝，見苗兒僵立）還不快向堯王磕頭？

苗兒 咱才不呢。先要給鯀爹爹磕頭！

青年 （打他）小雜種，你胡說什麼！

苗兒 打死苗兒也不磕頭；給鯀爹爹磕頭，鯀爹爹是咱們的救命恩人。

老翁 苗兒，你怎麼能這樣說呢？鯀爹爹幫助咱們治水，可是鯀爹爹是堯王爹爹派去治水的呀。

〔苗兒仍僵立不動。青年農夫又打他，被堯王擋住。〕

堯 這孩子做得對，就像剛才鄉親們歌子裡唱的那樣，我們戰勝洪水，擺脫災難，重見天日，是「全虧鯀了！全虧鯀了！」鄉親們，我要向你們披露一件事！（站到一塊石頭上）

皋陶 （驚慌）堯王，您不能這麼幹，這會有損您和朝廷的威望！

濯兜 堯王老昏了！百姓才巴不得朝廷倒了，天下大亂。

堯 （果決地）別攔住我！鄉親們，我要向你們開誠布公！當初鯀去治水，我非但沒有給他應有的支持，相反還對他抱不信任的態度。我是在憂心如焚、束手無策的情況下，才勉強採納岳伯的建議讓鯀去試試。岳伯你來作證！

岳伯 （無可奈何）這……是這樣的：我和朝廷諸位大臣都推薦鯀去治水，堯王卻說：「那個人恐怕不行吧，專斷獨行，自以為是。」最後才讓他去試試。

〔群眾吃驚，諸臣面面相覷，濯兜在一邊冷笑。〕

堯 我對他一點不抱希望。可是他成功啦！是在單槍匹馬、孤軍奮戰的情況下成功的。

苗兒 鯀爹爹瘦得像一隻老馬，老馬！

堯 對！鯀爹爹為了治水瘦得像隻老馬。

苗兒　（嚷嚷）給鯀爹爹吃米米！鯀爹爹快餓死了。

堯　（恍然大悟）原來苗兒是一心記掛鯀爹爹。（親吻苗兒）好孩子，爹爹已給鯀爹爹送去了糧食。爹爹對不起鯀爹爹……

苗兒　鯀爹爹好！堯爹爹也好！

〔臣民激昂地高呼：「堯王萬歲！堯王萬歲！」〕

堯　朝廷要為鯀慶功祝捷，但當務之急是幫助百姓重建家園、恢復生產，叫洪水猛獸不能再橫行霸道，殘害生靈。

群眾　好哇！

〔共工上，朱髮、戎裝，手臂刺有青蛇。〕

共工　（氣勢洶洶）昏王！你憑什麼撤去我的官職、奪去我的權力，該死的鯀侵冒大功、作威作福、坐享其成?!

皋陶　你太放肆了！共工瞧你的罪惡？國法難容！

〔臣民不由得膽戰心驚。〕

堯　皋陶，不要打斷他的話。

共工　什麼「國法」？什麼「罪惡」？你是糊塗法官，我是有功之臣。混賬的東西！

爛瓜皮！馬嘴巴！老子是奉天帝之命放洪水淹死那班下賤東西的！老子是奉昏王之命擔任水利大臣的！哼！從前天旱時，你們求天帝、拜龍王地要水水水；如今我給你們水，你們卻罵我趕我走。世界上有這樣便宜的事嗎？

皋陶　（一時語塞）

岳伯　共工，誰不知道你是堂堂水神，既能降水，又能治水，所以堯王才請你擔任水利大臣，而且你確實幹出了成績，得到了朝廷的嘉獎。

共工　這才像話。

岳伯　後來就不大像話了！你在自己的封地上吃喝玩樂，忘乎所以，把治水的事拋開不管。喔，共工，你是有功之臣嘛，水神肚裡好撐船。堯王悲天憫人，自然不能坐視炎黃子孫統統淹死。這時，鯀毛遂自薦，還立下軍令狀；聽說他也是位天神。

共工　（哇哇亂叫）滾滾！你們寵幸的鯀是天上的叛徒，害群之馬！他吹牛撒謊、招搖撞騙、稱王稱霸！我要當面拷問這小偷：他的治水法寶就是從我的寶庫裡偷去的，老子要把鯀千刀萬剮！

灌兜　我早就向堯王敲過警鐘；他就是忠言逆耳，反把我當成壞人。

堯　人生在世，最要緊的是德行。共工，如果鯀確如你所言的，那麼國法必將對他

共工　嚴懲，絕不寬恕！

岳伯　我所創造發明的治水法是光芒萬丈的八個大字：「壅防百川，墮高堙庳」。用你們下流的俗話來說，就是將高山削低，削下的泥土在低地上築起堤岸，對於洪水擋住它不流，對於積水去把它填塞。而鯀盜用了我的辦法，只不過把我的八字改成兩字：「堙塞」，換湯不換藥！

共工　我知道這是怎麼回事。鯀的兩字法和你的八字法，表面上看來是一脈相承：兵來將擋，水來土淹；實質卻是不同的。他用的土不是取之於高山的尋常之土，而是一種非常之土，用它來堙塞即會產生奇蹟：水漲一尺，堤就會高二尺。這種神土名叫「息壤」。

堯　（狂笑）哈哈，這下子鯀這小子徹底完蛋了！

灌兜　（吃驚）這是什麼意思？

堯王，你有所不知：這息壤是天帝的御水之寶，從不示人，除非天帝親自動用。臣猜測一定是鯀偷了息壤，大禍臨頭了！

〔共工大笑下，灌兜尾隨下。〕

〔轟隆一聲，舞臺背景上一道長堤突然裂口。〕

〔堯和諸臣掩護群眾撤退。〕

〔祝融押著鯀從另一邊上。〕

苗兒 （瞥見鯀，雀躍地）鯀爹爹！鯀爹爹！你快來趕走洪水！洪水把苗兒留給鯀爹爹的米米都吞吃了！

鯀 （抱起苗兒。淚水漣漣）謝謝你，好孩子……鯀爹爹再也不能為苗兒趕走洪水了。

〔眾人默默無言，垂頭喪氣。〕

苗兒 （給鯀揩淚水）不要哭，不要哭！鯀爹爹是治水英雄！

鯀 從前是，現在不是，天帝剝奪了鯀的權力。

苗兒 苗兒去找天帝……（少婦將他抱去。他叫嚷）苗兒要找天帝！苗兒要找天帝！

堯 不知尊神下駕，堯某有失遠迎，恕罪！恕罪！

〔群眾迴避，下。〕

祝融 堯王，你難道不知鯀犯下滔天大罪嗎？

堯 堯某不知道鯀犯有何罪，大神請教？

祝融 昏君，你聽著！鯀是天界敗類、上帝逆子！竟幹出神人共怒、天地難容的罪惡行徑：竊取天帝御水之寶——息壤，把整個宇宙攪得天翻地覆。天帝怒髮衝冠，故命臣下凡奪回天寶！（舉起左手，一團巴掌大的神土閃閃發光）

君臣　（驚歎）息壤?!

祝融　天帝又命臣將罪犯鯀捉拿歸案，處以極刑！

君臣　（驚呼）處死?!

祝融　什麼，你們還想違抗天命？

堯　堯某斗膽地稟告大神：天上的事，下界之人不敢也無權過問，但不過鯀治水的功過是黑白分明、成績是有口皆碑的。

諸臣　（異口同聲）鯀治水的成績有口皆碑！

祝融　（揮舞火形劍）火！火！火！至高無上的天帝，臣祝融向您祈使：再降大災大難，叫他們人類陷於水深火熱、萬劫不復之中！我的發誓是算數的。

君臣　（大驚失色）不能……不能……（哀求）

祝融　連我自己也無法改變詛咒，除非你們人類自己去戰勝災難！

〔轟隆隆，舞臺背景上兩道巍巍長堤一瀉千里地倒塌。一瞬間，一片汪洋澤國。〕

鯀　（揪心裂肺地悲慟）呵……為山九仞，功虧一簣；十年治水，毀於一旦！天帝呵，你怎麼如此殘忍？百姓呵，你是何等不幸？堯王呵，還有誰來幫你治水？鯀呵……由於你的失職，你害死了多少無辜百姓，把父老鄉親重建家園、安居

祝融　樂業的美夢付之東流……（捶打自己的胸膛）貓哭老鼠假慈悲，你死罪難逃！

岳伯　請大神息怒，當初是下官向堯王力薦鯀治水的，但求大神發發慈悲，免除鯀死刑，下官自願加罪。

諸臣　（除了堯、舜、臯陶外）求天神免除鯀死罪，下官自願加罪！

鯀　你們不必為我向他乞求，他不過是天帝的奴僕、工具。我不能連累你們大家，更不能推卸自己的罪責，我甚至不再埋怨天帝，他預先警告過我，我拒絕了；就像我在堯王面前立下了軍令狀。我觸犯了天條國法，唯有一死，才能告謝那些因我失敗而慘遭橫死的同胞。假如不這樣，而是對我網開一面，逍遙法外，那麼，神人競相效尤，把大事當成兒戲、視法律為笑柄，這種可怕的悲劇還會重演。讓我拿萬千百姓的生命、財產、前途當作我個人治水的試驗品，成功則升官發財，名利雙收；失敗則一走了之，安然無恙——這種比豺狼毒蛇還不如的行徑，鯀某是絕不肯幹的！誰再為我求情，誰就不是我的朋友、知己，更不配作百姓的領導，而是殘害百姓的幫兇！

后稷　鯀呵，你的真知灼見驚天地、泣鬼神，請接受后稷的臨別贈言吧……（話未說出，淚水滾滾，強忍傷感）你治水的政策誰都知道是為了救百姓的生命，絲毫沒有禍害他們的意思……萬民百姓最終會原諒你的失誤的。

鯀　你錯了，后稷！一個政策是真的為民為國，不是看決策者說得如何動聽、想的如何美妙，而是要看它實行的結果是否確實利國利民。否則，你可想像將會產生怎樣的弊端和禍害呀！后稷，我不能接受你的臨別贈言，讓鯀的死給後來的官長作前車之鑑，給那些對人民犯罪的人做一個反面榜樣。

〔堯和諸臣心情沉重，默不做聲。〕

鯀　可敬的皋陶，你是執掌刑法的大臣，你不認為是這樣嗎？

皋陶　你……說的是。

鯀　瞧！連最公正、賢明的執法者皋陶大人也認為罪犯鯀應該伏法。祝融，執行你的使命，將我押回天國處決吧！

祝融　天帝命我在下界把你正法，因為你早已被逐出天國。

鯀　唔。

堯　這一切都是堯某的罪過。常言道：「用人不疑，疑人不用。」我既懷疑鯀能否治水在前，又忽視他怎麼治水在後。對於治水的大計，我沒有集思廣益、群策群力；對於治水的意外，我缺乏深謀遠慮、諄諄告誡，鯀哪能不敗？他以自己的性命作為擔保，如今造成敗績慘禍，理當伏法；但堯某也難辭其咎，深感惶恐。敬請大神轉告天帝：罪堯自去天子之位，並舉薦司徒舜為人君。

祝融　天帝聖旨！「罪犯鯀，原為上界尊神、天璜貴胄，生性桀驁不馴、妄自尊大，屢犯天條。乘天降洪水，懲罰人類之機，離經叛道，私自下凡，篡權奪柄，擾亂天綱地紀；更不可容忍的是鯀道德淪喪，賊膽包天，盜竊天界禦水之寶息壤，實屬罪大惡極、天地難容！判處極刑，特命舜代天監斬，火神祝融行刑！欽此。」

舜　（惶恐，接旨）不不……下官遵旨。（步履沉重地走到鯀面前）請你寬恕我，鯀……你有什麼要求只管說吧……你死後，朝廷會撫恤你的家眷，慰你在九泉之下安息。

鯀　謝謝，司徒。我還沒有家室，顧不上成家。如今，我多麼希望自己有一個兒子，好接替我治水……我在冥界地府也不會死心。我唯一的要求是：在我死後，請朝廷務必將我的罪過告之天下，命史官在提到這段歷史時添上這樣一筆：「鯀，堯舜時的兇神惡煞。」

〔眾震驚。〕

舜　你你你……（激情並發）我寧可回到歷山去種田賣菜，也不能這麼幹！大鯀呵，你是為天下蒼生才去赴難的呀！

鯀　不這樣做，怎麼能使天下安定、百姓擁戴朝廷呢？

舜　（啜泣）不，不。舜某萬萬不能答應你……

（堯和諸臣慘不成睹，束手無策。）

鯀 （勃然變色）得天下之道者為帝王，得帝王之道者為三公。今我得帝王之道卻不以我為三公；而你這個泥腿子、廢物、懦夫，反而登天子之位?!

（眾大驚失色。）

祝融 瞧你死到臨頭還如此囂張？

舜 （怒喝）大膽逆賊，我奉天帝之命監斬！並將你的罪惡頒告天下！

鯀 哈哈，一言既出，駟馬難追！大舜，火神，快執刑吧！堯王，諸位，別了！

（一片嗚咽之聲。）

（鯀大步流星下。）

（堯王等跟著下。）

——**幕落**

第三幕

天國帝宮

〔紫氣氤氳，雲煙繚繞。〕

〔舞臺上置一寶座。〕

〔黃帝及天臣上，侍從前導。〕

〔盛怒中的黃帝，驚若寒蟬的天臣、侍從。〕

黃帝 滾開！滾開！你們這班尸位素餐、無所用心的傢伙！你們是怎麼分擔天國的重任、維持乾坤的秩序？你們統率天兵天將，卻讓一個手無寸鐵、單人獨馬的匹夫奪門而出，私自下凡？你們自恃有神力法寶，卻被一個一無所能、做事唐突的書呆子竊去天寶息壤，為非作歹……你們怎麼一個個都成了聾子啞巴、泥塑木雕？說！快說！

天臣甲 回天帝陛下，微臣不敢阻攔鯀，他是天帝您的孫兒……再說陛下不是恩准他下凡治水？

天臣乙 回天帝陛下，奴僕已將對他洩露天機、狼狽為奸的同謀犯貓頭鷹、烏龜處以大法。據烏龜招供，這天寶息壤是藏在天帝懷抱——

黃帝 瘋了！瘋了！難道要我教你們說話的藝術？你們膽敢將罪過歸咎於我！（離座，怒氣衝衝地躑躅）

諸臣 （連連磕頭）天帝開恩！恕臣死罪！恕臣死罪！

黃帝 （鄙夷地）瞧你們這般窩囊的蟲相！……遙想起我和你們的父祖開天闢地、建功立業的偉觀：女媧補天、風后造車、夔神犧牲、勾芒戰勝嚴冬、后土征服鬼怪……他們哪一個不是英雄氣慨、陽剛精神？哪一個不是轟轟烈烈、可歌可泣？即便交戰的敵酋：蚩尤、刑天、夸父……也令人歎為觀止、惺惺相惜。他們打仗時連全身毛髮都變成刀槍劍戟，戰敗時視死如歸，沒有一個人投降，頭斷了還揮舞利斧與我拚殺！呵，我寧可敗在他們手下遭受辱罵，也不願聽你們猶如群雌般地奴顏婢膝、搖尾乞憐。

天臣丙 天帝陛下，您的金口玉言千真萬確、一字千鈞。微臣恭請陛下舉行盛大的音樂會，演奏雄壯的《榍鼓曲》，慶賀陛下的平叛之功，重振天國雄——

黃帝 （暴怒地打斷）滾滾！統統給我滾！我要把你們打入地獄，任其虎頭蛇身、銳角血手的土伯追逐！(3)

〔天臣與侍從倉皇下。〕

〔黃帝跌座，痛苦地掩面。〕

〔祝融上。〕

祝融　小神叩見天帝陛下！

黃帝　（驚醒）祝融是你！逆賊抓到沒有？

祝融　小神已完成天命，天帝陛下您瞧！

〔舞臺背景上映出鯀處死羽山的情景：〕

〔大雪茫茫、朔風怒號、人獸絕跡、暗無天日；冰天雪地橫陳鯀的屍體，身首離異，血跡斑斑。〕

黃帝　辦得好！快起來。只是——

祝融　這是從鯀手上奪回的御寶——息壤。請天帝陛下明鑒！（遞上神土）

黃帝　（接過息壤察看，大喜）正是。（藏入懷裡）愛卿功高勞苦，我自有重賞。來神哪！來神哪……唉。

祝融　不必勞駕陛下，陛下您貴軀不適？

黃帝　被逆子的事故弄得心煩意亂，如今我放心了。你也去休息吧，擇日再行賞賜。

祝融　謝天帝陛下！（下）

黃帝　一切都平靜了！日月星辰重又在天軌上運行，天、地、冥三界都安於自己的位置，不用擔心出現第二個叛神，水神共工又在厲行我的旨令。我依然至高無上、威靈顯赫……靜得能聽到天神們膽戰心驚的屏息聲，聽到黎民百姓垂死掙扎的哀叫聲，聽到羽山的風雪撲打鯀屍的怒吼聲……是的，我要高奏凱歌慶功祝捷，重振天國雄風，我要讓三界萬方都有福聽到《九歌》、《九辯》這些神曲，讓和平的樂音充滿整個宇宙！（瞥見鯀屍）怎麼啦？一股莫名的空虛朝我襲來：頭昏目眩、心靈驚悸、陣陣冷顫……呵，有了這一切又怎樣呢？我失去了一個孩子，一個最寵愛的孩子，一匹唯一能激起我崢嶸歲月裡榮耀回憶的龍駒寶馬！他曾負載我上天入地、出生入死、縱橫馳騁，立下了汗馬功勞。如今，再也沒有一個人能像他那樣對我剖明心跡，犯顏直諫、仗義執言的了。周圍都是些拍馬、貪欲的奸小，他們奉我為天帝至尊，我卻差不動一個奴僕。要是他活著，我會讓他繼承中央天帝的大位、重振天威。可是為時已晚……（悲哀地凝視鯀屍）

〔鯀屍蠕動，屍腹漸漸隆起。〕

黃帝　（驚喜地）他，他活了……他活了！（瞧見鯀屍向他移來，吃驚）你，你……（連人帶座倒地，恐懼地）來神哪！快來神哪！

〔祝融上。〕

祝融　天帝陛下召小神？

黃帝 哎……祝融，你來得正好……你有否執行天命？

祝融 陛下您？……臣雷厲風行地執行天命，親手將鯀斬於羽山之野，代王舜能為小神作證。

黃帝 他為什麼還活著？

祝融 這是白天。（走近，俯視，鬆了口氣）稟告天帝陛下，他確實是頭和身體不在一起。

黃帝 你是有眼無珠！

祝融 陛下……他已經死了三年，即便屍體不爛，也被凍結成冰塊石頭！

黃帝 （怒髮衝冠）我要把你這個弄虛作假、滿頭赤髮的傢伙淹死在羽山的冰海中！（大驚）瞧！你瞧！

〔突然，鯀屍身、首自動連接。鯀屍腹愈加隆起。〕

祝融 （吃驚，倒退）呵……

黃帝 （揪住祝融）你幹的好事！

祝融 小神實在不知是怎麼回事。

黃帝 快去將他斃命！

祝融　（驚恐萬狀）不不……復活的天神是殺不死第二回的，您即使把我在冰海中淹死，我也不幹！

黃帝　你？（將祝融推倒在地）滾……回來！快去撞擊天國宏鐘！

〔祝融下。〕

〔鐘聲中，南、西、北三方天帝炎帝，少昊、顓頊及諸天臣上，加座。〕

三帝　不知天帝有何急事相召？

黃帝　東方帝君呢？

顓頊　這老傢伙不滿您懲罰叛逆、重用水神，賭氣之下便到下界隱居去了。

黃帝　喔？

少昊　天網恢恢，疏而不漏。伏羲擅離職守，畏罪潛逃，臣去將他捉拿歸案！

黃帝　讓他去吧，鯀死而復活。

三帝　（俱驚）什麼？

黃帝　諸位請瞧！

〔舞臺背景上鯀屍腹鼓起如小山。〕

〔諸君臣大驚，除炎帝外紛紛拔出武器。〕

黃帝　死屍腹中究竟藏的什麼？我請諸位來，是商量如何對策。（朝炎帝）令兄高見？

炎帝　依愚之見，鯀屍腹內恐怕藏的是冤氣，冤屈之氣。試想他拋棄了天上尊榮的地位、富貴的生活、美好的享受、永生的權利而捨生忘死、赴湯蹈火，去下界拯救黎民百姓，也就是您的子子孫孫，結果卻被視為大逆不道，處以極刑。別說像他那樣血氣方剛的青年死不瞑目、鬱怒滿腔；就是換了老朽也會受不了。一想起從前你我同胞手足，同室操戈、自相殘殺的阪泉之戰，被你奪去了江山，至今還心疼呢。

顓頊　老賊！原來你是鯀的同黨、謀主！我斬了你！

黃帝　我先斬了你！（奪過顓頊的寶劍）

炎帝　要殺就殺！我已經活厭了，看夠了太多的血、太多的屍骨……

黃帝　請兄長寬恕愚弟的不教之過，你我之間的是非容日後再說吧。

少昊　依兒臣之見，鯀腹內藏的是邪氣，一旦時機成熟就會破腹而出，氣衝鬥牛，毒害天神，請您恩准臣派鷙鳥去啄穿鯀腹。

顓頊　是精怪！是精怪！

黃帝　顓頊說得對，鯀腹內藏的是精怪，氣血成精，精靈作怪。

顓頊　把劍還給我，我去結束他！

黃帝　你哪裡是他的對手？他非比昔日，從地母那兒得到神力。（將顓頊的劍輕輕一折，即斷為二，甩地）你們哪一個能斬除妖孽？

〔天神面面相覷、戰戰兢兢。〕

黃帝　你——屠龍，只有你才能勝任天命！

天臣丁　（無奈）天帝陛下，微臣……

黃帝　你不必擔心了！我賜你一把寶刀——吳勾。無論什麼妖魔鬼怪、銅頭鐵額，它都削鐵如泥，無堅不摧。我再派雨師、風伯、雷公、電姑等天神相助。

〔侍從托上寶刀一口。〕

天臣丁　（跪接）遵旨！謝恩！（下）

黃帝　諸位帝君，為免不測，請打道回府，鎮守天界一方，東方暫由我兼管。

三帝　遵旨！（下）

黃帝　你們即刻率領天兵天將把守天門，保衛帝都，稍有鬆懈，嚴懲不貸！

諸天臣　遵旨！（下）

黃帝　鯀呵，鯀呵，你為什麼欺神太甚，逼乃祖出此下策。

〔舞臺背景上映出黃帝懲罰鯀的場景：〕

〔羽山之野電閃雷鳴、風狂雪驟。天臣丁操著寒光閃閃的利刀，小心翼翼地朝鯀屍走去。〕

〔天臣丁揚起吳勾，大喝一聲，朝鯀屍腹部砍下。〕

〔「豁喇」一山響，一條金鱗閃爍、頭生雙角的蒼龍破腹而出。〕

〔天臣丁連神帶刀被甩飛不知去向。〕

〔鯀屍化作黃龍，跳進一旁的冰海——羽淵。〕

〔蒼龍騰飛，直上雲天。〕

黃帝　（驚呼）虯龍！

〔侍從甲、乙上。〕

侍從甲　天帝陛下，凶龍鯀殺上天界！

侍從乙　天帝陛下，快離開這兒！

黃帝　（鎮靜）豈有天界至尊害怕區區妖孽？我倒要瞧瞧孽畜的能耐！

〔天臣甲、乙率天兵天將倒退而上。〕

〔一個昂藏男子上，身服蒼色戰袍，赤手空拳。他與鯀形容酷肖，膚色白晰、軀幹魁偉、步履矯捷，一副天神威儀。〕

黃帝　大膽逆鯀，你還敢來跟我較量？

男子　我不是鯀，我是鯀的兒子——禹！我是為治水而來！

黃帝　（一怔）鯀的兒子？禹？……你父親生前因所謂「治水」而觸犯天條國法而處死羽山，難道你還要重蹈覆轍，以身試法嗎？

禹　鯀為治水而死，禹為治水而生。父親死不甘心，一腔英魂在中原大地、茫茫澤國飄蕩徘徊，將通過他兒子的心靈和雙手，繼續和洪水搏鬥。地母不忍將先父打入冥界地府，相反，使他汲取天地之精華、宇宙之元氣，讓他的精血和魂魄結珠懷胎，化育生長，有朝一日完成其未竟的事業。

黃帝　禹！你和你父親一樣頑固不化；你不知道人類的罪過，我才予以嚴懲嗎？

禹　（反詰）你就沒有罪過?!你用暴力侵佔了炎帝的國土，你用屠殺懲罰了敗國的俘虜，你使為民除害的大英雄羿慘遭死難，你讓幫助你打仗的女兒魃禍害人世，你將建有戰功的應龍貶謫下界；你在昆崙山上悠哉游哉，炫耀你的帝都多麼壯麗神奇，而你的子民則在洪波裡沉浮呻吟；你在九重天上欣賞你的神曲多麼宏偉和平，而三界生靈則怨聲載道——

黃帝　（拍案）一派胡言！把他捆起來！

〔天兵天將捆綁禹。〕

黃帝　（嘲諷地）我真的以為你是什麼法力無邊的天神來替而代之，誰知你只是個手

禹　到擒來的囚犯。只要你拋棄非份之想，我是不會虧待你的，否則鯀就是你的下場！

你忘了愚公移山的事嗎，天帝？你殺了我，我又會生兒子，被殺的禹的兒子再會生兒子，這樣子子孫孫，循環不息，直上天庭向你要回治水的權力，直到你讓步為止！

黃帝　你，你……（忽然頭痛欲裂，痛苦地抱頭）

天臣　（驚呼）天帝陛下，陛下！

禹　天帝你聽著：我絕不是來向你乞求，如果你拒絕我的請命，洪水依然會被我征服！

黃帝　你口出狂言，將禹推出南天門斬首！

〔天兵天將押走禹。〕

禹　（狂笑）哈哈哈哈！

黃帝　回來！鬆綁！（天兵天將矇頭轉向，天臣不知所措）我命令你們鬆綁！

〔天兵天將給禹鬆綁。〕

禹　我知道您會這麼做的，天帝陛下。

黃帝　（吃驚）唔？（揮手，眾神齊下）禹，你知道我在想什麼？

禹　您在想這鯀的兒子怎麼跟鯀、跟我天帝的脾氣一樣倔強，百折不撓、無所畏懼，不愧是一位叱咤風雲、頂天立地的大神——

黃帝　你說下去。

禹　剛才火神祝融向您稟告完成旨令後，您並沒有勝利的喜悅，相反，一種孤獨、失落感充滿了整個心身，您後悔殺了鯀。您說：「我失去了一個孩子，一個最寵愛的孩子，唯一能激起我崢嶸歲月榮耀回憶的龍駒寶馬……」可是，一回到現實，天國最高統治者的地位、利益，卻迫使您違背自己的良知、扼殺純真的感情，而屈從於愚妄的偏見！

黃帝　（震動，猛醒）我的……孩子，我的孩子！（張開臂膀）

禹　（激動地撲入對方懷抱）太公！

黃帝　（淚水漣漣）孩子，是你的比死還強的精神，喚醒了我的沉睡的良知，我一瞬間悟到自己幹下了多大的蠢事！

禹　（脫出懷抱）曾祖，過去的就讓它過去吧。

黃帝　（點頭）來，讓我好好瞧瞧……你長得跟你父親一樣英氣勃勃、目光炯炯。嗯，但身材要比他魁梧、步履要比他穩重……我還是擔心你不是共工的對手，他恃寵而驕，難以管束。唉！

禹　太公你瞧！（用力一蹬）

〔舞臺背景上映出怵目驚心的景象：〕

〔聲震如雷、日色昏暗、星辰飛墜、天宮搖晃、神獸奔突。〕

〔黃帝趹趹衝衝，禹將他扶住。〕

〔舞臺背景上映出的畫面恢復正常。〕

黃帝　（驚魂未定地）好好……曾祖命令天神和應龍助你一臂之力，這御水之寶你儘管使用吧。（掏出息壤）

禹　（跪接）謝聖祖天帝恩賜！（起立）孫兒治水若是失敗，甘願受天條國法處罪！

〔同下〕

——**幕落**

第四幕

中國青州．揚州。

〔空桑附近的一處高地。〕

〔舞臺背景上映出水淹空桑，民為魚蝦的情景。〕

〔洪水滾滾而來，掀翻的木盆、木排、破船。難民在洪濤裡沉浮、掙扎。〕

〔洪濤衝擊堤岸。〕

〔突然，一處堤岸坍方，洪水向人們撲來，群眾驚惶失措地奔竄，從右上。〕

群眾　（呼喊）堤岸塌了！堤岸塌了！（左下）

〔舜和后稷、契、皋陶、岳伯從左奔上。〕

舜　快跟我來！

契　舜王您留下，我們去！

舜　抗洪救災還分你我？你立即率領戰士們上！

契　遵命！（下）

〔舜和諸臣右下。〕

〔契率領士兵奔過舞臺。〕

〔舞臺背景上映出的壯景：舜和諸臣跳入水中，用身軀擋住坍方處。〕

〔洪水瘋狂地撲打，舜和諸臣搖搖欲墜。士兵們紛紛跳入水中，築成「人堤」。〕

〔群眾激動地折回，奔過舞臺。群眾跳入水中，和士兵們築成水上長城。〕

〔契率領部分士兵挑土築堤。〕

〔狂虐的洪水頓減勢頭，潰退而去。〕

〔軍民的歡呼聲：「洪水退了！洪水退了！」「舜王萬歲！舜王萬歲！」〕

〔軍民擁著舜和諸臣上。〕

舜　鄉親們說得對，洪水再兇橫，總敵不過我們炎黃子孫！不是嗎？剛才它來勢洶洶，沖塌堤岸、淹死同胞，大有一口吞天的樣子；可是我們築起長城，它碰得頭破血流，只好灰灰溜溜地逃了。

〔眾大笑。〕

舜　鄉親們！我們不能放鬆警惕，它還會捲土重來。我們一定要克服困難，戰勝洪水、重建家園！

軍民　（高呼）戰勝洪水！重建家園！

舜　（對侍從甲）快給鄉親和戰士們生火取暖，煮湯解寒。

侍從甲　遵命！（帶軍民下）

舜　（朝諸臣）眼下的形勢非常嚴峻：自從鯀治水失敗而伏法後，共工夥同灌兜他們不顧天命，一心想篡奪天子之位，魚肉炎黃子孫。他從西方將洪水振滔起來，直到東海之濱的空桑，全國的百姓大部分成了魚蝦，倖存者逃到這兒避難。空桑人多地少、缺吃少穿，天長日久，難以為繼。請大家出出主意。

〔洪濤聲中，諸臣紛紛獻策。〕

〔侍從乙上，端來一托盤，六隻土碗裡盛著熱氣騰騰的篩草粥。〕

侍從乙　請舜王和諸位大人用餐，剛剛煮好的篩草粥。（將粥碗——遞給眾人）

舜　（欲吃）諸位的意見很好，我以為首先要解決老百姓吃的問題。

伯益　（喝了口粥）味道挺不錯，勝過小麥粥。

舜　（突然放下粥碗）鄉親們都吃了嗎？

〔伯益不約而同地放下粥碗。〕

侍從乙　（囁嚅地）這……舜王和諸位大人，你們已經一天沒有用餐了，再說剛從冰冷入骨的水中出來……這是鄉親們從口糧袋上刮下來的。（跪求）小人求你們領了鄉親們的這份心意吧！

舜 好！鄉親們的心意我們領了，把這幾碗粥拿給病人和嬰兒吃，算是我和諸位大臣的一點心意。

〔後臺傳來病人的呻吟和嬰兒的啼哭聲。〕

侍從乙 （僵立）這……

諸臣 快去吧！（將粥碗放回盤裡）

〔侍從乙端托盤下。〕

舜 我決定如下：后稷，由你主管農業，種植各種穀物；伯益，由你主管山澤，除草驅蟲、重建家園；契，由你主管教育，使百姓團結、振奮精神；皋陶，由你主管刑律、量刑罰罪、安定秩序；岳伯，由你主管吏治、薦舉人才、考核政績……

諸臣 謝舜王重任！

舜 舜某兼管軍事，指揮全局，抵禦外侮、防止內亂……只是水部一職空缺，如果水土不治，一切都不免失敗，此職必須是大智大勇，且有治水專長的人才能擔任。

〔諸臣冥思苦想，搖頭歎息。〕

岳伯　據臣所知，鯀是有兒子的，叫禹，又名文命，現年二十歲左右，住在他先父的封地豫州崇山，家學淵源，想來禹也會治水。

舜　（驚喜）太好了！那就有勞岳伯乘船去崇山，請禹出來擔當水利大臣。

岳伯　下官難當使者。

舜　為什麼？

岳伯　恕我直言：當初是下官推薦鯀，而舜王你卻殺了他，這不等於鯀的性命是下官斷送的嗎？如今，要我這害其父親的仇人請他出山，他不復仇才怪。舜王，你還是另請高明吧！

舜　哎？殺他父親是因為治水失敗，用他是為了拯救蒼生，我想禹是個深明大義、辨清是非的人，只要禹治水成功，舜某情願讓位！

岳伯　下官願往……瞧！那邊乘風破浪而來的大漢？

〔禹一身戎裝而上。〕

禹　我要參見舜王！我是禹。（叩禮）

舜　（喜出望外）呵，您就是前水利大臣崇伯鯀的公子禹？歡迎！歡迎！

岳伯　好一個堂堂男子、巍巍丈夫！

臯陶　要不是他從水上來，我真的以為他是天神下凡呢。

伯益　我從來沒有見過像他那樣的人物！更有一種我還無以名之的神采。

禹　我本當早來，只為一路上考察水災情形，以及先父治水工程的廢墟。

舜　唔……您休息一會，舜某要為您洗塵。

禹　我不是來享福的，這兒馬上就要被洪水淹沒！

君臣　（震驚）啊?!

〔群眾上。〕

苗兒　鯀爹爹來了！鯀爹爹來了了！（朝禹奔去）

群眾　（歡欣地）鯀沒有死！鯀沒有死！

岳伯　他是鯀的兒子禹。

群眾　（失望地）鯀的兒子禹？

老翁　苗兒，快叫禹伯伯。

苗兒　他是鯀爹爹麼，他是鯀爹爹麼！苗兒要跟鯀爹爹一起去治水！

禹　（似曾相識）鯀爹爹就是來和苗兒一起治水的呀！

苗兒　（歡呼）治水囉！治水囉！（青年夫婦把他拉走）

舜　令尊大人的不幸，舜某深感內疚……舜某打算為令尊大人正名，他實在是位賢臣哪！

禹　不！先父觸犯天條國法，理當問罪，以警戒後人。先父治水失敗的原因，倒不是人們通常以為的是使用了堙塞法；而是違反天性，攪亂五行，水、木、金、火、土，水性是下行的，他偏要上堵，這怎能不敗呢？治水應該順著水性，高者為鑿，下者為疏，讓它東流入海。

舜　這麼說，這修堤作壩的堙塞法該廢止了？

禹　不然。堙塞為防，疏導為攻，兩者相輔相成，不可割裂。舜王請瞧！若是你們不築大堤，這兒不是早就化為烏有了嗎？

舜　不錯。但令人憂慮的是：巍巍高山，茫茫沉陸，你怎麼鑿開？怎麼疏導？人力、物力、財力都成大問題。時不我待，禹您不是說這兒馬上要變成澤國嗎？怎麼辦？

禹　得道多助，失道寡助。舜王，只要上靠天，下靠民，就沒有什麼事辦不到的。瞧吧！

〔禹往舞臺深處走去，消失。〕

〔舞臺背景上，立刻映出禹及其一龍一龜。〕

〔禹掏出息壤放在大黑龜背上。〕

〔禹讓黃龍——應龍走在前面開道，禹命黑龜跟在後面。〕

〔禹一手拿畚箕，一手拿鍤子，走在它們中間。〕

〔應龍用尾劃地，地上出現痕跡。〕

〔禹沿其痕跡開溝鑿渠，水順川流淌。〕

〔禹又將龜背上的息壤投入水中。〕

〔土地隨即從水中冒出、升高，成為小山丘。〕

群眾　（歡呼）好哇！好哇！

〔禹上。〕

〔景觀隱去。〕

舜　禹，您有如此神力，看共工猖狂幾時？

苗兒　大禹伯伯是天神，天神！苗兒要跟大禹伯伯去淹死共工！

禹　對！伯伯和苗兒一起去淹死共工！

〔共工和相柳、灌兜、三苗上，他們殺氣騰騰，除灌兜外均手執武器：狼牙棒、九節鞭、

三叉戟。〕

〔諸臣掩護群眾撤退，苗兒緊緊依偎著禹，舜率領將士站在前列。〕

共工 哼！淹死老子？你們完了！

禹 我奉天帝之命治水；共工，你還是識時務吧。

驩兜 你是什麼東西？殺頭胚的兒子——蟲，蟲能治水嗎？

相柳 吃光了那些餓鬼，咱們才回老家去！

三苗 為咱們的大王蚩尤報仇！

共工 （給驩兜、相柳等拳腳）別擋老子的道！文命，咱叔侄說句知心話，堯舜這兩個昏王、暴君殺了你家大人，你犯得著再為冤家、仇敵賣命嗎？你跟了我，管保你享不盡榮華富貴、美女老酒，你要什麼就有什麼！將來跟天王老子平起平坐，天地各管一半。

禹 罪惡昭彰的叛逆。我命你投降！

共工 天老子也奈何我不得，別說你這臭小子！

舜 戰士們嚴陣以待，給來犯之敵以迎頭痛擊！

苗兒 （揮舞拳頭）共工投降！共工投降！

軍民　（有節奏地呼喊）共工投降！共工投降！

〔共工惱羞成怒，突然從禹身邊搶走苗兒。〕

共工　哈哈，老子先把這小雜種去餵大頭魚！（舉起苗兒，眾驚慌）

禹　共工，你不能這麼幹！孩子是無辜的，你應該與我較量。

共工　笨蛋！你必須立即答應不再干涉老子的事！要不（將苗兒揮舞）這狗崽子就沒命啦！

群眾　快救救孩子！救救孩子！

〔士兵們焦躁不安，躍躍欲試。〕

老翁、青年夫婦　（奔去）苗兒！我的孩子！（被相柳等擋住）

苗兒　（掙扎，又踢又咬）共工壞！共工壞！

禹　這……我……你先放了他……

共工　（朝舞臺左邊奔去，狠心地）去你的吧！

〔舞臺背景上映出的慘像：擲入水中的苗兒隨即被洪水捲走。〕

〔群眾朝臺右奔去，慘呼：「苗兒！苗兒！」〕

禹　（震驚，悲憤地）你殺了他……你殺了他！（步步逼向共工）

〔軍民跟禹逼去。共工等不由得驚慌後退。〕

共工 （死硬地）老子殺了他又怎麼樣？

禹 （義憤填膺）……本來天帝授權我治水，但要我饒你一命，我答應了。可是你以怨報德、變本加厲、野心勃勃、殘殺生靈，甚至連一個被你奪去了所有親人的孤兒，一個多麼純潔、可愛、聰明、懂事的孩子也不放過！你還算是神嗎？你連豺狼、豬狗都不如！我發誓跟你血戰到底！哪怕你逃到天涯海角、陰曹地獄，我也要窮追不放，生擒活捉！哪怕你召集三界的妖魔鬼怪、蝦兵蟹將，我也要打得你落花流水，一命嗚呼！（劍刺共工）

共工 你來吧！（與相柳等逃下）

〔舞臺背景上映出共工和相柳、灌兜、三苗等振滔洪水的情景。〕

〔諸臣率領群眾避難。不及逃走的人們被洪水沖倒、捲走。〕

〔舜率士兵搶救難民。〕

禹 鄉親們別慌！（掏出息壤，撒地）

〔舞臺背景上映出的奇蹟：〕

〔行將覆沒的高地轉瞬間升高變大，成了一座高聳雲霄的大山，洪水在山腳下成了死水微瀾。〕

群眾　（歡呼）山高了！山高了！

〔共工的聲音：「天殺的，你的末日到了！……老子要把你們斬盡殺絕！」〕

〔相柳等的鼓譟聲：「斬盡殺絕！斬盡殺絕！」〕

禹　（嘲笑地）巍巍泰山，有幾隻螃蟹咕咕叫！

〔舞臺背景上映出的情景：〕

〔狂風惡浪排山倒海、鋪天蓋地襲來。〕

禹　共工，你襲擊赤手空拳的老百姓算什麼英雄好漢？要打，你我到南方去決戰。

〔共工上。〕

共工　老子奉陪到底！（下）

〔舞臺背景上映出敵我雙方在會稽山下對壘的情景。〕

〔雙方壁壘森嚴，陣營密匝，一邊旗幟上繡有「禹」的字樣，一邊旗幟上繡有「共工」的字樣。〕

〔共工手持狼牙棒，和相柳、三苗、灌兜從一邊上。〕

共工　禹，你快出來送死！

〔禹和四員天將上，天將各穿金銀銅鐵盔甲。〕

禹　（一瞥）防風氏呢？

〔防風氏上，披髮紋身，偉如巨靈神。〕

防風氏　防風氏叩見統帥！

禹　（怒叱）防風氏，你該當何罪？大敵當前，你卻藐視軍令、兒戲戰事！

防風氏　（不寒而慄）我……卑職有罪，但求大帥恕卑職遲來之罪，卑職只是……只是公務，以天帝為楷模，製作禮樂……

禹　什麼？在這非常時期，你竟然追求逸樂，假公濟私，以勢嚇人！

防風氏　（跪求）卑職死罪……

禹　來人哪！將貽誤戰機，置蒼生於不顧的罪犯防風氏推去斬首！

〔兩名劊子手上。把防風氏捆縛。〕

〔諸天將齊求。〕

天將甲　求統帥赦免防風氏死罪，命他陣前殺敵，將功折罪。

天將乙　防風氏是天上大神，您殺了他天帝面前不好交代。

諸天將　請求統帥寬恕防風氏。

禹　我願意寬恕他，但我無權命令軍法寬恕他！斬！

〔劊子手將防風氏押下。〕

共工　（不由歎道）好一位執法如山、鐵面無私的大禹！

〔劊子手上。〕

劊子手甲　稟告元帥，執刑完畢！

〔劊子手乙呈上防風氏首級。〕

禹　迎敵！

共工　弟兄們，跟我衝呵！殺呵！（撲向禹）

相柳等　衝呵！殺呵！（灌兜躲在後面，只是虛張聲勢地喊著）

禹　天將們！跟我衝呵！殺呵！（直撲共工）

諸天將　衝呵！殺呵！

禹　由我跟共工較量！我不將這亂臣賊子、混世魔王打敗，決不甘休！

共工　這才像條漢子。（對部下）你們聽好，不許幫倒忙，老子要跟這小子玩幾下！

〔共工一棒打來，禹招架，兩人交戰，下。〕

諸天將 速速投降，饒你們一命！

〔灌兜悄悄溜下。〕

相柳 瘟神！教你們死在爺爺手中！

〔天將和相柳、三苗交戰，下。〕

〔禹和共工重上，交戰，不分勝負。〕

〔天將和相柳、三苗交戰上。〕

三苗 我招架不住啦……（逃下。兩天將追下）

〔相柳連連攻擊兩天將，兩天將逃下。〕

〔禹越戰越勇，共工難以招架，步步退卻。相柳見狀，捨棄敗敵，偷襲禹。〕

相柳 （朝禹後肩一鞭）著！

禹 （踉蹌）你，你們口是心非……（怒指）

〔共工乘機用狼牙棒打掉禹手上的武器。〕

共工 （狂笑）你完了！徹底地完蛋了！哈哈哈哈。

相柳　（揮舞九節鞭）殺殺殺！

〔禹腹背受敵，血染肩背，但他臨危不懼，穩如磐石。〕

禹　（大喝一聲）斬妖劍何在？

〔兩把寒光閃閃的寶劍從天而落。〕

〔相柳一怔，直撲禹。禹佯裝攻擊共工，翻手一劍，命中相柳心窩。〕

〔共工喪膽，逃竄，被四位天將擋住去路。〕

〔禹大步疾上，擒住共工。〕

共工　（告饒）好侄兒，看在我與家大人同朝為官，一起治水的份上，你就饒了叔父一條老命吧！

禹　不准你污辱先父英靈！你罪大惡極、罄竹難書，天地不容！（欲斬）

〔臺後喊聲：「刀下留人！」〕

〔堯、舜以及諸臣上。〕

禹　不知堯王如此說，是什麼意思？

堯　堯某祝賀大禹為民除害，大獲全勝。如今，共工就縛，相柳畢命，灌兜自殺，三苗遠逃，舉國歡騰。共工雖說罪孽深重，但責任一半在堯某失德、失政所造成。赦免他吧！

禹 對共工的寬恕就是對百姓的殘酷，禹不能從命！

〔在場者皆緊張地注視禹的舉動。〕

堯 你戮殺水神共工，難道是受之天命嗎？

皋陶 天？天竟然是善惡不分、好歹不辨，使罪惡者生，無辜者死嗎？

禹 禹某寧肯觸犯天條，也要伸張國法，為天下的孤兒寡婦、父老鄉親報仇伸冤！為出征治水獻上一份奠基禮！

共工 大賢大德的堯王！快救救小神，共工再也不敢造孽了！

堯 人生在世，孰能無過？再說共工是個放下屠刀的天神；只有天帝才有權處決他！

〔人神皆鬆了口氣。〕

舜 共工之罪，死有餘辜。既然堯王仁恕大如天，那麼就饒他死罪，改為流刑，以伸國法、以平民憤吧。

堯 依舜王旨意，將共工流放幽都。

〔共工磕頭，皋陶頓足，諸臣神情黯然，天將嘆惜，俱下。〕

禹 （仰天長歎）不殺共工，後患無窮！（下）

——**幕落**

第五幕

中國・九州

〔某山村。〕
〔舞臺背景上映出春回大地的景象。〕
〔朝陽照耀著翡翠般的塗山，清清的山泉潺潺流淌，野花盛開、鶯啼雀鬧、桑麻茂盛、坡田縱橫。〕
〔遠處是塗山侯之家。〕
〔一隊少女上，她們鬢髮插著桃花，穿著春衫，載歌載舞。〕
〔排尾的少女朝後臺招呼：「快來呵，女嬌姐姐！」〕
〔女嬌上，身穿白紵，病懨懨地。〕

少女們　（拉著女嬌邊舞邊求）女嬌姐姐！女嬌姐姐！快領咱們唱支九尾狐的歌子！

女嬌　（無奈，邊舞邊唱）

誰見了九尾白狐，

少女們 誰就當上國王；
誰娶了塗山女兒，
誰就家業興旺。
（合唱，邊舞）
誰見了九尾白狐，
誰就當上國王；
誰娶了塗山女兒，
誰就家業興旺。

〔少女們變換隊形，眾星拱月地圍著女嬌歌舞。〕

〔塗山侯上。〕

塗山侯 （讚歎）好！好！

〔少女們停止歌舞，紛紛上前向塗山侯致禮。〕

少女們 （跪迎）奴婢拜見大王！

塗山侯 你們去吧！

〔少女們下。〕

女嬌 女兒參見父王。

塗山侯 孩兒，你讓為父一飽福氣，為父真以為是嫦娥下凡呢。

女嬌 女兒才不願做嫦娥呢，她一個人在月宮裡有多冷清、孤單……

塗山侯 孩兒，這些日子你總是無精打采，愁眉不展的，聽丫頭說你飯吃不下、覺睡不好，又不肯讓巫醫瞧病……老父就只有你這麼一顆掌上明珠呀！

女嬌 唉。

塗山侯 寶貝，你究竟有什麼心事？儘管對為父說。

女嬌 ……

塗山侯 莫不是你的終身大事？「男大當婚，女大當嫁」，你確實到了婚嫁的時候，少女懷春嘛！可是，為父給你招贅擇婿，你卻統統回絕了人家王孫公子、達官貴人的求婚。女嬌，你究竟想找怎麼樣的如意郎君？

女嬌 爹，你不懂！

塗山侯 （恍然大悟）爹真是老糊塗了！你剛才唱的不是已提醒了愚父嗎？

女嬌 （羞澀地）爹……

塗山侯 能夠有幸碰到百年不遇的九尾仙狐，能夠有福娶上眼比天高的塗山王女，我想他絕非尋常之輩，一定是位了不起的英雄。孩兒，你原來有這般心事。

女嬌　（點頭）嗯。

塗山侯　哪你心目中的大英雄是誰呢？舜王？（女嬌連連搖頭）是呵，他是聖人，而不是英雄，再說他已娶了堯王的兩個女兒娥皇、女英。皋陶？（女嬌搖頭）對對，他雖說是位執法嚴明的好法官，又有一頭神通廣大的神羊幫他斷案，但他只能算是能臣，況且他其貌不揚，怎麼配得上女兒？后稷？（女嬌又搖頭）嗯，他解決了難民的生計；功勞不能說不大，但似乎該歸入偉人之列；英雄嘛，應是勇武過人、智慧出眾、戰天鬥地、轟轟烈烈。比如伯益，又年輕又威武，據說他還是北方天帝顓頊的後代。他真了不起呀！打著火把，帶領百姓，把長滿村莊的野草燒掉，將吃人的野獸趕得不見影子……（女嬌竭力搖頭）哪究竟誰是英雄？

女嬌　爹，你怎麼不知道英雄是誰？

塗山侯　為父確實是愚昧無知。

女嬌　大禹！

塗山侯　治水的禹？這倒有點像英雄。十年前他打敗了共工，後來就不聽說他的情況了，可能是我們這兒偏僻的緣故。

女嬌　大禹才是頂天立地、舉世無雙的大英雄！

塗山侯　他有什麼功勞，孩兒如此推崇？

女嬌　（驚奇）天下誰都知道他的功勞，父親反而一無所知？他呀，親自拿了畚箕、鍤子，帶領百姓、戰士們去九州治水：命應龍走在前面用尾巴劃地，然後開鑿河道；命烏龜跟在後面，投下息壤，填平洪泉，加高住處。那特別高的地方，就成了四方的名山：泰、衡、華、恒、嵩……伏羲給他指點，他鑿龍門、開砥柱，三過桐柏，征服水怪無支祈，疏通九河四瀆、三江五湖……

〔隨著女嬌的述說，舞臺背景上出現以下疊印：〕

〔孟門山洞窟，伏羲欣慰地將一隻玉簡授予禹。〕

〔龍門山，禹頂天立也，施展神力，將山劈為二。〕

〔砥柱山，禹施展神力，用斬山劍將擋住河流的大山斬為三截。〕

〔禹在截開的峭壁上，分別鑿上名稱：「鬼門」、「神門」、「人門」。〕

〔逆流的河水從洞開的峽谷中奔流直下。〕

〔桐柏山，禹率領天神天將戰敗水怪無支祈。〕

〔禹將水怪鎮壓在大山下。〕

〔禹和伯益率領治水大軍疏導河川。〕

塗山侯　想不到女兒有如此眼力……從前的親事是人家配不上女兒，這回恐怕要倒過來了。

女嬌　女嬌非大禹不嫁，大禹也非女嬌不娶！

塗山侯 唷！我兒好大的口氣！好大的自信！你怎麼知道大禹一定會娶你？天下有多少作父母的巴望自己的愛女被大禹看中，又有多少聰明美麗的女子癡想能成為大禹的賢內助，小小的塗山侯國，說不定他還沒聽說呢。

女嬌 女兒冥冥之中覺得會成功的，請父王為女兒締結這門親事。去嘛，去嘛！

塗山侯 （大笑）哈哈，為父特地告訴你一個喜訊：為父不僅派了差使去舜王那兒，而且舜王已答應做媒人。

女嬌 （又驚又喜，嬌嗔地捶其父）爹，你作弄女兒……

塗山侯 這是為父試你的心呀！（同下）

〔舞臺背景映出舜王之都——冀州蒲阪。〕

〔四四方方的王城屹立山野。〕

〔遠處是星羅棋佈的村莊。新蓋的茅屋十分耀眼。〕

〔麥田裡一片金黃，果實纍纍。〕

〔舜、后稷頂著驕陽，和百姓一起割麥。忽然，響起一陣激動人心的聲音：「大禹回來了！」「大禹回來了！」〕

老翁 要是沒有大禹，咱們早就成了魚蝦。

群眾 對對！給大禹磕頭！給大禹磕頭！（奔去）

〔舜和禹上，禹面色黧黑、神容蒼老、軀幹瘦長、略為駝背，衣衫破舊、赤足泥腿，走路一跛一顛。〕

舜　（打量禹，感動地）大禹，你太辛苦了！

禹　辛苦什麼？洪水滔天，圍山淹陵，老百姓都浸在水裡。我走旱路乘車，水路行船，泥路乘橇，山路著屐(4)，逢山開路，遇水架橋，和伯益合作得很好，使大家有飯吃、有肉嘗，治水起來有力氣，倒是舜王你面黃肌瘦的。

舜　我？……不瞞你說，你們還能打到野味，我和后稷他們已十月不知肉味了。可是，你瞧！老百姓的房子蓋起來了，王城也造了起來，今年又獲得了抗災後第一個好收成！不消幾年，全國老百姓都能過上風調雨順、不愁饑寒的好日子。

禹　難以想像。不久前，這兒還是九州災情最嚴重的地方，如今卻成了天下最嚮往、全民最效法的富裕之都，這都是舜王和諸位賢臣的功勞呀！

舜　這要感謝天災人禍、洪水猛獸。

禹　是災害的功勞？

舜　從前無災無難、長治久安時，人們渾渾噩噩、好逸惡勞、怨天尤人、一盤散沙，以至共工、灌兜趁火打劫、亂中篡權，天下遭受浩劫。一旦大禍臨頭，人們都萬眾一心、捨生忘死、助人為樂、同仇敵愾……鄉親們決定把這回豐收的小麥分出一半賑濟受災嚴重的地區。

禹 這叫做多難興邦，發憤圖強。

舜 你說得好！「多難興邦，發憤圖強」，將是我們治國平天下的法寶。

禹 也是教育方針。

舜 對！你這趟回來，我就請你當助手，兼管教育，把它作為臣民的教育方針。

禹 舜王，臣這趟回來是向你述職的。九州的水土還沒有治好、道路還沒有開通、大澤還沒有填塞、生產還沒有計算、土地還沒有丈量。最心焦火急的是，有些災區的難民饑寒交迫，又不會種植莊稼。因此，臣特地趕回，請求支持。

舜 你說吧！老百姓是我們的衣食父母，炎黃子孫是我們的同胞手足，我們怎能坐視自己的父母、兄弟姐妹之難而不救呢？

禹 請舜王派后稷助我。他是農業的裡手行家，我要請他教授百姓種田植樹的好辦法。

舜 （為難地）這……好，我成全你！

禹 謝恩！請舜王立即帶我去見后稷，我馬上就開路。

舜 不過，你也要答應舜某一件事。

禹　（一怔）舜王你……你要借公濟私？

舜　哈哈……舜某正是借公濟私呀！這私事就是你的終身大事。

禹　「終身大事」？舜王你是在跟我說笑；現在治水都來不及，怎麼還顧得上娶老婆這種私事？

舜　你聽我說，文命。你已經三十歲了；男子三十娶妻已算晚了。你雖說是天神之子，到了下界就要和凡人一樣討老婆、生孩子、傳宗接代……你別打斷我！治水是大事，但續嗣並非小事。你百年之後，如果再有洪水猛獸造孽怎麼辦？你有了子孫，就能繼續為民造福除害……不不不，我知道你的心思，這不會影響你的治水，也不會要你費心用力去尋找配偶；尋常女兒配不上你，嬌生慣養的也非你所愛。我已為你物色到一位國色天香、德才兼備的奇女子，她就是塗山侯之女女嬌。她發誓非你不嫁，又預言你非她不娶。

禹　喔？……就這麼辦吧。

舜　好。（同下）

〔悠揚的鼓樂聲起。〕

〔樂聲中舞臺轉暗。〕

〔舞臺背景上映出禹的封地——冀州安邑的簡陋宮室。〕

〔充作新房的門上帖有一大紅「喜」字。〕
〔舞臺漸亮，一縷天光照亮了婚床(5)上熟睡的一對新人。〕
〔禹驚醒，把摟住他的女嬌手臂挪開，悄悄下床，穿衣。〕
〔禹給女嬌蓋好被子。〕
〔禹深情地瞥視妻子，躡手躡腳地離去。〕

女嬌　（夢囈）夫君……夫君（一隻手臂向「夫君」摟去）

禹　（一驚，佯裝）愛妻，睡吧……睡吧。

女嬌　（摟空，驚醒）夫君？……（撐起身）天還沒有大亮呢。

禹　（回到床邊）天已經亮了，伯益和后稷在外面等著呢。

女嬌　唉……天下新婚夫妻誰像我們結婚三天，歡樂一瞬，就要離別？不知什麼時候你我再能團圓？

禹　女嬌，我多則五年，少則三年就能回來和你團圓。（為女嬌披上衣裳）

女嬌　三天長得就像三年；三年？我將盼得你眼也穿了，心也焦了，人也老了，女嬌一刻也離不開大禹你呀！（摟住禹）

禹　女嬌，我不能帶你去。治水是一樁艱苦備至、前途未卜的大事，好比行軍打仗，出生入死，隨時隨地都有危險。我早下命令：治水人員一律不得攜帶家眷。我身為指揮，怎麼能夠知法犯法，帶頭違反律令呢？愛妻，你是明白事理的……

女嬌 （摟住女嬌）

禹 （緊緊擁抱）如果我是個男孩子那有多好，可以永遠跟你在一起……

愛妻說傻話了。如果你是男孩，我還能有福份娶你這麼一位德容雙絕、柔中有剛的天下第一嬌娃麼？女嬌，你要為我生個可愛的胖小子，這樣你就不會寂寞了。

女嬌 是的，是的。我要教他唱歌，那支九尾白狐的山歌；我要教他說話，告訴他父親是男子漢，大英雄；我要教他成材，繼往開來，光大你的事業……就名他為「啟」吧。

禹 （喜悅）愛妻，你不愧為女中丈夫、巾幗英雄！（她脫出懷抱，禹離床）

女嬌 你只管去吧，不要心掛兩頭，女嬌朝夕祈求上帝保佑夫君早日治水成功。

〔禹激動地抱吻新娘。〕

女嬌 （淚水盈盈，推開禹）夫君，天已大亮，快去吧！

禹 愛妻，多加保重！（大步下）

女嬌 讓女嬌送你一程。（奔下）

〔舞臺背景上映出軒轅山的雄姿，高山擋住黃河的去流。〕

〔禹和伯益、后稷上。〕

伯益 （腳步踟躕）哪兒好像是你妻子的老家、塗山氏的國界？你瞧！那邊山上人家不是你岳父的屋子嗎？

禹 你不說我幾乎錯過了。當初，我就在這兒遇見九尾狐的。趕路吧，伯益！

伯益 慢！你聽，新生兒的哭聲！一定是你家夫人生了孩子。

禹 哎！女嬌是住在我安邑家裡；我為免除她想念故鄉，給她造望鄉臺，快走吧！

后稷 大禹，你健忘了。三個月前，有人帶口信給你，說夫人有了身孕，缺乏照顧，又十分寂寞，你岳父便接她回鄉居住。屈指算來，現在正好是夫人生養的時候。

禹 （恍然大悟）對對！（雀躍）我有了兒子！我有了兒子！

伯益、后稷 （異口同聲）你快回去瞧瞧你的夫人和公子吧！

禹 不！早一刻打通軒轅山，百姓就少受一點損失，走！（同下）

〔舞臺背景上映出禹鑿大山的情景。〕

〔禹化成黃熊，操開山斧鑿山不止。〕

〔山終於被鑿通。〕

〔黃河呼嘯而去。〕

〔禹和伯益、后稷上。〕

伯益　黃河治好了，淮河疏導也成功了，你應該回家去看看妻子、抱抱孩子，享受一下天倫之樂。

〔舞臺背景上映出禹鑿通淮水通道的情景。〕

〔塗、荊兩山聯在一起擋住淮水。〕

〔禹和伯益、后稷率領治水大軍鑿山開道。〕

〔淮水從鑿開的高山之間奔流直下。〕

伯益　你在外已有一年又七個月了，大禹，好在你的家就在前面。

禹　（吃驚）家就在眼前？

后稷　大禹，你這是怎麼啦？我們鑿開的那座與荊山連在一起的塗山，就是你岳丈塗山侯後來的居地，只是因為淮河常鬧水災，才遷到豫州，如今淮水已平，塗山國又舉國遷回。

禹　唔……離此多遠？

伯益　山腳下就是。

禹　你們先走，我探望一下就回。

〔差使上。〕

差使　報告大人！荊山附近一處土地塌陷！陷沒了好幾個村莊、田地。

禹　（轉身）快！快前面趕路！

后稷　由我和伯益去處理災情吧。

禹　救災如救火！

伯益　大禹，那就讓我去跟禹夫人說明情況吧。

禹　不！我們趕快去搶救災難！（同下）

〔舞臺背景上映出禹鑿出三峽的情景。〕

〔巴東群山擋住長江巨流，山上洪水噴薄衝撞，山下江濤四處氾濫。〕

〔禹頂天立地開山鑿石。〕

〔禹率領治水大軍鑿出三峽，疏通河道。〕

〔洶湧湍急的洪流自天而下，一瀉千里。〕

〔兩岸猿猴騰躍歡叫。〕

后稷　大禹，如今九州天下的山川大水大都疏通了，你應該回家去探望親人，治山、

伯益　種莊稼的事由我和伯益負責。

禹　是呵！大禹，你出外整整三年，三過家門而不入，這叫你夫人有多麼失望；還有你兒子，天天在惦念父親呢。

我何嘗不想去看看親人；可是南轅北轍，她在徐州，我們此去梁州，那兒倒是你倆大顯身手的好地方呀！

〔家丁上。〕

家丁　主公，小人奉夫人差遣，已在此等候主公多天了。

禹　夫人怎麼會來這兒？她千里迢迢來梁州有什麼急事？夫人和孩子都好嗎？

家丁　他們都好，只是日夜想念主公，猜到主公鑿通長江三峽後，一定會去梁州治水土，所以夫人不辭辛苦帶了公子而來，借住在梁州巴縣她伯父家裡，離此只有一箭之地。

禹　夫人她真是跟我形影不離呀！

家丁　夫人抱了公子天天在巴縣朝天門外的巨石上巴望大人呢。

禹　（感慨地）難為夫人如此深情……

家丁　夫人想念主公，還親自編了歌曲，每天在石臺上撫琴自彈自唱，它感動得叫人心頭難過，直掉眼淚。

禹 呵？

家丁 你聽！你聽！

〔女嬌的歌聲纏綿淒婉，悠揚深沉……〕

等候人呵，有多麼長久呀！
月亮圓了又缺，缺了又圓；
你什麼時候才能回來呵？

等候人呵，有多麼長久呀！
春天來了又去，秋天去了又來；
你什麼時候才能回來呵？

等候人呵，有多麼長久呀！
孩子生了長了，笑了哭了；
你什麼時候才能回來呵？
等候人呵，有多麼長久呀！

女嬌烏鬢添霜，花容失色；

你什麼時候才能回來呵？

〔歌聲中夾雜孩子的呼喚聲：「爸爸！爸爸！」〕

〔伯益、后稷為之動容。〕

禹　（熱淚盈眶）我禹某對不起夫人……

家丁　夫人假如看見了主公，就再也不會彈唱這樣傷心的歌曲了。

禹　（思忖）你回去代我向夫人問好，叫她不必想念我，只要有水流的地方，就有我的影子。

家丁　（納悶）只要有水流的地方，就有主公的影子？主公你？

伯益、后稷　禹？你太不近人情了！

禹　（痛苦地）我離開新婚的妻子在外治水已有三年了，她的想思歌令我愁緒百轉，愧對妻小。可是，天下還有多少難民家破人亡、妻離子散，在等候我們早平水土？這樣的等候才是長久的呀！九州又有多少作丈夫的、新郎的跟我一起在外治水而不入家門，他們的妻子在等候早日團圓？這樣的等候才是長久的呀！

〔伯益、后稷默默無言。〕

禹　若是我一旦鬆懈，就會像先父那樣功敗垂成，釀成大禍。三峽雖說鑿通，但西海之水一瀉千里，恐怕下游又復水患；我們快去堙塞雲夢大澤。

伯益　是治水要緊！

后稷　大禹說的是！

禹　（對家丁）你對夫人說，我不治好九州水土，絕不回家！

〔舞臺背景上映出禹胼手胝足率領萬民在赤縣神州大地上疏江導河，治理水土的景象。〕

——**劇終**

注釋：

(1) 顓頊的父親韓流，人臉、豬嘴、豬足。
(2)《山海經》曰：「黃帝生駱明，駱明生白馬，白馬是為鯀。」
(3) 后土之侯伯，地府守衛者。
(4) 有齒的木屐，登山鞋。
(5) 即後來日本的地床。

李白
—大鵬歌—
（電影文學劇本）

中國第一部反映李白
悲壯一生的電影文學劇本

紀念中國偉大詩人李白誕生 1310 週年
逝世 1250 週年

前言

李白是中國乃至世界上最偉大、最知名的詩人之一，甚至前法國總統希拉克也對其情有獨鍾，打算編寫李白的電影劇本。

中國文學史上沒有第二位詩人像李白那樣富有浪漫主義的色彩，而適於在銀幕上表現其豐富多彩、坎坷悲壯的人生了。遺憾的是，百年影壇上至今還沒有一部比較全面、真實地反映李白人生、心靈的影片。

為此，筆者花多年功夫，數易其稿，才寫出《大鵬歌》這部電影文學劇本，請教專家、前輩，同行。並以此紀念李白誕生一千三百一十週年、逝世一千二百五十週年。希望有朝一日搬上銀幕，以饗廣大觀眾，以弘揚中華文化！

劇情

詩人李白奮鬥了大半生，終於在不惑之年奉召見駕了。在京城，他草詔金鑾殿、脫靴沉香亭，指陳時弊、激揚文字；卻未能施展自己的抱負。相反，遭到了高力士、李林甫等權奸的迫害。一年後「賜金還山」，破滅了報國夢。

隨著唐王朝國運的急劇衰落，安史之亂；隱居修道、獨善其身的李白又萌發了他的「濟天下、救蒼生」的雄心。可是，他很快就被捲入王室爭權、兄弟鬩牆的旋渦中，成了政治鬥爭的犧牲品，再次覆滅了他的報國夢。在年老多病，自己又無力扭轉乾坤的憂憤中，他的最後一根精神支柱——儒、釋、道的信仰也摧折了。他懷著無限的惆悵與痛苦而離開人世，客死他鄉，享年六十一歲。

主要人物表

李白　（七〇一～七六二）字太白，號青蓮居士，大詩人，出生碎葉，翰林供奉

杜甫　（七一二～七七〇）字子美，大詩人，左拾遺

賀知章　字季真，詩人，李白友人，太子太傅、秘書監

高適　字達夫，詩人，淮南節度使

郭子儀　天下兵馬副元帥

唐玄宗　即李隆基，唐明皇

唐肅宗　即李亨，玄宗子

永王　即李璘，玄宗子，江陵大都督

李林甫　玄宗時宰相

高力士　玄宗時宦官，右監門將軍

安祿山　胡人，初名軋犖山，本姓康，東北三鎮節度使

楊國忠 楊玉環堂兄，侍御史、右相

張洎 駙馬，中書舍人

魚朝思 肅宗時宦官，觀軍容使

李龜年 名歌手。梨園供奉

韋子春 永王府秘書郎

賈至 李白友人

足可黎 吐蕃國特使

劉御林

伯禽 李白小兒，農民

楊玉環 即楊太真，玄宗貴妃

宗氏 李白續弦

荀媽媽

平陽 李白長女

序幕

天低雲暗，瀚海茫茫。

幽冥神秘的海上忽然洪波湧起，白浪滔天——一頭碩大無朋的鯤在遨游、擊水。

流雲急馳、元氣蒸騰，海島搖搖、岸草瑟瑟。

鯤變成鵬躍出水面，飛上天空。在它掀起的旋風中，頓時飛沙走石，鳥雀墜落，浪濤翻滾，山呼海嘯。

雲開日出，水天一碧。

大鵬乘著大海的氣流，迎著初升的朝陽，在太空裡翱翔。

它的背大如泰山，它的翼修如長雲。

它時而高飛在雲霄之上，時而潛泳於海波之下。

它振翅鼓翼，一翕一張，天地隨之忽明忽暗，忽晝忽夜。

它簸盪元氣，扇拍雷霆，使天搖地動、星轉海傾。

它足繫虹霓，目若日月。

牠噴氣便成雲霧，灑羽則成雨雪。

大鵬雄姿蓋天地，氣宇映寥廓，一面飛翔、一面鳴唱：

大鵬一日同風起，
扶搖直上九萬里，
假令風歇時下來，
猶能簸卻滄溟水。
……

〔歌聲中大鵬擊出片名和演職員表。〕

1. 南陵秋日

黛山層層、綠水蕩蕩，丹染霜林、金曬田疇。
一頭大鳥在村莊上空盤旋。
琅琅笑聲從屋裡傳出。
壯歲李白——三綹長鬚、一雙鳳目，風姿瀟灑、神采飛揚，身佩長劍，大笑著跨出蓬門。
李白一手牽著小兒伯禽，一手挽著長女平陽。
李白：「哈哈……我李白豈是永久埋沒於草野之人？時來運轉、否極泰來，將一飛沖天！」
差役牽來李白的坐騎——五花馬。
村裡的父老鄉親像趕廟會似地穿著節日盛裝，歡送應召去京都的李白先生。

村上的家家戶戶不時有婦孺翁姑加入到歡送李白的行列中來。

他們手提母雞、雞蛋，捧著米糕、麵餅，抬著酒甕……向李白表示自己的心意。

李白頗感盛情難卻：「好，我收下了。」

李白讓差役收過禮物。

李白對抬上酒甕的老翁：「這個恐怕……我還未到京，就會被人家當作酒鬼抓起來的。」

鄉親們大笑不止。

李白：「不過，我不能難為你老人家的一片心意。」

李白舀起一瓢酒，一飲而盡。

鄉親甲：「李白先生，你進京後一定要對皇上訴訴咱們的苦難，天災人禍、貪官汙吏，老百姓的日子更難過了。」

鄉親乙：「說是太平盛世？為啥捐稅多如牛毛？當官的只知敲詐勒索、發財致富。你先生要讓皇上封個大大的官兒，把這夥王八蛋治治！」

鄉親丙：「世道不對呀！照這樣下去，天下又要大亂！」

李白：「我李白一定不辜負鄉親們的重託，此去為百姓請命、為國家出力、為大唐天子盡忠。」

平陽：「爹爹，女兒該說的都對爹爹說了，女兒只願爹爹早去早回，一起到東魯守護母親的墳墓，耕田種麻……」

李白朗笑道：「女兒，你放心便是了。爹爹不出三、五載就能回來看你們；到那時說不定已國泰民安、河晏海清，爹爹功成榮歸，告慰你們母親於九泉之下。」

伯禽拉著李白不放：「孩兒也要去！孩兒也要跟爹爹去！」

李白抱起伯禽親道：「爹爹給你帶糖葫蘆、泥娃娃……」

平陽走去，欲抱弟弟，他使勁摟住父親的脖子不放。

一位年約六旬的老婆婆過來：「伯禽乖。」

伯禽順從地倒入老嫗的懷抱。

李白深受感動地朝老嫗施禮：「荀媽媽，請受我李白一拜！荀媽媽的大恩大德，我刻骨銘心，難以報答。想當初我客居南陵，窮途落魄，是你老人家讓出自己的茅屋，煮熟了雕胡飯為我避寒解饑呀。我浪遊在外，尋求出路，又是你老人家為我照顧這兩個年幼的孩子，把他們當作自己的骨肉一般……」

荀媽媽笑道：「哎，李白先生行此大禮實在折殺老身了，先生是為我們百姓過好日子才外頭奔波、吃苦受難的呀。老身做這點小事還不應該？你儘管放心去吧。」

李白拱手：「諸位鄉親留步吧，李白告辭了！」

李白翻身上馬而去。

2. 長安．皇城蘭臺

陽光照在長楓夾道、照在子實纍纍的桂樹上。

一位身服官袍，年約七旬的忠厚長者，（疊印字幕：賀知章）引李白穿過月洞門而來。

賀知章：「你即時來京，我有失遠迎，還望恕罪。」

李白：「說哪裡話！聖代無隱者，英俊盡來歸。我這回蒙聖上見召、賀老推薦，日夜兼程，不敢延宕。仰仗大力還沒有好好拜謝呢。」作長揖。

賀知章忙扶住，邊說邊上廳堂：「不不，是聖主英明，我不過是為人主效命。啊，我只顧說話，忘了為你洗塵、接風。這兒？就『望仙樓』。」

3.「望仙樓」酒家．雅座

李白、賀知章相對痛飲。

賀知章放下酒杯：「一別十年，往昔盛會還歷歷在目，想當初你我邂逅便成莫逆之交。也是在這座酒樓上，我們八人醉酒當歌，抒發豪情；你更是雄姿英發、氣概無雙，一洗我們胸中塊壘……」

在賀知章的述說中映出十年前：「酒中八仙」的盛會。

4.「望仙樓」酒家・暖室（化出）

「酒中八仙」（疊印字幕：布衣李白、翰林學士賀知章、汝陽王李璡、門下侍郎李適之、侍御使崔宗之、戶部侍郎蘇晉，長史張旭、布衣焦遂），一個個醉態可掬，放浪形骸。

賀知章狂態畢現，對一旁的李璡：「你父親把天下也讓給了當今天子，做了個『讓皇帝』。依老夫之見，你乾脆把你的王位也讓掉吧。」

崔宗之悄悄地把一朵紅槿花放在李璡的帽子上。

李璡似乎並未察覺，依然手擊羯鼓，晃著腦袋奏樂。

李璡：「我倒樂意當個廟官、做個樂工，喝酒擊鼓，逍遙自在，賽過神仙，只是萬歲不放呀。」

眾人見紅槿花仍在帽上，拍手叫絕。

崔宗之：「賢王有如此絕技，總叫陛下放心了吧。來，大家敬王兄一杯。」

眾人敬酒，獨李適之視若無睹，自斟自酌。

焦遂拉他，口吃地：「你，你……你是穩坐釣魚臺……是是想釣條大魚？」

崔宗之：「他是想釣個宰相呢。」

蘇晉一邊數佛珠，一邊抓雞腿：「阿彌陀佛。」

張旭奪過雞腿就啃：「你是居士，還啃雞腿？」

蘇晉笑呵呵地端酒喝：「信佛不拘形式，只要心誠就靈。」
哄堂大笑。
李白笑吟道：「但識酒中趣，勿為醒者傳。」
賀知章：「啊呀，今天我們怎麼怠慢了貴賓太白先生？來來來，難得如此盛會，還有請你為我們歌一曲。」
李璡：「請太白兄為我們跳個胡舞！」
李白並不推辭，綸巾素服，飄飄欲仙，且歌且舞：

吾與爾達則兼濟天下，
窮則獨善其身。
……
申管晏之談，謀帝王之術，
奮其智能，願為輔弼。
使環區大定，海縣清一，
……

賀知章等七人或打拍子、或擊鼓、或唱和。

賀知章右捋鬍鬚，左拍金龜，唱和：

使環區大定，海縣清一，

……

張旭突然離座而起，拿起一邊案几上的墨硯，擲筆、甩帽。

張旭狂態大發，將散開的烏髮在墨硯裡一滾，往粉牆上揮下九個大字：「使環區大定，海縣清一。」

5.「望仙樓」酒家・雅座（化入）

賀知章手撫鬍鬚：「……如今，你將一飛沖天了，你的詩文轟動京師。玉真公主和道友吳筠法師在萬歲面前為你說了不少好話。」

李白讓對方斟滿酒杯，一飲而盡，感慨地：「自古道：『大丈夫三十而立』。我李白五歲誦六甲，十歲觀百家，十五觀奇書，二十歲學縱橫術，二十五歲後仗劍去國、辭親遠遊，三十歲時正當建功立業、報效國家之際；然而我空懷滿腹經綸，竟又磋砣十年，枉有一身絕技，乃棄之敝帚，如龍蛇失潭、高鳥折翅……」

6. 疊印

一頭鷹隼在蒼穹翺翔，突然身中彈丸，急劇下墜。

官廳大堂。官員們在議論舉薦李白之事。

官員甲：「像李白這種人怎麼可以舉薦呢？諸位大人別聽他把自己吹得天花亂墜。請瞧瞧他當年寫的這份〈認罪書〉，就知道他是什麼東西？他酗酒犯禁，竟敢衝撞本官的車駕，我抖出威風來，他就露了馬腳！」

官員乙：「萬不料他是這麼一個貨色，我險些犯了欺君之罪。本官收到不少條陳都是檢舉他的：李白這個敗家子、花花公子將他爹給他用來走門路，做官發財的三十萬金本錢花個精光：吃喝嫖賭，尋歡作樂；他又冒充大唐宗室的王孫公子，勾引良家婦女——人家還是黃花閨女呢。」

官員丙：「這個人的底細我一清二楚，本官在蜀中時，見他小有文才，就舉薦他在縣裡任職，他卻嫌官卑職小；我又指點他去應試，豈知他狂妄地揚言：『我李白要麼不鳴，一鳴驚人；要麼不飛，一飛沖天！』現在就讓他去鳴、去飛吧！」

哄聲大笑。

官衙前，書吏踱出，把一卷詩文朝李白甩去。

李白撿起文稿踉蹌而去。

迎面擦過一個腐儒，卑夷地朝李白冷笑。

一條蛟龍陷身泥淖脫身不得，對天長吟，無可奈何。

京城朱雀門大街，李白垂頭喪氣地走路，不慎，碰倒了蟋蟀罐，撞翻了鬥雞籠。

鬥雞小兒、地痞流氓一擁而上，辱罵毆打。

李白手腳並用，打得他們落花流水。

群氓卻越來越多，將李白重重包圍。

李白寡不敵眾，被打倒在地。

鬥雞小兒：「你這小子敢到泰山頭上動土？俺是萬歲的寵兒、皇家的官兒！」

地痞：「俺認識他。他是外鄉來的叫花子，來找登龍術的。俺們砸他個稀巴爛！」

無賴：「不，將他掐死！用你們大爺的鋼指甲將他掐死！就像賈昌司令哥的雞王，把雞們啄死！啄爛！」

眾鼓譟：「啄死他！啄爛他！」

7.「望仙樓」酒家・雅座（化入）

李白又舉起滿樽，一飲而盡，侃侃而談。

「雨過天晴，苦盡甘來。我李白自信天生我才必有用，千金散盡還復來。君不見姜太公白髮垂釣渭水上，八十際遇助文王；又不聞商傳說，隱居虞虢養精氣，一朝出山作賢相。我終於乘長風、破萬里浪，掛雲帆、濟滄海了。」

李白放下酒樽，抬眼眺望碧雲天際。

在李白充滿希望，而略帶憂傷的眼裡，映出他青年時代的回憶。

8. 疊印（化出）

李白著鞭跨馬在山巒上旅行，山從人面升起，雲從馬旁飄過。

李白吟道：

五嶽尋仙不辭遠，

一生好入名山遊。

（用字幕映出，下同）

李白在嵩山道觀和年高德劭的道長（疊印字幕：司馬承禎）談禪。

道長凝視李白笑道：「先生天才英麗，有仙風道骨，可與神遊八極雲表，將來必大器於天下。」

李白在陳州府大堂拜謁刺史李邕（疊印字幕：李邕），見對方漫不經心，有所冷淡，便吟道：

宣父猶能畏後生，
丈夫未可輕年少。

李白在黃鶴樓頭，向乘舟遠去的詩友孟浩然（疊印字幕：孟浩然）揮手告別，蹙起的眉心似訴詩人心中的哀愁。

歌聲在長江上飄蕩：

孤帆遠影碧空盡，
唯見長江天際流。

李白在徂徠山麓竹溪隱居。李白、孔巢父、韓准、裴政、張叔明、陶沔等「六逸」（疊印字幕：李白、孔巢父、韓准、裴政、張叔明、陶沔）在溪畔濯足飲酒、披發長嘯。

李白輕騎戎裝，飛馳在崎嶇的山道。

山下官道上不遠處有座叢林。

李白猝然朝叢林打出兩枝飛鏢，緊接著從奔馬上騰空躍起，縱入林中。

叢林中一名解差重傷倒地，另一解差在李白的劍鋒下戰戰兢兢地給犯人鬆綁。

犯人身軀魁偉，氣宇不凡。（疊印字幕：郭子儀）

太原官道，李白監督解差，和郭子儀談笑上路。

李白在襄陽山公樓，朝筵席上一位錦衣蟒袍的長官（疊印字幕：韓朝宗）長揖不拜，出口成章：

「我李白三十成文章，歷抵卿相，身長不滿七尺，但心雄萬夫！」

9.「望仙樓」酒家・雅座（化入）

紅燭高燒，殘杯冷餚。

賀知章哈哈大笑：「如今，你這位心雄萬夫、肝膽過人的英才，揚眉吐氣、昂首青雲的日子到了！愚兄又可神往於你的宏篇佳構了，今日歡宴不可無詩。來來來！」

李白難以推辭，便從袖籠裡取出詩稿：「愚弟獻醜了，還望仁兄賜教。」

「哪裡？哪裡？」賀知章移近燈燭。「哦，〈蜀道難〉，『噫籲兮！危乎高哉！』出言吐語便奪人心魂。『蜀道之難，難於上青天……』啊，神來之筆！」

賀知章一邊讀詩，一邊讚歎，竟至拍案叫絕，老淚縱橫：「賢弟的華章真是驚風雨、泣鬼神呀！」

賀知章起身朝李白致意：「不是天上謫仙人，怎能寫出如此千古絕唱？」

「過獎了。」李白忙還禮，謙恭之餘微露得意之色。

賀知章提起酒壺給李白斟酒：「這般好詩，我該敬你美酒十斗……十斗也不足以表達老朽的心意。」

賀知章瞧見傾出的酒只有涓滴，便朝簾外喊道：「店家！」

掌櫃掀簾進來：「老爺，可要添些酒來？」

賀知章：「我們要醉個通宵，你瞧〈蜀道難〉……」就此吟誦起來，一邊掏摸袖籠。

掌櫃似懂非懂地聽著。

賀知章發現囊空如洗。

李白掏出碎銀。

賀知章忙擋住：「今天老夫做東！」

賀知章瞥見身上佩帶的金龜毫不猶豫地解下，遞給掌櫃：「換酒來！」

李白：「這是仁兄十年前的珍玩啊！」

賀知章笑道：「賢弟的〈蜀道難〉會流芳百世的，明朝它將轟傳帝京，競相傳抄，一時洛陽紙貴！待我奏過萬歲後，你這個大器恐怕再沒有清閒去吟風弄月，自歎『不遇』了吧。」

10. 賀宅・後花園一室

燈下，李白心神不寧地看書。

李白心煩意亂地推開書卷，思忖道：「白駒過隙，度日如年。我來京已有三天，卻不見皇上召見，季真兄也難得露面，即使露面也顯得頗有心事，不好打擾……」

11. 金鑾殿

兩對姣麗的宮娥高擎龍鳳障扇，龍座上坐著一個金冠龍袍的老年男子（疊印字幕：唐玄宗李隆基）

殿前右首站著一個無鬚男子，皮肉鬆垂，一臉驕矜。（疊印字幕：高力士）

丹墀下左右兩列站著文武百官，右首是一個乾瘦白鬚，面慈目善的老年官員。（疊印字幕：李林甫）

百官山呼拜舞完畢。

殿中通事舍人宣道：「有事出班啟奏，無事捲簾退朝。」

殿上鴉雀無聲，兩名監察御史在監察百官舉動。

玄宗對李林甫：「朕連續三日早朝，為何不見百官上本奏事？」

李林甫：「此乃陛下聖明、萬歲德政、天下昇平、四海安寧的明證。」

玄宗點頭微笑，意欲退朝。

賀知章出班奏道：「臣啟奏陛下，李白奉旨進京，現在招賢館已待有三日。」

玄宗喜悅道：「啊，就是那位以詩文為我天朝爭光的李白先生麼？哪為何至今才奏告朕呢？」

賀知章：「恕臣直言，是右相李林甫大人不讓奏告，說是『野無遺賢』，還命監察御史監視百官舉動。」

玄宗一驚：「喔？右相，你怎麼蒙蔽朕？」

李林甫一怔，立即恢復常態，跪道：「容臣啟奏陛下：當今名士李白來京之事，臣實在不知，不信可問三公、六省、九寺、十四衛府官員。監察御史糾察百官之事是因朝例制，他們忠於職守，名正言順；至於『野無遺賢』之說，乃是實情。陛下思賢若渴，詔告已有半年？而今除了一個李白，還有誰應詔來京呢？這豈不是天下英才人傑都得到陛下的重用了嗎？賀老大人以己度人這似乎不妥吧？」

玄宗如釋重負，道：「朕幾乎委屈了卿相，快起來！」

賀知章氣衝衝地指著李林甫：「你這……」

高力士一甩拂塵：「賀老大人，在萬歲面前、朝堂之上，你再如此，這就是你的不是了。」

玄宗：「兩位愛卿都是忠臣，不必再計較了，傳旨召見李白。」

通事舍人向殿外宣旨：「欽命李白，上殿見駕！」

李白由兩內侍引領入殿。

李白拜伏在地，三呼九叩。

玄宗：「賢士平身，賜座！」

「謝主龍恩！」李白入座。

玄宗：「卿是布衣，但大名早為朕所知，若不是賢卿的道德文章，感動天地，何以使朕如此看重？」

李白慷慨陳詞，意氣風發。

「鄙人李白不過是山野草民，蒙陛下如此恩寵，實乃萬幸。鄙人四十年來跋涉大江南北，足跡河東海西，漫遊名山大川，遍歷古都勝邑，任俠仗義疏材，結交英雄豪傑，研習文章翰墨，縱覽諸子百家，干謁王公大人，尋訪仙人道長……期待有朝一日投身國門、報效陛下。今萬歲降旨，使李白拔草澤於青雲、舞夙願於金殿。鄙人將鞠躬盡瘁、死而後已，光揚大唐國威！」

玄宗欣喜地：「賢卿真是楊雄轉世、司馬相如再生；賢卿可先供職於翰林院，隨時侍詔，待他日再予大用。」

李白拜謝：「謝主龍恩。」

內侍捧上紫袍、金帶、紗帽、象笏。

滿殿響起祝禱聲。

朝臣們山呼：「萬歲！萬歲！萬萬歲！」

12. 金鑾殿（某日）

百官山呼拜舞。

高力士耷拉腦袋。

李林甫皮笑肉不笑地走形式。

通事舍人宣道：「有事出班啟奏，無事捲簾退朝。」

「臣啟奏陛下！」朝班中響起一個不諧和音。

玄宗：「劉御史有事啟奏？」

一位有剛正之氣的中年官員（疊印字幕：劉御史）出奏：「……吐蕃國派特使來長安下國書已有一旬，但我延宕至今還未回覆，致使蕃使日日前來催討、喧嘩，實在有損我大唐國威。」

玄宗吃驚：「怎麼？張洎！」

一臉如冠玉、溫文爾雅的中年官員（疊印字幕：張洎）跪倒。

玄宗：「張洎，你是朕的愛卿，身為三品大員，執掌翰林院，為何不擬國書，該當何罪？」

張洎戰戰兢兢：「微臣有罪……只是翰林院無人精通番書，長於翻譯的官員又不在京裡，臣已派人火速召回，為不使陛下擔憂，故而——」

玄宗喝道：「搪塞！高力士！」

高力士：「萬歲爺，奴婢在此恭候。」

玄宗：「高力士，你是朕的心腹，身居右監門將軍要職，拿國家俸祿田一萬畝；四方進奏文表，朕託你過目，你卻知情不報！」

高力士磕頭如搗蒜：「老奴罪該萬死，死有餘辜……奴婢以為這是尋常外交文件，不必驚動萬歲。萬歲夙興夜寐，操勞國事，已夠辛苦的了，況且奴婢已命翰林院剋日完成公務。」

玄宗怒叱：「去！」
玄宗歎道：「唉……我堂堂天朝大國，文臣武將列於滿殿，竟連外邦蠻夷的文書也識不得；只會文恬武嬉、鬥雞走馬、驕奢淫逸，讓蕃邦恥笑、社稷受辱，乘虛大動干戈。朕限你們三日之內譯出蕃書，否則一律停俸、降職！」
李林甫跪奏：「陛下！」
玄宗感到絕處逢生：「卿相，你能識得蕃書？」
李林甫：「臣鄙薄蕃文，但臣謹賀陛下。」
玄宗惱怒地說：「朕憂心忡忡，你還稱賀道喜？」
李林甫：「萬歲息怒，且聽下官奏來。萬歲不是喜得明珠麼？臣以為漢高祖獲麟張良！漢武帝得鳳司馬相如亦不過如此。李白乃一代天才、舉國名士，他的才能名揚四海、震古鑠今，猶如他在自薦書裡所說的那樣，我李白『學富五車、才載八斗，開口成粲花之文、揮翰就綺霞彌天，胸懷有經濟之策、心運有治世之計，文可以變風俗、學可以究天人』？那麼，以下官想來，李白先生別說這幾個蕃文，就是叫他草答蕃書，也不過是小試鋒芒，區區小事吧？」
玄宗大喜：「幸虧卿相提起，快傳旨李白。」
丹墀下。賀知章吃驚，拉拉一邊的李白。
百官中李璡、李適之、崔宗之、蘇晉焦慮的目光。
李白神清氣朗，若無其事。

通事舍人宣旨：「欽命翰林供奉李白解讀蕃書。」

李白出班至丹墀前。

內侍將吐蕃國書遞給李白。

玄宗擔憂地：「愛卿，這國書？」

李林甫奸笑道：「今朝萬歲命李白先生解讀蕃文、草擬國書，實乃先生洪福；一可以使先生大展奇才，二能光揚國威，更能炫耀我大唐天子的英明神聖。」

李白微微一笑：「啟奏陛下，臣先世謫居西域，此商胡雜居之地，故自小就識得蕃文。」

玄宗將信將疑：「這蕃書上寫的是什麼？」

李白一瞥蕃書，隨即口譯，朗讀：「吐蕃國大贊普照會唐朝官家：你佔領西突厥四鎮：龜茲、于寘、焉耆、疏勒，威脅我國；你兵將屢屢犯我邊界，想來全出自你的旨意。俺今特差使者前來講和……」

百官中嘖嘖稱讚：「真天才也！」「吉人自有天相……」

李白繼續朗讀蕃書：「請速速讓出四鎮，並分西突厥十姓土地給俺吐蕃，俺有金銀財寶、犀角珍裘相送。如若不然，俺將親征，踏平你唐朝國土！」

頓時，趾高氣揚的官員驚惶失措，相顧失色。

玄宗：「豈有此理！朕自開元二年與吐蕃開戰以來屢敗番兵，吐蕃贊普連連求和。如今他一反常態，竟敢對我用敵國禮，重開戰端？」

玄宗掃視百官：「誰為朕分憂，率兵掃除狂虜——朕當加封三級，晉爵世襲。」

文武官員噤若寒蟬，不敢出聲。

李白奏道：「臣以為不可。今朝吐蕃兵強馬壯，東征西討，鋒芒不可一世。反觀我大唐昇平日久，人心鬆懈，一旦交戰，恐怕難以取勝……曠日持久，既耗國力，又使黎民百姓浩劫於兵火；再說戰端一開，睦鄰友誼付之東流，而邊將乘機為非作歹。」

玄宗：「先生高見？」

李白：「陛下，豈不聞戰國時有個叫魯仲連的豪傑麼？他一言退秦兵，李白願仿效之。『我以一箭書，能取聊城功』。」

玄宗喜出望外：「快拿朕的文房四寶，給愛卿草擬國書。」

李白：「陛下，明日早朝傳蕃使上殿，臣當堂揮毫草答國書。」

玄宗大喜：「為李白先生設宴玉宸殿！」

一時鼓樂喧天，宮商迭奏。

13. 金鑾殿（翌日）

鼓樂聲中，百官山呼拜舞完畢。

令人矚目的是龍案旁置有一張七寶龍床。

玄宗引頸翹首，在百官中尋覓。

通事舍人宣旨：「傳旨翰林供奉李白見駕！」

朝堂上沒有回音，百官們東張西望不見李白影子。

忽然，內侍朝殿門外指道：「那不是李翰林？」

李白宿酲未解，似醒非醒，晃蕩上殿。

兩個小宦官忙下去攙扶。

內侍將李白引上丹墀。

玄宗離座，讓李白斜靠在七寶龍床。

內侍乙端來醒酒魚羹。

玄宗接過湯碗，吹散熱氣，親手調之。

玄宗親自餵魚羹給李白。

百官皆現驚喜之色，悄悄議論。

李林甫、高力士、張洎皆現嫉妒之色。

賀知章朝李適之道：「陛下禮賢下士，想當初漢高祖接待商山四皓亦難以相比。」

14. 金鑾殿

玄宗：「召吐蕃國特使入朝。」

通事舍人：「大唐皇帝命吐蕃特使入朝見駕！」

一個虎背熊腰、碧眼虬須的男子（疊印字幕：足可黎）耀武揚威地邁上殿來。

足可黎致禮：「吐蕃國特使足可黎謁見唐朝官家！」

玄宗：「平身。」

足可黎現出驕矜之色：「我來長安已有十日，你還未答覆我贊普國書。嘿嘿，是何道理？想來你唐朝官家……」

玄宗：「休得放肆！」轉對李白：「愛卿。」

李白神采奕奕，從龍床上站起，用一口流利蕃語朗讀蕃書。

特使面上的驕橫之氣漸漸收斂。

特使瞪視李白，皺眉思慮，似曾相識。

李白：「我大唐天朝與你家吐蕃是睦鄰之邦，但你贊普不顧兩國友好，竟以敵國禮對待我國。我聖上豁達大度，氣宇天地，犯而不較，今奉旨答覆你贊普國書。」

足可黎被李白威風所懾：「特使恭聽。」

玄宗：「請愛卿上七寶龍床草答蕃書。」

內侍置錦繡几於龍床，上置御書房的文房四寶：白玉硯、紫毫筆、龍香墨、金花箋。

李白揮毫須臾，即成詔書。

玄宗接過詔書，只見上面蛇行鼠竄，不由得搖頭歎息。

李白又遞上一份道：「此乃漢文國書。」

玄宗閱畢，龍心大悅，蓋上御印。

玄宗：「命吐蕃國使臣聽詔。」

通事舍人宣旨：「吐蕃國特使聽著：今我大唐皇帝命你聽詔！」

特使上前，垂手侍立。

李白下七寶龍床。

李白風流倜儻，屹立於丹墀之上，目光威嚴地掃了下特使，便在百官屏心息氣、眾目瞻矚之中左展國書、右捋長鬚，氣宇軒昂地用漢語宣讀〈和蕃書〉。

在寂靜的朝堂上，鏗鏗鏘鏘地回蕩著李白朗讀國書的抑揚頓挫的清音。

「大唐天寶聖文神武皇帝致書吐蕃棄疊祖贊贊普：贊普國書，甸前收讀。展妙文於天下，延回書才今朝。奇文共欣賞，疑義相與析。堂堂照會，滿紙狂言；煌煌國書，一片叫囂。混淆是非、顛倒黑白，使君臣怒髮衝冠；威逼利誘、軟硬兼施，俾軍民同仇敵愾。千萬里江山氣衝霄漢，一萬萬鐵臂義撼天闕。

國不能讓其寸土，民不能肢解一人。西域四鎮，莫非皇土，失之則唇亡齒寒、殃及社稷；十姓土地，手足根基，棄之則骨肉離散、子孫唾罵。泰岱不讓其卵石才成巍巍，長江不擇其細流方始浩浩。

今你贊普，依仗鐵騎彎弓，天狼橫斜，毀盟誓、背和約、掠人畜、犯邊境、動干戈，征服八方，直逼天朝。可謂蚍蜉撼樹，委蛇吞象。

君不見我朝自立國以來抑強扶弱、平安睦鄰，威鎮四海、高矗東方?若一旦外侮掀起，召呼則天搖地動、出師則排山倒海，功無不克、戰無不勝！誰敢冒天下之大不韙，定是頡利可汗被擒於渭北、沙缽羅王敗亡於雙河。望爾權衡利弊、慎思禍福。

唐與吐蕃，舅甥至親，你我兩國，同為一家。聖朝祖代以來，歲歲通好、年年結和：文成公主下嫁於松贊干布，棄隸縮贊迎娶于金城公主。願與爾消釋前嫌，更張舞樂，同昌共盛，和衷共濟。

大唐天寶年月日」

吐蕃國特使躬身聽之，惶恐不已，迅速掃視，魂不守舍。

丹墀。唐朝皇帝面目呈祥，巋然不動，儼然明主風度。

朝堂。文官們雍容大度，武將們威風凜凜。

龍柱上騰龍舞爪而來，

丹墀上鸞鳳展翅而飛。

再瞧那詔告國書的，不由得大吃一驚。

（畫外音）：「哪……哪不是神人天將李白？五年前，俺奉贊普之命扮作客商，混入唐朝邊城薊州一探虛實……」

特使失神的眼裡，疊印出當年的情景。

15. 薊州城外・集市（化出）

集市上傘蓋高張，人頭簇簇，一片市囂。

商賈和市民在做買賣，行交易，爭價錢。

扮作客商的足可黎混在人叢中探聽、張望。

忽然，人群騷亂，紛紛逃竄，碰倒了貨攤鋪板、糧食、瓜果、布帛，百貨散落一地。

「大蟲來了！大蟲來了！」

「逃命呀，吊睛白額的大蟲！」

「天哪，幾十年的家當全完了！」

隨著一陣撕裂人心的嘯叫，狂風大作，沙塵彌天，遠處襲來兩頭大蟲。

人們呼爺喊娘，慌不擇路，跌倒者被人們從身上踐踏過去。

足可黎被人潮推湧著往城裡逃去。
兩頭大蟲向人們攻擊。
城門關閉，被棄在城外的難民大聲責罵，四散逃竄。
一頭大蟲叼起一個孩子。
孩子的娘親呼天搶地地喊救命。
「別慌，我來也！」俠客打扮的李白出現在城樓上。
李白剎那，打出兩支飛鏢。
一支洞穿叼著孩子的大蟲虎口。
一支射中另一頭的天靈蓋。
足可黎不由自主地讚歎：「神箭！神箭！」
兩頭大蟲垂死掙扎。
空中出現兩隻大鷹。
李白從城樓上跳下，落在大蟲的項背。
李白從虎口中救出孩子，繼而斬斷虎頭。
兩隻大鷹在翱翔。
另一頭重創的大蟲猝然躍起，以泰山壓卵之勢撲向李白。
李白閃過，仗劍上刺，中貫虎腹，鮮血汩汩，大蟲訇然倒地。

兩隻大鷹箭似地俯衝下來，直撲李白。
百姓驚叫起來。
李白轉而打出兩支飛鏢。
大鷹墜落地上，血濺毛羽。
城門大開。百姓士卒紛紛圍住李白，讚歎不已。
婦孺跪在地上，拜謝李白的救命大恩。
足可黎朝李白拱手道：「一射貫雙虎，轉背中雙鷹，漢朝飛將軍也不過如此。今日，英雄救婦孺百姓於虎口之中，敢問尊姓大名？」
李白：「過獎，過獎。我李白也！」
李白說完，躍上一匹從城裡疾馳而來的五花馬而去。
足可黎望著李白迅即消失在天邊的騎影，自忖：「此神人也！向唐朝爭地為時尚早。」

16. 金鑾殿（化入）

玄宗：「吐蕃國特使，朕問你，你還有話要說嗎？」
足可黎驚醒，汗顏，語無倫次：「是，是……沒，沒有。」
玄宗：「那就請特使攜國書回去。賀老，煩你送特使回賓館。」

賀知章：「臣遵旨！」

鼓樂聲中，特使朝玄宗行三跪九叩大禮，退下。

足可黎走到殿門首，問道：「剛才坐七寶龍床、起草國書的是何人？」

賀知章：「天下誰人不知、哪個不曉李白的大名？」

足可黎：「啊……下官可否動問：他是多大的官兒，坐在七寶龍床上辦公；連高將軍、李相國也沒有這樣的恩寵？」

賀知章：「此言問得錯了。將軍、相國，不過人間之極貴，怎能比得上李白先生？他是天上下凡的神仙呀！」

足可黎：「太白金星下凡？」

賀知章：「對對，是太白金星下凡。」

足可黎歎道：「唐朝有天佑神助！俺回去要贊普與貴國永結和好、同為一家。」

17. 皇城・翰林院（傍晚）

李白，賀知章在花叢中對酌。

李白笑得前俯後仰：「『天佑神助』，『天佑神助』……」

賀知章笑得溢出淚水：「老夫就當你太白金星下凡，這一來倒能息幾年邊患，你的功勞可不小呀！」

李白正色道：「若要國富民強，永保盛平，非得施仁政！總括起來有這麼幾條，這是我向陛下進諫的條陳。」

賀知章接過李白的條陳。

條陳化為下列畫面。

18. 疊印

城闕。張貼著招賢皇榜，百姓士子爭相觀看。

玉宸殿。李白把幾位布衣出身的英才推薦給玄宗。

鬧市。李白親率將校，搗碎蟋蟀罐，鎖起鬥雞籠，一條鐵鏈拉走地痞、惡霸。

「明鑑」高懸的大堂。李白審訊貪官汙吏。

衙前。開倉賑濟，李白親自過磅，將糧食倒入一個臉露笑容、骨瘦如柴的老嫗的布袋中。

河道。李白赤足挽褲，與民工一起開河疏道。

田野土崗。李白和身穿便服的玄宗眺望下面的一片滾滾麥浪、簇簇農民，持鐮相談。

19. 皇城・翰林院

李白：「非如此不可！這兩晚皇上獨召我在麟德殿……」

賀知章不以為然地搖頭。

「聖旨到！」內侍大步流星地進來：「萬歲宣翰林供奉李白入殿見駕。」

李白謝過聖旨，朝賀知章莞爾一笑。

20. 午朝門外・京畿大道（晨）

輦車、寶馬、儀仗隊、弓箭手、御林軍守候肅立。

一時鼓樂齊奏，響遏行雲。

在宮女、內侍、禁衛的護衛和百官的簇擁下，玄宗和一位絕色佳人（疊印字幕：楊玉環）以及李白，從午朝門出。

李白勸諫：「陛下，這狩獵之事恐怕……」

玄宗付之一笑：「愛卿，你不是寫過〈大獵賦〉嘛？朕愛不釋手，展讀再三。你瞧，朕能背誦如流：『……乃使神兵出於九厥，天仗羅於四野……於是擢倚天之劍，彎落月之弓，昆侖叱兮可倒，宇宙噫兮增雄，河漢為之卻流，川嶽為之生風。羽毛揚兮九天絳，烈火燃兮千山紅……

雖秦皇與漢武兮，復何足以爭雄……』朕也要一乘秋獵豪興，使秦皇漢武望洋興嘆呀！」

李白意欲再諫，玄宗已扶楊玉環上七寶輦車。

玄宗掀簾朝李白：「朕與爾狩獵，定當滿載而歸！」

鼓樂三奏，皇家狩獵隊伍浩浩蕩蕩地出發。

李白怏怏不快地隨同而去。

高力士、李林甫、張洎等人露出嫉妒、奸詐的神情。

21. 御花園・五鳳樓（夜）

窗戶上現出玄宗和李白的剪影。

李白侃侃而談的身影、慷慨激昂的樣子。

玄宗時而點首、時而沉思的坐影。

22. 御花園

槐樹下，竊聽的內侍悄悄離去。

23. 李林甫宅・「天賜閣」

熒熒燭火，牆上投出李林甫、高力士鬼鬼祟祟的形影。

一陣歇斯底里的狂笑，使投影成了兩個狂舞的魔影。

24. 皇宮・楊玉環寢室

富麗而高雅，華美的陳設配著名人字畫。

一爐御香繚繞，一對華燭高燒。

楊玉環在鳳床上玉體橫陳，袒胸露乳。

玄宗要去親熱：「愛妃，親親……」

楊玉環躲避：「賤妾算什麼愛妃？不過是陛下手中的一個玩物，要玩就玩，想棄便棄。最近日子甚至不到賤妾的陋屋裡來，定是被別房的狐狸精迷住了。」

楊玉環哭泣起來。

玄宗忙掏出鮫綃巾給她揩淚，卻被她丟掉。

玄宗：「愛妃，你實在冤枉寡人。愛妃難道不知朕新近得到英才李白，連日來為朕貢獻治國大策，寡人打算加以大用呢。」

楊玉環躍起，一把扯住玄宗的白鬚：「好好，他一來你就給他封官晉爵，又侵佔了賤妾的時辰？我哥哥楊國忠在京城熬了幾年還是個小小的侍御使；你是有意要給賤妾難堪？」

玄宗被扯得疼痛不已：「愛妃……寡人依你就是了。」

楊玉環放手，玄宗就勢把她樓進懷裡親吻、撫摸。

楊玉環半推半就，嗲聲嗲氣地：「賤妾當不起萬歲恩寵。」

玄宗剝去她的內袂：「夜深了，寡人明日還得早朝。」

楊玉環似雛鶯嬌啼，不滿地「姆」了一聲，對玄宗也斜著一雙水汪汪的明眸美目。

玄宗心醉神迷，隨即吹滅燈火。

25. 午朝門禦道

李白和賀知章持朝板進午朝門。

禁衛甲士叉起方天戟擋住。

內侍：「萬歲有旨，今龍體欠佳，免罷早朝。」

李、賀只得快快離去。

迎面而來的中年官員喜色匆匆。（疊印字幕：楊國忠）

內侍諂笑地迎接：「請內殿稍候，萬歲爺和太真妃待會兒召見。」

李白義憤填膺，返身欲闖禁宮。

賀知章把他拉走。

26. 長安街頭

似水的月光沐浴京都。

李白寂寞地在街頭信步。

從裡巷、井旁、池畔傳來擣衣聲聲，更添李白的愁思。

秋風吹動蕭疏的樹木。

擣衣聲中雜有歌聲：「……何日平胡虜，良人罷遠征？」

李白痛下決心：「皇帝不能出爾反爾，窮兵黷武，使多少家庭變成孤兒寡母。我李白豈能顧自身安危，袖手旁觀！」

27. 金鑾殿

李白在直言力諫。

玄宗強壓怒火。

李林甫見機出奏：「老臣以為李白所言錯了。天下是陛下的天下、國事是陛下的家事、臣子是陛下的奴僕，豈有奴僕對主子胡言亂語的道理呢？微臣身負國家重任，理當為陛下整飭綱紀。臣以為今朝明主在上，國家昌隆無比；百官的職司就是不懷異心、唯命是從、歌功頌德。否則要你們枉食國家俸祿幹什麼？若不安本分、違旨進諫、混淆視聽，那麼御馬廄中的害群之馬，就是你們的下場！」

28. 御馬廄（化出）

馬夫在內侍的監督下給御馬餵精細飼料。

一匹紅鬃烈馬引頸長嘶，舉蹄踢蹬。

其餘的馬也跟著嘶叫起來。

內侍衝去，把帶頭馬前的飼料盆踢飛，猛抽鞭子。

鮮血汩汩地從紅鬃烈馬的創口裡流下來。

其餘的馬戰戰兢兢地低頭吃飼料。

29. 金鑾殿（化入）

百官們唯唯諾諾、抖抖索索。

李白鯁直地：「陛下──」
玄宗拂袖而去。

30. 賀知章書房

賀知章：「賢弟，你怎麼幹出這種鹵莽事呢？現在的皇上不再像從前那樣英明、勤政了；他昏昏濛濛，逞驕矜、好邊功、求長生、貪女色、講奢侈，寵信的又是高力士、李林甫一班宦官權臣。高力士是什麼東西？閹奴頭子！位在一人之下，千萬人之上，四方進奏文表必須經他過目。京城內外，甲第良田，宦官佔了一半，而高力士的家產富可敵國；他炙手可熱、權傾內外，連王公大人都要拍他馬屁，求他通路子。李林甫、張洎，安祿山……都是靠他的門路才飛黃騰達的。李林甫這老奸，面上彌勒佛、胸中毒蛇心，有名的口蜜腹劍的傢伙！你一來就領教了，他就是靠這套本領獲得寵信的，並和高力士狼狽為奸，把持朝政……我完全失望了。如果今朝換了別人犯顏直諫，早被打入天牢了。」
李白劇痛道：「難道忍看大唐國運江河日下，毀在幾個奸賊手裡？」

31. 翰林院廳堂　庭院

李白獨自在冷清孤寂的氛圍裡喝著悶酒。

李白提筆，在白紙上狂草。
李白放下筆來，走到廳前。
一個黑影從柱後竄出，撿起桌上的詩稿，潛去。
李白抬眼天空：烏雲密布，冷雨瀟瀟。
李白在雨中徘徊，苦吟：

青蠅易相點，
白雪難同調。

……

32.「望仙樓」酒家・雅座

當年的「酒中八仙」聚會樓頭。
眾人頻頻地為李白敬酒。
中年官員（疊印字幕：李龜年）掀簾進來。
「萬歲特命奴僕李龜年召李翰林，為萬歲爺和太真妃賞花助興。」
李白醉眼朦朧，似是囈語：

李白斗酒詩百篇，
長安市上酒家眠。
天子來呼不上船，
臣是天上謫仙人。

眾人縱聲大笑，連連碰杯而乾。
李白伏案睡去。
李龜年：「皇命如火急。快！」
差官衝進雅座。
李龜年：「快扶李翰林上船！」

33. 皇家內苑・「沉香亭」

亭外木芍藥盛開，嫣紅姹紫，碩大無朋。
畫廊，樂工們低眉垂首，輕攏慢抹地調理絲竹管弦。
亭內，圓桌上放著銀壺、金樽、玉杯……
玄宗和楊玉環雙雙倚著欄杆，欣賞木芍藥。

玄宗凝視木芍藥──變成花容月貌的楊玉環。

玄宗回眸，笑視濃裝豔抹的楊玉環──變成光彩照人的木芍藥

李龜年入奏：「萬歲，翰林供奉李白已入宮，不過他……」

玄宗：「快扶他進來！」逕自擁著楊玉環欣賞木芍藥去了。

李白猶帶醉態，飄飄欲仙而來。

李龜年相隨在後，惴惴不安。

李白似醉非醉，詩句脫口而出：

名花傾國兩相歡，
長得君王帶笑看；
解釋春風無限恨，
沉香亭北倚欄杆。

玄宗驚喜地：「仙才！仙才！啊，快扶住愛卿。」

李白醉不成步，搖搖欲墜。

高力士相幫李龜年扶住李白：「瞧你醉成什麼樣子，這是在萬歲和太真妃面前。我要不扶住你，你早就掉進池裡餵魚去了！」

李白醉眼也斜地把他一推，滿口醉話地：「……醉是醒，醒是醉，世上皆醒我獨醉，世人

皆醉我獨醒……醉醉醉，醉中有真情，醉中出天才，醉中忘萬憂，醉中是神仙。來！百年三萬六千日，一日還飲三百杯。拿酒來！」

李白跌坐階前。

高力士：「瞧你在萬歲面前恃酒佯狂，這要犯欺君之罪的！」

玄宗微嗔：「李白！」

楊玉環笑道：「醉得好！醉得好！陛下，快命人拿文房四寶來，好讓李白先生醉中為妾寫賞花詞呀。」

玄宗：「愛妃說的是。高力士，快快扶他榻上！」

高力士只得和李龜年將李白扶進亭中一旁的臥榻上。

楊玉環從酒壺裡將酒注入七寶琉璃杯中。

楊玉環娉婷婀娜地過來，笑吟吟地將酒賞給李白：「李白先生，請嘗嘗這西涼國進貢來的蒲桃酒。這原是萬歲賞給奴家的呀。」

李白似醒非醒地：「謝太真妃。」一飲而盡。「好酒！好酒！」

玄宗：「愛卿，今日良辰佳節，又是太真妃生日，朕特賜你為太真妃寫幾首新詞，配曲唱和。」

李白端坐床榻，呆著不動。

玄宗：「愛卿還需要什麼只管直說，朕替你吩咐便是了，快斟酒來！」

李白：「臣靴不潔，恐汙龍榻，望陛下賜臣脫靴登榻。」
玄宗朝內侍：「替李白先生脫靴。」
李白：「還請高公公脫靴，才使臣翰筆生輝，新詞增價。」
玄宗：「這……有請高將軍脫靴吧。」
高力士一怔，佯癡地：「萬歲，老奴年老耳背，聽不清萬歲的金口玉言。」
玄宗窩火地：「朕命你給李翰林脫靴，好讓他為太真妃寫新詞！」
高力士只得去脫靴，不知是李白有意，靴子脫不下來。
高力士拚卻老命脫靴，因用力過度，連人帶靴跌倒在地。
李白開懷大笑，楊玉環笑得嬌喘不已，玄宗笑出眼淚，內侍、宮女也掩口失笑。
高力士站起，滿面油汗，氣喘吁吁，一副醜態。
玄宗收斂笑容：「今朝高將軍可謂立了大功，自有重賞。如高將軍感到勞累，就自去歇息吧。」
兩內侍扶著一瘸一拐的高力士離去。
李白神采飛揚，疾筆振書，抒寫新詞。

34. 沉香亭

梨園子弟絲竹並進，弦樂高奏。

李龜年率領歌伎們曼聲低唱，迴腸盪氣。
玄宗乘興拿過一支玉笛吹奏相和，悠揚委婉。
楊玉環和著節奏翩翩起舞，如芍藥臨風、垂楊拂水。
李白一杯復一杯地飲酒，欣賞歌舞。

35. 皇宮・楊玉環寢室

楊玉環風姿綽約、婀娜動人的舞姿，如香煙嫋嫋，燭火煌煌。
她邊舞邊唱著由李龜年譜曲的李白〈清平調〉新詞：

一枝紅豔露凝香，
雲雨巫山枉斷腸。
借問漢宮誰得似？
可憐飛燕倚新妝。

楊玉環邊舞邊唱，興會淋漓，心醉神迷。
高力士闖入：「太真妃……」
楊玉環嗔怪地：「高公公，深夜到此有何公幹？」

高力士：「啊……老奴剛巧經過這兒，忽聽得一陣仙歌妙音，還以為是天上傳來的呢！原來是太真妃在清歌妙舞，老奴唐突處還望太真妃恕罪。」

楊玉環轉嗔為喜：「啊？慢走！高公公這麼誇獎要折殺妾身了；倒是妾身的歌舞顯醜了。」

高力士：「老奴說的是實話，太真妃不僅是國色天香、絕代佳人，連這歌舞也是舉世無雙、空前絕後的。」

楊玉環驚喜地：「真的？」

高力士：「這是千真萬確的事……可是我老奴耳背年老了，太真妃唱的歌詞中似乎有這麼一句：『可憐飛燕倚新裝』？」

楊玉環：「高公公，你才身板硬朗、耳聰目明呢，我尤其喜歡這一句。想當初漢成帝皇后趙飛燕舞技第一；我若能與她並駕齊驅，一生也別無欲求了。」

高力士驚呼：「啊呀呀……太真妃怎麼把窮相骨頭的謗詩當成雅頌呢？」

楊玉環：「你，你此話什麼意思？」

高力士忙躬身道：「老奴有罪！老奴有罪！」

楊玉環：「你說！」

高力士故作不平之鳴：「李白這奸賊，借出身微賤的趙飛燕，來隱射太真妃的千金之軀，羞辱你只會塗脂抹粉、搔首弄姿、妖豔妝扮，向萬歲邀寵……以便使萬歲有朝一日把你疏遠，打入冷宮。」

楊玉環氣噎：「他他他……」

高力士：「更有甚者，趙飛燕同妲己、褒姒是一路貨色。她們狐媚人主、以色亂政，致使朝綱敗壞、天下大亂……李白這陰賊將你比作趙飛燕，不就是誣指你太真妃是亂唐的妖精、亡國的禍水嗎？」

楊玉環柳眉倒豎，玉容慘澹：「我，我可沒虧待他……我楊玉環與他勢不兩立！」

36. 麟德殿

玄宗一邊打著手背一邊踱步，現出進退兩難之色。

御書案上剛寫好的詔書墨蹟未乾。

楊玉環哭哭啼啼：「陛下你再要封他，賤妾寧可遁跡空門，了此殘生，或者你索性把賤妾押去永巷，打入冷宮好了。」說著搶過案上的詔書。

玄宗忙攔住：「這撕不得！撕不得！」

玄宗從她手中拿過詔書：「不是朕袒護李白，他究竟是個精英，有功於國家……」

楊玉環：「『精英』？『有功』？萬歲不是說他是『窮相骨頭』麼？自他進宮以來，他屢屢觸犯陛下，得罪朝廷。」

玄宗：「這就是他的不是了，但他的用心不壞，朕豁達大度，不予計較。」

宮殿一側，窺探情勢的高力士、楊國忠伺機而上。

高力士跪道：「啟奏陛下，李白早就對朝廷不忠。」

玄宗一驚：「是你們……證據何在？」

楊玉環：「請國忠出示鐵證！」

楊國忠掏出一卷文稿，跪道：「請陛下龍目御覽。」

玄宗展讀：「『青蠅易相點，白雪難同調』，喔？咦？啊……這青蠅指誰呢？污泥不是鞭撻朝廷嗎？『本是疏懶人，屢貽偏促誚』，朕待他不薄，他反而詆毀本朝！」

高力士乘機奏道：「萬歲如此恩寵這窮相骨頭，他卻完全辜負了萬歲的洪恩。他酗酒瀆職、狎妓胡鬧、恃才傲物、借酒佯狂、怨言惡語、犯顏逆鱗，惟恐天下不亂！窮本溯源，他在十年前就營私結黨、圖謀不軌，與汝陽王、賀知章、李適之、崔宗之等七人結成所謂『酒中八仙』。這兩年，他們越發倡狂，誹謗朝廷，污蔑陛下昏庸、好色、驕矜——」

玄宗拍案：「住口！為何不早早報來？」

高力士：「奴婢不敢。萬歲被……不，是李白他們一手遮天！」

玄宗：「傳旨有司，將他們治罪。」

楊國忠：「陛下，賊黨之中，李白乃罪魁禍首。」

高力士：「李白這狂徒，不殺不足以整肅綱紀！」

楊玉環：「賤妾深知高公公、楊國忠對陛下一片忠心。」

玄宗沉吟半晌：「朕自登基以來凡三十載，操勞國事，廢寢忘食，日理萬機，勤勤慎慎、兢兢業業，方始有今朝國威遠揚、國富民足。今朕可稍事安逸，清淨無為了。」

眾人又驚又喜。

玄宗：「國家大事可委於李相國和你高將軍去輔佐。」

高力士：「老奴叩謝萬歲恩寵，但國柄萬萬不可交給李林甫！一旦他造成聲勢就壞了。」

楊玉環：「李林甫是什麼貨色，你要將天下交給他？你怎麼忘了我哥哥楊國忠？哥哥的大名『國忠』，還是萬歲親自賞賜的呀！」

玄宗：「哈哈，寡人自有乾坤，不必多慮。外有李林甫、內有高力士、邊關有安祿山，足可以天下太平，李朝永存……依愛妃之意，加封國忠為同平章事，位在相國之下。」

楊國忠跪謝：「謝主龍恩！謝主龍恩！」

楊玉環不悅地：「哪賤妾呢？」

玄宗撫摩其面龐：「從今天起，你就是貴妃了。」

楊玉環驚喜地：「陛下這是逗我？」

玄宗：「身為萬乘之主豈有戲言？貴妃的冊封大典明朝舉行。」

楊玉環：「妾身多謝萬歲。」

高、楊異口同聲：「恭賀貴妃娘娘！」

玄宗：「李白嘛，朕不但不殺、不罪，而且要成全他的心願。他不是喜歡遊山玩水，當隱士、做道人嗎？朕就賜金，讓他回山去吧。」

高力士：「太便宜了這窮相骨頭。」

楊國忠：「皇恩浩蕩，豁達大度嘛！」

37. 賀知章宅・廳堂

賀知章設便宴餞別李白。

賀知章：「賢弟此去，不知何日還能相聚？來，愚兄敬你一杯。」

李白舉杯欲飲，杯到唇邊，猝然放下，長歎一聲。

家丁入報：「老爺，外面劉御史大人急事相告。」

賀知章：「快請他進來。」

劉御史入內：「大事不好！這幾天你們倒躲在家裡痛快。可知李林甫、高力士、楊國忠這班狐群狗黨大興冤獄。汝陽王李璡被勒令閉門思過，崔宗之降職貶逐，李適之、蘇晉、張旭下獄問罪……恐怕將牽涉到倆位，你們還是早早避禍去吧。」

劉御史匆匆離去。

李白擲杯於地：「從此國無寧日！」

「聖旨到！」

賀知章趕忙推李白避去。

隨著一聲吶喊，內侍在禁衛的簇擁下大步進來。

內侍瞥了下酒席，掃了下廳堂，陰笑地宣旨：「太子太傅、秘書監賀知章年事已高，身染沉疴，朕念他是三朝老臣，昔日歌頌昇平、教誨太子有功，特准他告老還鄉、頤養天年。欽此。」

38. 景同

酒席上依然佳餚未動，清酒滿樽。

賀知章頹坐的身影映在牆上。

李白慷慨舞劍的形影落在牆上。

窗外月黑風高，落木蕭蕭。

隨著從廳堂裡飄出的李白歌聲：

停杯投箸不能食，
拔劍四顧心茫然；
欲渡黃河冰塞川，
將登太行雪滿山。

……

出現以下畫面：

黃河岸邊。李白望著從上游下來的冰塊駐馬不前。

太行山道。李白在大雪紛飛的冰封棧道上，牽馬踽踽獨行。

39. 京畿大道

李白徐徐而行，隨從挑著簡樸箱籠在後。

李白自言自語：「『賜金還山』，『賜金還山』……哈哈。」

李白縱聲大笑，笑得前俯後仰，坐騎不穩。

隨從吃驚地：「先生你……」

販夫走卒，過往行人驚惶地讓路，好奇地瞧熱鬧。

驚動了李白坐騎，五花馬疾馳而去。

李白的高歌大笑聲，久久地迴響：

有敕放君卻歸隱逸處，

高歌大笑出關去。

……

40. 齊州老子廟（夜）

早服還丹無世情……

「琴心三疊」道初成。

歌聲中，李白道巾道袍，身體疲軟地隨眾信徒面縛魚貫，口中念念有詞，環繞坫壇而受道籙。

41. 秦淮河畔・「金陵酒家」

鐘鼓饌玉不足貴，

但願長醉不用醒。

歌聲中，燭火熄滅，旭日臨窗。

李白醉伏，桌上杯盤錯倒，濁酒傾瀉。

42. 宣城溪邊

抽刀斷水水更流，
舉杯澆愁愁更愁。

歌聲中，李白散發赤足，以劍斷水，借杯澆愁。迅急的流水衝擊寶劍，更加激濺而去。李白擲杯入溪，酒杯旋即消失。

43. 梁園廢址

落日西沉，風動蕪穢，斷垣殘壁，滿目瘡痍。李白登平臺而高歌：

東山高臥時起來，
欲濟蒼生猶未晚。

忽然，有人對吟：

致君堯舜上，
再使風俗淳。

李白驚訝地回首，只見緲無人跡的曠野裡，有兩人一前一後地從倒塌的牆垣豁口處跑來。李白走下平臺。

前面的吟者，年約三十餘歲，留綹鬚，佩長劍，面容豐腴，不修邊幅。（疊印字幕：杜甫）

杜甫邊跑邊招呼：「平臺上莫不是李太白仁兄麼？」

李白驚喜地迎上前去：「杜子美！子美兄！」

李白和杜甫緊緊擁抱。

杜甫：「我們在城裡已找你多日，想不到在這兒邂逅兄長。」

李白：「你我不是約好今秋在梁園見面，然後一起漫遊麼？」

杜甫：「愚弟等不及了，這位是愚弟好友、滄州渤海人高適，他聽說你我有這樣的盛會，便定要跟我同來。」

後面的中年人，年約四十餘歲，面容清秀，長鬚、霜鬢，風塵僕僕中不減一腔英氣。（疊印字幕：高適）

高適朝李白致禮：「先生鵬舉譽滿海內，先生節操感動天下，所以鄙人冒昧地請子美兄代為引薦，瞻仰先生風采、請求先生賜教。」掏出一卷文稿。

李白：「言重了！你我友好不必拘泥俗禮，還是兄弟相稱為好。我早已拜讀你的大作呢。『乍可狂歌草澤中，那堪作吏風塵下。』高風亮節，猶如金石之聲；〈燕歌行〉更是令人擊節，非你高達夫不能寫出：『校尉羽書飛瀚海，單於獵火照狼山。』『戰士軍前半生死，美人帳下猶歌舞。』這是何等豪邁、何等悲壯！『相看白刃血紛紛，死節從來豈顧勳，君不見沙場征戰苦，至今猶憶李將軍！』將激情推到極致。」

高適受寵若驚：「啊……」

44. 梁園廢墟

李白和杜甫、高適在平臺上飲酒縱談。

杜甫吟道：

讀書破萬卷，
下筆如有神；
性豪業嗜酒，
嫉惡懷剛腸；
放蕩齊趙間，

裘馬頗清狂
……
「我就這樣經過十年苦讀、十年漫遊，一心想為國家效命，建立殊勳，但屢屢受阻。前不久參加京試，自以為能名列榜首，誰料到口蜜腹劍的李林甫竟在萬歲面前謊稱『野無遺賢』，致使應試者全部落第。」

李白：「你我豈非同病相憐，同氣相求麼？」

杜甫：「達夫兄的遭遇更為坎坷，他奮鬥了四十年，至今依然書劍飄零、窮途落魄，志在報國呀！」

高適拔出寶劍：「且看天下多少英雄空懷絕技、報國無門？投筆從戎、馬革裹屍，只落得窮愁潦倒、白髮悲秋……一旦我高適能被朝廷重用，定使豪傑英雄大有用武之地！」

李白：「達夫兄有這種精神，何愁有朝一日不青雲直上、大展鴻圖嗎？到那時可不要忘了你我今日之交呀！」

高適：「哪裡？哪裡？愚弟一定與兩位兄長同舟共濟、同甘共苦！」

45. 梁園・信陵君墓地

李白和杜甫、高適踩著耕牛深翻的地裡，尋找戰國時信陵君墓的遺址。

李白發現一處斷碑殘篆，上刻：「魏……無忌。」

46. 山東・單父琴臺

李白和杜甫、高適遊宓子賤琴臺。

琴臺上疊印出往昔情景：

宓子賤身著官服在衙前操琴。

百姓扶老攜幼，爭相前來聆聽、唱和。

47. 山東濟南・歷下亭

北海太守李邕在新亭落成時邀請來遊的李白和杜甫、高適三人。

李邕指著李白笑道，李白大笑不止。

疊印出二十年前李白在陳州府被李邕冷淡的場景。

48. 曲阜・孔廟淨舍

李白和杜甫並劍一帷、共被一床。

他倆的睡容濡浸在月色中。

49. 沙丘城頭

西風殘照。李白對著滾滾流去的汶水出神。

流水中映出杜甫的形象。

李白推開石案上的酒杯，從胸臆中發出的心聲激蕩江水：

思君若汶水，
浩蕩寄南征。

（打出字幕）

「李白飄若飛蓬，孤身萬里，尋仙訪道，幹謁公門，又在漫遊中度過了十年。」

50. 梁園・宗氏客寓（夜）

油燈下，李白在整理書冊翰墨。

一位容貌娟秀、神態嫻雅，淡裝素服，年約三十的女子（疊印字幕：宗氏）在一邊整理李白的行裝，一邊憂慮地勸道：

「夫君此去幽州，妾身不放心呀！即使胡兒安祿山不像妾身疑心的那樣壞心眼，夫君又能施展什麼抱負呢？妾身總是勸夫君不要再從政了。你不想想當年草詔金鑾殿、脫靴沉香亭，夫君何等揚眉吐氣；可是伴君如伴虎，不到兩年就賜金還山了，夫君還算是不幸中之大幸呢。且看那些忠臣清官哪一個不落到可慘可痛的下場？刑部尚書韋堅貶逐江夏，左相李適之遭到株連，繼而北海太守李邕、淄州太守裴復敦在任上就被杖殺，名將王忠嗣含恨而死……再如妾身祖父宗楚客在武后時曾三入鳳凰池、官拜中書令，又是何等風光、顯赫。韋后一亂，祖父雖未參與，但最終還是問罪處斬了……妾身願與夫君隱居草野，也不願夫君封侯拜相。」

李白：「賢妻所言有理，但我主意已定，我不能難卻友人薦舉的好意，再說我從前去過幽州……我到了那兒自會審時度勢、察言觀色。如果安祿山確有反意，我豈不是因禍得福，探得虛實，上報朝廷，從而消弭戰禍、拯救蒼生嗎？」

51. 幽州城

城門口，警衛森嚴地盤查行人。

李白帶著侍童風塵僕僕而來。

李白掏出書函而被放行。

校場口。大隊胡騎，刀槍閃光、牙旗飄揚，飛揚跋扈地馳出校場。

李白和市民躲到一邊。

街頭成衣鋪。裁縫們飛針走線地趕製各式錦衣繡袍、玉帶烏靴，差官在一邊監工。

李白驚異地瞥視。

酒樓。酒保悄悄地對李白耳語。

李白手中的薦書落地。

52. 幽州・黃金臺遺址

狂風摧落木，烏雲翻長空，霜草沒脛，白骨零星。

李白登上黃金臺，仰天大哭：

「昭王啊！賢明的昭王！你不見那昏君寵愛的卻是個亂世的奸雄！他把碩大的北海拱送給這條掀風作浪的長鯨……我李白縱然有射殺天狼的利箭，也不敢開弓；有報效社稷的良策，也無法施展……即使你的上將軍樂毅再生，也只好逃亡。」

53. 梁園・宗氏客寓

李白邊洗塵邊道：「要不是我使用賢妻的錦囊妙計，恐怕至今還陷身賊窩呢。」

宗氏在整理行裝。

李白納悶：「夫人，你這是？」

宗氏笑道：「妾身不是要你重入虎穴，而是你我從此出苦海、離紅塵。」

李白恍然大悟：「知音！知音！」

54. 梁園・宗氏客寓書房

李白憑窗握筆。

月下。河上飛天鏡。

高空。雲橫渡海船。

遠處山影幢幢，近傍流水汨汨。

李白凝望天邊飄來的一朵彩雲。

彩雲落在窗前。

55. 疊印（幻覺）

李白登上彩雲。

彩雲在琅琅天風下飛馳。

彩雲飄過重重山河、城闕。

彩雲在月光中度過清可鑑人的鏡湖。

彩雲飛過道觀倒映其間的剡溪。

彩雲停在天姥山下。

山麓登道傍有一棵斜矗古樹，如好客的老道迎接李白。

李白仰望天姥山：山高不可及，峰巒直插銀河，雲霧繚繞山腰，星星珠串其間。

李白足登木屐，步步攀登。

李白登至半道，聽見空中隱隱傳來天雞的啼聲。

李白倚山縱目，望見沉沉夜空中，天際有一線微光。

微光轉為橙黃、絳紫、朱紅……

繼而雲海茫茫，天風琅琅。

李白繼續攀登，兩旁奇花異草放射出星星般的光輝。

李白醉看花草，百轉千彎，越過斷崖絕壁。

山徑上隨處可見的怪石奇岩，似飛禽走獸，唯妙唯肖。

山崖上掛下十幾道飛瀑，李白縱身潭中入浴。

李白聽到銀笛般的鳥鳴，不由得手舞足蹈。

忽然，天昏地暗，星月消失，花草岩石不見。

但聞熊咆龍吟之聲和山泉湍流聲、瀑布飛濺聲、狂風勁吹聲、林濤聲匯在一起，發出巨大的轟響。

李白戰戰兢兢地摸黑上山。

驀地，一頭老鷹向他撲來。

李白急避，驚魂未定地靠在山石上。

山石分明是兩隻猴子在搔他的臉頰。

李白掙脫，進退莫從，左右為難。

夜空轉為青蒼，山上依然星光燦爛，皓月照著飛瀑。

天際露出玫瑰色的一抹朝霞，緊接著紅日飛騰海天，剛才的一切怪誕景象消失得無影無踪。

李白登上山巔。

雲煙從山谷裡升騰。

一扇石門擋住去路。

李白回望來徑，頓感心悸頭暈——他是懸在萬丈削崖、由葛藤編結的繩梯上。

繩梯在深不可測的峽谷中晃蕩不停。

李白不及思索，縱身一躍，抓住山岩突處，小心翼翼地移動腳步，試圖沿石門覓徑而登，但枉費心機。

李白喟然長歎，下意識地以手扣門。
奇蹟突現：電閃雷鳴，山峰崩摧，石門中開。
狂風捲著怒濤從中衝出，雲氣連著煙霧滾滾而來。
李白倚壁攀附，不敢動彈。
煙消雲散，李白走進石門，一時眼花撩亂，攝魂奪魄，忙止腳步。天姥山的最高處卻是扇尺徑寬的石門。
石門內竟是仙境！
青青的蒼穹，望無際涯，分不清天和地。
一條寬廣的雕欄玉砌的大道，通往光輝燦爛高矗的金銀臺。
太陽和月亮同時從臺上升起。
星星在臺上旋轉、飛舞、閃耀。
不知從哪兒出現一個垂髫仙童引導李白前行。
星星從金銀臺上紛紛下降。
星星原來是萬千神仙。
鬚眉如雪，手持釣竿的
（疊印字幕：周朝相國姜尚）
高臥長睡，乘舟而下的

（疊印字幕：商湯大臣伊尹）
金戈鐵馬，勢如猛虎的
（疊印字幕：燕國上將軍樂毅）
彎弓射書，足登祥雲的
（疊印字幕：齊國謀士魯仲連）
身騎老馬，率眾出谷的
（疊印字幕：齊國卿管仲）
寬衣敞袍，淺斟低唱的
（疊印字幕：東晉丞相謝安）
束發金冠，手持虎符的
（疊印字幕：魏公子信陵君）
羽扇綸巾，坐雲母車的
（疊印字幕：蜀漢丞相諸葛亮）
手捧帥印，銀盔銀甲的
（疊印字幕：漢元帥韓信）
口哼山歌，歸隱五湖的
（疊印字幕：越國大夫范蠡）

有駕龍馭虎、騎豹乘鶴……
有吹玉笛、弄絲竹、奏箜篌、彈琵琶、擊筑敲鼓……
李白邁入凌霄寶殿。
上供儒、佛、道——孔子、如來、老子三尊巨像；神像金碧輝煌，妙相莊嚴。
鐘磬嘹亮，旗幡飄揚，香煙繚繞。
兩位童顏鶴髮的仙長朝李白打躬作揖。
李白拈香，恭敬禮拜。
李白飄飄欲仙地邁出凌霄寶殿。
一位手把芙蓉、衣著虹霓的仙姑在太清宮朝李白招手。
李白騎白鹿朝仙姑飛去。

56. 太清宮（夢幻）

李白著紫衣，持天旨，提倚天劍出太清門。

57. 玉宸殿（現實）

玄宗淺斟低唱，邊欣賞楊玉環的舞蹈，邊為她唱和。

高力士對玄宗耳語。

玄宗砸碎酒杯：「李白在弄什麼妖孽？他死後休想追封，活著永為布衣！」

58. 長安鬧市（夢幻）

李白監斬高力士、楊國忠等奸賊於市口。

圍觀百姓歡呼雀躍，拍手稱快。

59. 華清池（現實）

波光瀲灩，倒映出楊貴妃新浴後的慵倦無力、楚楚動人的妖嬈體態。

玄宗扶著楊貴妃，對跪伏的楊國忠道：「朕封愛卿為大唐天朝的右相兼文部尚書。」

60. 疆場（夢幻）

李白全身披掛，跨五花馬、率千軍前進。

五彩繡金旗旌上分別繡有下列字樣：

「奉旨招討國賊安祿山」、

「唐・招討大元帥李」。

61. 金鑾殿（現實）

玄宗：「誰敢毀謗貴妃的義子、三鎮節度使兼尚書左僕射安愛卿謀反，誰就是這等下場！把毀謗者、李白黨羽綁赴幽州交安祿山親自處置！」

禁衛甲士將進諫的劉御史押出朝堂。

62. 幽州節度使廳堂（現實）

大堂上高坐著一個碧眼、突眉、絡腮鬍鬚、詭詐囂張、頭戴野雉冠、身服貂裘的壯年胡人。

（疊印字幕：安祿山）

侍從為他高張華傘，左右分別班列胡人出身的文臣武將，儼然是一副帝王氣派。

兩名刀斧手將五花大綁的劉御史押出廳堂。

63. 長安街頭（夢幻）

李白和玄宗、元戎宿將步入長街賞燈。

李白和百姓同享太平之樂。

64. 幽州節度使廳堂（現實）

安祿山冕旒王冠，龍袍玉帶，稱孤道寡。

「孤家十四年苦心經營、養精蓄鋭，好不容易盼到今朝與你們龍騰虎躍，共舉大事……一旦拿下長安，活捉昏君，寡人與你們同享君臣之樂。」

大堂上一片祝禱聲：「我王萬歲！」

65. 疊印（夢幻與現實交織）

殺伐聲、嘶叫聲直上太空。

天上宮闕，仙姑仙長瞬息消逝。

高臥在雲端裡的李白醒來。

李白透過雲煙下窺人間：

一隊隊胡騎如秋風摧落葉地長驅直入。

唐軍望風披靡，丟盔棄甲。

一座座城關在胡騎的殘踏下倒塌。

一陣陣戰煙中不斷變換著叛軍的旗號：

「奉旨討伐竊國大盜楊國忠·唐三鎮節度使安」。

「奉旨清妖氛·天下招討大元帥安」。

「大燕·安」。

大地上戰火熊熊，屍骨橫陳，血流成河。

叛軍燒殺搶掠，追擊逃難者。

兩個叛兵把李白的女兒平陽拉進一間茅屋。

一個叛兵舉刀朝拉扯姐姐的伯禽砍去。

李白大叫一聲，從雲端落下。

66. 梁園·宗氏客寓書房（翌晨）

伏在桌上的李白從噩夢中驚醒。

宗氏倉皇地入內：「快醒醒，安祿山的賊軍已離此不遠了！」

67. 逃亡路上

李白夫婦參雜在百姓中逃難。

逃難者的無數雙雜亂的腳踵，跋涉在荒徑小路、河川沼澤。

大隊驍騎護衛皇家輦車在崇山峻嶺上逃亡。

車內，玄宗擁抱楊貴妃蜷縮一角，猶如驚弓之鳥。

68. 唐軍營前

李白攜書投筆從戎，毛遂自薦。

一位持斧鉞的大將把李白的自薦書撕掉。

69. 馬嵬坡

玄宗頹坐亭中。

一位將軍跪奏：「啟奏陛下，楊國忠已就地正法……請陛下賜楊玉環妃自盡；六軍不發，嘩變在即。」

玄宗手持染血尺素慟哭不已。

70. 荒廟敗舍

李白和衣而眠。

夢見寶劍出鞘，破空而去，突入胡陣，賊軍潰逃。

71. 華清宮

玄宗望高天之明月，不由悲從中來。

道士由內侍引進宮內。

玄宗高枕而臥。

夢見星光燦爛，自己在天空中度銀河與楊玉環相會。

72. 廬山・屏風疊

李白晨觀飛瀑，飛瀑變成汨汨鮮血。

李白仰望山丘，山丘卻是堆堆白骨。

李白長歎聲中，人字雁行，紅葉飄零。

73. 成都行宮

玄宗形容枯槁，兩袖垂膝，神喪氣黯地頹坐龍椅。

丹墀下零落地站班十幾位大臣。

一位老臣出奏：「望陛下以天下黎民為重，今孽賊已攻陷長安，稱帝洛陽，宗廟焚燒、生靈塗炭，若不建置，我大唐李朝江山將毀於一旦。」

眾大臣跪奏，異口同聲：「恭請陛下建置！」

玄宗沉吟良久：「也罷！朕封太子亨為天下兵馬大元帥，收復長安、洛陽；封大將軍郭子儀為天下兵馬副元帥；封十六子永王璘充江陵大都督、山南四鎮節度使，收復大江南北。」

74. 靈武・靈寶殿

一位中年男子帝冠、龍袍，接受百官的朝賀儀式。（疊印字幕：唐肅宗皇帝李亨）

內侍宣旨：「今太子上應天道、下順民心，即帝位於靈武，改年號為『至德』，尊玄宗為『上皇天帝』，頒告天下，欽此。」

75. 江陵城

米糧山積於倉廩，布帛充塞於貨棧。

鐵匠在鋪子裡打造兵器。

戰士在校場上操練兵馬。

大路口，以步、騎兵組成的大軍雄赳赳、氣昂昂地由城關開拔；翁嫗婦孺簞食壺漿地款待將士。

青壯年在招兵站爭相應徵。

百姓手提肩挑兵器、糧草，笑呵呵地隨軍，不甘落後。

76. 江陵城外

戰船列列，艋艟巍巍，排列在浩浩的江面上。

一位束發金冠、金甲，英氣勃勃的將軍端坐在一艘巨艦的甲板上，（疊印字幕：李璘）檢閱水軍操練。

永王兩旁分坐著鎧甲鮮明、昂藏龍虎的將軍和衣冠楚楚、舉止大度的幕僚。

一個文官模樣的人上樓船向永王報告。

永王面籠愁雲。

幕僚中一位中年長史出奏：「我願赴廬山遊說李白先生入幕。」（疊印字幕：韋子春）

永王：「准奏！永王願以當年劉皇叔三顧茅廬之仁義請李白出山，共驅狂虜、肅清胡塵，待我交代軍務後同你一行。」

韋子春：「不必勞駕我王，況且前線三軍少不了我王坐鎮……如我韋子春憑三寸不爛之舌不能說動李白，那麼以軍法處之。」

永王：「賜金十斤、帛五十匹，請長史帶去。」

韋子春：「只消帶我韋子春的頭顱就足夠了！」

77. 廬山仙人洞・李白草屋

朔風呼嘯，冬雲密布。

韋子春力勸李白：「我王奉命出征，配合太子；不，不，是當今萬歲出師，雙管齊下，何愁逆胡不滅？」

李白轉過身來，形容憔悴，鬢髮斑白。

李亨在靈武稱帝的畫面在李白眼前閃過。

李白：「永王的厚意我心領了，只是李白遠離紅塵，年老體衰、才疏學淺，不足以濟世。」

78. 景同

韋子春：「我韋子春死事小，但先生失節事大……難道先生真的忍看百姓沉於水火刀兵、萬劫不復之中而潛心修道、成佛成仙嗎？」

李白默不做聲，望著急雪飛灑。

宗氏焦急地從裡屋出來：「夫君，你千萬去不得！你不是已答應妾身終老泉林、永絕紅塵嗎？妾身昨夜還夢見夫君被召，一去不返、生離死別……前車之鑑，你不能不引以為戒呀……」

宗氏啜泣起來。

79. 景同

雪後初霽，李白眺望天際。

韋子春在一旁勸說：「此番已是三請先生了；想當年劉皇叔請諸葛亮出山亦不過三次……我韋子春可以向尊夫人保證，到時像完璧歸趙那樣將太白先生交還給尊夫人：說不定到那時先生還將攜著黃金印回來呢。如果先生執意不肯屈尊的話，那麼我韋子春無面見江東父老……」

李白毫無表情，依然仰望雲天。

一陣狂風將石桌上的書卷吹到於地。

韋子春撿起書卷，計上心來：「啊，《離騷》！這不是楚國三閭大夫的發憤之作麼？唉……當年他是懷才不遇、報國無門，才投江自刎的。而今，我王大開賢路，敕書三至……當今屈原安在?!」

李白聲震如雷：「下山！」

80. 長江・江面（夜晚）

船影幢幢，星火點點。

一艘樓船內燭照如畫，華宴高張。

李白修飾一新，神采飛揚地和永王的幕僚們宴飲。

幕僚們為李白接風，頻頻勸酒。

李白頻頻乾杯，談笑風生。

幕僚甲：「先生的〈永王東巡歌〉不啻是諸葛武侯的〈前出師表〉。」

幕僚乙：「以鄙人之見，我王得先生，就好比東晉孝武皇帝得謝安一般。」

李白手捋長鬚，輕敲桌沿，頗有感觸地吟哦：

　　但用東山謝安石，

　　為君笑談靜胡沙。

81. 長江・江面（早晨）

李白和僚友們站在船首，江風吹拂他們的錦衣玉帶。

旭日從大江裡升起，李白他們浴在通紅的朝暉中。

李白朗聲高吟：

　　南風一掃胡塵靜，

　　西入長安到日邊。

82. 靈武・金鑾殿

唐肅宗李亨在御座上大動肝火。

「什麼『靜胡沙』、『掃胡塵』?全是幌子!幌子!朕以為高適進諫有理,永王璘是蓄貳心、招兵馬、篡皇位……」

83. 安州官道

響徹肅宗的旨令:

「朕授命高適兼禦使大夫、淮南節度使、揚州大都督府長史領廣陵十二郡,討伐叛王璘。」

軍旗上繡有「高」字樣的大隊人馬,在身跨戰馬、手持旌鉞的高適統帥下銜枚疾走,日夜兼程。

84. 吳郡・李希言行營

內侍宣讀聖旨:「秘詔。朕命令吳郡採訪使李希言對叛王璘發佈照會,窮根究柢,直逼逆璘,伺機撲殺。」

85. 永王帥營帳內

永王從虎皮椅上拍案而起：「孤王是太上皇之子、當今皇帝之弟，貴為王侯之尊，今朝出師東征，完璧歸趙，名正言順；區區地方豪強，膽敢平牒抗威，直呼孤王之名羞辱如此！」

信使：「李璘！你敢把我怎麼樣？」

永王：「左右，將李希言這老賊派來的使者拖出去斬了！命令上將軍渾惟明南下攻取吳越，命令季廣琛襲擊廣陵，召長史李白回帥營草擬討伐書。」

86. 季廣琛行營

響徹肅宗的口諭：

「季廣琛如迷途知返、懸崖勒馬、反戈一擊，可既往不咎；若獻上叛王首級可晉官封爵，否則罪滿門、滅九族！」

季廣琛召集眾將商議。

季廣琛低聲地：「我與諸公原想勤王抗賊，今統領江淮銳兵，長驅雍、洛一帶，眼看收復山河有望，不料新皇以叛招討；我們豈能背叛逆的罪名而粉身碎骨、遺臭萬年？我看，不如宣誓各自擇路逃命吧。」

87. 長江

江霧彌漫，金鼓之聲可聞。

李白在艦橋上仰望前方，面露喜色。

李白問一旁的裨將：「永王還未上船？」

小校甲跑上艦橋：「報告長史，前面不是賊軍，是廣陵採訪使李成式的戰船，他要我們投降。」

李白吃驚：「什麼？」

小校乙連跌帶爬至艦橋下：「報告長史，我軍已被朝廷大軍包圍！」

李白急忙返身回顧，只見遠處江霧中竄出一艘艘打著「唐」旗號的戰船。有一艘艨艟大船的旗幟上鏽有「淮南節度使・高」。

李白吃驚之餘，環顧四周：

從北、西、南三面，朝廷的艦隻如黑雲般地壓來。

小校丙氣喘吁吁地走上甲板，朝扶著欄杆的李白聲嘶力竭地：「長史……永、永王……丹、丹陽兵敗被殺。」說完倒在甲板上。

小校丙背中利箭，血染甲板。

李白扶著小校丙的屍體失聲痛哭。

裨將：「長史快走吧！」

江面上戰煙滾滾，金鼓陣陣。

朝廷的水軍從四面八方襲來。

如蝗的火箭一齊飛來。

裨將敏捷地拉過李白。

一支火箭射中李白背後的旗杆。

永王的戰船如失火的柴房，連營地燒了起來。

永王的水軍狼奔豕突，葬身火海。

李白在裨將的護衛下走下艦橋，望著這幅慘景呼號：

「抗賊鴻圖，竟毀於兄弟鬩牆之中！」

88. 潯陽監獄

李白蓬首垢面、長枷鎖鏈、血染囚衣，斜倚牢牆。

月光從一方小小的天窗投入牢地。

李白凝望清澈的月光。

在他眼前映出一幅幅回憶與現實、幻覺與真實交織的畫面。

89. 疊印

金鑾殿。李白倚在七寶龍床，玄宗親自調羹賜湯。

潯陽府公堂。郡守丟下權杖，李白被差役按倒痛打。

金鑾殿。玄宗：「賢卿可先供職於翰林院，隨時待詔，待他日再予大用。」

內侍奉上紫袍、金帶、紗帽、象笏。

滿朝響起一片祝禱聲。

潯陽獄。一個個當年阿諛奉承的官僚笑臉，變得猙獰可怖，在李白面前閃過。

一陣喊殺聲，使李白垂頭喪氣。

梁園廢址。高適對李白、杜甫慷慨陳詞：「一旦我高適被朝廷重用，定使豪傑英雄大有用武之地；愚弟一定和兩位兄長同舟共濟、同甘共苦！」

潯陽獄。李白跪在地上，帶鐐書寫：「罪人李白書啟高中丞大人……」

潯陽府公堂。位居顯達的高適，提起朱筆在李白的〈請求書〉上劃了個「×」。

90. 潯陽監獄

李白呼天搶地，號啕大哭：

「天啊！天啊！我李白犯了什麼天條、做了什麼孽事，碰上如此災禍？老妻信息阻隔、兒女音容永絕、骨肉一門離散、孤身沉冤死牢？」

「地啊！地啊！這是什麼王法？什麼世道？什麼綱常？志在報國者判為死罪！患難之交者落井下石！同室操戈者共棄國難！」

「天啊，戶外不生春草，莫非為之悲憤？地啊，血淚化作污泥，莫非為之憐憫？可痛啊，自古以來王道凋枯、斯文掃地、善惡不分、忠良厄運；遍植荊棘，砍倒丹桂；囚禁鸞鳳，賞賜雉雞。伍員沉屍江心！彭越剁成肉醬！可憂啊，胡塵滾滾、逆風陣陣，半壁江山沉淪於賊手，千萬蒼生呻吟於水火。」

「啊，啊，願天六月飛雪伸冤！願地臘月降雷懲惡！」

91. 靈武・金鑾殿

郭子儀出班奏告：「李白不可殺！李白是上皇的侍臣，曾有功於國家。今附逆從叛王是出於脅迫，其忠君愛國之心可見於詩文。當今天朝劫數未盡，國家正用人之際，望陛下免其死罪，令其戴罪立功。臣願以榮名、功勳擔保李白！」

郭子儀摘下元帥盔拱上。

班列中有文臣武將五六人出班奏道：「臣等願為李白具保。」

肅宗見狀道：「既然如此，開釋李白。」

92. 郭元帥府・廳堂

家丁入報：「老爺，李白先生求見。」
郭子儀：「快請！」
李白一領青衣小帽，拄杖由家丁扶來。
李白朝郭子儀納頭便拜。
郭子儀忙回禮：「恩公，你要折殺鄙人了。」
李白：「老朽這回能免除死罪，全虧了元帥。」
郭子儀笑道：「不盡然。保奏你的還有張丞相張鎬、宋中丞宋若思、崔宣慰使崔煥……可見天道未滅。」
李白：「聽說郭元帥以官爵、榮祿相保，真叫罪人……」感動得語不成聲。
郭子儀：「哎，說哪兒的話？若不是先生二十二年前太原道上搭救，我郭子儀安有今日？」
郭子儀對家丁：「後堂請老夫人、公子、小姐出來拜見恩人。」
郭子儀又吩咐家丁乙：「設宴為李白先生壓驚。」

93. 郭元帥府・書房

李白：「元帥這樣待我叫人何以敢當？李白終究是朝廷罪人，再說風傳出去於元帥不利。」

郭子儀：「哈哈，先生何至於變得如此膽小？老夫出入於千軍萬馬之中，還怕幾隻蒼蠅、蚊子嗎？什麼罪人？胡說八道！來，乾杯！」

李白心有餘悸地乾杯。

郭子儀：「我看了先生為李璘策畫的《東進擊賊圖》，就立誓為先生伸冤。你為朝廷盡忠的耿耿丹心、佼佼才華以此足證！」

李白不由得忘乎所以，故態復萌：「乾杯！」

郭子儀：「來人那，添酒來！」

郭子儀：「太白先生，我有一事動問。」

李白：「元帥只管吩咐，我李白敢不從命？」

郭子儀：「我想請先生大駕入幕策畫，收拾河山，不知先生？」

李白喜出望外：「什麼？哈哈，你是怕我看破紅塵，從此隱居嗎？不，不，我李白還想建功立業、名揚四海！」

94. 靈武・昭陽殿

肅宗邊喝酒邊欣賞歌舞。

舞伎、歌伎著木屐，拍響板且歌且舞。

一高顴、濃眉，言笑間呈現奸凶之色的宦官（疊印字幕：魚朝恩）獻上一盤荔枝。「萬歲，這是南詔國進貢來的鮮荔枝，奴婢特選顆粒最大的。」

肅宗拿起一顆要剝，魚朝恩已剝好一顆，奉上。

肅宗食之，繼續觀看歌舞。

魚朝恩：「萬歲——」

肅宗不悅地：「什麼事？」

魚朝恩：「奴婢打擾萬歲雅興，惶恐不安。奴婢鬥膽啟奏萬歲：開釋欽犯李白實是放虎歸山，後患無窮！郭元帥保奏乃是出於私情，況且上皇早已有旨，不得再用此人。不說他曾經侮辱帝王將相，說什麼『戲萬乘若僚友，視同列為草芥』，今又狂妄之極！」

肅宗：「他又怎麼啦？」

魚朝恩從袖籠裡取出一卷文稿：「這是李白入郭子儀幕府的所謂『自薦書』。」

「你念一下。」肅宗自去食荔枝，觀歌舞了。

魚朝恩一面剝荔枝，一面念道：「我李白，」故意加強語氣。「文可以變風俗，學可究天人；

一命不沾，四海稱屈——」

「呯」地一聲，肅宗把面前的錦繡幾掀翻。

一名舞伎被翻倒在地的案角撞破了頭。

舞伎們拉起鮮血如注的女伴匆匆退下。

肅宗怒道：「冤屈他了？把寡人誣指成是無道的昏君、扼殺英才的暴君，把逆賊帶上來！」

魚朝恩：「萬歲，李白不在靈武。」

肅宗：「那就沒有辦法了？」

魚朝恩：「以奴婢之見，李白大逆不道、十惡不赦；但郭子儀還得用，不若使緩兵之計，天網恢恢，諒李白難逃一死。要緊的倒是郭子儀，萬歲不可不防呀！」

肅宗一驚：「喔？」

魚朝恩掏出一卷宗：「這是朝廷三十位重臣的聯名上書，郭子儀藏垢納汙，包庇欽犯，實為朝廷之隱患、逆王璘之黨羽……」

肅宗大驚：「啊！」

魚朝恩：「郭子儀自恃功高，目空一切，權傾內外，天下只知有郭元帥，而不知有陛下。」

肅宗：「收回兵權，逮捕問罪！」

魚朝恩：「陛下且慢，還未到『飛鳥盡、良弓藏；獵兔盡、走狗烹』的時候。」

肅宗冥思苦想，良久：「宣朕的旨意：朝廷欽犯李白充軍夜郎，流放終身；罷免郭子儀天下兵馬副元帥之職，貶為左僕射，依然前線效用。令魚朝恩持天子旌節，升觀軍容使監督郭子儀軍。」

魚朝恩跪謝：「奴婢遵旨！」

95. 長江

李白輕舟遨遊，神采飛揚。

江上飄蕩郭子儀的聲音：「委李白任長史兼副元帥副官」。

輕舟飛騰在高高的波峰。

晴空霹靂：「朝廷欽犯李白充軍夜郎，流放終身！」

一股巨浪打來，輕舟被拋入萬丈深淵。

96. 江西旱道

天色灰黯，亂雲飛渡，道旁凋零的樹木被狂風颳得東搖西擺。

一頭孤雁在空中盤旋，淒切地哀鳴而去。

李白在解差的押送下步履沉重地行走。

宗氏由婢女扶著，陪伴李白上路。

李白瞧見向日葵在狂風中挺立，不由歎道：

慚君能衛足，

歎我遠移根。

97. 潯陽江頭

寒水瀟瀟，荒岸禿樹。

寂寥的天宇下只有江畔的兩名解差，和即將訣別的李白夫婦，婢女等五人。

江邊停著一條冒著晚炊的孤篷小船。

李白：「不勞夫人再送了，過了江自有人來接我的。」

宗氏搖頭：「妾和你生不同時，死當同穴。夫君，我要伴你一起去夜郎。」

李白：「夫人，我此去頂多三年五載就要回來；你不見我給張鎬張中丞的信中這樣寫道：

『誓欲斬鯨鯢，澄清洛陽水』嗎？」

宗氏喊了聲：「夫君」，淚水漣漣，泣不成聲。「你……別瞞我了，夫君是長流夜郎，有去無還……」

婢女陪同夫人拭淚。

兩解差默默地佇立。

李白掉過頭去，凝望江面。

在他的淚眼裡疊印出前不久下山時的情景、以及十六年前南陵應詔的情景。

98. 廬山仙人洞・李白草屋（化出）

宗氏：「夫君，你千萬去不得！你不是已答應妾身終老泉林、永絕紅塵嗎？妾身昨夜還夢見夫君被召，一去不返、生離死別……前車之鑑，你不能不引以為戒呀！」

99. 南陵秋日（化出）

李白：「我李白一定不辜負鄉親們的重託，此去為百姓請命、為國家出力、為大唐天子盡忠。」

平陽：「爹爹，女兒該說的都對爹爹說了，女兒只願爹爹早去早回，一起到東魯守護母親的墳墓，耕田種麻……」

李白笑道：「女兒，你放心就是了。爹爹不出三、五載就能回來看你們，到那時說不定已國泰民安、河晏海清。爹爹功成榮歸，告慰你們母親於九泉之下。」

100. 潯陽江頭（化入）

江邊枯樹上站著一頭寒鴉。

寒鴉的叫聲驚醒了李白。

李白：「夫人，請回吧，你我會有團圓的日子。」

宗氏一陣咳嗽：「你此去妾身也不想貪戀殘生了……」

「夫人你？」李白忙掏出手帕給她拭去嘴角的血水。

從船艙裡鑽出一位船家，朝江岸擱起跳板。

李白見宗氏不肯離去，便道：「夫人，你就看在兩個孩兒的分上吧。」

宗氏悽楚地注視李白上船。

宗氏：「郎君你多加保重呀！」

小船漸漸遠去。

久久站在船頭的李白，對宗氏頻頻揮手：

「你一定要找到伯禽他們……我會回來的！」

李白的航船消失在暮霧愈來愈濃的江面上。

李白的聲音在水天裡回蕩：「我會回來的！」

101. 洞庭湖畔

兩解差在湖畔一角的暖閣裡喝酒，憑窗可見李白在湖畔徘徊的身影。

李白凝視著迅疾的流水踽踽獨行。

流水中映出李白憔悴的容顏、長長的鬍鬚、因瘦削而顯得肥大的衣裳。

流水中李白的身影，忽然變成了一位佩長劍、荷高冠的古人，（疊印字幕：屈原）同樣憔悴、瘦弱、飄零。

102. 金鑾殿（蕩漾在湖中的幻覺）

殿堂上塵封蛛網，朱漆剝落，寒氣如磬，荒涼頹敗。

燕雀在高梁營巢，鴉雉在華堂舞步。

屈原在空蕩蕩的大殿裡躑躅。

鴉雀撲打翅膀聒噪起來。

一對孔雀和鳳凰哀鳴地逃出朝堂。

屈原在石橋上惆悵地眺望遠去的孔雀、鳳凰。

103. 午朝門內御道（同上）

雞飛狗叫，禽獸當道，文武百官為牠們讓路。

木籠內，鸞鳳被囚，斑斑血漬、蓬蓬翎毛。

木籠旁，宦官、甲士手持木棍嚇唬。

李白慘不忍睹，掩面而去。

104. 洞庭湖畔（化入）

湖水瀲灧，幻影消失。

李白老淚縱橫，在秋風中苦吟：

平生不下淚，
於此泣無窮！

李白淚眼中影影綽綽地瞧見屈原朝他走來。

李白和屈原合而為一。

105. 長江・船艙

兩公差呼呼入睡。
老船家在搖船。
在公差的呼嚕聲中、流水的汩汩聲中、搖櫓的欸乃聲中，李白在打盹。

106. 長江・叢林・長安大道（夢幻）

李白站在飛馳的船首凝望江水。
江流中出現了杜甫的形象。
李白忙抬起頭來。
岸上，杜甫正朝舟揖奔來，一邊向李白頻頻招手。
李白忘乎所以地朝杜甫迎去，失落水中。
一剎那，江波變成荊天棘地，水天變成黑黝黝的叢林。
李白系長枷、戴鎖鏈，披荊斬棘地尋找杜甫。

林中小路，杜甫張開雙臂朝李白奔來。
一陣狂風吹得沙彌林暗，又將他倆分開。
叢林消失。惟餘茫茫，波浪滔天的大江。
一股大浪把李白的小舟捲入江心。
杜甫在岸上絕望地向李白揮手。
滔滔大江又變成長安大道——達官貴人、華冠紫傘、車水馬龍、侍僕成群。
短鬢肅霜的杜甫和黔首充軍的李白揮淚訣別。

107. 黃牛峽（晨曉）

山嵐繚繞，江霧蒸騰。
李白在舟上望峽——峽如耕牛犁田。
李白的目光落在縴夫身上。
縴夫破衣爛衫、蓬首赤足、腳步踉蹌，哼著悲愴的號子，身體低低地彎到地面，縴繩深深地扣入皮肉，在崎嶇的江岸上拉舟逆流而上。
李白低頭俯視咆哮的江水，露出鬱怒的眼神。
江水變成傾入大碗中、倒翻在酒席、青磚地上的酒漿。

江水的咆哮聲變成王公大臣狎妓縱欲、猜拳喝令，放浪淫邪的笑聲。

108. 黃牛峽（朝暮）

黃牛峽像幽靈似地依然遊盪在前面。

江岸，縴夫在夜色中筋疲力竭地拉船前進。

雪，紛紛揚揚地飄落下來。

李白忽聞空中傳來的歌聲——屈原的〈國殤〉：

操吳戈兮被犀甲，

車錯轂兮短兵接。

……

李白的眼前恍惚出現：

遼闊的戰場、對壘的陣營、蔽天的旗旌、彌漫的雲煙、雷鳴的鼓角、嘶殺的兵馬、閃亮的戈矛……

李白憂心如焚，忽然輕若鴻鵠，飛往戰場。

李白身先士卒，率領官軍與賊兵交戰。

李白在敵圍中衝殺攻擊。

李白負重傷，瞥見煙雲中的長安宮闕，精神抖擻，重又殺伐。

敵人像潮水般地掩殺過來。

巨靈神似的一頭黃牛將李白撞下馬來。

109. 黃牛峽

睡在船頭的李白在夢中吟哦：

身既死兮神以靈，

子魂魄兮為鬼雄。

兩解差搖著李白：「先生醒醒！」「將先生扶進去，船家煮薑湯來！」

解差扶李白喝薑湯。

李白感激的眼神。

李白一觸到黃牛峽，又頹喪地：「黃牛峽，黃牛峽，我的鬢髮全熬白了！」

船家：「先生，快進三峽了！」

110. 巫山最高峰——神女峰

神女峰垂首低顏，像是同情詩人的不幸命運，又像是歡迎前來造訪的李白。

李白在峭壁上題詩。

充作嚮導的船家問道：「先生，你上面寫的是什麼？」

李白：「『江行幾千里，海月十五圓……』意思是說我們的船已經走了幾千里遠的水路，在船上看了十五回月亮的圓缺……」

船家點了點頭。

李白仰望天上，圓月正從雲海裡升起。

清朗的月色照著披滿白雪的神女峰。

照著峭壁上李白的題詩。

從山林裡傳出猿猴的哀鳴和大江裡如泣如訴的江流聲，更增添了李白悲涼的心情。

李白：「不知何年何月才能赦放回去？」

一陣朔風吹來，明月隱沒。

雪山茫茫，雲海沉沉。

111. 三峽·長江（春）

冰消雪融，山泉流淌，滿眼翠微，野花搖曳。

在春日映照下，一江碧水浩浩蕩蕩地奔流。

一條小舟從三峽上飛流直下，彷彿是從天上飄來的一朵彩雲。

矯捷的猿猴在兩岸的山林裡騰挪跳躍，朝著飛舟發出歡快的叫聲。

舟中，李白背流而坐，目送朝後疾去的山巒、江樹、猿猴，神清氣朗，扣舷高吟：

朝辭白帝彩雲間，
千里江陵一日還。
兩岸猿聲啼不住，
輕舟已過萬重山。

還是那位老船家，一邊掌舵，一邊和著李白的詩：「『朝辭白帝彩雲間……』連我這大字不識的人，也會背李白先生的詩了。」

李白端起一碗酒給船家。

船家忙說：「坐好，坐好，這樣急的江水，你先生掉進江裡餵魚，叫我怎麼向萬歲、向你夫人交代呢？」

李白笑道：「是呀，朝廷總算沒有拋棄我李白……不不，是特赦李白；不，是聖上英明，為我平冤獄。」

李白興奮得一時找不到恰當的詞兒。

船家：「你不是喜歡大鵬嗎？先生快瞧！」

李白抬頭仰望。

一頭碩大的蒼鷹在天空盤旋，繼而像彈丸般地射了出去。

李白：「我李白雪恥報恩，雄馳萬里的時日為時未晚！」

112. 長安・金鑾殿（化出）

一大臣出奏：「關中大旱，民不聊生，盜賊蜂起，如不灑甘露於天下，臣恐兵連禍結，裡應外合，危害社稷。」

諸臣出班跪奏：「臣等奏請陛下恩詔大赦。」

肅宗：「准奏，天下大赦！」

113. 漢江（化入）

李白乘舟而下，豪情滿懷，時而望著回翔的海鷗低吟，時而俯視奔騰的江水揮毫。

詩句從稿箋上飛了出去，和著輕快明朗的旋律回蕩：

去年左遷夜郎道，
琉璃硯水長枯槁。
今年敕放巫山陽，
蛟龍筆翰生輝光。

隨著歌聲疊印出如下畫面。

114. 金鑾殿（幻想）

肅宗在龍椅上側耳傾聽、刮目相看。
李白滿面春風地吟誦自己的詩文。
歌聲在飛揚：

聖主還聽〈子虛賦〉，
相如卻欲論文章。

115. 江夏・鸚鵡洲

李白在水閣前的場地上打掃。
李白和友人在綠水如錦、芳草如茵、群鶯亂飛的洲中空地上設席宴飲。
李白一杯又一杯地暢飲。
歌聲在飛揚：

願掃鸚鵡洲，
與君醉百場。

116. 洞庭湖・屈子祠

李白和友人乘舟游君山。
李白和友人載酒游洞庭湖。
白雲飛揚，碧波蕩漾。
鴛鴦在水中嬉戲，鸚鵡在芳樹唱和。
玉鏡高懸，銀輝滿湖，北斗橫斜，扁舟自橫。
李白在玉鑒瓊田的湖上對月獨酌，扣舷清歌。

歌聲在飄盪：

嘯起白雲飛七澤，
歌吟綠水動三湘。

117. 金陵・秦淮酒家

空盪盪的酒樓上李白和友人（疊印字幕：賈至）在喝酒。

李白推開窗戶，一陣狂風撲來。

李白望著外面的冰雪世界，愁眉鬱結。

賈至過來，關上窗戶，將李白拉回席上。

賈至：「仁兄，你蒙聖上恩赦，放還已有一年；輾轉洞庭、瀟湘，但等朝廷召回，如今音訊卻像劍掉古井、花落江流，小弟愚見不如先回……」瞧見李白黯然的面色，未敢再說下去。

李白斟滿而盡，酒入衷腸，熱血滔滔：「啊，你擔心陛下以為李白老兮？君不見姜太公八十歲還出來輔佐文王治國平天下呢；君不聞曹孟德說過：『老驥伏櫪，志在千里。烈士暮年，壯心不已。』」

賈至：「仁兄，英風不減當年；文可以像張子房運籌於帷幄之中，武能夠像淮陰侯決勝於千里之外。」

李白：「過獎了，但不過，這回郭子儀復出，重掛帥印；我已修書一封，願報效在郭元帥帳下赴湯蹈火、馬革裹屍！」

賈至：「仁兄投書有多久？」

李白：「屈指算來，已有五十五個晨昏朝暮了……郭元帥是不會把我的一腔熱血付之東流的。」

118. 秦淮酒家

一名武將打扮的差官匆匆登樓，小校隨後。

兩人風塵僕僕，衣敝甲暗，店家在前引導。

武將走到李白面前致禮：「李白先生，我家主人郭元帥命下官送書一封。」

李白喜出望外地接過書信，朝賈至揚了揚。

李白向差官致歉：「啊，我忘了問元帥大安……兩位，先喝杯酒暖暖身。」

李白和賈至倒酒給他們。

差官邊喝酒邊說：「郭元帥……已率三軍開赴前線去了。」

李白這才注意到他們筋疲力竭的情狀，肅然起敬：「啊，兩位是從千里沙場上突破敵圍，才把這封書信送來的呀，請受李白一拜！」

兩差官慌忙還禮。

李白望遠拜謝：「郭元帥，叫李白怎麼相報？」

李白拿起書信：「待我看完信後和你們痛飲一場。君不聞定遠侯班超說過『匈奴未滅，何以家還』？我李白發誓：『胡塵未清，涓滴不沾！』請倆位先用吧。」

武將朝小校以目示意。

小校奉上包裹。

李白：「這是什麼意思？」

小校解開包裹，原來是一錠錠銀子。

李白推開，笑道：「無功不受祿。」

武將：「這……這豈但是我們元帥的一點饋贈，也是老夫人的一片心意。」

小校跪求：「先生不收下，小的難以覆命。」

李白：「好，我就收下，日後在疆場上再補報元帥的恩情吧。」

賈至挾菜勸酒，款待差官

兩人邊飲邊窺探李白的神態。

李白閱信的神色，由神清氣朗轉為皺眉蹙額，神色灰敗，驚慌失措。

兩差官急忙離座。

李白一聲慘叫，往後倒去。

差官扶起李白。

李白靠在座椅上不省人事。

賈至：「兩位軍爺，這是怎麼回事？」

小校從地上拾起書信遞給賈至。

賈至念道：「……君乃鐵中錚錚、庸中佼佼，治國經邦之大才……無奈狐媚惑主、奸臣譭謗，恐一時難以大用。鄙人以為權且暫回故里，養精蓄銳……贈上區區紋銀兩百兩，聊作川資酒費之用。有朝一日定能光芒萬丈……」

李白囈語：「發如霜草，行將入土……郭元帥還以什麼『養精蓄銳』、『光芒萬丈』來騙我……」

武將低聲道：「李白先生錯怪了家主人，郭元帥為先生的事遭連累。復出後雖然大敗賊兵，皇上反起疑心，將他調回京裡，明升暗降，削去兵權。」

賈至：「怪不得郭元帥信上絲毫未提殺敵之事，太白先生依然把什麼事都看得過於認真。」

突然，李白怒目圓瞪：「李光弼！我投李太尉大營！」

119. 金陵城外官道

李白騎五花馬、佩長劍，和賈至告別。

李白縱騎沒走幾步，連人帶馬摔倒於地。

李白哀歎：「天奪壯士心……」

120. 安徽馳道

烏雲飛、煙塵滾，車轔轔、馬蕭蕭，悲聲聲、淚漣漣。

父老同胞在為開赴河南前線的新兵送別。

迎面而來的賈至騎馬，護送李白回皖南老家。

躺在擔架上的李白一躍而起，目瞪戰士大呼：

豈惜戰鬥死，

為君掃凶頑！

121. 皖南當塗・龍山山麓草屋前

屋前、籬畔。盛開的菊花，在淡淡的秋陽下、微風中搖曳。

月色無光，秋風肅殺，勁吹菊叢。

菊枝被吹得東倒西擺，
菊花被吹得紛紛凋零。

122. 草屋

李白側臥在病床上囈語：

菊花何太苦，
遭此兩重陽？

123. 草屋前

狂飆掃蕩菊叢，折斷枝幹，連根拔起。
瓢潑的大雨又把菊花淋成腐泥。
在此背景上疊印出李白一生遭遇的兩次大蹭蹬。
金鑾殿，龍椅上高坐著可望而不可即的唐玄宗皇帝。
李白伏在丹墀下聽旨。

「賜金還山！」聖旨在大殿上迴響，顯得遼遠、陌生、冷酷。

潯陽府大堂，三位執法重臣凜然危坐。

李白長枷重鎖，癱伏於地。

在權杖擲地的響聲中，傳來高適宣判的厲聲：「把朝廷欽犯、從逆國賊李白押入死牢候斬！」

124. 草屋

李白陷入噩夢。

李白飄飄蕩蕩地來到雲煙彌漫的太空。

雲煙被一陣天風吹散，露出了金銀臺、凌霄寶殿……

李白朝天闕仙宮走去。

李白的歌吟從屋內傳出：

揖君去，長相思，

雲收雨散從此辭！

125. 草屋前

雨過天晴，萬木凋零，落英遍地，斷枝殘梗。

一位道士飄然而來要見李白。

宗氏擋住，道士怏怏離去。

126. 草屋

李白輾轉翻側，沉入夢鄉。

李白隨兩位仙長登上太清空。

孔子、如來、老子三位教主，如泰山般地以天為蓋、以雲為座，高坐在碧霄。

二十八星宿和五百羅漢如眾星拱月，按輩次分列諸天。

無數仙人乘鸞駕鶴地下降……

李白站在三位教主座前，以手指問。

三巨神蹙眉不答。

李白朝他們走去，三教主後退。

李白追去，踩在巨大蓮花狀的寶座上，一剎那發出震撼天宇的轟響。

三巨神訇然倒下。

諸菩薩、羅漢相繼倒下。

飛降的仙長仙姑、天神天將皆化作雲煙而去。

碧海青天惟有一輪冰清玉潔的朗月。

李白朝明月飛去，以手攬月。

李白撲空——明月晃了晃，直上高天飛升。

李白掉入人間的江河之中，浪花四濺。

127. 長安街頭（入夜）

禮花飛濺，燈火不夜，鼓樂喧天，人山人海，爭觀百戲，一派歌舞昇平的節日盛況。

放焰火、耍龍燈、舞獅子，踩高蹺、玩雜技……

家家戶戶懸掛燈籠，燈籠上印有慶祝唐代宗李豫登基的吉祥之詞：「寶應元年」、「普天同慶」、「萬壽無疆」、「四海盛平」……

128. 龍山山麓草屋

李白平臥，鬚髮如雪，形銷骨立，氣息奄奄。

李白向夫人要過紙筆，艱難地下筆。
宗氏想說什麼，欲言而止，暗暗垂淚。

129. 草屋前

春風麗日，青山綠水，垂絲拂岸，紅掌清波。
曬場角、圍籬畔、田埂旁有殘雪餘絮。
一群父老鄉親圍在草屋前，露出焦灼、嘆惜、關切、悲哀的神情。
一個青年農夫（疊印字幕：伯禽）匆匆而來，喜形於色：「好消息！好消息！剛才我進城給爹抓藥，經過縣衙門前，聽到京裡派中貴大人來，當今萬歲要爹進京做官。」
伯禽趕緊進屋。
鄉親們歡欣鼓舞之中，聽到馬蹄聲聲。
兩名黃衣使者隨同縣裡的長史快馬而來。
「聖旨到！」使者下馬，在草屋前宣旨。「翰林供奉李白接旨！」
屋裡傳出了悲慟聲。

130. 龍山山坳

殘陽如血，荒徑似塞，松柏蕭蕭，一抔黃土。

簡樸無華的墓碑上刻著：「唐・隴西人氏李太白之墓。」

驀地，一頭鷹隼從松林中飛起。

131. 天宇

鷹隼展翅翱翔。

歌聲隨之而起，久久回盪，響徹天宇：

「大鵬飛兮振八裔，
中天摧兮力不濟，
餘風激兮萬世，
游扶桑兮掛左袂。
……

——劇終

莎士比亞
—新世紀的風暴—

（五幕話劇）

世界上首部塑造
莎士比亞形象的真史劇

紀念莎士比亞誕辰 450 週年
（1564~1616）

專家、學者、導演評價《莎士比亞》

你創作了《莎士比亞——新世紀的風暴》真不簡單呵！……而且確實是把握了莎士比亞劇作的風格……你的戲上演一定會引起很大反響，而且會獲得成功。

孫家琇——中國莎士比亞研究會副會長、中央戲劇學院教授

朱樹先生創作了世界莎學史上第一部以莎士比亞為題材的歷史劇。真實、生動、形象地反映了莎士比亞那個偉大的時代，為我國莎學的進一步發展開闢了新路，增添了光輝。外國作家沒有做到的事，中國作家做到了。這是一部為國爭光的作品。

鄭土生——中國社會科學院外國文學研究所副研究員

很敬佩朱樹先生花了很大功夫寫成了這個極有價值的劇本，如果演出，必定會在國內外引起重視，並永遠載入史冊。

唐愛梅——四川大學中文系主任

查麗芳——成都話劇團導演、執導《死水微瀾》

朱樹先生創作的《莎士比亞》以頗有戲劇性的結構再現了莎翁生平的主要生存狀態，創造了一個才華橫溢，充滿人文主義精神，有血有肉的莎翁形象。

陳加林——上海戲劇學院戲劇研究所常務副所長、上海東方文藝進修學院院長、導演

上海需要高雅藝術，但上海目前又拿不出什麼大作品來，不相稱。蘇州作家朱樹創作了這麼一個大作品，拿到上海來，也是對上海的貢獻呀！

王元化——中國著名學者、思想家、文藝理論家

按語

鄭土生

莎翁去世後，英、美、法等國一些作家、詩人寫過不少以莎翁生平為題材的詩歌、小說、傳記、戲劇等文學作品；據我所知，影響最大的是獲七十一屆奧斯卡七項金像獎的《莎翁情史》（**Shakespeare in Love**，又譯《戀愛中的莎士比亞》）。但是，《莎翁情史》中的情節與歷史上的莎翁情史毫無關係，完全是由馬克・諾曼和湯姆・斯托帕德兩位電影劇本作者虛構的。任何文學作品都離不開虛構的情節；如果虛構得好，就是作者的可貴創造。這兒的「好」與「不好」，不同題材、物件有不同的要求；不同觀點的人，也有不同的標準。我認為：以莎翁這樣偉大人物的生平為題材，進行文學創作，以下兩條原則應該遵守：1.虛構的情節應該有利於同莎翁有關的歷史的真實、生活的真實、藝術的真實這三者的統一；要做到這一點，作者對莎翁所生活的那個時代應該有起碼的瞭解和研究，不能違背史實而任意戲說。2.虛構的情節應該有利於展示莎翁的光輝形象，表現莎翁真實而崇高的精神風貌。

朱樹先生創作的這個話劇，在中外莎學史上屬於首創。它基本上做到了歷史、生活、藝術這三個真實的統一，對中國讀者瞭解歷史上莎翁的真面目很有幫助。此劇構思奇妙，布局合理，形象鮮明，語言精練，真實、生動、形象地反映了莎士比亞那個偉大的時代，為中國莎學的進一步發展開闢了新路，增添了光輝，外國作家沒有做到的事，中國作家做到了，這是一部為國爭光的作品。朱樹先生同意我們將此劇收入附錄，豐富了本書的內容，我們向他致以衷心的謝意。

劇情簡介（舞臺本）

一六〇一年初，莎士比亞所在的「內務大臣供奉」劇團面臨生存危機，劇團推出的新劇碼《第十二夜》也未能贏得賣座。原來競爭對手雇用流行寵兒童伶的演出，拉走了觀眾，風靡了賣藝場所。對人性墮落、官員腐敗深惡痛疾的莎士比亞決心編好新的劇本。劇團股東、主演伯比奇找好友莎士比亞商量，要求對方打出王牌——將改編的《哈姆雷特》推上舞臺，重振雄風。莎氏卻婉言謝絕，伯比奇失望之餘只得考慮莎氏的建議。

一波未平，一波又起，劇團丑角在野豬頭酒店誇口，不料得罪了劇作家瓊生。瓊生一向自視甚高，對莎氏又羨妒又輕蔑，發誓要對莎氏「白刀子進去，紅刀子出來」！

莎氏的提議遭到了劇團股東菲力普的斷然拒絕，菲力普專斷獨行，擅自和愛塞克斯伯爵派來的人簽訂協議，上演了早就封存的禁戲《理查二世》。

演出成功，但莎氏的擔憂也成了事實。當夜，伯爵的黨羽、莎氏舊日的情婦黑美人、庇護人南安普頓伯爵先後登門，策動莎氏入夥，莎氏虛與委蛇，未落陷阱。

翌日，爆發了叛亂。愛塞克斯伯爵原是伊莉莎白女王的寵臣，特別法律顧問培根的密友。伯爵在國事處置和權力鬥爭中敗北，成為階下囚，於是孤注一擲。此時，女王卻在宮內優閒地欣賞《理查二世》劇作的片斷。培根再也忍不住了，要求嚴懲叛亂戲的炮製者，女王應允了。

叛亂迅即被粉碎，但事件所掀起的波瀾衝擊著莎氏的心靈：功勞—權力—邪惡？愛塞克斯—克勞狄斯—哈姆雷特？他忘卻了自身的安危，決心把延宕已久的丹麥王子的復仇戲寫下去。忽然，菲力普如喪家之犬地來報：大禍臨頭。莎氏主動承擔責任，菲力普感激涕零，瑞理大人命令逮捕他倆。

經過初審，由培根對莎氏二審，在培根的層層誘逼下，莎氏這位在舞臺上擅長揮舞長矛的詩人，不失尊嚴地在判決書上簽上了自己的名字：William Shakespeare。

愛塞克斯伯爵叛亂案即將結案，「同謀犯」莎士比亞是判死刑，還是十年徒刑呢？女王命侍從女官念「罪證」《理查二世》中的一段臺詞，女王激昂地宣布：愛國者莎士比亞無罪釋放。並降旨召「內務大臣供奉」劇團進宮演出《理查二世》！

今秋，「劇壇之爭」和解了，倫敦萬人空巷湧向環球劇院，爭看莎氏的精心傑作《哈姆雷特》，演出獲得了空前的成功。

學識淵博、唯我獨尊的瓊生也心悅誠服，讚歎道：「莎士比亞，你不屬於一個時代而屬於所有的世紀！」

劇中人

伊莉莎白 六十八歲，英國女王

莎士比亞 三十七歲，「內務大臣供奉」劇團股東、演員、編劇

培根 四十歲，女王特別法律顧問

瑞理 四十九歲，海軍大臣、警衛隊長

騷桑普頓伯爵 二十八歲，愛塞克斯伯爵黨羽

瓊生 二十九歲，流動編劇

馬斯頓 二十六歲，童伶劇團編劇

戴克 三十一歲，「海軍大臣供奉」劇團編劇

伯比奇 三十歲，「內務大臣供奉」劇團股東、演員

菲力普 五十八歲，「內務大臣供奉」劇團股東、演員

小丑 二十二歲，「內務大臣供奉」劇團丑角

野豬頭　四十五歲，倫敦「野豬頭」酒店老闆

黑美人　二十五歲，莎士比亞情婦

主持人、市民、乞丐、爵士、侍從、侍從女官、密探、士兵、觀眾等。

地點：英國倫敦

時間：一六〇一年

序幕

〔穿著各式民族服裝的白、黃、黑、紅、棕膚色的演員呼喚著湧向舞臺前方：「莎士比亞！」「莎士比亞！」〕

〔從黑暗的舞臺深處，莎士比亞穿著十六世紀的平民服飾從天梯上走下。〕

〔人們驚喜地回首，向莎士比亞一邊迎去一邊歡呼：「呵，不朽的莎士比亞！」「永恆的莎士比亞！」「戲劇詩人之王莎士比亞！」〕

〔燈光大亮，天梯消失，莎士比亞在人們的簇擁下，邁至舞臺前方。〕

莎士比亞　不！我並不是不朽的，人類才是不朽的。不，人類也不是不朽的，如果你們為貪求金錢、物質、權勢、私慾而喪失了理智，你們必將被自己製造出來的惡魔所奴役。昔日宇宙的嬌娃、萬物的精華將淪為野獸中的下賤者而被上帝唾棄！我的全部戲劇告訴你們的即是這樣一個平凡的真理。人呵，在與邪惡的戰鬥中，我不會高高地站在天上，而是在大地上和你們永遠一起！隨我來，我要讓你們看一看我的時代。

〔人們激動地跟著莎士比亞朝舞臺深處走去。〕

第一幕

第一場　城郊雜耍場

〔菲力普上。〕

菲力普　新年好！新年好！新年好！新年歲首，恭喜大家發財、萬事如意。我們「內務大臣供奉」劇團，特地為諸位趕排了一批精彩節目。其中除了有歷演不衰、膾炙人口的保留劇目，例如贏得觀眾淚水滔滔、心碎片片的愛情大悲劇《羅密歐與茱麗葉》；使諸君立刻破涕為笑，絕對討人喜歡的福斯塔夫的豔史《溫莎的風流娘兒們》；高貴的布魯圖斯刺殺暴君，自己也落得不幸下場的歷史悲劇《裘力斯・凱撒》；使諸君漫遊仙國、經歷種種浪漫奇境的愛情喜劇《仲夏夜之夢》……我們還將奉獻給諸君一部最新喜劇《第十二夜》！保管你們看得稱心如意，不亦樂乎。請大家好好觀賞，多多捧場。哈哈，快客滿了！……咦，怎麼觀眾只有一半……呵呀，看戲的比演戲的還少。那兩個掏錢的看客怎麼縮回了手匆匆離去？又是該死的鬥熊、鬥雞、街頭歌手——那些臭賣藝的搶走了我們的主顧，我要叫那班流浪漢、乞丐滾蛋！（下）

〔主持人乙上。〕

主持人乙 新年好！新年好！新年好！我們戲班全體同仁祝大家人生在世，及時行樂！我們「海軍大臣供奉」劇團絕不像「內務大臣供奉」劇團拿不出新鮮貨，就用爛穀子、陳芝麻，硬去塞飽觀眾饑餓的胃口，從而使他們上吐下瀉，害人非淺！別說二流戲子莎士比亞的蹩腳劇作，就是我們擁有的一流作家，已故的馬婁、吉德、格林的最最出色的劇本，也只得割愛，讓它們去向隅而泣！看慣了那些虛假的眼淚，聽厭了那些做作的笑聲，嘗夠了那些作嘔的滋味，嗅足了那些陳腐的氣息，它們就再也吸引不了瀟灑的觀眾！新的時代要求看新的戲劇，新戲要求表演現實的人生：你我他即是劇中的主角；發財致富，偷搶扒拿，吃喝嫖賭，爭風吃醋……社會的眾生相就是戲劇的內容。現在，我們給諸位演出本團最近出品的優秀劇碼《鞋匠的節日》。編劇是才華橫溢的湯瑪斯・戴克先生。請大家踴躍光臨，熱烈鼓掌！呵哈，人們從四面八方向「玫瑰」劇場湧來，我們戲班像座磁石山，連「環球」劇場的觀眾也吸引了過來……發生了什麼怪事：這幫難以侍奉、反覆無常的大爺，又像落潮般地退了回去？我要查個明白，誰狗膽包天，竟敢砸本團的飯碗！（下）

〔主持人丙上。〕

主持人丙 新年好！新年好！新年好！謝謝你們的厚愛。阿門！我們童伶劇團剛剛在皇宮裡為仁慈的女王陛下和尊貴的大人演出；聽說你們猶如大旱盼甘霖似地渴望觀賞我們的劇碼。盛情難卻，敝劇團便趕來為你們添些樂趣。阿門！但我們不會像跑江湖的喜歡自吹自擂，更討厭靠貶低人家來抬高自己的行為。我們只是說，童伶劇團演戲遵奉的金科玉律，是先知先聖的亞里斯多德的「三一律」(1)。阿門！我們不演那種不登大雅之堂名為勸善，實為揚惡；表為創新、裡為翻舊的下流的時髦戲、庸俗的現代劇。高雅的樂趣、堂皇的故事，純真的感情，精湛的演技，笑要笑得甜蜜，哭要哭得動人，這就是那些上帝心愛的小天使獻給你們的最好禮物。阿門！諸位，就請你們觀看我們的天才約翰・馬斯頓先生的嘔心瀝血之作——《各遂所願》吧。阿門！哈哈，「黑僧修道院」劇場人滿為患啦……再加演一場！加演一場！……壓倒群芳，一統天下；財源滾滾，多多益善。（下）

第二場　市區・街頭

〔莎士比亞、小丑上，若干男女市民相繼上。〕

莎士比亞　不勞遠送，前邊就是我的家。

小丑　我有責任保護你，莎士比亞先生，走好。

莎士比亞　（一個趔趄）唷。

小丑　（忙扶住對方）斷命路！閻王道！臭水溝！垃圾堆！那些投機商、冒險家、新貴族、老官僚，正像泥水匠瓊生說的只曉得撈撈撈，錢錢錢；弄得女王陛下的京城像狗——

莎士比亞 （忙掩住其口）你要瓊生先生「二進宮」？

〔市民們東一處西一塊地在酗酒、賭博、接吻。〕

〔後臺傳來商人招徠顧客的叫賣聲：「大減價！大實惠！」「大出血！大喜訊！」〕

〔老、小乞丐上。〕

小乞丐 行行好，行行好！發發慈悲，發發慈悲！……俺餓了三天了。

老乞丐 （打他）小畜生，打起精神來！討飯要像打雷一樣山響，乞求要像賴皮一樣死纏，腔調要像唱歌一樣好聽，腦袋要像戲子一樣靈活，機靈還要在你腦後生出一隻千里眼（閉目）可憐俺這瞎子、聾子和餓了五天飯的傻瓜兒子。

小乞丐 老爺太太！老闆財東！先生小姐！哥兒兄弟！行行好，發發善，女王讓你們活著發財快活！上帝讓你們死了上天享福……可憐可憐，俺餓呀冷呀，俺空肚皮餓了五天飯了。

〔眾市民忙不迭地避開、驅趕：「走開走開！」「晦氣晦氣！」「活該活該！」〕

小丑 你怎麼啦，先生？這種司空見慣的場景，就像蹩腳的鬧劇叫有身分的看客呼呼大睡。

莎士比亞　你好好看，夥計。這種光怪陸離的現象猶如揪心的悲劇使天真的少年怵目驚心。（掏出錢袋，給乞丐各一小錢）

老乞丐　謝謝老爺，您會發大財，買房子的。還不向這位老爺磕頭，小畜生？

小乞丐　（跪謝）謝謝老爺，長命百歲，多子多福！

〔乞丐下。〕

小丑　（不滿地）我向你借錢買酒，你回說一錢沒有。如今你充恩主出手大方？我還要到你府上喝兩杯。

莎士比亞　行！我請客。

〔瑞理上，一巡丁荷槍尾隨。〕

瑞理　（手持權杖）好呵！喝老酒，著骰子，嫖野雞，賣破鞋，銷黃書……把全世界這個最乾淨的樂園，上帝最鍾情的天堂變成糞坑、地獄。老子叫你們放血！（揚鞭將酒瓶擊碎，抬腿將賭具踢飛，奮臂將嫖娼揪住）

巡丁　（伸手）罰款！罰款！罰款！

〔市民們只得罰款，一一下。〕

瑞理　這位花娘——愛麗小姐念她是初犯就免了吧，但要叫她晚上到我辦公室來，我要像她親生父親對心肝寶貝那樣開導她、教育她、喜歡她、擁抱她。

巡丁 是，大人

市民甲 老色鬼！

瑞理 瞧，這寶貝兒說得多討人歡喜！（眾暗笑）

〔後臺商人的叫賣聲：「最後一雙皮靴，快來買呀！」「只剩一本畫冊，快來買呀！」〕

瑞理 檢查那兩個暴發戶店裡，有什麼違法犯禁的東西？

巡丁 是，罰款！（和瑞理下）

小丑 嘻嘻，瑞理(2)大人是罰款的祖宗，劫收的幹將。

莎士比亞 他是屠夫兼海盜出身的小貴族，喝過幾瓶墨水，上過幾次戰場。正當他飛黃騰達之際，不幸勾引了女王的侍從女官而獲罪，他自告奮勇去尋找黃金國，結果他帶回來一身的癩疥瘡，一肚子的怪故事，一腦袋的人生要訣。重執權柄之後，他不忘老祖宗的看家本領。

瑞理的響聲 你大發利市了，薩克雷老闆！這雙馬靴倒還不錯……混蛋！你濫造假貨，牟取暴利，偷漏稅收，禍國殃民！

巡丁的聲音 充公！重重罰款！

瑞理的嚮聲　你大開財源了，馬丁財東！這本圖書裝幀考究……奸商！你販賣色情，炮製下流，傷風敗俗，罪大惡極！

巡丁的聲音　沒收！重重罰款！

〔瑞理和巡丁上。〕

瑞理　（伸手）罰沒的錢？

巡丁　（背著長槍，提著靴子，抱著圖書，氣吁吁地）錢？（不情願地交出）錢！

〔乞丐上。〕

小乞丐　（驚喜地）大肥豬！大肥豬！

老乞丐　追上去，拉住他！

小乞丐　（扯住瑞理的後襬）行行好，發發善，積積德，大大老爺……俺餓呀冷呀空肚皮餓了六天飯了。

老乞丐　這小雜種餓昏了，俺爺兒倆已餓了一禮拜飯了。俺又聾又瞎，這孩子又傻又笨，要是您老不發一下慈悲，俺們只好死在您老腳下。

瑞理　（迅即將兩人揪住）討飯討昏了頭！小騙子！假瞎子！叫化子！你們觸犯了大英帝國的法律，跟我走！

小乞丐 媽呀！小偷碰著賊強盜……官老爺，饒饒命，小人再也不敢討飯了。

老乞丐 小人願罰，願罰！小人乞討的錢都在這兒。（掏錢）

瑞理 罰款？哼，進大牢！（奪過錢幣）

老乞丐 上帝……這算什麼王法？你們把俺的田地圈了，把俺的房子拆了，把俺的親人吃了，你們逼得俺無家可歸，到處流浪，說謊行騙，乞討為生。你們搶去了俺討來的一便士，施來的一塊麵包，還要叫俺吃官司，這是什麼世道呵？從前地主對俺敲詐勒索，貴族對俺作威作福，女王對俺捐稅如毛，好歹還讓人活，你們卻把窮人往地獄裡推！你們比他們壞一千倍！你們是比魔鬼還兇狠的吸血鬼！（哭泣，小乞丐嚎啕）

瑞理 反了反了！把他們統統絞死！

巡丁 是，大人。走！（推乞丐）

小乞丐 救命，上帝！快來救救！

〔教士上。〕

教士 誰在呼救？原來是兩個流浪漢。

老乞丐 救救俺爺兒倆，好牧師！

教士 他們犯了什麼罪，閣下？

瑞理　你還是管好你自己的爛攤子，約翰教士！

教士　德高望重的大人，世俗和精神兩個世界都不理想，所以需要你我去分擔重任。

瑞理　這兩個王八蛋，觸犯了女王的法律，還咒罵老子。

教士　可怕可怕……你們怎麼可以污辱國家的有功之臣？你們又怎能詛咒上帝的僕人？

瑞理　（忙劃十字）阿門！

教士　阿門！上帝是仁慈、博愛的。無論你們犯有多大的罪孽，也無論你們被世俗的法律判刑，只要虔誠地懺悔，承認自己的罪過，都可以得到教會的贖罪和拯救。

瑞理　（劃十字）阿門！

教士　阿門！你們應當向這位高貴的大人致敬。瑞理大人是世人的楷模，男子漢的榜樣，他身為棟樑之臣，黃金國的總督，卻清心寡欲，皈依上帝，忠於職守，一心為女王陛下攢錢。

瑞理　（劃十字）阿門！

小丑　瑞理大人今天怎麼出口大方，是不是迷途知返？

莎士比亞　他從來不信上帝，只拜戰神和財神。

〔市民甲上。〕

瑞理 唷，親愛的，你等不及啦？我這就來。

市民甲 在金錢面前人人平等。拿錢來，老騷貨！

瑞理 愛麗小姐，你真是認錢不認人，句句在理：「玩個痛快」、「老色鬼」、「老騷貨」。老子是帝國的有功之臣，玩你是抬舉你，別不知道天高地厚，臭娘們！

教士 大人息怒。愛麗小姐，你的模樣兒美如天仙，但你的心靈卻沾滿了灰塵。上帝說，形體是速朽的，靈魂才能永存，你為何要辭職而下賤地出賣自己雪白純潔的肉體呢！

市民甲 錢！為了錢！

教士 （驚呼）呵！開口是錢，閉口是錢！你的靈魂應跟肉體對調一個位置。阿門！（竭力劃十字）

瑞理 對調了，愛麗小姐就賺不到錢……錢啊錢。

市民甲 嘿！錢？錢？就像你教士偷偷地兜售「贖罪券」，就像你大人堂皇地搞劫收，就像咱們成了綠頭蒼蠅亂哄哄地往大糞上叮。因為財神確實搶了上帝的寶座。

教士、瑞理 （不約而同地）罪孽！罪孽！胡說！胡說！

小丑 痛快！痛快！

市民甲 哈哈（離去）。

莎士比亞　（旁白）愛麗小姐說出了我們作家想說而不敢說的話。

瑞理　（揮杖）抓住她！抓住這婊子！（市民甲急下）

〔瑞理、教士、巡丁等人追下。〕

小丑　（對乞丐）你們還呆著幹什麼？

莎士比亞　（掏出錢袋，傾其所有）這一先令給你去做小生意糊口，這一便士給你買個大麵包吃。不用謝，快起來！

小丑　（不滿地）你拿什麼來請客，先生？

莎士比亞　白開水黑麵包。

〔突然，老乞丐搶了小乞丐手中的錢下。〕

小乞丐　（急叫，痛哭）他搶了我的錢，他搶了我的麵包……

莎士比亞　（愕然）這是怎麼回事？他不是你的親爹？

小乞丐　（哭泣地）不是我爹……我是諾里奇地方的鄉下人，人家都叫我「小麥冬」，去年魔鬼變成了羊群，把我們一家人趕了出來，爸爸被羊群踩死了，我和媽媽只好討飯，被抓了起來，媽媽死了，我逃了出來，在路上碰見了他，扮作爺兒倆討飯，他從來不給我吃飽……

莎士比亞 莫哭莫哭，咱們來想想辦法。

小丑 該死的老東西！精明的先生你對騙子發善心。

〔瑞理和教士、巡丁等人失望地上。〕

瑞理 （驚覺）抓住他們！抓住那兩個乞丐！（同下）

莎士比亞 咱們分手吧，夥計。我帶這位小弟弟去找找活計。

小丑 先生你？

〔瑞理和教士、巡丁等人失望地上。〕

教士 （驚覺）剛才瞥見的好像是莎士比亞，傳播瘟疫的編劇，與魔鬼為伍的戲子？

瑞理 準是他！前邊的小子，你瞧見莎士比亞沒有？

小丑 莎士比亞？對對，小人瞧見，往那邊逃了，小人帶路！

〔莎士比亞和小乞丐急下。〕

瑞理 好！抓住他！抓住莎士比亞！（同下）

第三場　市區・莎士比亞客寓

〔莎士比亞上，入座，喝著開水嚥著麵包。〕

莎士比亞　（吃不下）唉，這十年來看夠了人世的眾生相，就拿自己打個比方：家父二十年前癡心妄想的貴族紋章，總算靠我在倫敦拚死拚活求到了。我又花了六十鎊在家鄉買下了休・克洛普頓爵士的大石頭房子；一個劇本的酬勞也只有六鎊呢，成了斯特拉特福鎮上人人羨妒，個個虎視的富戶。在這兒，我這個從前一名不文的手套製作徒、流浪漢、小學生學會了寫作、演戲、算賬……承蒙大家的抬舉，成了劇團的股東，在家鄉還有一位比我大八歲的看家婆和兩個女兒——埃文河上的兩隻天鵝。名利、財富、天倫之樂，一個小民百姓孜孜以求的人生目標，我都得到了。但有了又怎樣呢？「虛空！虛空！凡事都是虛空！」(3)如同我那夭折的唯一兒子哈姆雷特(4)留給我的虛空。這兩天我沒有戲，還是一心構思劇本吧。（落座，提筆思索）我的繆斯？我的繆斯？

〔伯比奇上。〕

伯比奇　（推門而入）威爾，親愛的威爾(5)，你還忘不掉你的情婦，給水性楊花的黑美人大寫其情詩？用殷勤的熱情得不到的、或許以感傷的冷淡反而能輕易得到。

莎士比亞　（離座）狄克(6)，不要用嘲弄的利刃，捅穿我那血流如注的心房。

伯比奇　你又是在想你的亡兒？老兄，看開些。我們遲早要走這條路，連帝王也逃不了。或許還是他幸運，沒有沾染一點人世的邪惡，而被上帝接進了天堂。像我這樣扮過好人，更多地演壞人的演員，說不定地獄早在那兒張開血盆大口，等著吞掉我那有罪的靈魂呢。

莎士比亞　那豈不是我比你更該進地獄嗎？劇本是我寫的；角色是我選派的；壞人不一定有惡報，好人不一定有善果。人們有理由指責我善惡不分、愛憎不明，讓魔鬼抓你去！

伯比奇　別開玩笑了，我是來要你解燃眉之急的，你的《哈姆雷特——丹麥王子復仇記》(7)進展怎樣了？

莎士比亞　我近來不知為了什麼緣故，一點興致都提不起來，什麼遊樂事都懶得過問，在這種抑鬱的心情之下，彷彿負載萬物的大地，這一座美好的框架只是一個不毛的荒岬；這個覆蓋眾生的蒼穹，這一頂壯麗的帳幕，這個金黃色的火球點綴著莊嚴的屋宇，只是一大堆污濁瘴氣的集合……

伯比奇　威爾，我不是來聽你的朗誦。這兩天劇團的收益從豐盈的頂峰突然跌入赤貧的谷底。演員們都因欠薪而消極怠工，拒絕到場進行上午的排練。我和菲力普等幾位股東急如熱鍋上的螞蟻。

莎士比亞　呵……是「海軍大臣供奉」劇團挖去了我們的財源？

伯比奇　這倒不是；他們的地盤也被一群羽毛未豐的黃口小兒奪去。這些娃娃們的嘶叫博得了臺下瘋狂的喝采，他們是目前流行的寵兒，他們的聲勢壓倒了所有普通的戲班……

莎士比亞　什麼！是一些童伶嗎？誰維持他們的生活？他們的工薪是怎麼計算的？他們一到不能唱歌的年齡，就不再繼續他們的本行了嗎……一連串的疑問在我腦海裡打轉，愁雲慘霧把我心靈的蒼穹越遮越暗啦。

伯比奇　連我們的招牌——巨人赫剌克利斯和他背負的地球都成了童伶劇團的戰利品。

莎士比亞　因此，你要我的丹麥王子去奪回被僭主霸佔的王國？他還很軟弱，或者說時機不成熟。

伯比奇　你怎麼啦，威爾？你一向靈感噴湧，下筆如神，一年能拿出兩部到三部光閃閃、亮堂堂、宏篇巨著般的劇本。我們誰不誇你寫詩如揮舞長矛，讚你編劇一瀉千里，從不塗改一行！你接手的《哈姆雷特》改編快一年了，我們要打這張王牌呢！

莎士比亞　與其說人家恭維我是什麼「天才」、「繆斯」、「神龍」，我倒寧肯相信這其實是嚴肅的批評。我自知才疏學淺、孤陋寡聞，既不擅長編造情節，又不善於緊密結構，我下筆千言，有時會離題萬里；我雄辯滔滔，有時卻誤入歧途。我酷愛要命的雙關語，這大約是我的「業餘愛好」。我唯一懂得的一條是觀眾的口味。為此，我常常從大師的寶庫中拾取智慧的鑽石，從前輩的源頭汲取靈感的泉水。說得動聽點是「舊瓶裝新酒」，壞點講就是「借光」。猶如月亮靠太陽放光，莊稼靠雨露滋壯、安泰靠地母稱雄。我則靠先師的光輝、機緣的長風、勤奮的勁翼、才獲得些微成績……呵！故世的格林(8)，可敬的嚴師，我多麼對他感恩……

伯比奇　（打斷）你又想起從前不愉快的事啦；格林對你的惡毒攻擊，你別放在心上。

莎士比亞　不不不。格林的教誨我要永遠銘記心頭，他既表揚我的善又把惡遮隱，他是我整個宇宙，我必須從他口裡聽取對我的榮和辱。我永遠不自命不凡，把自己看作國內唯一「震撼舞臺」的人。我永遠記著自己的卑下，是隻「靠孔雀的羽毛美化自己的烏鴉」，是個什麼都幹的打雜工。但要聲辯的是，我沒有「虎狼之心」，需要用「演員的皮」去包裹！……博學的馬婁，慷慨的詩人，我也該歌頌您的德行。是您像善良的牧羊人引導迷途的羔羊，教我羅馬劇的寫作，並糾正了那句粗笨的臺詞。還有你們：流芳百世的薩克索、班代洛、吉德，我從你們那兒借哈姆雷特的屍骸，使他還魂。

伯比奇　（欲走）晚安，威爾。

莎士比亞　呵，狄克，你瞧我積重難返，重蹈覆轍，只顧自己痛快，忘了正經大事。親愛的，我看團裡還是先上對觀眾口味的劇碼；其次，準備到外省演出，牛津、劍橋不是很愛看我們的戲嗎？我這兒抓緊寫，儘快使拙作完稿。（同下）

第二幕

第一場　城郊．「野豬頭」酒店

〔小丑上，瓊生從另一邊上。〕

小丑　女王陛下的子民，有福的倫敦人是不作興喝白開水的。況且我是誰？堂堂的「內務大臣供奉」、尊貴的小丑，聰明的傻瓜！早上起來，國計民生的第一件大事就是灌一頓黃湯。哎呀，袋袋貼牢布，久久未歸餉！對面來的可不是泥水匠瓊生麼？他腳踏三頭船，又為亨斯洛、皮爾斯寫劇本，撈外快；我也要撈他兩錢喝酒。

瓊生　（旁白）開口「阿門」！閉口「阿門」！皮爾斯這條吸血的螞蝗！偷雞的狐狸！叼羊的豺狼！盜用上帝的名義，搾乾了童伶的血汗，吸乾了作家的腦汁，砸碎了同行的飯碗，騙去了愚人的錢袋，養肥了自己這個蛆蟲般的魔鬼！給我賣命的報酬，還不如我蹲大牢快活，大酒大肉的。

小丑　瞧他頭上火星直冒，我可要千萬小心。（恭敬地）呵，全英國的大作家——本．瓊生先生，早安！小人在這兒恭候您多時了。

瓊生　吃白食的傢伙，拍馬屁騙不過我的火眼金睛。你是到禿子頭上找虱——白費勁！野豬頭，拿酒來。

〔野豬頭上。〕

野豬頭　唷，是瓊生大爺，快裡面坐！快裡面坐！瞧您滿面春風的，是什麼好風把您吹來，我一向叨念您在哪兒發財？

瓊生　是地獄裡的陰風把我颳來的，弄得我口乾舌燥肝火旺。

野豬頭　怪不得這幾天不見日頭，老是陰慘慘霧騰騰的。

瓊生　愛麗姑娘呢，好久沒跟她跳舞了，叫她來！

野豬頭　唉……提起她真好比死了我的親娘。她嫌我給得少，去當妓女了。從前（動作）只要她在門口這麼一站，對顧客這麼一笑，對酒鬼這麼一嗲，大把大把的錢幣便嘩啦啦地滾到我的櫃檯裡來了。這個姑娘您說有多漂亮、多可愛、多純潔；竟為了幾個錢去出賣肉體！現在的世道——誰再給我去找棵搖錢樹！

瓊生　（火起）錢？錢？錢？老聽見錢！女王和貴族敲骨吸髓，在搜刮錢，揮霍錢；清教徒和商人重利盤剝，在撈大錢、收藏錢；老百姓挖空心思，在亂想錢，卻沒得錢。我瓊生出賣自己天才的心血，理應是錢的主人，反倒成了錢的奴隸！我寧可「二進宮」，也要再寫一本《狗島》(9)，刺刺這個被可惡的銅臭所腐化透了的世界！

小丑　我一錢不出，倒幫我出了口胸中的悶氣。

野豬頭　（吃驚地按下瓊生，低聲）您千萬別亂嚷嚷，大爺。這兒的探子：女王的、大臣的、市政府的比蒼蠅還多。（故意提高聲調）瓊生大爺真是三句不離本行，又在談他演戲。還是先來杯酒潤潤喉嚨——瓊生來碗「麥燒」。

小丑　老闆，你忘了後面半句臺詞：「暖暖身子」。你瞧我身體發抖腹中空。來——來個屁！前帳不清後帳不欠。你喝光了我的半爿酒店，還想叫我跳泰晤士河？

野豬頭　你這酒鬼！

小丑　你太忘恩負義啦，勢利鬼！我在你那大海般坑人的酒碗裡，淹死了一位娘子，淹坍了一所房子。你想想，單是算利息就足夠買你兩隻野豬頭！

野豬頭　呸呸！酒保，給這位大爺拿碗麥燒來。（對小丑）我沒有閒功夫跟你這個刁鑽的小丑耍貧嘴。（對瓊生）我最喜歡看您大爺的戲，笑也要笑死了（酒保端酒上，復下）

小丑　我要跟你這個在酒桶裡撒尿的野豬頭、下流胚斷絕外交關係；自有人會向我大爺進貢的。（謙卑地）瓊生先生，您——

瓊生　滾開！瞧你的臭口水流到大爺酒碗裡了。

小丑　對不起，別誤會，我是想提醒您先生，像您這樣一位有身分有德行的人，筆桿上的英雄，舞臺後的統帥，怎麼喝這種丟面子、下臺型、只配小民百姓喝的「老騷的徐娘」！

瓊生　何來「老騷的徐娘」？

小丑　怎麼？像您這樣一位聰明一世，糊塗一時的「大才子」，竟會不知道傻瓜指的是什麼？哈！您一定是反來考考我！我答道是「麥燒」。麥燒，麥燒，燒得您越喝越火燒、越喝越乏味。這不是又老又騷的半老娘子麼？快倒掉它！（奪過酒碗一飲而盡）

瓊生　（氣惱）你？

小丑　（嘻笑）您……應該親「處女的紅暈」！

瓊生　「處女的紅暈」？

小丑　哎！像您這樣一位糊塗一世、聰明一時的書呆子，一定知道這是指紅葡萄酒。它豔若桃李，甜甜蜜蜜，貴人和爵爺們最喜歡品賞咂吮這種「處女的紅暈」了。不瞞您說，我們先生莎士比亞，前不久還用他那杆所向無敵的長矛戳破「紅暈的處女」呢。

瓊生　「紅暈的處女」？「處女的紅暈」？我被你攪得糊裡糊塗，像喝醉似的。讓

野豬頭　我拆開來把它研究一下，「處女的紅暈」是指紅葡萄酒。「紅暈的處女」呢？喔，是指「未破防線的處女」？哈哈，我倒看不出莎士比亞這道德君子在風月場中還是位老手呢。野豬頭，來兩杯「處女的紅暈」！（小丑落座）

現在趕時髦也難，新名詞爆炸，炸得你矇頭轉向、手足無措。比如說「愛情」：「呵，沉重的輕浮、嚴肅的狂妄、整齊的混亂、鉛鑄的羽毛、光明的煙霧、寒冷的火焰、憔悴的健康、永遠覺醒的睡眠、否定的存在！」(10) 癟三也穿了華麗的衣衫。（呼喚）酒保，端兩杯「處女的紅暈」！還是先讓我教下精靈的笨蛋。（下）

小丑　時髦？野豬頭也成了多情的羅密歐！

〔酒保上。〕

酒保　大爺，這是你要的兩杯「鼠女的紅棍」。

小丑　你這位小飯桶讀別字了。「處女」而不是「鼠女」；「紅暈」而不是「紅棍」。

酒保　謝謝，小丑大爺。

小丑　（驚喜地）你不是「小麥冬」？怎麼在這兒打工？

酒保　是莎士比亞大爺把我推薦到這兒來的，老闆正好缺一個幫手。

小丑　好好。以後咱來喝酒你有數。（酒保點頭，下）

瓊生　來，小丑大爺！有請你講講莎士比亞的桃花運。

小丑　（旁白）憑他這一點誘餌要想釣條大魚？哼！（裝傻）

請請，瓊生先生！莎士比亞，今天天氣，哈哈……

瓊生　看來不下血本別想從他狗嘴裡掏出莎士比亞來。野豬頭！

〔野豬頭上。〕

野豬頭　大爺有什麼吩咐？

瓊生　今天我要給你發個利市——再來兩大杯「處女的紅暈」。我要和小丑大爺喝個痛快；不過，等我們杯裡喝乾再送來不遲。

野豬頭　有數，謝謝。這會兒生意興隆，恕我少陪。（下）

瓊生　小丑大爺，請。我的全部家當都在裡面了。

小丑　（旁白）我只好捕風捉影，信口開河了。

瓊生　現在讓你充主角。請！（舉杯）

小丑　（碰杯，喝酒）嗯嗯……前不久我們戲班上演了《理查三世》，矮胖子伯比奇扮演理查王，演得活龍活現，唯妙唯肖，被觀眾當成是暴君本人罵煞、恨煞。可奇怪的是：這一個丑類、惡魔、禽獸，居然被一位百合花般的處女愛煞，她約他夜半幽會，真令人羨煞！不防隔牆有耳，我們的莎士比亞聽覺比狗鼻子還靈呢。他微微一笑，計上心來。將近夜半，他像一隻野貓潛去，就此捷足先登！暗地裡那個處女還真以為是理查三世(11)而一心奉承哩。待到真的理查三世在門外唱名求見，我們這位大爺一邊吻著暗暗叫苦的處女，一邊驕傲地答道：「我征服者威廉王(12)已先於你理查三世享用這朵英國花園裡的玫瑰了。」

瓊生 哈哈哈哈，莎士比亞別的不行，在女人身上倒當得起「長矛震撼」（「莎士比亞」姓氏之意）百戰不殆的稱號呢！(13)

小丑 （將酒杯一碰）什麼什麼？你這頭哇哇亂叫的烏鴉，竟敢把當今的荷馬、高唱入雲的雲雀，糟蹋成下流的編劇，在野雞堆裡逞威的烏鴉？

瓊生 雲雀？夜鶯？雄鷹？（朝對方潑殘酒）是八哥！鸚鵡！烏鴉！

小丑 呵！天莫非塌了麼？世道莫非變了麼？尊敬的莎士比亞，我聽見有人竟敢對您狗嘴裡吐象牙，（回敬潑酒）想把您從英國劇壇的第一把交椅上拉下來。

瓊生 呵呀呀，莎士比亞！您——天才的詩人，不朽的繆斯，空前絕後的第一劇作家！只可歎您這位太陽神額上有一個小小的黑點：拉丁文您不懂；希臘文您目不識丁；亞里斯多德對您只好搖頭嘆惜；古羅馬劇作家任您胡編亂造。您的結構鬆鬆垮垮，彷彿散兵游勇，醉鬼懶漢；你的題材似曾相識，原來是改頭換臉、移花接木，不提您從前張冠李戴，笑話百出，單據您新近的煌煌巨作《裘力斯·

凱撒》，那句笨重的臺詞是怎麼說的：「凱撒永遠不會不公正，他沒有幹不公正的事不公正依據的話？」哈哈，「不公正」、「不公正」……

小丑　莎士比亞先生是永遠不會不正確的。諷刺的小丑，收起你的誹謗，否則我憑阿波羅的榮譽跟你決鬥！

瓊生　唷？我可不想讓你這位臭騎士丟掉你這雙又髒又破的手套。「環球」劇院不是上演過本人的傑作《人人高興》嗎？我在戲裡悄悄地刺了一下你們的太陽——「貴族莎士比亞」。

小丑　呵呀，我怎麼沒有看出來呢？哈哈，狡猾的笨蛋，莎士比亞早有先見之明、棋高一著。他在他的大作裡暗暗地給你這位喜劇大師——冒牌貴族瓊生下了劑瀉藥。

瓊生　真的？該死該死！怪不得我大瀉特瀉，至今還提不起筆來，還以為是馬斯頓、戴克這兩個無賴幹的好事。我與他誓不兩立。決鬥！決鬥！（拔劍）

小丑　媽呀！（逃）好先生！大大爺！野豬頭，救救我！

瓊生　我還嫌你的臭狗血弄髒大爺的寶劍呢。去通知你的「莎場」！「莎袋」！「莎鬚」！「莎禿」！「卑鄙的莎士比亞」！(14) 我本・瓊生要跟他決個高下雌雄，要叫他白刀子進去，紅刀子出來！（同下）

第二場　城郊・「環球」劇院

〔菲力普上。〕

菲力普　不行！絕對不行！這是什麼餿主意，叫大家再像吉普賽人風裡來、雨裡去地乘著大篷車，跑碼頭、走江湖乞討賣藝，而放著天下第一的好場子不用？這豈不等於抱了母雞為人家去孵蛋，討了老婆給人家去歡樂，背了債務讓人家去饕餮嗎？

〔小丑上。〕

小丑　股東大爺——

菲力普　（朝他一腳）你這諂媚的弄人！你不看見我正支撐一個將塌的王國嗎？什麼「對觀眾的口味」？你莎士比亞頭一個就是過時的朽木！去瞧瞧人家「海軍大臣供奉」戲班的傑作——《鞋匠的節日》吧，千萬雙腳踵都向他朝拜；去見見人家童伶劇團的佳構——《各遂所願》吧，世界上還有這樣賣座率高的喜劇，叫人家心甘情願向它傾倒自己的錢袋？唉，咱呢？《第十二夜》，一夜也無人光顧！

小丑　劇團老闆——

菲力普　（一記耳光）你這饒舌的侏儒！你不看見我在作重大的決策嗎？好高傲的口

吻，好尊貴的氣派：「我看」！「我準備」！「我抓緊」！簡直就是凱撒大帝的「我來」！「我看見」！「我征服」！你算什麼東西？下賤的戲子！跑龍套的角色！這幾天誰給你權力躺在安樂窩裡塗鴉，彷彿是桂冠詩人、宮廷作家？你這個光禿的文盲！我們在等開伙，你卻吃現成，我們急咻咻，你卻慢悠悠；等你的《哈姆雷特》出臺，我們早已餓成風乾蟑螂被人家抬下了臺。去把莎士比亞叫來，小丑！

小丑　戲劇王國國王陛下，容供奉小丑稟告陛下，門外有三位爵爺求見。他他——

菲力普　（一拳一腳）讓你的爵爺見鬼去吧！我命令你立即把莎士比亞叫來！

小丑　他們已經進來，潘西爵士、梅裡克爵士和蒙特爾動爵。

菲力普　（驚慌）什麼什麼？你怎麼不早說，混蛋！（朝內致禮）呵，三位尊貴的大人光臨，頓使敝處蓬蓽生輝，小人不知，有失遠迎，還望大人恕罪。（小丑欲下）你又混到哪兒去？

小丑　（後退）咦，你的驢耳朵莫非掛在倫敦橋上，你的豬腦袋莫非掉在泰晤士河裡，大爺？

菲力普　（想起）你這醜八怪，快去把莎士比亞從被窩裡拉起來！（朝內）呵，真對不起，諸位大爺，請坐！（對小丑）站住，本末倒置的傢伙！當務之急還有什麼

小丑　比侍奉貴族老爺更為緊要的事，倒酒。

（一副害怕挨打的姿勢）遵命！遵命！遵命！（同下）

〔莎士比亞上。〕

莎士比亞　（一副憂心忡忡的神態）……

菲力普的聲音　好，就這樣，準期明天請諸位大人賞光，三位爵爺這邊走。

〔小丑上。〕

小丑　（瞥見莎士比亞，劃十字）我惹了亂子，要不要告訴他呢？不不。

莎士比亞　早上好，夥計。

小丑　（調嘴弄舌地）呵，尊貴的莎翁光臨，頓使敝處蓬蓽生輝，小人先知，早已恭候，萬請大人獎賞。好好，就這樣，準期明天請大人賞光，莎翁那邊走。

莎士比亞　（旁白）即使天塌地陷，末日來臨，他依然嘻嘻哈哈，樂天無憂，妙語如珠，小丑真是世界上最幸福的人。（對小丑）什麼事使你這樣興高采烈，手舞足蹈，使你的莎士比亞也暫時將憂思愁緒寄存在忘川裡，先生？

小丑　呵哈，先生你還不知道？咱們又有麵包吃了，小丑又有老酒喝了，劇團又有好戲唱了。

莎士比亞　（驚喜）喔？

小丑　先生，你是天才，你是先知，憑你天馬行空的想像，你一定能猜出這天大的喜事。

莎士比亞　（凝思）天大的喜事……

菲力普的聲音　排演場上的人都到哪兒去了，小丑？

小丑　我又不是管家，什麼都要我管？先生，你被我的雙關語弄得眼花撩亂，那麼你就在這萬花筒裡慢慢琢磨吧。待我從混世魔王那兒回來，再領你走出這座迷宮。（下）

〔伯比奇上。〕

伯比奇　你來遲了一步，威爾。我們在你沒有到場時就跟蒙特爾、梅里克、潘西三位爵爺簽訂了演戲協議《理查二世》。

莎士比亞　（大驚）《理查二世》?!

伯比奇　他們點名要戲班排演《理查二世》這出劇碼，明天下午公演。

莎士比亞　這為什麼……我知道，我知道。狄克，我已經跟你提出三條建議。你是否將這層意思跟菲力普說清楚？

伯比奇　我回去考慮了一夜，這確實是個好主意，今天我一早去找他，他一口回絕。

莎士比亞　對不起，狄克。他怎麼可以這樣專斷獨行？他難道不知道排演這齣早已被封存的禁戲，會有多麼不測的後果。如今想起來還令人不寒而慄。《理查二世》原是我五年前的劇本，寫的是真人真事。懦弱、昏庸、奢侈的理查王(15)被他的臣下，精明強悍、不擇手段的波林勃洛克篡奪了王位。這齣只是賺觀眾眼淚和錢幣的歷史劇，卻在上演不久遭到查禁，編劇我遭到……（一頓，忙轉換話頭）還是不演這劇碼為好。

伯比奇　（驚疑地）威爾，你說你五年前因寫《理查二世》遭到、遭到什麼？

莎士比亞　沒有什麼，沒有什麼，我不過是用慣了排比句。

伯比奇　不，你一定遇到了什麼不幸的事，官方的警告？法庭的傳訊？牧師的詛咒？你從來沒有透露過。

莎士比亞　我是否要對你罰咒，狄克？要是我欺騙了老友，讓我被官府抓去，腳鐐手銬地放逐到北冰洋或是南美洲去做苦工……

伯比奇　（忙掩他的口）不要發那麼大的惡誓，世人信口發下的誓言，日後往往被事實所印證。

莎士比亞　我不信神，不信邪，只信《理查二世》是咱們頭上懸著的一柄利劍。

〔菲力普和小丑上。〕

菲力普 我們等你不及了，莎士比亞。股東會剛剛結束，決定上演《理查二世》。這是樁大有油水的買賣，爵爺們先付二十先令的訂金呢。

莎士比亞 你不知道他們是愛塞克斯伯爵手下的亡命之徒，伯爵是個失寵的罪臣，懷有二心的人物？

菲力普 他走他的路，我賺我的錢！

莎士比亞 你不能要錢不要命，菲力普。

伯比奇 這是樁玩命的買賣，菲力普你應該尊重莎士比亞的意見。

菲力普 「前怕狼後怕虎的人，當不了好獵手！」你馬上去寫看板，莎士比亞！我得趕快叫全體演員排戲。

小丑 我從新潮說是要錢不要命，但我從內心說是要命又要錢。

菲力普 （訓斥）你算什麼東西？閉嘴！

莎士比亞 我據理力爭——

菲力普 （粗暴地打斷）咱們演戲的嘴皮子能勝過他們爵爺的刀劍？天塌下來，有我奧古斯丁・菲力普頂著！排戲！（同下）

第三場　城郊．街道

〔觀眾甲、乙上。〕

觀眾甲　上當！上當！看這種魔鬼的玩意兒，我真忍不住了。我一天到晚幹活穿得破破爛爛，那些貴族整天尋歡作樂還來劇場擺闊，把錢財全花在穿戴上，還有那些教人墮落的臭演員也穿得漂漂亮亮。唉，我沒有學到一點發財的訣竅，反被奪去了賺錢的時間。我的工人們不知要怎樣偷懶？該詛咒的傢伙，叫他們統統下地獄，去給我開採金子！

觀眾乙　這個戲挺有味兒呢？它也許會給我們發財的門道。你沒有注意到當理查王抖抖索索地將王冠交給那個篡位的波林勃洛克時，樓座的貴族老爺發出瘋狂的掌聲、粗野的歡呼，簡直就像前不久發生的那場地震。我以為又是地獄裡的魔鬼殺出來，要毀滅這個罪惡的世界呢。阿門！

觀眾甲　經你這麼一說，我的腦袋瓜似乎開了竅……對！要不然，有哪個傻瓜肯在這墮落的年頭，自掏腰包請大家看白戲？

觀眾乙　戲中戲，到時我們再來看白戲。（同下）

〔密探甲、乙上。〕

密探甲　警衛隊長、瑞理大人真是站得高，看得遠，早就知道他們的反意。讓他們笑，讓他們狂，到時候，嘿嘿！

密探乙　這下那個「愛克斯」逃不了啦！瑞理大人吃足了他的苦頭。

密探甲　小心你的腦袋，只要我——

密探乙　呀！老哥，我是胡說，喝酒我請客。

密探甲　說話算數。十萬火急，先稟告，後喝酒。

密探乙　快馬加鞭，朝白廳飛呀！（同下）

〔爵士甲、乙、丙上。〕

爵士甲　他媽的！伯爵說要來看戲，連個兔影子也不見，那個狗娘養的騷桑普頓也累斷了大爺的頭頸，準是黑騷貨夾住了他！

爵士乙　（用劍鞘打他）連聾子也聽見你的機密啦，我要用劍來封住你的肛門！

爵士丙　演出鼓舞人心，人頭簇簇，好像一堆乾柴，只消一粒火星掉在上面，就會騰起照天的大火。

爵士乙　快向伯爵的城堡馳去，深謀遠慮的首領缺席，定有那英明的決斷。

爵士甲　大爺不管決斷不決斷，先醉他媽的一頓！（同下）

〔戴克上，馬斯頓從另一邊上。〕

戴克 你好，「剽竊大師」！「浮誇先生」！上回你把莎士比亞的《第十二夜》臺詞本盜取，改頭換面，變成了你的大作《各遂所願》(16)，把全世界糊弄了一下，今天你又從《理查二世》中偷到點什麼？

馬斯頓 「織補匠」！「文抄工」！你把宿仇公敵瓊生傾瀉到我們身上的綽號、謠言，反扣在你的至愛親朋頭上，這太不識好歹，不知自愛了。自從兩年前我為童伶劇團打雜差，改編了一齣《挨打的演員》，稍微用狗尾巴草觸了觸他，豈知這個一觸即叫的蟋蟀、迂腐透頂的學究、橫行霸道的地頭蛇，就此和我結下了血海深仇。我馬斯頓是不吃馬屁的，也不怕揪馬尾巴，打就打，我要把他拉下馬！

戴克 你們那次「相撲」精彩極了。不，應該說是咱們，稱得上撒旦和上帝的大戰，直使彩雲為之裂帛，天書因而失色，將戰到世界末日。

馬斯頓 你我要同心同德，再接再厲，縱使他逃到陰曹地府，我們也要窮追不放，除非他徹底投降！

戴克 遵命，好像走過了頭？

馬斯頓 野豬頭酒店？

戴克 又好像不是？我想起來了，是《理查二世》。

馬斯頓　是呵，我瞧出了莎士比亞在劇中抄襲了我的手法：「影射」。

戴克　我覺得莎士比亞啟發了我怎樣揮舞長矛。

馬斯頓　走過了「野豬頭」，迎來了「天鵝」，我們且到裡面邊喝酒、邊吃野雞、邊商量討伐的大事。

戴克　你準是想吃天鵝肉才特地拐到這兒來？（馬斯頓揍他）呵呀呀，對對，我們邊喝酒、邊吃野雞，邊穿盔甲邊上場。（同下）

〔伯比奇、莎士比亞上。〕

伯比奇　我們的演出從未有今天這樣盛況空前，獲得極大的成功，我還顧不上研究這緣故，但我看出大夥兒演戲非常認真，不說菲力普扮的理查王，赫明奇扮的蘭開斯特公爵，康諾爾扮的諾森伯蘭伯爵，你扮的老約克，就連那幾個扮馬夫、園丁、獄卒的跑龍套也演得十分賣力。

莎士比亞　你的演技更是爐火純青呢，狄克。瞧你扮的波林勃洛克一出場，鮮花、喝采、掌聲像雨點般落滿你頭上、身上。你真是一位迷人的英主——亨利四世！

伯比奇　我現在還酥融在幸福的光輝中呢。

莎士比亞　我的心早被夜色吞噬了。

伯比奇　今夜，倫敦人又將喝光多少條小溪般的葡萄酒、火龍似的麥燒；今夜，皇宮和貴族的府邸又將燈火不夜、舞樂喧天。完全不像清教徒和守財奴住的城區那樣一片漆黑，不知人生的樂趣。

莎士比亞　不。這一種酗酒縱慾的習俗，使我們在東西各國受到許多非議。他們稱我們為酒徒醉漢，將下流的汙名加到我們頭上，使我們各項偉大的成就大為減色。在個人方面也常常是這樣……

伯比奇　（驚奇）威爾，近來是什麼緣故你老是憂心忡忡，愁眉不展，彷彿換了個人樣？從前你即使寫悲劇，也是甜蜜的眼淚，喜悅的心酸，幸福的啜泣，樂觀的夢想……今夜人們歡呼我們演出成功，猶如過狂歡節一般。

莎士比亞　你不看見周圍的醜惡現象遠比戲劇這面鏡子所反映的更加怵目驚心：酗酒、縱慾、貪污、腐敗，一面是絕對的貧困，被法律所驅迫；一面是極端的奢侈，被政府所縱容。金錢萬能，價值顛倒，使神聖的上帝成為可憐的笑柄，權力至上，不擇手段，使宇宙的精華成為扭曲的奴隸。不平引起抗爭，鎮壓釀成災難。雄視百代，威鎮天下的羅馬帝國不是亡於蠻族的鐵蹄，而是毀於自身的墮落。

伯比奇　你這是言過其實吧？晚安，威爾。（下）

莎士比亞　晚安，狄克。（下）

第三幕

第一場　倫敦泰晤士河畔・皇宮小議事室

〔伊莉莎白、培根(17)及侍從女官上。〕

伊莉莎白　唉！白晝出賣了紅日，小船背棄了大海。他愛塞克斯——這頭依偎在我膝前惹人愛憐的哈巴狗，竟是一條盤踞我懷裡噬齧我的毒蛇。他妄圖把整個王國作為他的禁苑，他妄想摘取王冠上的鑽石和珍珠，他竟要把天堂裝進他的黑袍。這一切會是真的嗎？我寧可相信這是他手下背著他胡鬧搗亂，也不信瑞理虛張聲勢的急奏……瑪麗，給我揩一下頸項裡的汗珠，剛才跳舞滲出的汗水被警衛隊長的稟報凍成冰水。

〔侍從女官替她揩汗。〕

培根　這「必然」是真的，而不是「可能」是真的，猶如陛下恩典第一次垂詢我對他的處置時，我就預感到伯爵是個危險人物。他平叛失敗，擅離職守，違抗聖命，罪行是十分嚴重的。陛下仁慈，他反而恩將仇報，陛下寬容，他格外狂妄無忌，他表面上裝成洗心革面的苦行僧，骨子裡是徹頭徹尾的野心家。有一次，他用

伊莉莎白 比魔鬼還惡毒一千倍的詛咒——我寧可被絞死，也不願重複那句連死人也為之戰慄的詛咒，他說女王的處境跟、跟——

培根 「跟屍體一樣扭曲」？他竟咒我的處境「跟屍體一樣扭曲」！上帝呵，這就是我寵信他的報應。

伊莉莎白 這是他瘋狂暴露的野心。其實，他謀反的流言早已是滿城風雨了，瑞理大人不過是加以證實罷了。

培根 我召你來就是想聽聽你的高見，我的特別法律顧問。

伊莉莎白 陛下，外面謠言紛起，人心浮動，國會和清教徒趁火打劫，這些都是叛亂的徵兆。因此必須追查謠言，防患未然。我建議陛下立即把愛塞克斯伯爵關進倫敦塔，嚴加審判，但不宜公開，人民對他的盲目崇拜，只會掀起橫禍的風暴！

培根 （譏諷地）你真是我的好智囊，培根先生。遺憾的是，我一直沒有給你好好酬報。

伊莉莎白 呵……英明的女王陛下，我雖然沒有地位，沒有財產，是個卑微之人，但我以先父、前掌璽大臣尼古拉・培根的榮譽起誓——

培根 （打斷）你剛才已起過誓了，佛郎西斯・培根。你一定知道，在舞臺上縱然一句絕妙的臺詞，但重複一遍也會失去動人的魅力。你不是通過你的厚道的朋友多次向我請求職位嗎？

培根

陛下，你……你睿智的疑慮叩醒了我那冥頑不靈的理智！我惶恐萬分，是呵，我回想起那些美好的歲月與伯爵彌足珍貴的友誼，當他像雄鷹抓碎燕雀的軀體，我禮讚他的力量；當他像聖徒答謝百姓的歡迎，我分享他的光榮；當他像喬木庇護柔弱的花草，我深受他的鼓舞。我榮幸地變成了他的一根翎毛，一個影子，一棵小草。我把他視作是陛下最忠心的臣僕，我把他的行為當作是陛下精神的發揚光大。所以我才急不可待地通過他期望早日為陛下盡忠，為帝國效勞，為人民出力。不幸的是，他完全歪曲了我那至誠的心願，致使我那良好的請求成了追名逐利、升官發財、狗苟蠅營、卑鄙而骯髒的手段……我成了比猶大還不齒於人的畜生！這理所當然地遭到陛下您的斬釘截鐵的拒絕。

伊莉莎白

唔，原來你和我一樣有難言之痛。從前，我在處決我的表妹瑪麗•斯圖亞特女王(18)一事上擔過多大的冤屈！……如果這是我個人的事，我巴不得卸下頭上這頂鉛鑄的王冠，但有關英格蘭王國的利益，我絕不退讓一步！我服從上帝的旨意，讓她對我的祖國永絕後患。世人呵，我為了保護你們，不惜讓鮮血玷污我潔白的手；而不肖的你們卻對我射出盲目的毒箭！我想起了劇本《亨利五世》，作者莎士比亞這個平民出身的貴族，對人君的重負有多麼天才而精深的見解：「要國王負責！那不妨把我們的生命、靈魂，把我們的債務，我們操心的妻子，我們的孩子以及我們的罪惡，全都放在國王頭上吧！他得一古腦兒擔當下來。隨著『偉大』而來的，是多麼難堪的地位呵！聽憑每個傻瓜來議論他——他想到、感覺到的，只是個人的苦楚！做了國王，多少民間所享受的人生樂趣他都得放棄。」這頂鉛冠只有死神來幫我卸下了。培根，我扯遠了。

培根　不，陛下。上帝為救贖人類的罪過，獻出了自己的兒子耶穌。陛下您給我在世上樹立了一個神聖的十字架，我實在是太幸福、太榮耀、太感動了！陛下，你是絕對正確的。只有與虎狼相處的人，才會熟稔他兼有狡黠的本性；只有與魔鬼打交道的人，才會洞察他不是天使……當他用鱷魚的眼淚、蜥蜴的變色、螺螄的詐死，掩蓋他那魚子般孳生的野心，我難道能跟他再稱兄道弟、同流合污，從而違背我效忠王上的丹心嗎？

伊莉莎白　說得對，培根。

培根　在與他長期的共事中，我才漸漸看出，這個所謂對陛下、上帝、敵人的「忠臣」、「虔徒」、「雄獅」，原來是繪有花紋的巨蟒，披著法衣的惡魔，扯著虎旗的兔子！我發現了他的真面目反而痛苦萬分，連一向萬能的知識也失去效用。在世上人與人之間，我不信還有比友誼更珍貴的東西。在人生的天平上，一邊是女王陛下的高貴事業，一邊是伯爵的勝於我生命的友誼。按理，我應該不讓任何垢塵玷污我獻給陛下的一顆赤子之心。但我是人，一個有血肉有感情的人，人的弱點我都有。上帝也要與撒旦爭奪失足的靈魂呢。於是，我一面向陛下揭露、抨擊這個奸賊的種種罪行，一面仁至義盡地救助這位可憐的墮落者。唉，他忠言逆耳，拒絕友誼。

伊莉莎白　你的忍辱負重，使我的心一灑同情之淚，親愛的培根。

培根　我盡到了義務。當他將純潔的友誼溺斃於罪惡的禍水中，如果再援手於他，豈不等於串通黑夜，妄想擋住東升的朝陽而同遭毀滅嗎？我只提一件事，陛下就明瞭伯爵的叛心是蓄謀已久，無可辯駁的。半年前，陛下不是收回給他的甜酒稅專利權嗎？

伊莉莎白　他已享受整整十年啦。我為這種對大臣們的慷慨恩賜付出了極大的代價，遭到了國會太多的反對和誹謗，連一向愛戴我的人民也怨聲載道……他不是還有別的收益嗎？他不是樂於服從嗎？他不是更加誠心地祈禱嗎？

培根　這應了一條古老的真理：「奸詐的心，總是罩上虛偽的假面。」就是這件事將他的罪惡升舉到叛逆的峰頂——

伊莉莎白　那麼，讓我祝你晚安，特別法律顧問先生。（欲下）

培根　（失望）陛下，陛下，這是我最近寫的一篇隨筆〈論友誼〉，請陛下指正。（掏出文稿）

伊莉莎白　（接）你真是一位能在友誼和忠君之間把握住真理的人，我一定好好拜讀，親愛的。（培根下）這個孩子，這個孩子，我寵壞了他，連他的朋友也這樣出賣他！

侍從女官　陛下，夜深了，請回寢宮休息吧。

〔瑞理上。〕

瑞理 臣僕有急事稟告，陛下。（**旁白**）愛塞克斯這狂夫，非除去不可！至於國務大臣之輩則是下一步打擊的目標。

伊莉莎白 說吧，瑞理。

瑞理 剛才我向陛下報告了伯爵借演《理查二世》圖謀叛亂的消息後，立即以樞密院名義召他來交代。言為心聲，眼為心境，從他語無倫次的言語，躲閃惶惑的眼神，舉止失措的形態，必將使他隱藏的罪惡昭然若揭。我太大意了！他拒絕傳喚，還有什麼更能說明問題呢？

伊莉莎白 以嚴正的法律處置這樁重大的事件！但在他們輕舉妄動之前，不要仰仗血腥的暴力。只要他們放下武器，別剝奪一個人的生命。

瑞理 是，陛下。

（**旁白**）這個反覆無常的女人，還捨不得她的情夫。

伊莉莎白 你傳達我的命令，明天早晨派人到伯爵府去警告他：不要讓愚昧的野心扼殺啜泣的理智，以致邁出自我毀滅的一步！王宮周圍加強警衛力量。

瑞理 我一定雷厲風行地執行陛下的命令！（**旁白**）要是沒有辦法叫他死，我就親手斬了他！（**分頭下**）

第二場　市區・莎士比亞客寓

〔莎士比亞上。手持燭臺。〕

莎士比亞　看一部歷史，你還未唱罷，他已粉墨登場；你想大顯身手，他制肘你魔高一丈。這位英主上臺三天就成了昏君，那個奸臣奉承十年一心想篡位謀王。見不盡刀光劍影，血肉橫飛，演不完爭權奪利、虞詐勾當。你對這一個失卻了希望，對那一個滿抱幻想，到頭來哭斷了肝腸。在一場人人都想謀私利的大混戰中，只有最強大、最邪惡的人才得勝為王。最倒楣的還是那愚蠢而盲從的民眾，被擾得矇頭轉向，眼巴巴盼來的卻是一副血漬斑斑的鐐銬，一把石屑紛紛的鐵鍬，一本塵灰濛濛的《聖經》。真善美變成假惡醜，囚禁了身體，腐蝕了靈魂……現在，這種痛心的醜劇又將重演，我祈求哈姆雷特王子的行動，又懷疑他有修補這脫節時代的本領。（不安地徘徊）

莎士比亞　（半晌，拿起文稿，朗誦哈姆雷特的獨白）「生存還是毀滅，這是一個值得考慮的問題；默然忍受命運的暴虐的毒箭，或是挺身反抗人世無涯的苦難，通過鬥爭把它們掃清，這兩種行為，哪一個更高貴？死了，睡著了，什麼都完了；誰願意忍受人世的鞭撻和譏嘲，壓迫者的凌辱、傲慢者的冷眼，被輕蔑愛情的慘痛，法律的遷延，官吏的狂暴和費盡辛勤所換來的小人鄙視。要是他只消用一柄小小的刀子，就可以清算自己的一生？誰願意負著這樣的重擔，在煩勞的生命壓迫下呻吟流汗，倘不是因為懼怕不可知的死後，懼怕那從不曾有一個旅人回來過的神秘之國……」我感到寒氣逼人，毛骨悚然。（敲門聲）呵，是哈姆雷特父王的鬼魂！（敲門聲）今夜一定會發生什麼災異的現象！（敲門聲）還在喊我的姓名……似乎是被淹死的奧菲麗婭淒惻的嗓音？又彷彿是關在倫敦塔裡被處決的瑪麗女王的絕叫？鼓起勇氣來，你是「莎士比亞」！瞧瞧能否為這些芳魂效勞點什麼？（開門）

〔黑美人上。〕

黑美人 莎士比亞！威爾！親愛的！瞧你有多激動？

莎士比亞 （驚喜）您？——黑美人——是你！

黑美人 呵，你一定以為我是那個讓你捷足先登、佔盡便宜，最後只好成為你私有財產的「美麗的處女」？

莎士比亞 什麼「捷足先登」？什麼「私有財產」？我哪來這種豔福？

黑美人 你變得多純潔！哈哈，瞧你這對勾人的眼睛，這張啁啾的嘴巴，這雙靈巧的手臂；你在舞臺上把那麼多的恭維堆放在女人面前，你在大作裡把那麼多的愛情傾吐到女人心裡，再加上你的名聲、財產、地位、有哪個女人會不愛你？又有誰會相信你不搞上哪個女人？

莎士比亞 我有百口也莫辯一詞，我用百思也不得一解。在你斬釘截鐵、窮追不放的攻打之下，我也只好乖乖投降。

黑美人 你招供了，我也不必聞你的香。但你剛才遲遲開門，把我凍得像隻可憐的小鳥，我可不依。你準是把那位小美人藏了起來。（搜尋）

莎士比亞 金屋藏嬌？你真是捕風捉影亂吃醋，無中生有瞎嫉妒！

黑美人 我知道你不愛我了，可是我多情還是忘不了你；我明白你早就厭了我，可是我多傻依然想重溫舊夢。

莎士比亞 （入座）這並非我的錯，也不該我擔罪。我對你的愛情曾使我妒嫉那琴鍵親吻你的玉手，吃醋那舞鞋愛撫你的纖足。當我用全身的忠誠俘獲了你的明眸，另一個男人卻迷住了你的芳心——他比我年輕、英俊、富有、高貴、充滿魅力。脆弱呵！你的名字就是女人！

黑美人 禍水總是我們女人？這只能怪你們友誼不深！你未免健忘了，莎士比亞，是你將我介紹給你的知己騷桑普頓伯爵。

莎士比亞 （旁白）這個混身滲透出狡黠的女人。

黑美人 何況你對我的愛是虛情假義、逢場作戲。

莎士比亞 （吃驚）我？我獻給你的十四行詩不是愛情的結晶、忠心的標記？

黑美人　（嘲笑）嘿，瞧你的大大的恭維！（掏出文稿念道）「我情婦的眼睛一點不像太陽，珊瑚比她的嘴唇還要紅得多；雪若算白，她的胸脯暗褐無光，髮若是鐵絲，她頭上鐵絲婆娑。我見過紅紅的玫瑰，輕紗一般；有許多芳香非常逗人喜愛，我情婦的呼吸沒有這香味。我愛聽她談話，可是我很清楚，音樂的悅耳遠勝於她的嗓子；我承認從沒有見過女神走路，我情婦走路時卻腳踏實地。」這就是你獻給我的「愛情的頌歌」，親愛的威爾。（把詩稿丟在莎氏懷裡）

莎士比亞　你怎麼掐去了玫瑰的花心，我的黑美人？（翻開詩稿念道）「可是，我敢指天發誓，我的愛侶勝似任何被捧作天仙的美女。」

黑美人　「不過，說實話，見過你的人都說，你的臉缺少使愛呻吟的魔力。」

莎士比亞　「對於我，你的黑遠勝於一切秀妍。你一點也不黑，除了你的人品，可能為了這緣故，誹謗才流行。」

黑美人　（嗔）你明明說我身上有百孔千瘡，還說我引誘你犯罪，教會你受苦。（奪過詩稿）

莎士比亞　你明明知道這是我對矯揉造作的詩風的嘲笑，對肉麻時髦的「愛情」的挖苦。

黑美人　威爾威爾，我們別鬥嘴了，我真恨不能把我的心分一半給你。（坐在莎氏懷裡）

莎士比亞　你倆當初背棄我，我的心依然熱戀你們。

黑美人　（吻莎士比亞）我真不願離開你，親愛的，親愛的。

莎士比亞　（親吻）多少年了，我想你，我的愛……

黑美人　想我？你是念念不忘家鄉的「維納斯」。

莎士比亞　你是指老妻？我跟她沒有愛情，只有性慾，如今這個也不剩分毫。

黑美人　親愛的，親愛的！阿童尼，我的一切都屬於你。

莎士比亞　（酥融）是的，是的，維納斯……我們再也不分離。

黑美人　跟伯爵和好吧，他也時常惦念你；為了我。

莎士比亞　（驚醒，不動聲色）正是為了你，我才和他決裂的。你離開他吧。

黑美人　他要你去，親愛的。

莎士比亞　哎！伯爵跟那個失寵者攪得火熱不會有好結果。

黑美人　（緊緊吻他）去嘛，你一定要去！他要當面褒獎貴團白天演的《理查二世》的成功，特別是你的天才。

莎士比亞　原來是他派你來找我？咱們開路，親愛的！

黑美人　你真的答應了？

莎士比亞　愛情的魔力。

黑美人　吻我，威爾。

莎士比亞　親愛的，親熱的時間長著呢。我幫你裹緊斗篷，不能凍壞我那可愛的黑美人。

你先請！（黑美人下）

黑美人聲音　你你怎麼把門扣上呢？我什麼也看不見，威爾。

莎士比亞　我已經躺下了，黑美人。

黑美人聲音和叩門聲　你你！

莎士比亞　對不起，你只好黑碰黑地回去了，要不，跟我一起睡覺。

黑美人聲音　千刀萬剮的莎士比亞，斷子絕孫的刁鑽鬼！短壽命的老淫棍！吃不到天鵝肉的癩蛤蟆！

莎士比亞　呵，多麼美妙的音樂！多麼甜蜜的愛情！（下）

第三場　景同上

〔莎士比亞上。〕

莎士比亞　（伏案寫作，下筆遲滯，自言自語）哈姆雷特，哈姆雷特，為什麼你遲遲不動手復仇，殺父奸母，弒君篡位，不共戴天的仇人就在你的劍下？唉，是我自己遲疑、磨蹭、拖拉。且瞧瞧我的先師湯瑪斯・吉德，他筆下的哈姆雷特的復仇是那麼痛快淋漓、疾如風雷，一鼓作氣，馬到成功。就依我從前寫復仇戲《泰特斯・安德洛尼克斯》時的性子，也是一開場刀子出鞘，鮮血流淌，直到滿臺屍體，一片慘像，歡聲雷動的劇終。

〔騷桑普頓上。〕

騷桑普頓 黑美人只會在床上炫耀她的本領，一旦要她幹正經事就成了凋萎的長頸蘭。（敲門）

莎士比亞 （驚）白天煩勞，連黑夜也來為虎作倀，奪去我的一份清靜，哈姆雷特，今夜我又不能跟你一起行動。（有節奏的敲門，驚喜）是騷桑普頓？我的繆斯！我的恩主！我的至友！（走到門邊，住手）不，是我的冤家、我的災星。（敲門聲）開門，還是不開門？（遲疑地開門）

騷桑普頓 （進門，握手）久違了！親愛的莎士比亞，英國文壇上燦爛的明星，我向你致意。你又在構思偉大的劇作，你的《理查二世》催得人淚水滾滾……

莎士比亞 （驚覺）不不不。戲劇登不了大雅之堂，只能給不問國事、百無聊賴的小民百姓添些樂趣。所以，我這個輕如鴻毛的人才來操持低賤的營生。

騷桑普頓 莎士比亞，你高貴的秉性，即使把戲劇王冠換成小丑的三角帽，你在奧林匹斯山上依然能和繆斯的歌喉，阿波羅的豎琴媲美。你贈給我的兩部長詩《維納斯和阿童尼》《魯克麗絲受辱記》就是用女王的王冠和黑美人的芳心我也不換！

莎士比亞 這種粗陋鄙俗、蕪雜不堪的詩作，不值得您如此抬舉。當初，我真不該敝帚自珍把它獻給爵爺。

騷桑普頓 哎？不提世人對你的長詩一致稱道，就連你自己在扉頁上對我也這樣標榜：「只要一天有人類，或人有眼睛，這詩將長存，而且賜給你生命。」

莎士比亞 我說過嗎？我沒有說過？就算我在什麼地方說過，也只是出於禮節，把你當作真善美的化身。

騷桑普頓 我受之有愧，卻之不恭。如今重溫你的詩篇，它像仙杖一樣使我幡然悔悟，回復人形……我不該奪去你的愛人，我不該遺忘了你的友誼。

莎士比亞 （感動）我太高興了，伯爵。（擁抱）

騷桑普頓 我已讓黑美人回到你的懷抱；她雖有女人的弱點，但她是真心愛你。

莎士比亞 （旁白）是我錯怪了黑美人？

騷桑普頓 好威爾，良心日夜在鞭笞我的靈魂，我不能讓風流罪玷污心中的聖殿；你我的友誼應該成為真善美的佳話流芳百世，今夜就開始新的篇章。

莎士比亞 今夜，我萬分樂意用友誼、愛情、藝術這些充滿魅力、崇高而不朽的話題消磨

騷桑普頓 寂寞的寒夜，一起迎來春日的朝暉。可歎我沒有瓊漿玉液乾杯。

莎士比亞 你還是這樣錦心繡口，妙語天下，親愛的。聽你的談話，就像音樂一樣動聽，風景一樣悅目，美女一樣賞心；陳酒佳釀也不及它可口陶醉。

騷桑普頓 你還是跟從前一樣美，一樣年輕，仿佛時間這行刑惡吏對你網開一面，獨加垂青。

莎士比亞 （入座）我老了。在我這樣的年歲，人家已建功立業，聲名赫赫，而我卻一文不名，窮愁潦倒，空擔著伯爵的虛銜。

騷桑普頓 什麼？無論美、門第、財富或才華在你身上渾然一體，達到了登峰造極，你卻感傷自己是世界上最不幸的人！

莎士比亞 我曾經是世界上最幸福的人，但無常的命運把我打入災難的深淵，奄奄待斃。

騷桑普頓 （驚）到底發生了什麼事，我的至友？

莎士比亞 昨天，我揭穿過法蘭西黑袍僧的奸計，摧毀了西班牙的無敵艦隊，給愛爾蘭帶來橄欖枝、麵包和美酒。我不能誇口為我的帝國、女王陛下、五百萬同胞立下了汗馬功勞，但我確實為此自豪。然而，我得到的酬勞卻是喪失了一切：財產、權位、尊榮、自由。連我的忠誠、勇敢、善良也成了叛逆、怯懦、邪惡的假面！

騷桑普頓 （再驚）你是指愛塞克斯伯爵？

莎士比亞 他個人蒙受了這樣大的恥辱，還心志不移，毫無怨言，相信陛下會作出公正的判決。可是人家在要他的命呢。

莎士比亞 （恍然大悟，旁白）原來是黑美人用美色沒有騙開的城堡，伯爵親自出陣想將它攻下。

騷桑普頓 （起立，讓座）請你寫首詩歌頌救世主愛塞克斯伯爵把災難深重的祖國從暴君的魔掌下解放，你莎士比亞會添上又一重桂冠的。

莎士比亞 我只要一頂睡帽，伯爵。

騷桑普頓 什麼……只怕你睡不安寧呢，當心死神！

莎士比亞 我早已對大人說過：厭了這一切……我向安息的死疾呼！

騷桑普頓 （惱怒）你用這種油嘴滑舌，下流的行話回報你的恩主！

莎士比亞 我永遠不會忘卻爵爺你的庇護，不過你贈給我的一千鎊賞金，我當作是潤筆的酬勞。

騷桑普頓 （揪起對方）忘恩負義的小人！你忘了五年前的那場官司？瞧你臉孔嚇得像死人，窘得又像酒鬼。人家只知道你犯的是民事官司，被一個流氓向貪官告了一狀，說你夥同旁人要謀害他的生命。其實，在這掩人耳目的幌子後面，你真正的罪名是炮製了《理查二世》而觸犯了帝國法律。

莎士比亞 （驚，旁白）這事除了當事人我，誰也不知道。

騷桑普頓　你知道是什麼緣故，你逢凶化吉，無罪釋放？

莎士比亞　皇恩浩蕩，是女王陛下的恩赦。

騷桑普頓　（把莎氏推個踉蹌）是我！你的恩主，庇護人通過愛塞克斯伯爵向女王陛下求情促成的。而正是女王下令簽發對你的逮捕令！

莎士比亞　（震驚）……

騷桑普頓　跟我們走吧，莎士比亞。明天，新浴的朝日將徹底驅散島國的黑暗與霧靄，而你的詩歌將是新世紀的凱旋號角！（拔劍）

莎士比亞　我是個伶人，人微言輕，一無所長，只會演戲。這樣吧，為了報答您和伯爵的大恩，如若再演《理查二世》，鄙人一定請兩位賞光。

騷桑普頓　（失望）我們死，你也別想活著！（把劍入鞘，下）

莎士比亞　放心好了，我不會出賣恩主您的。（下）

第四幕

第一場　泰晤士河畔・女王辦公室

〔伊莉莎白及侍從女官上。〕

伊莉莎白　我頭疼得厲害，請你用梳子給我梳頭，瑪麗。

侍從女官　好的，陛下。（梳頭）

伊莉莎白　唉，我是個行將就木的女人。在我這樣的高齡還要忍受恥辱的玷污，謠言像長了翅膀似的到處亂飛，說我多年來跟愛塞克斯伯爵的矛盾是一場沒完沒了的愛情糾葛。太荒唐可笑了！謝謝你，好姑娘，頭痛好多了。然而，伯爵究竟要幹什麼？是要造英國女王的反，叫我變成理查二世！

侍從女官　不不，陛下。今天早晨，陛下派了四位大臣去規勸，他會回心轉意向陛下請罪。

伊莉莎白　但願如此，可是我瞭解他的脾氣。替我把《理查二世》劇本拿來，親愛的，我要他們上演的那本。

侍從女官　（驚恐）陛下——

伊莉莎白　拿來！（女官只得取來劇本）給我讀一下理查王被他的臣下波林勃洛克趕下臺的那場戲。

侍從女官　陛下陛下，我求求您！您不能讓這邪惡的東西刺激您的心靈。請陛下賜恩，我給陛下念一點輕鬆愉快的，比如福斯塔夫，陛下不是喜歡——

伊莉莎白　（打斷）這是工作，侍從女官！

侍從女官　是，陛下。

伊莉莎白　念吧，瑪麗。第四幕第一場篡權的波林勃洛克升上了御座，召來理查王，要對方交出王冠，理查王的叔父老約克這樣對侄兒說：「請你履行你的自動倦勤的諾言。」就從這兒開始。

侍從女官　（念）「約克：請你履行你的自動倦勤的諾言，把你的政權和王冠交給亨利・波林勃洛克。」「理查王：把王冠給我。這兒，賢弟，把王冠拿住了；這兒是我的手，那邊是你的手……」

〔侍從上。〕

侍從　稟告陛下！陛下的特別法律顧問法蘭西斯・培根求見。

伊莉莎白　召他進見。（侍從下）你自管念，我聽著呢，瑪麗。

〔培根上。〕

培根　（致禮）臣恭請陛下聖安，培根有急事稟告陛下。

伊莉莎白　你說吧。

培根　陛下派去的四位高貴的大臣被反賊愛塞克斯抓了起來，儘管他們一再聲稱是奉王命而來，但絲毫不能打動蛇蠍心腸……

侍從女官　（驚呼）呵！

伊莉莎白　我知道了。你繼續念下去，瑪麗。要是你有閒暇的話，不妨聽聽《理查二世》的精彩臺詞，培根。

培根　伯爵將四位大臣扣押後隨即發動叛亂，他們搖旗吶喊，持刀弄槍地朝王宮殺來……快快加派警衛。

侍從女官　呵！（驚落劇本）

培根　您應該採取緊急措施制止這種反叛行為，任何延宕或疏忽都將帶來難以想像的後果，陛下。

侍從女官　怎麼辦？怎麼辦？

伊莉莎白　天要起霧，娘要嫁人，叫我有什麼辦法呢？他是舞刀劍的戰神，我是搖橄欖枝的女神。倘使憑他三百嘍囉就能掀翻我的御座，那麼自恃無敵的英格蘭國基未免太脆弱了。別忘了和平女神同時又是智慧女神、威力女神！

培根　我笨拙的唇舌難以用言語表達對陛下的忠忱和崇敬。但我仍希望陛下像雅典娜擲出無堅不摧的長矛，亮出無往不勝的銅盾：那上面梅杜莎的可怕蛇頭將把叛亂的群醜變成一堆石頭！

伊莉莎白　該做的我都做了。培根，要是你感興趣的話，一起來欣賞莎士比亞的劇作。

培根　我萬分樂意，陛下。

伊莉莎白　瑪麗，你剛才不是念到波林勃洛克對理查王說：「你願意放棄你的王冠嗎？」

侍從女官　陛下真是好記性，連我自己也忘了。（念）波林勃洛克：「你願意放棄你的王冠嗎？」「理查王：『是，不；不，是；我是一個沒用的廢人，一切聽從你的尊意。現在瞧我怎樣毀滅我自己：從我頭上卸下這千斤的王冠，從我手裡放下這粗笨的御杖，從我心頭丟棄了君主的威權……願上帝寬容一切對我毀棄的誓言！願上帝使一切對你所作的盟約永無更改……還有什麼別的事情沒有？』」

培根　（接口）有！要是我居然還能容忍《理查二世》這樣一部混淆陛下的視聽，褻瀆上帝的信仰，玷污王國的殿堂，敗壞人們的心靈的劇作，我還算是人嗎？我連一個英國公民也不配。陛下，權威在痛擊暴亂的同時，法律必須追究同謀的罪責，禁演壞戲，銷毀劇本，拿問演員，嚴懲炮製者！

伊莉莎白　有這麼嚴重嗎，特別法律顧問？

培根　我不想引經據典、長篇大論論述它的罪惡。試想如果莎士比亞和他的劇團拒演

伊莉莎白 《理查二世》，至少不會如此迅速發生叛亂，陛下就有足夠時間防範於未然。他們能為多出的四十先令出賣藝術；要是四十英鎊，那早就把自己的父母、妻子、兒女都賣了！

培根 不過，我聽到的傳聞倒與你所說的不同。在墮落的賣藝場所中，「內務大臣供奉」劇團似乎是個例外……人們尤其稱道莎士比亞，說他規矩老實，虔誠莊重，不嗜酒色，為人隨和，樂善好施。

伊莉莎白 陛下，莎士比亞憑他的狡黠和偽善，憑他的圓滑和韜晦，才使他逃脫法網，成為他們那一夥舞文弄墨的劇作家的唯一例外：放蕩的格林，犯上的馬婁，殘暴的吉德，下賤的黎里，以及狂犬吠日的瓊生都進過監獄。現在是對他繩之以法的時候了！他劣跡斑斑：逃漏國稅，倒賣糧食，為富不仁，不做禮拜，放走流犯……

培根 （一怔）我並非要給你的忠忱潑上冷水，我自然希望英國有更多像你這樣表裡如一的忠忱愛國之士。昨夜我做了惡夢，夢見把我送上斷頭臺的並不是伯爵，而是國會裡那些暴發戶出身的新貴和清教徒。

（怔住）這……（轉而）陛下，我跟莎士比亞無冤無仇，無交無識，我也愛看他的戲，欽佩他的紳士風度；我自以為追究他是為了國家的安危。要不是陛下高瞻遠矚，英明睿智，我還將在歧途上走得更遠呢。

伊莉莎白 你錯了，培根。「為了國家的安危」，我授權你顧問這件事。（歸座）

培根 （驚喜）你太偉大了，陛下。

伊莉莎白 我還授權你協助瑞理挫敗叛亂，培根。

培根 （欣喜若狂）臣培根謹遵王命！（下）（內奏衝鋒號）

侍從女官 （拾起劇本，亢奮地）我念，陛下。「理查王……『我的眼睛裡滿是淚，我瞧不清這紙上的文字……』」（內奏凱旋樂）

伊莉莎白 （起立）咱們去迎接他們！

第二場　城郊‧野豬頭酒店

〔野豬頭上。〕

野豬頭 本店不惜血本裝修、廣告，卻招不來一個顧客，唉。

〔莎士比亞上。〕

野豬頭 （喜出望外）顧客大爺，快進來！天要變了。

莎士比亞 不，憑幾個跳樑小丑、烏合之眾要改朝換代，豈不妄想？瞧他們來如漲潮，去如退潮，一路上不忘搶掠；快避開那些殘兵敗將。（內奏樂曲）快進去躲躲。

莎士比亞　（驚喜地）原來是先生您？請賞光！

野豬頭　士別三日，則更刮目相待。貴店面貌煥然一新，置起了樂隊，奏起了樂曲，我還以為是軍隊奏進行曲呢？當年乃祖快嘴桂嫂開店創業的雄風被你繼往開來，發揚光大……你不怕外面在打仗？

莎士比亞　有什麼法子呢，先生？要賺錢就得冒風險，好比賣藝的走鋼絲玩命。先生，你比我明白，這年頭要活下去，不變也得變！

野豬頭　對，不變也得變！幼稚變老成，聰明變傻瓜，黑夜變白晝，朝陽變落日，忠臣變僭主，正義變邪惡，金錢變上帝，人變成畜生……我莎士比亞變得只好到故紙堆裡去討生活。

莎士比亞　怎麼啦，先生？還沒有喝兩杯就發酒瘋，我可要蝕老本。快裡面坐！下酒的菜任您點：閹雞對蝦大鮮魚，牛排烤豬天鵝肉。

野豬頭　好，我今天要開開戒……呵呀，那邊來的不是瓊生先生嗎？

〔瓊生提劍上。〕

瓊生　（旁白）老子造反只是逢場作戲，反倒要弄巧成拙，束手縛腳；鐵窗風味，我倒不願再領受；只撈到一塊花頭巾，給我可憐的婆娘。

莎士比亞　瓊生先生你提刀弄槍的，快收起來，人家準以為你參與叛亂呢。

瓊生　是你，莎士比亞？先吃我一劍！（刺）

莎士比亞　（避過）你？

瓊生　害人的江湖郎中！戳破處女的長矛！兔子膽的老虎！無賴文人的壇主！販賣垃圾的富商！芥末大的貴族！你躲得過大爺，躲不過我的寶劍！（再刺）

莎士比亞　（避過）呵呀呀！名劍師，大風琴家，多時不見，你的劍術愈發精湛了，你的演奏越發出色了，一串串地像腹瀉那樣雄壯動聽。可是我無福消受，儘管我視覺好，嗅覺靈，但耳朵不大中用。

瓊生　譏諷的糊塗！（刺）著！

莎士比亞　呵呀！（逃）這個世界瘋了不成，人人都變成好鬥的戰神！

酒保的聲音　莎士比亞大爺，快逃到這兒來！

瓊生　你逃不了！（追）

〔馬斯頓、戴克上。〕

馬斯頓　（拔劍一擋）誰敢欺侮我們的莎士比亞？你這恩將仇報的泥水匠！

戴克　我要鞭撻你這個諷刺家！（拔劍一擋）

瓊生　老滑頭引我入局，要把我一鼓殲滅？好，你們統統來吧！（用劍挑開，鬥）

野豬頭　（焦急）外面大打，裡面小打，乒乒乓乓，還有樂隊啦啦，我的這爿百年老店要被你們攪光？呵呀呀！

馬斯頓　（一劍挑出花頭巾）哈哈，綠頭巾！綠頭巾！

戴克　哈哈，瓊生閣下頭上的綠頭巾、綠頭巾！

瓊生　你、你們這些強盜、慣竊，決鬥還不忘偷香竊玉。

戴克　看劍！著！（刺中戴克）

馬斯頓　我受傷了，馬斯頓！（下）

瓊生　（將花頭巾掖入懷裡）你讓我孤軍奮戰，戴克？我們就單打獨鬥比個高下。呀呀呀！（猛刺對方）

馬斯頓　（招架。乘虛反擊，打掉他的劍）去吧！看你還敢逞能？（刺中對方）著！

瓊生　（倒地，拔槍）快放下武器，否則叫你下地獄！

馬斯頓　（丟掉劍）我服輸！投降！奉你為文壇壇主。

瓊生　哈哈，瓊生閣下沒料到這一手吧？這叫做「出奇制勝」。

　　（猝然撲去，打掉對方的手槍，騎在他身上）哈哈，你沒有料到這一手吧？這

馬斯頓　叫做「強中還有強中手」，蠢驢！（打他）

瓊生　喔唷唷，我甘拜下風，聽您指揮，我的一切都獻給您大爺！

馬斯頓　「一切」？（突然從他懷裡抽出花頭巾）這是什麼？無賴，偷我老婆的東西！

瓊生　這……我我想送給情婦。

馬斯頓　哈哈，軋姘頭的祖師爺！我要將你打成馬屎堆！看你還能誘騙人家黃花閨女、小家碧玉。（打他）

野豬頭　喔唷喔唷……好漢不斷敗軍之將；呵呀呵呀！莎士比亞，莎士比亞！

瓊生　我跟你拚了，大馬蜂！（朝瓊生撞去）（避過，野豬頭跌倒在地）

馬斯頓　我這不是被莎士比亞的調虎離山計蒙昏了頭？莎士比亞你往哪兒逃？（下）

喔唷喔唷！呵呀呵呀！（手撫臀部下）

〔小丑從一門上，酒保從另一門上。〕

小丑　瞧他們一個個哭哭啼啼，氣急敗壞；我偏偏嘻嘻哈哈，蹦蹦跳跳。菲力普這膿包叫我去找莎士比亞商量，我先要喝它一杯麥燒。或許我們那位揮舞長矛、弄得頭兒禿、鬍兒長、皮兒皺、背兒駝的先生，被亂兵捅死，嫖妓樂死，走路跌死，腦溢血猝死，小麥冬弟弟，來一杯！

〔酒保上。〕

酒保　你快去救救莎士比亞大爺，小丑大哥！（同下）

第三場　城區・莎士比亞客寓

〔內嘈雜聲：「快來瞧呀，愛克斯被活捉了！」「咱們又要看殺頭、吊死的真戲了！」「女王萬萬歲，小民日日醉！」「女王陛下聖諭頒佈如下……」〕

〔莎士比亞上。〕

莎士比亞　叛亂平定了，罪犯歸案了，一場未遂政變將把愛塞克斯伯爵押上斷頭臺。這個昔日女王的寵兒、朝臣的名花、友誼的表率、抵禦外侮的英雄就這樣完了。宛如曳著光尾掠過天空的彗星、炫耀色彩稍縱即逝的虹霓、驚濤裂岸倏忽倒湧的海潮……。我瘋了！竟敢對罪大惡極的國事犯大唱讚美詩，而且在政府深挖團夥，追究罪責，人人自危，個個保命的當口，讓我瞧瞧是否被人聽見？（走去探聽，開門張望）

莎士比亞　（關門，鬆了口氣）一切都安然無恙；還是小心為妙。我不知道愛塞克斯事件是悲劇還是喜劇，但我明白它掀起的波瀾不會就此止息。我決不對叛亂的罪魁有絲毫憐憫，使我感興趣的是他怎麼毀滅自己：功勞獲得權力，權力造就邪惡，邪惡毀滅英才。命運女神所織就的這件可怕的毛衣，如今又被當作戰利品穿在凱旋者身上！哎，對這種人人避之惟恐不及的事，我為何耿耿於懷，自尋煩惱？趕快拋棄，連想一想都是罪孽，安分守己，聚精會神演我的戲，寫我的劇本吧。否則，一個人要是把生活的幸福和目的，只看作吃吃睡睡，他還算是什麼東西？簡直是一頭畜生！上帝造下我們來……當然是要我們利用他賦予的這一種能力和靈明的理智，不讓白白廢掉。（入座寫作，叩門聲。惱怒地）呵，又是邪惡？就像包圍壓迫我的黑夜一般擺脫不了，誰？

〔後臺聲音：「你的老友狄克・威爾！」〕

〔莎士比亞離座開門。〕

〔伯比奇上。〕

伯比奇　（瞥見桌上的文稿，歎道）如果你早一步拿出來就不會惹這麼大的亂子。我不懂像你這樣寫戲如噴泉，下筆如奔馬的天才，為何奇貨可居，不肯打出這張王牌？

莎士比亞　唉，人們總認為我莎士比亞寫作如揮舞長矛，無往不勝。哪知道我是用根根髮絲蘸著我的熱血寫呵塗呵，我是用瓣瓣心香沾著我的腦汁揮呵灑呵；我有時被一句無關緊要的臺詞死死纏住，有時為劇中人的命運未卜而憂慮重重。在我看來，人生最大的幸福是寫戲；最大的痛苦，最大的困難也莫過於寫戲。所以我才走到人生旅程的中途已頭頂光禿，未老先衰！給觀眾逗笑的場景是我忍住心疼編排的結果，為文人稱道的佳構是我廢寢忘餐推敲的產物，為女王鑑賞的角色是我竭盡才智製作的禮品。呵，《哈姆雷特》把我逼上了艱難絕巘的峰頂！

伯比奇 那你和你的哈姆雷特王子怎麼辦？

莎士比亞 （返身走去，拔出牆上的劍，拿起桌上的文稿）這一柄是哈姆雷特王子已經出鞘的利劍，那一部是莎士比亞還未脫稿的劇本。父王的鬼魂早就給他指明復仇的目標，他還磨蹭什麼？先師的原作已經給我設計悲劇的框架，我卻下筆踟躕。要是哈姆雷特行動多於思想像愛塞克斯伯爵一樣，那麼早登御座，成為賢明的君王；倘使觀眾在看過莎士比亞的戲，在笑過、哭過後還能像牛羊反芻，那麼不是比血腥的復仇戲，恐怖的鬼魂戲，宣淫的床上戲更有魅力？呵！世界是一所牢獄，裡面有許多監房、地牢；丹麥是其中最壞的一間。哈姆雷特對付不了多頭魔王；你砍去了一個克勞狄斯，還會生出一個克勞狄斯，我是心靈像雄獅、膽子如兔子，一想起《理查二世》不由得戰戰兢兢。（鼓勇）怕什麼？真正的偉大不是輕舉妄動，而是在榮譽遭遇危險時，即使為了一根稻杆之微，也要慷慨力爭。行動！行動！行動！

伯比奇 晚了！瑞理大人剛來劇院搜查。

莎士比亞 （驚）劇院被查封了嗎？菲力普又是怎麼對付的？

伯比奇 （不屑地）菲力普？你去問他！

〔菲力普奔上。〕

菲力普　（忙關上虛掩的屋門，驚慌地）快快！快讓我躲躲，好威爾！

莎士比亞、伯比奇　（齊道）怎麼回事？

菲力普　（驚魂未定地指指外面）他他……他來抓我！

〔瑞理及士兵上。〕

瑞理　（命令）開門！（士兵捶門。眾驚）

菲力普　（哭喪地）快救救我，救救我！我悔不聽兩位的金玉良言……

伯比奇　瞧在同仁的份上，瞧在德行的份上，快把他藏起來，威爾！

〔瑞理推開士兵，親自捶門。〕

莎士比亞　鄙人之意，最好的辦法，便是（走去開門）恭候大駕光臨！（伯比奇和菲力普難以置信地瞪視莎士比亞）

菲力普　（朝莎士比亞撲去）我算是看透了你！

瑞理　（把菲力普揪住）混蛋！（朝莎士比亞）你們是演戲？

莎士比亞　不，大人。他指控我出賣了他，把罪過全推在他的身上。

瑞理 （將信將疑地）那麼是你……

莎士比亞 是的。在洞燭幽微的大人您面前，我只得承認他不過是小卒子。

瑞理 呵……我早就要逮捕你，你是罪魁禍首。瞧，你還想行刺本大人！歹徒！（奪下對方之劍）

莎士比亞 不不。我剛才是在跟惡魔決鬥……我是在排戲。不不，我是練功。不信，問問他們。

菲力普、伯比奇 （又感動又擔憂）是練功，大人。

瑞理 （怒喝）是攻守同盟，負隅頑抗！本大人奉女王陛下的聖命逮捕你威廉・莎士比亞！還有你菲力普，一起押走！（同下）

第五幕

第一場　泰晤士河畔・樞密院第一審訊室

〔培根及書記員、士兵上。〕

士兵　瑞理大人審問菲力普就像長官處罰小兵那樣，叫那條狗熊服服貼貼。可是瑞理大人審起莎士比亞來，好比初練拳的徒弟捶在沙袋上，彈得他曚頭轉向，痛得他哇哇亂叫。

培根　喔？我倒要領教領教莎士比亞的本領，把他押來。

士兵　是，大人。他已經押到隔壁候訊室。（下）

〔培根與書記員入座，書記員翻閱卷宗，準備記錄。〕

培根　（思索，突然）你下去吧，先生。

書記員　（驚訝）大人，這是小人的職責……

培根　對於像莎士比亞這樣狡猾的罪犯，我們必須重視鬥爭的策略，先生。

書記員　遵命，大人。（下）

培根　（躑躅，獨白）從國家利益，我必須判他有罪；從個人的情感，我希望他自由；但從我的仕途考慮，我該毫不猶豫地拋棄婦人心腸！

〔士兵押莎士比亞上。士兵下。〕

培根　（站起）歡迎你，莎士比亞，親愛的朋友！你又在揮舞你的長矛嗎？請坐，請坐！

莎士比亞　謝謝你，培根，尊敬的律師！我剛剛掙脫要命的陷阱。還是站著好。

培根　你儘管放心，我不是來審訊你的。瞧，這兒既沒有筆墨、刑具，也沒有書記員在場。

莎士比亞　我膽戰心驚呢，連虛無也會被定罪。只要你先生需要，筆墨、書記員、拉刑架都會有的。

培根　我請你來，是想向你討教一個小小的問題。

莎士比亞　恐怕是大大的罪案吧？

培根　哪兒的話？你一定知道愛塞克斯伯爵二月八日的事件是怎樣一種性質。

莎士比亞　是神人共誅、國法難容的叛逆行為。

培根　好。那麼如果有人參與了這起性質嚴重的事件是否也要受到法律的制裁呢：比如他暗裡向伯爵宣誓效忠、策畫陰謀於密室；或者跟著伯爵明火執仗，燒殺搶掠去造反？

莎士比亞 這種人同樣應受到法律制裁，但要分清是主謀還是脅從，情節嚴重還是輕微，認罪態度是老實還是抗拒。

培根 不愧為大作家，回答得十分周全。讓我們進一步分析：在參與伯爵的叛亂事件中，有的人持刀弄槍，使用暴力；有的人揮舞筆桿，搖唇鼓舌；有的人文武兼用，左右開弓。你是不是認同在叛亂分子中有這樣三種角色呢？

莎士比亞 是這樣，先生。（旁白）他是在把我當傻瓜。

培根 不。依鄙人之見，他們只是些暴徒、腐儒、騙子等社會渣滓，烏合之眾！

莎士比亞 你低估了他們，先生。在伯爵手下不乏出色的人才：軍功卓著的雷特蘭伯爵、雄辯滔滔的布朗特爵士，文武雙全的蒙特爾勳爵……

培根 太好了！莎士比亞以無可辯駁的事實，如數家珍的底細擊敗了疏於防衛、不甚了了的培根。可是，莎士比亞你得當心呵，培根是個好勝心強的人。

莎士比亞 （旁白）我明知被人牽著鼻子鑽入圈套，卻毫無辦法。（對培根）請閣下高抬貴手。

培根 兩年前，一個名叫約翰·海沃德的博士，還是我的好友呢，他寫了一本小冊子，是關於理查二世退位的事。出版後，他把它獻給了愛塞克斯伯爵，你認為這是不是叛逆行為？順便提一下，博士本人後來受到陛下的嚴厲懲罰。

莎士比亞 我認為……他他是……有罪的……陛下對他的懲罰也是正義的……但是不能跟環球劇院演出的《理查二世》掛起來。

培根 咱們只不過是隨便聊聊。現在將你的真知灼見歸納起來；你首先認為伯爵二月八日事件是神人共誅、國法難容的叛逆行為；接著你認為參與該事件的人也應受到法律制裁，但需要區別對待；你又認為叛亂分子有文、武、文武雙全三種角色；最後你認為海沃德博士是有罪的，女王對他的懲罰也是正義的。你是不是這樣說的，誠實的莎士比亞先生？

莎士比亞 是的，是我的觀點，閣下。（旁白）我是一步步被他用無形的鐵鏈拖往牢籠。

培根 好。你再確認一下這兒的每句話，每個詞都是你自己的；而我並沒有篡改什麼，增刪什麼？是這樣吧，心口如一的莎士比亞？

莎士比亞 是的，大人。（旁白）我是在跟空氣一般的幽靈交戰。我那克敵的唇舌、我那天賜的靈感、我那無堅不摧的長矛都到哪兒去了？

培根 在你圓滿地為我指破最後一個迷津後，我就讓你回工廠，不不，送你回老家，正人君子的莎士比亞。

莎士比亞 （旁白）工廠─老家─牢籠，只不過是同一種事物的三個不同稱謂罷了。我不過是在世界這座大牢中被關入英國這間小地牢裡罷了。

培根 你認為在忠誠和叛逆、守法和犯罪、愛國和賣國之間是不是存在第三條路？或者說兩者之間你願意選擇忠誠、守法、愛國之路，還是走叛逆、犯罪、賣國之路呢？在我毫無疑義是選擇前者的；我相信你也一定不會走後面這條絕路。

莎士比亞 是的，大人。我任何時候，任何情況下都走忠誠、守法和愛國之路。大人明鑑，拙作《亨利五世》就是最好的一個印證。

培根 感謝你，我們的合作非常出色，莎士比亞先生。我們去舉杯祝福吧！（欲下）喔，我忽然想起，你能否為我解開一個難題，博學慷慨的莎士比亞先生？

莎士比亞 （止步，鬆懈）你太客氣了，閣下；鄙人樂意為閣下效勞。

培根 （改變語氣）你和你的劇團在二月六日為叛亂集團上演《理查二世》這齣戲，能說是對女王陛下忠誠，對神聖法律守法，對大英帝國愛國嗎？

莎士比亞 （一怔，囁嚅地）是……可是……

培根 （打斷）在法律面前只有「是」或者「不是」！你就交代你和菲力普怎麼在「暗裡向伯爵宣誓效忠策畫陰謀於密室」吧！

莎士比亞 （驚恐地）我們絕對沒有這樣做，大人明察秋毫。

培根 這才是我心目中的莎士比亞本色。我規勸你：你和菲力普的罪行遠比伯爵的黨

莎士比亞　羽嚴重，他們不過是一夥小嘍囉，而你們則是搖旗吶喊的急先鋒，你所炮製的劇本危害遠比海沃德博士寫的小冊子深遠，它只是煽起伯爵等一小撮的野心，而你的卻鼓動全倫敦的人起來變天。六日的演出，人山人海，歡聲如雷，可謂你的汗馬功勞；八日的暴亂，逆風千里，全軍覆沒，可謂你的最後收穫！

培根　我憑貴族的榮譽，基督徒的信仰，作家的良知，公民的責任起誓：我和我的劇團沒有參與叛亂陰謀。但我承認，我們造成的後果是嚴重的，儘管不是我們的本心。

莎士比亞　法律不問動機，只究效果！即使沒有這件罪案，你也觸犯了法律。你的最壞的劇本《理查二世》不用說是對君權神授說的踐踏；你的最好的劇本，自詡為愛國主義的《亨利五世》也堆滿了對非法繼位者的無恥吹捧。如若我是大法官，早就像雅典的民主法庭判決蘇格拉底死刑一般對你處以極刑！如若我是執政大臣，就將柏拉圖理想國的藍圖付之實現。第一件事就是把你們這些罪惡的詩人和作家逐出我的王國；歌功頌德者除外。

培根　幸虧是女王陛下當政，否則我早像你大人所說，不是流亡國外，就是身首離異了。

莎士比亞　你還裝糊塗？早在五年前政府就發布逮捕你的命令，你把女王陛下的寬宏大量當作理查二世的軟弱可欺。你走得太遠了！

培根　理查二世怎麼能跟女王陛下相比，法官先生？

培根　（語塞，懊惱地）本法庭宣判如下（掏出判決書）「……同謀犯威廉‧莎士比亞，男，三十七歲，瓦立克郡斯特拉福特人，『內務大臣供奉』劇團演員、編劇、股東。該犯一貫對英國君主制度極端仇視，利用演戲和寫作惡毒攻擊。更為嚴重的是，該犯於一六○一年二月六日參與了愛塞克斯伯爵的陰謀叛亂活動，實屬罪大惡極！本法庭判處莎士比亞十年徒刑。」你有什麼意見，本法庭允許你申訴，莎士比亞先生。

莎士比亞　法官先生，假如法律對我的判決是公正的，我就沒有必要申訴；假如法律對我不公正，我則無力否定它的判決。請允許我引用蘇格拉底對判處他死刑的雅典民主法庭的回答，來答謝大人的好意：「必須服從」！並祝大人官運亨通，稱心如意！

培根　（惱怒地）您……簽名！（取出筆墨。莎士比亞在紙上簽名。士兵把他押下。培根下）

第二場　泰晤士河畔‧皇宮一室

〔伊莉莎白及侍從女官上。〕

伊莉莎白　（入座，彈古鋼琴）唉，我怎麼彈得這樣離腔走調，這樣難聽糟糕？平時人們一聽我彈奏這種「瓦希那爾」都衷心地讚美，說是像「精靈在水波上舞蹈」、「花仙在蓓蕾裡入夢」。如果他們此刻聽到了這種琴聲，準以為是烏鴉在聒噪，跳舞亂了套。

侍從女官　陛下，這是您這幾天來操勞國事，心疲神散的緣故。陛下還是閉目養神休息一會兒，不要在窗前受了外面的春寒。

伊莉莎白　好瑪麗，你不知道彈琴就是最好的休息。我一彈琴，什麼勞累、憂愁、痛苦都煙消雲散啦。（彈琴）聽！聽！林中傳來雲雀的歌聲……

侍從女官　不。雲雀是從陛下的琴鍵上飛起，歌聲是從陛下的指縫間流出。

〔瑞理上。〕

瑞　理　（旁白）女王還有這種閒情逸趣？我聽出和聲裡有股雜音，旋律中伴有感傷。陛下！

伊莉莎白　（驚）你？你怎麼不經通報私自闖入我的內室。警衛隊長？我這兒很安全呢。

瑞　理　臣僕打擾陛下的雅興，罪該萬死。請陛下恕臣有重大國事稟告。

伊莉莎白　（旁白）又是催促我處置愛塞克斯一案。（高聲）什麼事，海軍大臣？

瑞　理　陛下，這回能在極短的時間內，神速地摧毀了一起在陛下秉國史上嚴重而險惡的叛亂，這完全是靠陛下的威望和力量，當然這是上帝的旨意。

伊莉莎白 這不也是你的功勞嗎，瑞理？不要打斷我的雅興，親愛的瑞理。呵，我真是獻醜，怎麼忘了你是彈琴的高手？來來，我好久沒聽你彈琴了。

瑞理 案件還未了結，陛下。騷桑普頓判處了無期徒刑，布朗特、蒙特爾、梅里克、潘西等叛亂集團骨幹判了極刑；可是，罪魁禍首還消遙法外，自由自在。

伊莉莎白 你是指我包庇愛塞克斯？

瑞理 臣僕不敢。臣僕只是指出伯爵一天不殺，隱患就一天存在。陛下的侍衛隊長李爵士——潛伏的死黨分子，不是要綁架陛下，幸而被我擊斃！前天叛黨的殘渣餘孽還在城裡煽風點火，策畫一場新的陰謀：召集五千個不安分的徒工，營救伯爵等國事犯，再行叛亂。還有，與陛下唱對臺戲的國會議員更是借所謂「理查二世」攻擊政府腐敗、無能——

伊莉莎白 （拍案而起）我就是理查二世！

瑞理 啊？我對陛下的忠心，只能使我深惡痛絕那個「波林勃洛克」——曾得到陛下最大恩惠的忘恩負義的貴人，現在被上帝授命正法的愛塞克斯。陛下，我恭請您在他的死刑判決書上，簽上您神聖的御名吧。

伊莉莎白 你難道真的要我立即結束一個人的生命，而不能讓他再多活一分鐘嗎？瑞理，

瑞理 你的靈魂中缺少一種忍耐的美德；不，簡直是惡魔的心！

伊莉莎白 您說得有理，陛下。夜長夢多，我們犯不著為他徒生煩惱。況且早一分鐘，他的靈魂一樣要進地獄的。為了帝國的利益，我以陛下全體臣屬的名義，全體國民的心願，最殷切地祈請陛下簽上御名！（下跪，捧紙）

上帝呵，上帝呵！我就像你創造了人類，因為他們犯的過錯而遭到毀滅那樣；我養育了愛塞克斯這個孩子，也因為他的過失而必須親手將他毀滅。然而，你用洪水毀滅他們時，又使諾亞乘方舟避難，再繁衍人類；可是，可是（旁白）我卻再也見不到像他那樣一位堂堂男子漢了。（提筆）我簽！（手抖，簽字）

〔侍從上。〕

侍從 稟告陛下，法蘭西斯・培根奉陛下聖命已到。

伊莉莎白 進見！（侍從下）

〔培根上。〕

培根 （致禮）臣培根恭請聖安。培根奉陛下鈞旨，協助瑞理大人審理威廉・莎士比亞的案子。卑職秉公執法，罪犯已認罪。同謀犯莎士比亞參與了愛塞克斯伯爵叛亂事件，上演而且炮製了《理查二世》這齣反戲，罪惡昭彰。法庭二審結果判威廉・莎士比亞十年徒刑。（遞上判決書）

伊莉莎白　（接閱，冷嘲地）就「十年」？你是不是判得太輕了，法官先生？

瑞理　（叫嚷）「十年」？死罪！死罪！我一開始就主張死刑；你這奸賊！

伊莉莎白　（熱諷地）「一開始就主張死刑」？你是否過於簡單了，執法大臣？（兩人呆怔）

那麼莎士比亞要不要上訴？我倒要聽聽他的想法，培根。

培根　我猜測陛下要親自讓他伏罪，已把他押來。

〔士兵押莎士比亞上。〕

莎士比亞　罪民莎士比亞跪見女王陛下。

伊莉莎白　（冷若冰霜）起來。你對皇家法庭的審判要申訴嗎，莎士比亞？

莎士比亞　法律是神聖的。我對法庭的判決毫無怨言，必須服從，尊貴的女王陛下！

伊莉莎白　「毫無怨言，必須服從。」你就那麼心甘情願，震撼舞臺的詩人？先生們！我要請瑪麗小姐為大家朗誦一段文字，你們就知道該怎樣對莎士比亞作出最公正，最嚴肅的判決。

侍從女官　（朗誦）「這一個君王們的御座，這一個統一於一尊的島嶼，這一片莊嚴的大地，這一個戰神的別邸，這一個新的伊甸園——地上的天堂，這一個造化女神為了防禦毒害和戰禍的侵入而為她自己造下的堡壘，這一個英雄豪傑的誕生之地，這一個小小的世界，這一個鑲嵌在銀色海水中的寶石，這一個幸福的國土，這一個英格蘭，這一個保姆，這一個繁育著明君賢主的母體，這一個像救世主的聖墓一樣馳名，孕育著這許多偉大靈魂的國土，這一個聲譽傳遍世界，親愛又親愛的國土——

伊莉莎白　（起立，緊接背誦）「現在卻像一座房屋，一塊田地一般出租了——我要在垂死之際，宣布這樣的事實。英格蘭——現在卻籠罩在恥辱、墨黑的污點和卑劣的契約之中；那一向征服別人的英格蘭，現在卻可恥地征服自己——

莎士比亞　（深受感動，接著背誦，一語雙關）「呵！要是這恥辱能夠隨著我的生命同時消失，我的死該是多麼幸福。」

培根、瑞理　（面面相覷、欲言而止）

伊莉莎白　（一瞥，激昂地）這就是你們要判處這個人有罪的證據——在《理查二世》中作者借劇中人之口所說的一段臺詞！全英國，不，全世界也找不到一個人用如此氣壯山河的頌歌來讚美他的祖國，用這樣義撼雲天的悲歌憂慮他的家邦！除了嚴懲首惡外，一個不殺，大部不抓，脅從不問，受騙不究。法蘭西斯．培根，由於你在審理愛塞克斯一案中的突出成績，你將得到一千二百鎊的賞金。

培根　臣叩謝女王陛下厚賞。

伊莉莎白　沃爾特．瑞理，由於你在平叛中功高勞苦，你將分享甜酒稅的專利權。

瑞理　臣叩謝女王陛下恩賜。

伊莉莎白　至於威廉・莎士比亞先生，我們感謝他在國家多事之秋，為人民創作了發聾振聵、鼓吹愛國精神的劇作，應予無罪釋放！（瑞理吃驚，培根寬慰）

瑞理　稟告陛下，後天星期三上午將在倫敦塔處決伯爵。

伊莉莎白　傳我的命令，召「內務大臣供奉」劇團明天下午進宮在小劇場演出。

瑞理　陛下……您的意思是舉行一次不事鋪張但又頗有意義的祝捷活動，臣遵旨。不知叫他們準備什麼劇碼？

伊莉莎白　《理查二世》！（與侍從女官下）

莎士比亞、培根　女王萬歲！

瑞理　（驚呼）呵！（同下）

第三場　城郊・「環球」劇院

〔觀眾甲、乙上。〕

觀眾甲　爆滿了！爆滿了！誰讓票，我出它一先令的代價？

觀眾乙　咦，你也來了，看白戲的朋友？你不是詛咒戲劇是魔鬼的玩意兒，怎麼捨得再把金子往裡面丟？

觀眾甲 是我發神經病！是我做大傻瓜！是我被魔鬼引誘墮落！我可不像你這個清教徒是個十足的偽君子。我倒要瞧瞧他們教人墮落到何等程度，好有一天讓上帝毀滅這種罪惡的場所。誰讓票？誰讓票？我出它兩先令重金！

觀眾乙 荒唐！就是出十塊銀幣，人家也不會瞧它一眼呢。看白戲的朋友，還是瞧我的——兩張金不換的戲票！（甲搶走）哎，你怎麼搶了票就逃？（同下）

〔爵士A、B、C上。〕

爵士A 新戲開演，今天樓座，包廂全是大爺們包了，好威風，好耀眼！

爵士B 如今戲院裡、酒樓上、窯子裡、牌局上都是咱們瑞理大人的主顧了。

爵士C 你們是來擺闊，還是來觀賞的？我但願你們這些沒教養的死在丹麥王子的劍下！（同下）

〔戴克、馬斯頓從兩邊上。〕

戴克 蹩腳詩人，你又來剽竊高明的莎士比亞啦？

馬斯頓 修補專家，你又來挖人家的好肉補自己的爛瘡啦？

〔瓊生上。〕

瓊生　我又要來品頭論足教莎士比亞怎樣寫丹麥劇，指出《哈姆雷特》中的錯誤，把奧菲麗婭的愛情獨白砍去一千行！

戴克　（驚）當心「諷刺家」！

馬斯頓　哎，我們不是已經《鞭撻諷刺家》了嗎？呵，尊敬的本·瓊生閣下，您好！您老也來觀看莎士比亞的戲？不打不相識，（本能地撫摸臀部）咱們已成莫逆之交了。閣下請！

戴克　親愛的瓊生閣下請！

瓊生　（旁白）這兩個傢伙既然真心誠意拍我馬屁，徹底投降，正人君子的我就既往不咎，寬大為懷了。（對他倆）約翰·馬斯頓、湯瑪斯·戴克兩位閣下請！（同下）

〔小丑倒立上，喧囂、嘈雜聲。〕

小丑　笑嘻嘻，笑嘻嘻，你這個壞東西！笑嘻嘻，笑嘻嘻，你這個壞東西！笑——（喧嘩聲轉為掌聲、笑聲）

〔菲力普上。〕

菲力普　（打他）叫你哭，你這個小丑！天上地下，島國海外，酒店賭場，我都找遍了，原來你溜到這大雅之堂來獻醜。滾回去，扮你的丑角！

小丑　神氣活現！大驚小怪！你再狂狂不過我！我是位家世最悠久、行當最高貴、生命最不朽的掘墓人！先掘個墓坑把你埋！（掌聲笑聲）諸位看官、大人先生、小民百姓、美人醜女、貴人傻子、三教九流、五花八門，（唱）「挖鬆泥土深深掘下，掘了個坑招待客人！」笑嘻嘻，笑嘻嘻，你這個壞東西！笑嘻嘻，笑嘻嘻，你這個壞——東——西！（掌聲、笑聲，倒立下）

菲力普　這個壞東西一貫吊兒郎當，酒水糊塗、吹牛胡鬧、傻裡傻氣、令人發噱。諸君笑過之後，戲就要開場了。在此之前，請諸位允許鄙人作一段小小的插曲。俗話說「雨過天晴、苦盡甘來」。自從前不久，最偉大、最仁慈的女王陛下驅散了一場早春的嚴寒，將燦爛的陽光照遍祖國的大地，敝劇團也沐浴在女王陛下的浩蕩春風、朝暉中，而且更荷厚恩，深享殊榮，將一部《理查二世》演了四十場——創紀錄的數量！使敝劇團否極泰來，名利雙收；得以在今天將《哈姆雷特》——一個丹麥王子復仇的歷史故事搬上舞臺，以饗諸君。劇本編劇是震撼英國舞臺的天才詩人威廉・莎士比亞先生！（掌聲）他還將在劇中親自扮演哈姆雷特父王的鬼魂。（掌聲）偉大的悲劇演員、劇團的臺柱理查・伯比奇先生扮演主角哈姆雷特！（掌聲）鄙人奧古斯丁・菲力普扮演僭主克勞狄斯（掌聲）……現在，請諸位展開想像的翅膀跟我飛吧！（下）

〔伯比奇扮哈姆雷特，莎士比亞扮哈父鬼魂上。〕

伯比奇　趁能幹的菲力普帶領觀眾在空中飛翔時，我要你再說說這個戲，威爾。難道哈姆雷特這個高貴的人物必須死嗎？你真是一個鐵面無私的死神，凡是觸到你黑袍的人都得死！你就不能讓他真瘋、重傷、患不治之症而長臥病榻？即使死，也該換一種死法，比如挑起與僭主的一對一的打鬥，在決鬥中英勇地死去。他死了，希望也逃遁了。

莎士比亞 你是個熱情而天生的演員，我勸你別去充當冷靜而不自由的編導，狄克。我一點也不野蠻，和殘酷的現世相比，我顯得心腸太軟，酷嗜幻想。哎，別指望誰能救哈姆雷特。你不知道我寫他死的一場有多難過，比我獲悉家父去世的噩耗還難過。你叫我這個由於無能才來拿筆桿的小人物有什麼辦法呢？面對強大的惡，可憐的善有多麼弱小。只有當他經過迂回曲折的道路，揪住惡，並與它同歸於盡，人民或許還能擺脫苦海。

伯比奇 唔……我還有個疙瘩，這似乎是題外事。半年前，丟了頭顱的愛塞克斯的陰魂，是否附在王子身上？

莎士比亞 呵？哈哈，狄克，我可沒有第二、第三個腦袋。幾年前，倫敦不是上過大作家吉德的同名悲劇《哈姆雷特》嗎？這種復仇戲很有賣座率呢。我做的不過是踏在巨人肩膀上搖這支禿筆罷了。走吧，大家在等著我這個鬼魂向你哈姆雷特揭露罪惡，撻伐邪惡呢！

伯比奇 對，撻伐邪惡，扭轉乾坤！快，輪到我們上場了。（同下）

〔伯比奇扮哈姆雷特，菲力普扮國王與眾伶人上。各就各位，雷歐提斯和哈姆雷特比劍。〕

雷歐提斯　受我這一劍！（雷歐提斯挺劍刺傷哈姆雷特，二人在爭奪中彼此手中之劍各為對方奪去，哈姆雷特用奪來之劍刺雷歐提斯，雷歐提斯受傷）報應報應。

國王　分開他們！他們動起火來了。

哈姆雷特　來，再試一下。（王后倒地）王后怎麼啦？

國王　她看見你們流血，昏過去了。

王后　不，不，那杯酒，那杯酒——呵，我親愛的哈姆雷特！那杯酒，那杯酒，我中毒了。（死）

哈姆雷特　呵，奸惡的陰謀！喂！把門鎖上！陰謀！查出來是哪一個王八幹的。（雷歐提斯倒地）

雷歐提斯　兇手就在這兒，哈姆雷特，哈姆雷特，你已經不能活命了……那殺人的兇器就在你的手裡，它的鋒利的刃上還塗著毒藥。這奸惡的陰謀已回轉來害了我自己……國王——國王——都是他一個人的罪惡。

哈姆雷特　鋒利的刃上還塗著毒藥！——好，毒藥，發揮你的力量吧！（刺國王）

眾人　反了！反了！

國王　呵，幫幫我，朋友們！我不過受了點傷。

哈姆雷特　好，你這敗壞倫常、嗜殺貪淫、萬惡不赦的丹麥奸王！（劇場觀眾掌聲）喝乾了這杯毒酒，（逼國王乾杯）你那顆珍珠是在這兒嗎？跟我的母親一道去吧！（國王死）（觀眾掌聲）（雷歐提斯死）

哈姆雷特　……霍拉旭，我死了，你還活在世上；請你把我的行事始末根由昭告世人，解除他們的疑惑……（死）

霍拉旭　一顆高貴的心現在碎裂了！晚安，親愛的王子，願成群的天使用歌唱撫慰你安息！（奏葬禮進行曲；眾舁屍同下，內鳴炮）

〔掌聲雷動，歡呼聲，瓊生上。〕

瓊生　（虔誠）我完全折服了。（高喊）超凡入勝的《哈姆雷特》！擊節稱賞的戲劇元動！無與倫比的莎士比亞！你不屬於一個時代而屬於所有的世紀！鼓掌吧！歡呼吧！歡呼、鼓掌！演員們出來謝幕啦。馬斯頓、戴克，跟我上舞臺向莎士比亞和這些傑出演員祝賀去！（馬斯頓、戴克同上）莎士比亞呢？莎士比亞！

馬斯頓　莎士比亞！莎士比亞！

戴克　莎士比亞！莎士比亞！（同下）

〔莎士比亞上。〕

莎士比亞　他們在臺上謝幕，我這兒悄悄溜走。恭維不能叫人歡快，榮譽也索然無趣，哈姆雷特的悲劇使我大夢方醒，人間充滿那麼多的不幸和邪惡。去把桂冠換成長矛揮舞！永別了，玫瑰和牧歌，它們只能在幻夢中出現。（下）

——劇終

一九八八年一月第一本
一九九二年七月第二本
一九九六年一月第三本

注釋：

(1)三一律（three unities）：是西方戲劇結構理論之一，亦稱「三整一律」。歐洲古典主義戲劇劇本創作規則，要求戲劇創作在時間、地點和情節三者之間保持一致性。即要求一出戲所敘述的故事發生在一天（一晝夜）之內，地點在一個場景，情節服從於一個主題。這是古希臘理論家亞里斯多德在《詩學》中首先提出。

(2)瑞理．沃爾特（一五五二～一六一八）軍人、詩人、冒險家、伊莉莎白女王的寵臣，他與愛塞克斯伯爵為敵，在詹姆斯一世時被囚處死。

(3)《舊約全書．傳道書》第一章。

(4)莎士比亞之子亦名「哈姆雷特」，於一五九六年夭折。

(5)「威爾」是威廉．莎士比亞的暱稱。

(6)「狄克」是理查．伯比奇的暱稱

(7)莎氏的《哈姆雷特》取材於丹麥史學家格萊姆克的《丹麥史》、法國作家丹爾弗萊的《悲劇故事選編》、英國同時代劇作家吉德的同名劇本《哈姆雷特》。

(8)格林（一五五八～一五九二）英國劇作家。曾在劍橋大學受教，屬於「大學才子派」，是莎士比亞同時代人，在英國文學史上以對莎氏攻擊而聞名。他在自傳體的《百萬的懺悔換取一先令的智慧》中說，莎士比亞是「一隻暴發戶的烏鴉，借我們的羽毛美化自己，用演員之皮包藏起虎狼之心，他以為能夠寫幾句無韻詩就能與你們中的最優秀的人媲美。他只是一個什麼都幹的打雜工，卻自命不凡，把自己看作國內惟一震撼舞臺的人」。

(9)狗島：瓊生和格林合寫過一個諷刺喜劇《狗島》，作者被政府以「內容越規」的罪名逮捕入獄。

(10)這是莎士比亞劇本《羅密歐與茱麗葉》第一幕第一場中羅密歐的道白。

(11)理查三世：（一四五二～一四八五）英國約克王朝國王、暴君，有殘疾。先擁立其兄愛德華為王，兄死，篡其侄而自稱為王，遭國人反對。後在和里士滿伯爵亨利・都鐸的交戰中被擊斃。

(12)征服者威廉王（一〇二七～一〇八七），原為諾曼第公爵。一〇六六年入侵英國，號威廉一世。

(13)莎士比亞：由Shakes和peare兩部拼音組成，前者意即「震撼」，後者意即「長矛」。

(14)均為帶有侮辱性的莎士比亞的綽號。

(15)即理查二世（一三六七～一四〇〇）英國金雀花王朝國王。後被大貴族廢黜，擁立蘭開斯特的亨利波林勃洛克繼位，即亨利四世。

(16)馬斯頓的劇作《各遂所願》採用莎士比亞劇作《第十二夜》的副名。

(17)法蘭西斯・培根（一五六一～一六二六）英國著名哲學家和作家，出身官僚家庭，在詹姆斯一世時才被重用，後因受彈劾而去職，在家著述。他原是愛塞克斯的親信，因後者失寵很大矛盾。而離去，在其叛亂失敗後，自願擔任該案起訴人。歷來不少評論家認為他的言論和行為有很大矛盾。

(18) 瑪麗女王（一五四二～一五八七），蘇格蘭王，信仰舊教，深為其貴族和加爾文教徒不滿而被廢黜。後來西班牙勾結英格蘭天主教勢力，圖謀扶其奪取英格蘭王位，事敗被伊莉莎白女王處決。

附錄：朱樹和莎士比亞

莎士比亞！莎士比亞！您可知道我為了讓世人在舞臺上看到您真實的形象，不至於被那些冒牌貨喬裝改扮您的形象去譁眾取寵、招搖撞騙、盜名竊譽，而奮鬥了幾十年。

莎士比亞！莎士比亞！世界上又有多少人像我這樣頑鈍固執、矢志不移地尋找您並探求您那高尚、博大、璀璨的心靈？又有多少人瞭解我的相思，為您宵旰攻苦、抱病負痛、忍辱負重地寫作？

一、莎士比亞，您是我的精神支柱

童年時，當庭院裡的石榴花開得火紅火紅，我和弟妹們在夏夜的石榴樹下聽媽媽講故事。她講的第一個故事，便是您的《仲夏夜之夢》。我從來沒有聽過這般美妙動人的故事：不幸的戀人、好心的仙王仙後、搗蛋的精靈、陰錯陽差，終於有情人成眷屬。孩子們每夜央求媽媽講故事，而且只要聽由您編的戲劇故事。媽媽講了一個暑假，講完了《莎氏樂府本事》上的全部故事，有的翻來覆去講的故事，孩子們百聽不厭。我記住了作者的名字：「莎士比亞」。

待到我上高小時，自己找來這本書讀，我完全被蘭姆姐弟編的您的劇作所打動了。小小的腦袋竟然萌生了一個大膽的念頭：我將來也要當作家，寫出像您那樣美妙動人的故事。進了中學，隨著文化與知識面的提高和開拓，使我拜讀了您的詩歌和戲劇，這才是真正的寶藏！膾炙人口的故事、充滿魅力的想像、名言佳構、深邃的思想、雋永的哲理……愈加堅定了我當作家的願望。後來落到我頭上的一連串災難也未能動搖我的意志：父親被打成右派、領導不准我報考大學、四清運動時審查我「裡通外國」……「文革」一開始，批判「三家村」、「四家店」時，單位裡拉出的第一條橫幅、貼出的第一張大字報，卻是針對我的：「把反革命文藝黑線的代理人榮培清揪出來！」（注：「榮培清」是我原名）「榮培清是西方資產階級反動文藝權威莎士比亞的孝子賢孫！」「……」我啞然失笑、嗤之以鼻！其實，我對您莎士比亞只是粗通精髓、略知皮毛呢。可是，他們才不管這一切，只要先給你按上一個罪名，你即便是天使也會變成魔鬼！打死你活該，而迫害狂卻是有功之臣！唉，只有經歷過中國「無產階級文化大革命」劫難的人，才會懂得什麼叫做「文化大革命」、什麼叫做「無產階級專政」；人類的一切邪惡、殘暴、墮落在這兒麇集畢現，達到了登峰造極的地步。

只有到了這兒，你才會明白，什麼叫做「絕望」；這是地獄的入口處。您曾經這樣悲憤地唱道：

眼見天才註定做叫化子，
無聊的草包打扮得衣冠楚楚，

純潔的信義不幸而被人背棄，
金冠可恥地戴在行屍的頭上，
處女的貞操遭受暴徒的玷辱，
嚴肅的正義被人非法地詬讓，
壯士被當權的跛子弄成殘缺，
愚蠢擺起博士架子駕馭才能，
藝術被官方統治得結舌鉗口，
淳樸的真誠被人笑話為愚笨，
囚徒「善」不得不把統帥「惡」伺候：
……

中國十年浩劫的情形，遠比您描繪的更嚴重：這是暴戾恣睢的理查三世、大奸巨猾的克勞狄斯、滅絕人性的愛德蒙、毒如蛇蠍的馬克白夫人、嫉妒成性的伊阿古等群魔亂舞、稱王稱霸的時代。它懷疑一切真理、打倒一切善人、批判一切美德、毀滅一切文化、製造一切冤案、炮製一切神話。它足以和西班牙的宗教法庭、納粹德國的集中營、侵華日軍的佔領區、前蘇聯的審判庭……所發明的邪惡，犯下的罪行相比臭！

我在那場不堪回首的浩劫中能活下來，全靠了您和那些文藝巨人的心靈召喚，成為我的精神支柱，是我艱難歲月中唯一的依傍、慰藉、與命運抗爭的力量。我深刻意識到巨人們的精神財富是何等寶貴、不朽、和不可戰勝！大難不死、劫後餘生，我發誓一定要用文學形式創作一部研究大詩人心靈的文集。所以，「四人幫」一垮臺，我便把撰寫這部書稿作為首要任務，這就是我用了十四年時間創作的一部描繪古今中外三十餘位大詩人的紀實文學集《屹立在心靈世界上的巨人》，其中寫您莎士比亞的那篇劇作，我所付出的代價、耗費的功夫最大、最多，前後準備就花了五年時間。您以自己一生的心血，用投槍一般的詩筆無情地鞭撻了假惡醜，熱情地謳歌了真善美，您的聲音無時無刻不在我心靈深處回盪吶喊，給我以希望與光明、支持與激勵。我要選擇其最有代表性的內涵以揭示您生命中最為閃光的部分。

二、莎士比亞，你我的心靈是相通的

在您短暫的一生中卻有好幾座豐碑，最輝煌的莫過於是一六〇一年寫《哈姆雷特》開始的悲劇期。這一年也是您生命交響曲中最精彩的樂章。愛塞克斯伯爵的叛亂事件，把您和您的劇團捲入政治漩渦之中，「生存還是毀滅」，對每個人說來都是嚴峻的考驗。在關鍵時刻，您卻置之度外，潛心創作，直面人世，拷問靈魂。可歎的是，幾個世紀以來，為什麼無數作家、藝術家、教授、學者靠了您那博大精深的文化遺產、戲劇寶庫而成名成家、名利雙收，卻很少有人注意到您人生的這一華彩而應該濃彩酣墨、大書一筆？更無人告訴我們一個真實的莎士比亞形象。即便在您的祖國，一些傳記作家筆下的莎氏肖像，也給人一種霧裡看花，水中撈月的感覺，以至後人懷疑您的存在，否認您是「莎劇」的真正作者，似乎成了一件歷史懸案。四百年來，我沒有見過哪位劇作家寫過真正的莎士比亞，（這或許是我的孤陋寡聞）

蕭伯納寫過一部莎劇，名曰《莎氏和蕭氏》，他大言不慚地要跟您一爭高低，把您打倒在地。這個老傢伙妄自尊大、厚顏無恥地貶低您，胡說什麼：「現在談論什麼莎氏藝術的深度是徒然的，他除了音樂之外沒有留下什麼東西。」「如果我的劇本《鰥夫的房產》不比莎氏的劇本好，那麼讓它去見鬼吧！」他帶著有色眼鏡、政治偏見來貶低您，不足為訓。

這是什麼緣故呢？我以為有三個原因：第一，您太偉大了，人們敬若神明；除了列夫•托爾斯泰、伏爾泰、蕭伯納等大家以外，誰也不敢褻瀆神聖。第二，有關您的生平和莎劇的真正作者，長期以來一直眾說紛紜、莫衷一是，仿佛成了永恆的迷。第三，最主要的是要寫莎劇，必須把握莎劇的風格；但據專家、學者的一致意見是：莎劇風格無法模仿！

真的無人碰莎翁、寫莎劇？我偏要闖一闖雄關險道、走一走禁區雷場！你我的心靈是相通的：我們都熱愛真善美，鞭撻假惡醜；我們都是微賤的，生活在社會低層的小人物；我們都憂國憂民、艱苦奮鬥、自學成才；我們都淡泊名利、潛心創作……當然，就功力、才氣、思想、目光，我無法跟您相比。您是一座高聳的碧峰，而我只是一塊匍匐的危岩；您是一頭摩天的大鵬，而我只是一隻展翅的雛鷹；您是一片蒼蔚的森林，而我只是一株向陽的紅木。那麼，就讓我攀登吧，哪怕粉身碎骨！那就帶我高飛吧，哪怕創傷累累！那就扶我成長吧，哪怕風暴雷電！

五年來，我大量研閱有關資料，苦苦思索，卻難以命筆，幾乎絕望。後來，在拙作中描繪您創作的甘苦，其實是我自己的寫照：「在我看來，人生最大的幸福是寫戲，最大的痛苦、最大的困難也莫過於寫戲。所以我才走到人生旅程的中途已頭上光禿、未老先衰！給觀眾逗笑的場景，是我忍住心疼編排的結果；使文人稱道的佳構，是我廢寢忘食推敲的產物；為女王擊賞的角色，是我竭盡才智製作的禮品。」啊，只有當我站在巨人的肩頭，我才能飛翔，疾如風雷地僅用三個月時間，即寫出關於您的劇本《莎士比亞——新世紀的風暴》。

拙作並非是全面反映您的生平，而是擷取您創作生涯中的一件重要事件編寫的。十六、七世紀之交，一方面是英國文藝復興達到了高峰，科學、文化、藝術等前所未有的繁榮昌盛，戲劇界人才輩出、劇碼紛呈；另一方面，英國原始積累過程中的野蠻、貪婪、血腥、殘酷，使階級矛盾、階級鬥爭空前尖銳、複雜，最終導致一六四〇年英國資產階級革命的爆發。一六〇一年初，倫敦一個名叫愛塞克斯伯爵的貴族發動了一次短命的政變，這在英國歷史長河中只是一股小小的浪花，可是對您莎士比亞來說，卻是決定後半生創作生涯的重大轉捩點。這一年英國劇壇發生了兩件大事都和您莎士比亞以及所在的「內務大臣供奉劇團」休戚與共。先是年初，面臨生存危機的劇團上演了您編寫的歷史劇《理查二世》，從而掀起了軒然大波，幾乎給您和您的劇團帶來滅頂之災。同年秋天，劇團上演了也是由您編劇的新戲《哈姆雷特》，結果否極泰來。這一頗有戲劇性的轉變，使您的創作生涯進入了一生中最為輝煌的高峰期。

拙作《新世紀的風暴》即譜寫您藝術生命交響曲中的這一精彩樂章。它於一九八八年九月在中国《江蘇戲劇叢刊》第三期發表以後引起了很大反響，雖然由於資金等諸種因素，未能搬上舞臺，但是得到了孫家琇、鄭土生、唐愛梅、查麗芳、陳加林等專家、學者、導演的高度評價和榮譽。（略）

三、莎士比亞，這是爲甚麼？

然而，許多年來，一方面由於資金等因素，我無可奈何地瞧著話劇《莎士比亞》不能搬上舞臺，讓世人一睹您的風貌；另一方面我深惡痛絕世界上有不少人出於種種利益醜化您的形象、踐踏您的人格、貶低您的價值、否定您的存在，給世人後代看一個虛假、醜惡、猥瑣、墮落、小丑一般的莎士比亞。

繼蕭伯納之後，對您造假惡醜最著名的數得上您的不肖子弟：英國劇作家愛德華・邦德。他寫了一部名叫《賓戈》的劇本，副標題「金錢與死亡的場景」。「賓戈」是一種賭博遊戲，寓意說莎士比亞是個熱衷於賓戈的賭徒。劇情是這樣的：莎士比亞功成名就後回到家鄉的新居，做起紳士，安享清福、歡度晚年。但圈地運動者庫姆意欲將公地佔為已有，便尋求同為地主的莎士比亞合作。莎氏在衡量利害後決計將賭注押在物質利益的保障上，全然不顧他曾經為之伸張正義的佃農被活活燒死。然而，他沒有料到他一心想用真善美培養的女兒也被他的金錢觀毒害了。當他意識到眾叛親離、道德淪喪，為時已晚，唯有死亡才能解脫痛苦，於是他服毒自殺。

這樣一部竭力醜化您、偽造您死因的荒誕劇，作者居然恬不知恥地宣稱：這是從歷史出發寫下了對莎氏晚景及死因的理解。「我的劇本美化了莎士比亞，如果他不是照我所寫的那樣死去，那他不是個極端反動的保守分子，就是個大傻瓜！」此公對您的階級偏見和社會觀念，才會使他炮製出這麼一部拙劣的偽劇！

劇作家不想給世人看一個真實的創造人類精神文明寶庫即「莎劇」的莎士比亞，因為這最難最難。他必須不懷任何偏見、富有犧牲精神，像礦工那樣成年累月、胼手胝足深入到地心開礦般地艱苦勞動；這還需要思想境界、才氣人格，才有可能塑造出一個真正的莎士比亞形象來。相反，「戲說」莎士比亞、顛覆莎士比亞，既省力又討俏，滿足了當今沒有上帝、沒有權威、尋求刺激、喜歡獵奇的俗世心理。於是，莎士比亞昨天成了該死的墮落者、十足的反動派；今天成了可笑的傻瓜、白癡、小丑！

謂予不信，請看事實：在第六屆世界莎學大會上，面對與會的各國莎學界代表，上演了這樣一台以您莎士比亞為唯一角色的戲劇。據說編導演員為了把莎翁真正還原成一個有七情六欲、活生生的人，所以「莎士比亞構思劇情時，不再像陳規俗套那樣口咬鵝毛筆對天花板瞪視，而是一會兒裝狗叫，一會兒扮鳥叫，一會兒作鳥飛狀，一會兒又模仿劇中人的神態，像貓狗那樣在椅子上坐立不安、上竄下跳……」逗得觀眾忍俊不禁、哈哈大笑。我的心卻在顫慄、在哭泣：他們就是這樣有悖情理、捏造事實來糟蹋您、作踐您，以顯示他們的「天才」！然而，曾幾何時，這些天才們的「傑作」，成了笑柄、垃圾！連蕭伯納的崇拜者也忌諱提起蕭氏的劇作中有《莎氏和蕭氏》這麼一部「大作」；愛德華‧邦德的《賓戈》，現在除了供專家研究之外，還有誰來欣賞這位「左派主流作家」近乎癡人說夢般的假冒偽劣商品？

莎士比亞，當棒與罵、戲說和顛覆，無法動搖您那崔嵬的形象時，他們又重彈老調，從破爛而骯髒的武庫裡找出銹蝕的鎬、鍬、鏟、斧……妄圖把大樹連根除去，說世界上沒有劇作家莎士比亞，只有鄉巴佬莎士比亞；鄉巴佬莎士比亞怎麼能寫出流芳百世、光輝燦爛的雄文佳構呢？這些託名為「莎士比亞」的戲劇（因為莎士比亞當過戲子）其真正的作者：是「巨人中的巨人」伊莉莎白女王、或者是大學問家法蘭西斯‧培根、或者是被送上絞架的愛塞克斯伯爵、或者是莎士比亞的保護人南安普頓伯爵等等。更有甚者，二〇〇六年，中外媒體爭相炒作一條聳人聽聞、轟動世界的新聞：「誰是莎士比亞戲劇的真正作者？在莎士比亞戲劇中究竟藏著多少秘密？這個千百年來爭論不休的問題，（註：莎士比亞離開我們至今只有三百九十六年）最近被一位美國女作家破解了。二〇〇六年六月，佛吉尼亞‧菲羅斯所著《莎士比亞密碼》一書由美國蘇米特出版社推出。作者在深入研究了伊莉莎白時期大量的歷史文獻、書信、筆記和傳記之後，揭示了世界文學史上的一大秘密。她指出，莎士比亞的所有作品均出自法蘭西斯‧培根之手，正是伊莉莎白女王與法蘭西斯‧培根的母子失和造就了偉大的莎士比亞。」啊，這真是偉大的發現！莎士比亞，你有福了！天上掉下了一塊特大的餡餅，偏偏賜給你這個卑賤的跑龍套、愚蠢的鄉巴佬、無知的抄書匠？這豈不是天方夜譚？！我拜讀了《莎士比亞密碼》，同樣發現「一大秘密」：與其說它是一部學術著作，毋寧說這是一本暢銷小說而已，與眼下氾濫成災，以「密碼」

吸引讀者眼球的消遣讀物沒有什麼兩樣，根本沒有解開莎士比亞戲劇的「秘密」，有的卻是杜撰了一部「法蘭西斯・培根」的傳記！其實，這些奇談怪論早已被包括您的祖國在內的許多專家、學者的嚴謹研究、考證而駁得皮之不存、體無完膚。中國有莎學專家鄭土生先生的專著（參見《莎士比亞戲劇故事全集・前言》）

四、莎士比亞，您完全能寫出「莎劇」！

在這兒，我還想以自己的創作經驗來演繹您完全能寫出「莎士比亞戲劇」。您受過九年啟蒙教育，我也只讀過九年中小學；您做過手套製作徒、小學教員、守林人，我則當過車工、檢驗員、宣傳幹事、自由撰稿人；您結婚後隨戲班到首都謀生，從劇團的馬夫、看門等雜役幹起，直到成為股東、編劇、主要演員；而我始終局促在江南一隅的小城裡，而且從未上過舞臺；您把舞臺當成大天地、把倫敦當成大戰場；而我把工廠當作小舞臺、把蘇州當作小世界；您在舞臺上唱做打念了幾十年；我對舞臺藝術卻一竅不通，寫戲純粹是業餘愛好、至上信仰；您不懂希臘文、粗通拉丁文；我曾學過世界語、不識英法文……無論是文化、知識、才情、閱歷、經驗、思想，你我都有相似之處，但更有我不如您處。所以，當人們聽說我要寫話劇感到可笑，當聽說我要寫外國劇本則嗤之以鼻，當聽說我要寫莎士比亞真史劇更斥之妄狂。然而，我還是窮二十年功夫，創作了一系列外國題材的話劇：《莎士比亞》、《拿破崙——悲壯的榮譽》、《貞德——天主的女兒》、《林肯——重塑美利堅》、《普希金——愛情、詩歌、自由》、《蘇格拉底——人類的馬虻》、《尼采——孤獨的超人》等，得到了專家、學者、導演的肯定。

莎士比亞，二十三年來，我為了把您的真實、光輝的形象請上舞臺！不知忍受了多少屈辱、看夠了多少白眼、受盡了多少戲弄、飽嘗了多少痛苦，為您所付出的精力、代價、時間，甚至遠比創作您的劇本為多，我就像辦義學的武訓到處乞求那樣，向下至小老闆小官僚、上至國家領導人請求援手，向地方乃至中央的有關部門及其劇團大聲疾呼，然而無一例外遭到冷酷無情、虛與委蛇的冷遇、拒絕，彷彿這是你朱樹一己之私事！

我的老師、中國最後的一位國學大師朱季海先生如此教誨我：「莎士比亞是人類藝術的頂峰、瑰寶。一個希望日後能創作出真正有生命力的文學作者，一個追求真善美境界的人，要精讀、默讀，反復讀，不斷地從莎士比亞的源泉中汲取營養、知識、力量……」

莎士比亞，我將一面學習、一面戰鬥，無論碰到多大的困難，無論處於多大的逆境，我決心在有生之年，把《莎士比亞》請上中國舞臺，乃至環球舞臺！讓您來現身說法：「《莎士比亞戲劇》是我威廉·莎士比亞寫的！是我寫的！是我寫的！」

原載《歐洲導報》、美國《僑報》

林肯

—重塑美利堅—

（五幕話劇）

全方位地描繪林肯的精神世界
反映美國重大政治生活的話劇

林肯是一個不會被困難所嚇倒，不會被成功所迷惑的人。他不屈不撓地邁向自己的偉大目標，而從不輕舉妄動；他穩步向前而從不倒退；他既不因人民的熱烈擁護而衝昏頭腦！也不因人民的情緒低落而灰心喪氣；他用仁慈的光輝緩和嚴峻的行動，用幽默的微笑照亮為熱情而蒙蔽的事態……總之，他是一位達到了偉大境界而仍然保持優秀品質的罕見人物。這位出類拔萃、道德高尚的人竟是那麼謙虛，以致只有在他成為殉難者倒下去後，全世界才發現他是一位英雄。

——**卡爾·馬克思（德國·政治家）**

林肯處在各種各樣互相衝突的要求和主張的包圍之中，處於叛徒、三心二意的膽小鬼，邊界州人和自由州人，以及激進的廢奴派和保守派等形形色色人物的重重包圍之中……但是他基本上掌握一個堅定而正確的目標，引導國家這艘航船頂惡風，破險浪地奮勇前進。

——**斯托夫人（美國·作家）**

林肯重塑美利堅的深遠意義，正穿越時間的隧道愈來愈放射光芒：始終維護國家的主權和領土完整，堅決反對民族壓迫和種族歧視，誓死捍衛自由、民主和和平。

——**朱樹（中國·劇作家、詩人）**

序言

在美國歷任總統中，能和華盛頓媲美的只有亞伯拉罕・林肯。前者創建了美國，後者再造了美國，兩位總統的英名和業績同樣永垂青史，光照人間！

但是，若論到鬥爭的艱辛和人格的魅力，似乎林肯要稍勝一籌。華盛頓的大莊園主出身，無疑成了比出身勞動者的林肯佔有更多的優勢，在實現推翻英國殖民統治、爭取獨立的革命戰爭的偉大目標中，華盛頓周圍有一批志同道合、富有才幹的政治家：佛蘭克林、傑弗遜、漢密爾頓、亨利、潘恩等；相反，在廢除奴隸制度、維護聯邦統一而進行重塑美利堅的戰鬥中，林肯幾乎是單槍匹馬，情況還遠不止此。

《湯姆大伯的小屋》的作者斯托夫人最為出色地揭示了林肯的處境：「林肯處在各種各樣互相衝突的要求和主張的包圍之中，處於叛徒、三心二意的膽小鬼、邊界州和自由州人、以及激進的廢奴派和保守派等形形色色人物的重重包圍之中……」華盛頓蟬聯總統，而林肯即使在任內，內閣大臣不分左右派都要他下臺。林肯一生中所遭遇的阻折、失敗、危機比任何一個美國總統皆多，這在世界上也是罕見的。但是，林肯從不被困難所嚇倒，從不為打擊所動搖，而是摒棄個人的一切私利，忍住心靈的巨大創傷，善於團結各懷私利、傲慢不遜的同僚，勇於鬥爭，調動將士們的積極性，駕駛著岌岌可危的美利堅戰艦在槍林彈雨、驚濤駭浪中奮勇前進，勝利地到達航標。為此，美國人民在評價他們的總統時，林肯總是和華盛頓一樣享有最大的榮譽，最崇高的地位。

反映和謳歌林肯總統的文藝作品：小說、詩歌、散文、紀實文學、電影、戲劇……在世界上為數不少，然而，他們在揭示林肯的業績和魅力的廣度和深度上還很不夠。因此，筆者多年研究，潛心創作了這部全方位地描繪林肯精神世界，反映當時美國政治生活的話劇《重塑美利堅》。

一九九六年四月

人物表

林肯・亞伯拉罕（一八〇〇～一八六五）美國第十六任總統
瑪麗・陶德・林肯　總統夫人
湯瑪斯・林肯（塔德）　林肯第四子
威廉・林肯（威利）　林肯第三子
亨利・赫爾登（比爾）　林肯密友、律師，斯普林菲爾德市長
約翰・海　林肯私人秘書
威廉・西華德　共和黨保守派領袖，國務卿
愛德文・斯坦頓　共和黨激進派，陸軍部長
薩蒙・蔡斯　共和黨激進派，財政部長
蒙哥馬利・布雷爾　共和黨保守派，郵電部長
愛德華・貝茨　共和黨溫和派，總檢察長
查理斯・薩姆納　參議院共和黨激進派領袖

烏利斯・格蘭特	民主黨主戰派，聯邦將領
喬治・米德	聯邦將領
約翰・布	廢奴運動領袖
斯托夫人	廢奴女作家
羅傑・坦尼	聯邦最高法院首席法官
德雷德・司各特	黑奴，聯邦戰士
威廉・斯科特	聯邦戰士
斯科特夫人	威廉的母親
美蒂	黑奴女孩
沃爾特・惠特曼	水手，詩人
斯蒂芬・道格拉斯	民主黨領袖
羅伯特・李	南軍總司令
詹姆斯・朗斯特里	南軍將領
皮克特	南軍將領

克雷門特・伐蘭狄甘　「銅頭蛇」頭目

約翰・布思　莎劇演員，暗殺林肯的兇手

路易斯・鮑威爾　布思同謀犯

貝利　黑奴買賣者

威爾　黑奴買賣者

主婦、工人、農民、商人、紳士、法官、律師、移民、暴徒、士兵、軍官、副官、特使、醫生、公務員、工人代表、公墓委員、黑人群眾、恐怖分子等。

時間：一八四九～一八六五

地點：美國

第一幕

〔一八四九年十月，亞伯拉罕·林肯從華盛頓返回斯普林菲爾德，重操律師舊業。〕

啊，手挽著手，美利堅人民，
無所畏懼地回應自由的召喚，
殘暴壓不住正義的呼聲，
也不能玷辱聖名美利堅。
啊，為自由而生，為自由而死！

——《自由之歌》

〔斯普林菲爾德，一條馬路通往市鎮中心。〕

〔馬路一端（舞臺前方）成犄角之勢地相向坐落兩個辦事機構：州最高法院和赫爾登律師事務所。〕

〔幕啟，晨光熹微，城市在沉睡中。路口，一個老婦人力不從心地劈著木柴。〕

〔轔轔車聲中，幕後傳來林肯的歡叫聲：「呵！親愛的，我們終於到家啦！」〕

〔瑪麗的聲音：「你喊什麼？亞伯拉罕，把孩子們都吵醒了！」

〔林肯的聲音：「對不起，瑪麗。你們先回家休息，我要去看一下律師事務所。」〕

〔林肯從舞臺左前方上。他時年四十，身材魁梧，面容瘦削，身著禮服，風塵僕僕，步履穩健有力。〕

林肯　（見老婦人）早上好！斯科特夫人！

斯科特夫人　（驚喜）亞伯，是你，回來了！

林肯　家兔總是戀著老窩，國會任期屆滿，我便急著回家了。

斯科特夫人　你不再去那兒了，亞伯？

林肯　我再也不會去華盛頓了。我跟他們合不來，他們是高貴的孔雀，我則是卑微的烏鴉，一個從伊利諾州來的鄉下律師。

斯科特夫人　「鄉下律師」有什麼不好？亞伯，你就留在家鄉為咱們窮人打官司，在大草原上沒有比你更好的律師了。

林肯　謝謝你，好夫人。我回來的路上想，要是律師也當不成了，我還能墾荒、種地、劈柵欄木條（說著，脫去衣帽，幫斯科特夫人劈起木條）

斯科特夫人　我要築起柵欄，讓門戶嚴緊些，可惜沒人幫我。兒子小的還小，大的兩個到西部淘金去了。

林肯 加利福尼亞，是一片未開墾的處女地，正等著人們去開發，建立自由之邦。你的兒子會交好運的。（邊說邊重新穿戴，杠起木條）夫人，來，我給你送回去。

〔林肯、斯科特夫人同下。〕

〔亨利・赫爾登從舞臺右前方上。他將鐫有「亨利・赫爾登律師事務所」的銅牌掛在門上。〕

〔他向鎮內外張望，見闃無人跡，沉鬱地進屋入座。〕

〔林肯上。推開事務所虛掩的門，看到赫爾登無精打采的神態，輕輕咳了一聲。〕

赫爾登 （一驚）誰？

林肯 你的搭檔，亞伯拉罕・林肯前來聯合律師事務所，向亨利・赫爾登先生報到！

赫爾登 （欣喜若狂地跳了起來）呵！亞伯！亞伯！我夢裡也在盼著這一天！（擁抱林肯）你什麼時候回來的？怎麼不通知你的比爾？我要鳴放禮炮！

林肯 今天早上到的，就在你的睡夢中。

赫爾登 太好了！我們的律師事務所會興旺起來的！

林肯 喔？你難道是指我們的事務所門庭冷落，今非昔比？

赫爾登 唉……自從你兩年前當選國會議員去了華盛頓，靠著你的威望和你我曾合夥的榮譽，事務所的業務蒸蒸日上。遇上棘手的事，別的律師不敢接手的案子，人們總是說去找比爾・赫爾登律師，於是我也毫不客氣地依然掛著「林肯・赫爾登聯合律師事務所」的招牌。

赫爾登　我並沒有說你我要散夥，比爾。我說過國會議員任期屆滿，我就回來重操舊業。

林肯　（突然神經質地）別打斷我！……對不起，亞伯。可是好景不常，不久，我落到了四處奔波攬業務，求人家為他們包打官司；然而，我的好心得到的卻是臭雞蛋、爛菜皮和大棒！

赫爾登　究竟出了什麼事？

林肯　（大惑不解）我？

赫爾登　（怨恨地）問你！我問你：你在國會裡說了些什麼？

林肯　（一怔）……我在任國會議員期間要處理不少事情：請願、任命、撫恤金、選民證、公路、運河、河流等事務，還有內地建設，因此要說很多話。當然，我也就一些重大政治問題作演講，比如我國與墨西哥的戰爭、總統候選人資格、黑人奴隸……

赫爾登　（打斷）別扯遠了！在墨西哥戰爭問題上，你都說了些什麼？

林肯　我說，民主黨波克總統發動對墨西哥的戰爭，是沒有必要的、違反憲法的。

赫爾登　波克為了收買南方各州人心、擴張奴隸制度而發動的是一場強奪和不義的戰爭……如果以後的美國總統都像波克那樣幹，那麼他就等於持有君主一樣大的權力，能為所欲為地侵略別國。這是美利堅合眾國的恥辱；我堅決譴責！

林肯　就是這個該死的演講毀了我的事務所！

赫爾登　（痛心地）所以你門上的招牌就換上你一個人的。再見，親愛的比爾。瞧！（從桌底下取出一塊閃閃發光的銅牌）「林肯・赫爾登聯合律師事務所」，亞伯，我們……

林肯　還是別讓我妨害你，比爾。

赫爾登　請原諒，亞伯。我們會合作得很好。

林肯　如果我們不能再合作時，我會讓路的。

赫爾登　不不！這樣的事永遠不會再發生，我們要把它辦成全國最出色的律師事務所。（將銅牌換上）

林肯　比爾，不要期望過高，最近州裡有否可接手的業務？

赫爾登　都是些雞毛蒜皮的糾紛：什麼東家的豬被竊，西家的鴨踩了人家的菜園，第三家為了地界出入鬧得沸沸揚揚，第四家又因口角而大打出手……

林肯　一心想幹大事的人，如果不從小事做起，到頭來將會一事無成。

赫爾登　呵……對了，正有一件棘手的案子，等著你大顯身手呢！事情是這樣的：近郊的貝利先生從威爾先生那兒買來一個女黑奴，因為沒有付清現款，被威爾告了一狀，貝利不服，和他打官司。幹吧，亞伯，你肯定會在人民中間樹立好形象。

林肯　（一反常態）你怎麼能讓我插手這種骯髒的勾當？我對奴隸制深惡痛絕。青年時代有幸到過南方最繁華富庶的大都市新奧爾良，當時儘管我是身無分文、憑體力吃飯的雇工，但我走在新奧爾良的大街上，瞧著商店裡琳琅滿目的貨物，迎著從墨西哥海灣吹來的海風，與熙來攘往的世界各國海員、商旅擦肩而過，望著升火待發海輪上飄揚的星條旗，我深為自己是個美國人而感到自豪。可是，我隨即被中心廣場上怵目驚心的現象捅了一刀！十多個黑人，男女老幼，赤身裸體，用腳鐐拴在一起，在奴隸販子高揚的皮鞭下，戰戰兢兢、驚恐萬狀；顧客們則像挑選牲口那樣對黑奴百般挑剔，（因悲痛而黯啞）我不相信在華盛頓・傑弗遜所開創的自由國土上會有這種野蠻而黑暗的制度，我不相信從英國殖民主奴役下解放了的人民會把鐵鐐再套在自己的黑人兄弟身上……這卻是鐵的事實。（熱淚盈眶）我發誓與它勢不兩立，如果我有機會，我一定給它致命的打擊！

赫爾登　對不起，亞伯。我跟你一樣痛恨奴隸制，每當我看到奴隸被買賣，就像看到自己的兄弟姐妹被拍賣，恨不得奪下那白豬玀的皮鞭抽打他。但是，這有什麼用？美國的法律保護它！

林肯　我們絕不能幹這種事。

〔馬路上出現了買菜婦人、送貨夥計、農民、工人、紳士、商人等行人。〕

〔伐蘭狄甘，一個鋒芒畢露的年輕人上，他神秘地對主婦耳語，主婦驚訝、憤怒，瞬間感染了群眾。〕

林肯　怎麼不說話了，比爾？

赫爾登　（忽有所悟）快走！立即離開這裡！

林肯　怎麼？我不按你的意願去做，你就趕我走，聽我說，比爾……

赫爾登　（急切地）你成了不受歡迎的人……他們恨不得把你撕成碎片；趁他們還沒有知道你回來的消息，快離開吧！

〔憤怒的群眾向事務所湧來，喊聲不斷，「林肯，滾出來！」「逃不了，長臂猿！」〕

赫爾登　（推著林肯往後走）快！他們來了！從後門出去是一片樹林子。

林肯　（巋然不動）我要跟鄉親們見見面。

赫爾登　你瘋了，亞伯！

〔林肯推開赫爾登，大步過去，打開事務所的屋門。〕

〔群眾猝不及防，一時鴉雀無聲。〕

林肯　早上好！鄉親們！

伐蘭狄甘　（搧動）你們是來幹什麼的？

〔頓時，詛咒的冰雹向林肯擲去：「賣國賊！」「猶大！」「忘恩負義的毒蛇！」〕

林肯　鄉親們，如果我林肯真的幹了有害於祖國和人民的事，我甘願受到法律的判決和輿論的譴責。

商人　我去華盛頓找你，自告奮勇承包一段公路建設，你為啥一口拒絕？瞧，他就是這樣對待出錢讓他上臺的恩主！

主婦　我的丈夫請求這個吝嗇鬼給他一官半職，他竟叫手下打發他回老家！

工人　（打斷）不害羞，你們盡是提為自己謀利的事，要提原則性問題！、

農民　我們稱呼你「老亞伯」，因為你曾經像萬民之父亞伯拉罕一樣為自己的鄉親們造福，伸張正義，打贏官司。你到了華盛頓，我們卻聽不到你大聲疾呼反對奴隸制。

紳士　您讓我們大失所望，林肯先生。我們選舉您，是要您代表伊利諾州的選民說話，可是，您在墨西哥戰爭問題上的演講是愚蠢的、荒謬的、反動的。全州乃至全

國，沒有一個人不對我國打敗墨西哥的輝煌戰果表示歡欣鼓舞！

〔群眾鼓掌。〕

伐蘭狄甘 這是林肯對咱們的挑釁！

〔群情激憤：「挑釁！挑釁！」〕

赫爾登 誰敢碰林肯先生一根汗毛，我叫他下地獄！（拔出手槍）

林肯 （阻攔）這兩位先生問得好。鄉親們，請容許我先講個故事。一頭獅子瞧見一頭牛和一頭驢在草地上曬太陽，便分別把它們逮住，關進籠子，打算慢慢享用。深夜，牛和驢逃了出來，一個用角、一個用蹄把獅子打跑了。可是，獲得自由的牛卻要侵佔驢的家園，遭到驢的反抗。鄉親們，你們來評判一下，牛和驢哪個不對？

群眾 是牛不對！是牛不對！

市民 你這是什麼意思，林肯先生？

主婦 （打了一下對方的頭）這還用問嗎？你這頭蠢驢！

〔眾人大笑。〕

〔法官萬斯、訴訟案當事人威爾、貝利及律師上，往州最高法院審判庭走去。〕

〔人叢中有人喊起來：「打官司了！」「看熱鬧去！」〕

〔眾人開始走動。〕

伐蘭狄甘　事情還沒完，（直指林肯）他維護奴隸制！

〔眾人鼓譟：「回答！」「回答！」〕

林肯　我本人堅決反對奴隸制度。但如何解決奴隸制，這卻是一個不能憑個人好惡能決定的複雜問題……

〔群眾聲浪淹沒了林肯的話音。〕

〔有人衝上來揪住林肯，被赫爾登用槍嚇退。〕

貝利　（垂頭喪氣，突然眼睛一亮）呵，那不是亞伯拉罕・林肯先生！（擠了過去）您好！尊敬的林肯先生！歡迎您榮歸故里！我想請您做我的辯護律師，事情是這樣的……我叫貝利……

伐蘭狄甘　（打斷）什麼律師不律師的？你再囉嗦，就絞死你！

〔貝利嚇得連連後退。〕

赫爾登　（對林肯耳語）你必須趁機擺脫他們的糾纏。

林肯　（略一思忖，喊道）貝利先生，我願意做你的辯護律師！

〔赫爾登吃了一驚。〕

貝利　（驚喜）太好了！您救了我，林肯先生。快，快給大律師讓路！

伐蘭狄甘　不能讓他走！他還沒有證明他在奴隸制問題上是站在哪一邊?!

〔眾人：「對！」「不對！」〕

林肯　我，亞伯拉罕・林肯會給鄉親們一個滿意的答覆。

紳士　我們應該相信林肯先生的人格。

〔林肯在赫爾登和貝利的保駕下，進入對面的房子——州最高法院審判庭。〕

〔州最高法院審判庭內。林肯在聽威爾、貝利陳述案情。〕

〔屋外群眾觀望。〕

法官　我宣布州最高法院正式開庭！

〔原告、被告、律師各就其位。〕

法官　女士們，先生們！貝利和威爾先生的訴訟案已經進行一段時間了！雙方各不相讓。今天貝利先生又請了剛從華府歸來的、大名鼎鼎的國會議員林肯律師為他辯護，我們表示歡迎，現在就由原告律師恩斯特先生進行辯護。

恩斯特　威爾先生把一個女黑奴賣給貝利先生，身價是一百美金，貝利先生手頭不便只付了六十美金，當場立了字據，言明餘款半個月付清；威爾先生便同意貝利先生將女黑奴帶走。然而到期貝利先生的話並沒有兌現，反而說威爾先生欺騙他。威爾先生一氣之下，心臟病復發……威爾先生不得不向法院遞上狀子，要求法庭主持公道，索還欠款，並賠償各種損失費共一百一十美金……

貝利　我斷然拒絕威爾先生的強盜行徑！

法官　（擊錘）安靜！請林肯先生出庭辯護。

林肯　貝利先生告訴我，他是向威爾先生買過一個女黑奴，這是事實，這個小女孩就在法庭上為我們作證。貝利先生又告訴我，他付了六十美金，還欠四十美金，不過他不記得是否立過字據。

威爾　（大叫）謊言！

法官　肅靜，法庭主持公道！您說下去，林肯先生。

林肯　儘管威爾先生和貝利先生是好朋友，但法律需要的是證據。

恩斯特　貝利先生是蓄意遺忘。瞧！這就是貝利給威爾先生立下的字據。

林肯　請恩斯特先生將字據交法庭驗證。

法官　（接閱）……貝利先生，這張字據是你寫的？

貝利　（囁嚅地）是……我寫的。

法官　你竟敢欺騙法庭?!請林肯先生繼續辯護。

林肯　貝利先生在字據上確實令人遺憾。不過，他說威爾先生欺騙他，向他敲詐勒索同樣是令人遺憾的事實。

恩斯特　本律師提請法庭注意：這是林肯先生站在被告一邊，繼續對威爾先生的莫大誹謗。

法官　法庭不予接受，請林肯先生提供證據。

林肯　據貝利先生說，威爾先生在將女黑奴賣給他是這樣說的：小美蒂是從肯塔基州買來的，身價是一百一十美金；看在老朋友的份上，只要一百美金。威爾先生，你當時是這樣說的嗎？

威爾　一點也不錯，林肯先生。

林肯　好！貝利先生的另一位朋友恰巧從肯塔基州來，談起了買黑奴的事，貝利大呼上當。原來那兒的市價只五十美金，即是說威爾先生已賺了貝利先生十美金。

威爾　謊言！

恩斯特　謊言！

法官 法庭接受指控。林肯先生，誰能證明貝利先生說的不是謊言？

林肯 我！我能證明，法官先生。我在肯塔基州出生、長大，我對那兒的奴隸買賣瞭若指掌……

恩斯特 （打斷）五十美金什麼也買不到！在列克星敦，一個女黑奴要賣到一千美金。

林肯 你說的是拍賣黑人姑娘伊萊札嗎？為了使她獲得自由，菲力克斯牧師願意出到二萬五千美金！

〔眾人鼓掌。〕

恩斯特 我再次提請法庭注意，林肯先生利用法庭進行帶政治色彩的宣傳是絕不允許的。

林肯 恩斯特先生，你別忘了這兒是自由州依利諾州。

法官 如果恩斯特未能就林肯先生的辯護提出有力的反應，那麼，本法庭宣判如下：原告威爾先生的訴狀無效，字據由貝利先生收回，女黑奴美蒂歸貝利先生。

恩斯特 我抗議！（被群眾的歡呼聲淹沒）

赫爾登 祝賀你，亞伯。

貝利 （緊握林肯）太感謝您了……您為我贏得了勝利。

法官 退庭！

〔小美蒂哭了起來。〕

林肯　（大聲）法官先生，我認為貝利的字據是非法的，因而是無效的。

〔全場吃驚。〕

法官　您這是什麼意思，林肯先生？字據已經沒有存在的價值了。

林肯　小美蒂不能作為奴隸被買賣，從這張字據上沒有任何依據證明她是奴隸。

威爾、貝利　（異口同聲）豈有此理！

林肯　威爾、貝利兩位先生，請出示美蒂是奴隸的證明文件。

〔威爾、貝利怔住。〕

林肯　（斬釘截鐵地）美蒂在未被證明是奴隸之前，應該是自由人；如果不能證明美蒂是奴隸，那麼貝利、威爾先生也就不能拿她作奴隸交易。

貝利、威爾　（同時）抗議！

法官　抗議無效。林肯先生，說下去！

林肯　我建議法庭讓美蒂證實自己的身分。

法官　美蒂，你能告訴我你的姓名、年齡，父母是誰？住在哪兒？你又是如何被威爾先生賣的？別怕，孩子。

美蒂 我叫美蒂，還有一個禮拜滿八歲。媽媽在全家搬到卡爾邦德耳不久就死了，聽爸爸說，我才生下三天，爸爸在東家，就是威爾先生家幹活。忽然有一天，我再也見不到爸爸啦……（嗚咽）

林肯 美蒂，你會見到你爸爸的。法官先生，現在不是清楚地證實了美蒂的身分嗎？卡爾邦德耳是伊州的邊疆小鎮。根據州憲法規定，凡是在伊州出生的奴隸的子女都有權獲得自由。因此，我提請法庭對此案做出最後判決。

法官 本法庭宣判：美蒂小姐是自由人，因此不能將她作奴隸買賣，其字據純屬非法！（擊錘）

〔群眾歡呼。〕

〔林肯抱起美蒂，小美蒂報以親吻。〕

〔同下。〕

——**幕落**

第二幕

〔一八六〇年十一月，亞伯拉罕・林肯當選為美國第十六任總統。〕

祝願自由的人，也像國旗一樣；
他們回到家鄉，面對戰爭的創傷；
祖國自有天明，勝利和平在望。
建國家、保家鄉，感謝上帝的力量；
我們一定得勝，正義屬於我方。
上帝最最公平，我們衷心仰望；
你看星條旗，將永遠高高飄揚；
在這自由國家、勇士的家鄉。

——《星條旗》

〔斯普林菲爾德。〕

〔林肯家。這是一幢兩層樓的木結構樓房，客廳正對宅門，一邊有扶梯通往樓上，樓底有貯藏室。〕

〔幕啟。林肯的兩個兒子：九歲的威廉和六歲的湯瑪斯正俯在桌子上看書、畫畫。〕
〔瑪麗・林肯，一個發胖的中年婦人，她神經質地凝望宅外。〕

湯瑪斯 （拿起圖畫）是這樣的嗎，威利？

威廉 （不看）你都六歲了，連國旗都不會畫。

湯瑪斯 我畫好了，你瞧呀，威利！

威廉 （放下書本）哎喲，星星怎麼變成了條帶？（抓過筆來亂改一氣）是這樣！

湯瑪斯 （哭泣）媽媽，威利塗壞了我的國旗！

瑪麗 （嚷嚷）煩死了，你們都給我閉嘴！否則，我要把你們關起來！

〔威廉和湯瑪斯嚇得逃上樓去。〕

〔林肯上。他留起連鬢鬍子，額上刀刻般的皺紋顯示出他十年來的人生坎坷和奮鬥艱辛；他的穿戴既不合身又不整潔，表明他的勞動者身分和投身公益事業、不拘小節的性格。〕

瑪麗 怎麼樣了？亞伯拉罕。

林肯 恐怕無望了，他比我多得了四十二張選票。

瑪麗 什麼？僅僅比你多了四十二張選票，就把你從美國總統候選人的臺階上趕下來。這個該死的道格拉斯，我們的死對頭！

林肯　（取出電報）這是剛剛從散加芒縣發來的電報結果，親愛的瑪麗。

瑪麗　我的天！你在幹什麼？要把我嚇死？!

林肯　真對不起，瑪麗。我是說我們不要抱太大的希望。十年前，我一進國會，我就覺得我這個人是不適合搞政治的，還是當律師的好。

瑪麗　嘿！十年前如果你不堅持要回斯普林菲爾德，幹你沒出息的小律師，你早已成了美國總統。可你偏偏在議員任期屆滿，便謝絕了州長的任命，硬要回來。

林肯　我離不開斯普林菲爾德。就在這兒，我認識了美麗而高貴的瑪麗・陶德小姐，而且結成伴侶；就在這兒，開始了我的事業，沒有一個地方能使我像在這兒覺得自由和溫暖。你還記得嗎？瑪麗，從前我在墨西哥戰爭問題上的演講，掀起了軒然大波，遭到全國的反對；是這裡的同胞們理解我、支持我……

瑪麗　（打斷）夠了，該詛咒的斯普林菲爾德！我最疼愛的兒子愛德華就是在這鬼地方延誤病死的；我看夠了窮鄉僻壞落後、骯髒、單調的環境和鄉下人的粗俗、愚昧、醜陋的臉龐。

林肯　這不是事實，瑪麗。他們需要幫助，他們也幫助了我們。有時我想，你是隻披金掛紫的孔雀，我是隻灰不溜湫的灰鶴。

瑪麗　是呀，當初向我求婚的人踏破了門檻，我為何單單選中了你呢——模樣醜陋、一副病容、舉止笨拙、禮儀粗野、一文不名的鄉下人？

林肯 是仙女瑪麗．陶德可憐我、垂青我，用厄洛斯的金箭射中了我的心臟。

瑪麗 （忍俊不禁）是我看出你會當總統的。

林肯 呵，上帝！

瑪麗 你要我一輩子埋葬在這兒嗎？亞伯，我嫁了個——

林肯 （異口同聲）俗不可耐、自甘下賤的丈夫！

（自嘲地）是的，我是隻寧可蹲在叢林裡的黑猩猩，下流、粗野、鼠目寸光……

瑪麗 （一驚）別這樣，親愛的。其實你不俗、更不自甘下賤，十多年來，你不是已經像雞窩裡的鳳凰出人頭地了嗎？你當了國會議員，輝格黨、共和黨領導人。

林肯 在雄心壯志的競爭上我老是失敗，完全失敗。在競選議員的回合中，被道格拉斯打得一敗塗地，以致有一天我在講壇上演講，突然發現講堂裡空無一人。

瑪麗 這不是你的過錯，親愛的。那是道格拉斯的人霸佔了州議會。你已經從失敗中站了起來，你正義的呼聲越出了州界……你要堅持做最後的拚搏。

林肯 搏鬥結束，勝負已成定局。

瑪麗 （衝動地）你為什麼要回家？為什麼不守在電報局？為什麼這麼窩囊？

林肯　我、我想看看你和孩子們。

瑪麗　真是活見鬼！（賭氣不理林肯）

林肯　（喊）威利！塔德！你們在哪兒？

〔威廉、湯瑪斯從樓梯上衝下來，「我們在這兒呢，爸爸！」〕

〔林肯抱起孩子們。〕

湯瑪斯　爸爸，威利塗壞了我的圖畫，我要他賠，爸爸判他賠！

威廉　是塔德自己畫得不對，我不賠，爸爸判我不賠！

林肯　爸爸首先要你們心平氣和地說說事情的經過和各自的理由，然後才好評判呀。（放下孩子們）

湯瑪斯　我畫了一面國旗，十三顆好亮、好亮的星星和好多、好多帶子，給威利看，他在國旗上畫了槓槓。

威廉　他畫得不對，是三十四顆星！

湯瑪斯　是十三顆星！

瑪麗　吵死了，吵死了！亞伯，都是你寵的！（憤憤離去）

林肯　孩子們，聽媽媽話，不要吵。（把畫攤在桌上）塔德畫了一幅國旗，這很好。

威廉 上面十三顆星星，下面黑白相間是二十四條色帶。威利，你說說弟弟畫得怎麼不對呢？

林肯 應該是三十四顆星、十五條紅白相問的條帶。

威廉 威廉是對的，但為什麼是這樣呢？

林肯 這……這本來就是這樣的嘛。

好，爸爸講個故事給你們聽聽。從前，有個地方的人民受蠻族的壓迫，一個名叫華盛頓的英雄，領導人民起來反抗，打敗了敵人，建立了自己的國家，這就是咱們美利堅合眾國。建國時，美國有麻塞諸塞、賓夕法尼亞、佛吉尼亞等十三個州，於是，在國旗上用星星和條帶代表獨立的十三個州。佛蒙特州和肯塔基州加入聯邦後，又成了十五條色帶。此後就用星星代表一州。因此，國旗上的星星和條帶是不能隨便增加或減少的。（孩子們點頭）國旗，是一個國家的標誌，代表她的人民和主權，象徵獨立、自由和榮譽。你們要像愛上帝那樣愛她，像戰士那樣在炮火之中捍衛她，像禮讚太陽那樣向她致敬，不讓任何人玷污她！

〔瑪麗上。〕

瑪麗 怎麼，你還在跟孩子們胡纏？你還不去電報局！

林肯 我這就去，瑪麗。

威廉 （驚叫）爸爸，有人要撕壞國旗！

林肯 誰？

威廉、湯瑪斯 （同時指著外面）瞧，小矮子！

〔斯蒂芬・道格拉斯上。他時年四十八歲，身材矮小、風度翩翩、穿著精緻合身的禮服，手持手杖、一副上流人士的派頭。〕

〔瑪麗一怔。〕

林肯 （握手）你好，斯蒂芬・道格拉斯先生，歡迎您的光臨！

威廉 就是他要偷掉星星，爸爸。

湯瑪斯 他打你，爸爸。你幹嘛還跟他握手？

道格拉斯 「我打你」？「偷星星」？怎麼回事，亞伯拉罕？

林肯 這是孩子們的說法，大概是因為你我的唇槍舌劍。

〔威廉和湯瑪斯要轟道格拉斯出去。〕

〔瑪麗不顧孩子們的反抗，將他們關進儲藏室。〕

道格拉斯 我來得也許不是時候，亞伯拉罕。

林肯 我沒有想到你會來斯普林菲爾德，今天是總統候選人揭曉的好日子。

瑪麗　你是來羞辱亞伯拉罕嗎，道格拉斯先生？

道格拉斯　不，林肯夫人，你丈夫是美國最了不起的男子漢，我是來向他致敬的。

瑪麗　你要當美國總統了，才廉價給亞伯拉罕一頂紙糊的桂冠。

道格拉斯　（一怔）我忽然想起，今天是你們結婚八週年紀念日，便趕來祝賀。

林肯　謝謝，親愛的斯蒂芬。不是你的提醒，我的確忘了。

道格拉斯　十年前，在瑪麗小姐府上與你第一次見面的情景，我還記憶猶新。我根本沒有提防你會從我身邊奪走我的心上人；我一直自認為是白馬王子呢。

林肯　（幽默地）所以，你在政壇上處處跟我唱反調，是麼，斯蒂芬？

道格拉斯　你太厲害了，亞伯。你的唇舌勝過一千門大炮的轟擊。

林肯　你登上美國總統的寶座後，我還會同你辯論，不是七次，而是七十次、七百次！

道格拉斯　你把美國拋進了一場巨大災禍，比當年英國人奴役我們更可怕的災禍。

罪魁禍首？這麼嚴重？我不過是說了堪薩斯和內布拉斯加這兩個州是成為自由州還是奴隸州，應該由這兩個州的人民自己投票決定；這正是尊重州民的自由意志，體現美國精神。我又說了假如廢止奴隸制，就剝奪了我們擁有財產的權利；因為美國憲法賦予我們蓄奴的神聖權利，如果沒有黑奴生產棉花，我國就會貧窮、落後。我更說了必須通過一項法律，堅決制裁廢奴主義者的陰謀活動。

正是你們共和黨政客和所謂革命學說，把美國推入災難的深淵！

林肯 你們認為奴隸制是正確的，而我們認為它是錯誤的，這就是你我全部爭論的實質。正確與錯誤，難道不應讓歷史來證明嗎？

〔舞臺轉暗。〕

〔隨著林肯的述說，轉換場景。〕

林肯的聲音 你，斯蒂芬・道格拉斯，為了競選民主黨總統候選人，一八五四年硬要國會通過了內布拉斯加法案，把原來以北緯三十六度三十分作為自由州和奴隸州分界線一筆勾銷，引起了堪薩斯內戰。

〔一隊北方移民從左上，他們唱著歌，樹立界碑，搭起木屋，開墾荒地。〕

〔一隊南方奴隸主雇傭的打手從右上，他們明火執仗、殘踏莊稼、搗毀木屋、砍倒界碑、毆打老人和孩子。〕

〔北方移民以農具、木棍抵抗。〕

〔奴隸主命令暴徒開槍、縱火。〕

〔瞬間，屍橫遍地，烈火熊熊。〕

〔奴隸主化為道格拉斯的形象。〕

道格拉斯 對於勞倫斯鎮的不幸，我深表遺憾，但願它成為過去。

〔一束追光照亮林肯的身形。〕

林肯 如果不在堪薩斯禁止奴隸制，鮮血還將流淌，同胞還將殘殺，我們必然會看到這個奢談自由的國家將會蛻變成一個名副其實的奴隸制國家。

道格拉斯 國會無權在各州中禁止奴隸制。

林肯 這就是你公開宣稱要使奴隸制在全國擴展合法化，道格拉斯先生，你們正是這麼幹的！

〔場景轉換。〕

〔華盛頓國會大廈最高法庭審判庭。〕

〔首席法官羅傑・坦尼，老態龍鍾，乾癟精瘦。〕

〔德雷德・司各脫，一個身材高大的黑人醫生，被法警拉上法庭。〕

司各脫 （掙扎）我不是奴隸！我沒有罪！

律師 （辯護）司各脫先生從前是密蘇里州的奴隸，後來他的主人把他帶到伊利諾州。州法律規定奴隸制是非法的；他受了教育，成為醫生。因此，他有權申訴獲得自由。

〔法警將司各脫銬在被告席上。〕

〔坦尼法官變成道格拉斯的形象。〕

道格拉斯　聯邦最高法院判決宣布：黑人不能成為美國公民，黑人是劣等民族。《獨立宣言》中說一切人生來平等，這不包括被當作奴隸役使的黑人在內。根據美國憲法規定，黑奴是主人不可侵犯的財產，因此，最高法院駁回德雷德・司各脫的申訴。

〔全場譁然。〕

〔林肯的聲音：我有話說，法官先生！〕

〔一束追光映出林肯身形。〕

林肯　斯蒂芬・道格拉斯先生，你為奴隸制辯護，公然踐踏美國《獨立宣言》。按照道格拉斯先生的說法：「一切人生來平等」，只是指白種人，而且是英國居民。那麼，不僅黑人，還有法國人、德國人及世界上其他白種人都被這位法官列入劣等人種之內。

〔聽眾哄堂大笑，喧嘩鵲起：「我抗議！」「法官必須做出解釋！」「道格拉斯應引咎辭職！」〕

道格拉斯　（擊錘）誰反對最高司法機關的最後判決，誰就是企圖給共和制度以致命的打擊！

〔舞臺轉暗。〕

〔黑夜茫茫，猝然一聲槍響，一道強光射在約翰‧布朗(1)的身上。布朗銀髮長髯，身材高大。他和戰友們持槍衝上，迅速佔領了哈普渡口，發動了震驚世界的反奴隸制起義。〕

〔羅伯特‧李(2)，一位髮鬚如霜、戎裝筆挺的合眾國軍官，率士兵從另一邊衝上，擊潰了起義者，俘獲了布朗。〕

〔約翰‧布朗被押上絞刑架，大義凜然地發表演說。〕

布朗　我是白人，但我為挽救這些貧窮悲慘的黑人，才鼓勵他們拿起武器爭取自由……我堅信只有用血與火，才能洗清這有罪國土上的罪行，剷除罪惡的淵藪——奴隸制！

〔舞臺轉暗。〕

〔兩束追光映出林肯和道格拉斯兩人大辯論的形象。〕

道格拉斯　約翰‧布朗的造反，是對美國憲法的踐踏

林肯　世界上連英法等殖民國家也廢除了奴隸制，而我們還頑固地把毒蛇放在嬰兒的搖籃裡，這才是對標榜民主、自由的美國的莫大嘲諷！

道格拉斯　你們共和黨和廢奴派想挑起一場內戰，我決不讓步！

林肯　不！你們民主黨及奴隸主已在叫嚷戰爭。不是自由就是奴役，但我堅決維護國家的和平和聯邦的團結。因為一幢裂開的房子是站立不住的！

〔聽眾暴風雨般掌聲、呼聲：「一幢裂開的房子是站立不住的！」〕

〔舞臺轉亮。場景回到林肯家客廳。〕

瑪麗 你氣勢凌人，與亞伯拉罕吵架；我才不會因為你是未來的美國總統而不叫你快滾！

道格拉斯 謝謝夫人的提醒，我正是來向林肯先生祝賀的，是他在斯普林菲爾德的選民中擊敗了我！

瑪麗 請你說明白點，道格拉斯先生。

道格拉斯 剛才我從電報局獲得的最新消息是：我得票一三三六張，他得到一三九五張，比我幾乎多了六十票。

瑪麗 太感謝您了，要不要來杯咖啡，斯蒂芬？

道格拉斯 謝謝；林肯夫人，不，瑪麗•陶德小姐，在這兒您的家裡，留下了我一生中最美好的回憶……我還要去電報局，再會。

林肯 咱們一起走吧。

〔貯藏室裡傳來孩子的喊聲：「快救救我！爸爸！」〕

林肯 看來，我先得去解放那兩個小奴隸。

瑪麗　你還不快去電報局？這兒由我來！

〔林肯和道格拉斯同下。〕

〔瑪麗去貯藏室打開門，讓威廉和湯瑪斯出來。〕

〔幕後響起群眾的喧嘩聲：「林肯！林肯！」〕

〔林肯興沖沖地復上。〕

林肯　（激動地）瑪麗，我們當選了！

瑪麗　呵……上帝！我終於盼到這一天了。（撲入林肯懷抱）

〔威廉、湯瑪斯上，和父母擁抱。〕

〔群眾匯向林肯家客廳。他們手持蠟燭，燭光熒熒，肅然傾聽林肯的告別演說，不禁淚水潸潸。〕

林肯　（感情難抑地）朋友們：謝謝你們祝賀我當選為美國總統，現在就要離別了。只要不是處在我的地位，無論誰都無法體會我此刻的悲傷之感，我的一切都要歸功於這個地方和大家的好意。我面前的責任比當年落在華盛頓肩上的更為重大。我不知道什麼時候回來，是否能活著回來……

〔同下。〕

第三幕

〔一八六三年元旦！林肯力排眾議，毅然發布《解放黑奴宣言》。〕

為國家的挑選而歡呼
我們的領袖勇敢真誠；
要支持那偉大的改革，
要擁護自由和林肯。
呵，擁護肯塔基的兒子、
胡賽登偉大的英雄；
是伊利諾斯人民的驕傲，
快擁護自由和林肯。

——《自由和林肯》

〔華盛頓．白宮．內閣會議室。左邊有門通往其他房間，右邊有出入口處，兩邊均可通往樓下。〕

〔幕啟。內閣成員西華德(3)、蔡斯、斯坦頓(4)、布雷爾、貝茨等準備開會。〕

西華德　麥克累倫將軍怎麼搞的，竟使我們聯邦軍隊一敗塗地?!

布雷爾　還不是你這位國務卿向總統力薦的好人選，一開始你就反對對叛亂的南方使用武力。

西華德　這你得去問總統，布雷爾先生。

布雷爾　問總統？

西華德　林肯當選總統後，南方各州紛紛脫離聯邦，總統說如果以武力對付武力，國家就會分裂；後來南方成立了「南部同盟」偽政權，發動了戰爭，性質就完全變了，軍隊應對戰敗負責。

斯坦頓　胡言亂語！前線缺少武器、給養；士兵們沒有經過任何訓練就被送上前線；承包商供應的物資品質低劣、剋扣數量；前任陸軍部長凱麥隆指揮不力，唯貪污為能事，使北方優秀兒女挨餓受凍，付出鮮血和生命的代價，內閣為何遲遲不管，以致造成災難！

西華德、蔡斯　（異口同聲）你去問總統，斯坦頓！

斯坦頓　又是窩囊廢的林肯！

蔡斯　知情者揭露了凱麥隆的營私舞弊，我們認為應將他撤職，總統卻予以拒絕。後來凱麥隆的解職，是他在武裝黑奴問題上與總統發生分歧。林肯認為他干涉了總統的職權。

貝茨 （冷笑）「干涉總統的職權」？

〔威廉和湯瑪斯從一邊房裡衝出，闖進會議室：「爸爸、爸爸……」〕

〔眾人吃驚。〕

蔡斯 你們找爸爸有什麼事，孩子們？我們也正在等他開會。

湯瑪斯 貓，小貓！好可愛的小貓！

威廉 我們來告訴爸爸，家裡大花貓生了小貓啦！

斯坦頓 （氣憤地）小貓？簡直是胡鬧！

〔孩子們從另一邊跑下。〕

貝茨 瞧瞧！連總統的兩個寶貝兒子也能干涉內閣。

〔瑪麗從同一間房裡出來：「威利！塔德！你們在哪兒？」〕

斯坦頓 都是你們這幫傢伙縱容的！

〔瑪麗自語：「他們到哪兒玩去呢？」說著欲離去，聽見會議室傳出的聲音，不禁停住偷聽。〕

斯坦頓　（發洩地）林肯算什麼總統？是個只會唉聲歎氣的低能兒！他上臺都幹了些什麼？任用敗軍之將，對南方叛亂集團讓步，任憑貪污腐敗氾濫，使成千上萬的戰士白白流血犧牲……

蔡斯　是的，總統簡直是把戰爭當兒戲，把美國推到破產和滅亡的懸崖絕壁上。

西華德　我早就說過，一個鄉下律師怎能擔當一國之重任？

蔡斯　是你想取而代之，國務卿先生？你還向林肯提出你的好主意：對「南部同盟」和英國同時作戰，叫什麼「兩面出擊」。

西華德　你有什麼資格教訓我，蔡斯。不錯，我是說過只有我西華德才能挽救這個國家，不像你這個陰謀家，自詡是內閣中的激進派，表面上討好林肯，暗地裡恨不得把總統和內閣成員都趕下臺。

蔡斯　（叫嚷）荒唐！

貝茨　我沒有當總統的野心，但我始終認為共和黨提名林肯當總統是個嚴重錯誤。

布雷爾　閉上你們的臭嘴！林肯這個大笨蛋把你們這些共和黨、民主黨的無恥之徒揉成一團泥巴，塞進華盛頓的帝國，攪得一團糟。

〔頓時，群起攻之，「惡意誹謗，大黃蜂！」「你才是無恥之徒，必須向我們認錯、道歉！」〕

斯坦頓　收起你們的醜態！聽我說，我斯坦頓既非奴隸主、分裂派，不會咒罵林肯總統是「暴君、篡權者、劊子手、吹牛大王、魔鬼」等等；也不會像廢奴主義者或激進派喋喋不休、吵吵嚷嚷，要總統把這場戰爭變成鼓動黑人造白人反的戰爭。我是站在美國軍人的立場上批評林肯的過錯的。

〔眾人點頭。〕

斯坦頓 林肯作為美國總統，犯了兩個不可饒恕的錯誤。他竟敢撤掉佛里芒特將軍西部軍區司令的職務。佛里芒特有什麼錯？發布了解放叛亂州黑奴的文告。該死的，又是干涉總統的職權！

西華德 不，佛里芒特將軍走得太遠了。

蔡斯 是總統過於謹慎，膽小怕事。

斯坦頓 （大聲）第二，我們不僅受制於一頭無能為力的大猩猩統治，更難以容忍的是我們還受制於一條母狼的干預！

〔引起共鳴，「瑪麗・陶德！」「野貓！」「母夜叉！」「……」〕

〔室外。瑪麗氣得發抖。〕

斯坦頓 瑪麗・林肯自以為是第一夫人就可以干預政治？她不過是一個虛榮心十足，又風騷又妒嫉的瘋女人罷了。我懷疑：林肯的一些使我軍失利的餿主意出於她的枕邊功夫……

〔「砰」的一聲，瑪麗破門而入。〕

〔內閣成員吃驚地怔住。〕

瑪麗　斯坦頓，你這個長著毒舌的兵痞，沒良心的丘八！總統力排眾議讓你當上陸軍部長，你卻和他們一起把總統罵得一錢不值。他們在背後還罵你呢，恨不得剝你的皮！（眾人嚷嚷：「誹謗！」）我可不是好惹的！我要向國會告發，讓全國人民都知道，你們背著總統，想奪他的權！

西華德　（驚慌）你瘋了，瑪麗·林肯！

蔡斯　我們是在這兒等候總統召開內閣會議。

布雷爾　有好戲看了。

貝茨　您不該來這兒，林肯夫人。

瑪麗　這裡是美國總統官邸，不是你們惡意中傷總統的場所！

斯坦頓　（氣咻咻地）你……你去向你丈夫大發雌威吧，我斯坦頓不受你的擺布！

瑪麗　你嚇唬不了我，撒旦！瘋子！老鰥夫！

斯坦頓　住口！我要向國會指控你是叛軍間諜。

瑪麗　「叛軍間諜」？……你血口噴人，我的上帝，……你……你剖開我的心瞧瞧！

拔出你的刀，刀！（撲上去揪住斯坦頓，斯坦頓把她推倒在地）

〔眾閣員悄悄溜下。〕

斯坦頓 會給你證據的！

瑪麗 （哭嚷）你這個天殺的惡棍，我跟你拚了！（站起，逼向斯坦頓）

斯坦頓 （狼狽後退）你……你等著瞧，潑婦！（下）

〔瑪麗頹然坐地，傷心痛哭。〕

〔林肯從左邊上，他更加衰老、瘦削，鬚髮斑白，面頰凹陷，深深的憂傷壓彎了他的脊背。〕

林肯 （向會議室走去）諸位先生，我來遲了……（見到嗚咽的妻子，一怔）你怎麼了，瑪麗？他們呢？

〔瑪麗霍地起立，委屈而又惱怒地嚎啕大哭，捶打林肯。〕

林肯 到底發生了什麼事，親愛的？

瑪麗 （哭泣）威利、塔德兩個淘氣鬼一溜煙不見了……我不放心，走過這兒，聽到裡面喧鬧就停下……他們像地獄裡的惡魔一樣詛咒你……比敵人還厲害。

林肯 （如釋重負）於是，你就忍不住了，闖進去跟他們吵了一架？哎，這有什麼大不了的，親愛的。你不是天天在家裡做示範，教我鍛練怎樣挨罵受氣嗎？

瑪麗　（破涕為笑）我說正經事，你還取笑，人家要撵你下臺呢？

林肯　這我知道，但我不想撵走別人。因為他們各自在自己的崗位上能力都比我強，又代表著社會各方面的力量和利益，我只是沒法使他們求同存異、齊心協力打贏這場正義的戰爭。

瑪麗　（冷笑）你以德報怨，人家卻以怨報德，指控你裡通外國，叛國……

林肯　（勃然變色）內奸？如果這是你造謠，我立刻下令逮捕你！

瑪麗　（嚇得發抖）……

林肯　（抓住瑪麗的肩膀，把她拖到會議室門口）瑪麗，你怎麼能闖內閣會議干涉國事，現在又來挑撥我和閣員的關係呢？快說！

瑪麗　陸軍部長指控我是南方間諜，放開我……你快把我的臂膀扭斷了。

林肯　他是怎麼指控的？向什麼機構指控的？具體事例？罪證？

瑪麗　我……記不起來了……我不知道，……我嚇壞了……我急哭了。（哭泣）

林肯　尊敬的第一夫人，您不是能說會道、能征善戰、超凡入聖，把醜八怪、窩囊廢林肯一手拉入白宮麼？現在一個大兵的話，就把天使嚇成只會啼哭的小孩呢？

瑪麗　（戰慄）我……現在想起來，還在害怕！

〔國會議員薩姆納及助手上，他們敲響瑪麗的房門。〕

助手 瑪麗・林肯快開門！

瑪麗 （驚懼地）他們來了！

林肯 （走過去）你們找瑪麗什麼事，薩姆納先生？

助手 （一怔）是總統先生……

薩姆納 （嚴肅地）我奉國會委託，命瑪麗女士前往國會大廈！

林肯 為——什——麼？

薩姆納 戰爭指導委員會要調查她充當叛軍間諜的罪行。

林肯 （怒）證據？拿出證據來！（抓住薩姆納，推向牆壁）

助手 （驚呼）總統先生！

林肯 滾開！我還有劈柵欄木條的力氣。

薩姆納 你一點也不像伊索，倒像個野蠻人，總統先生。

林肯 （鬆手）真對不起，參議員先生，我忘了你負過傷。

薩姆納 （喘氣）我從未見過總統發這麼大的火……我喜歡你這樣！

，

林肯　有時，你觸怒了一頭山羊，山羊也會變成醒獅的！

薩姆納　說得好，總統先生。我們該執行公務了。

林肯　我一點也不想干涉你的職責，不過你能否解釋一下，參議員先生？瑪麗，你回房去！

〔瑪麗回到自己房間。〕

〔林肯、薩姆納進會議室入座。〕

薩姆納　委員會做出這個決定是嚴肅的，從各個渠道彙總的情況表明：瑪麗‧陶德出身于南方大奴隸主家庭，兄弟、妹夫都是頑固的蓄奴者。內戰爆發後他們就奔赴南方參加叛軍，唯一留在北方的，而且是在合眾國首腦機關裡的就是你的妻子瑪麗‧陶德……

林肯　（忍不住）她跟我結婚時，內戰還沒影子呢！

薩姆納　冷靜些，總統先生，我們先來看看有目共睹的事實。瑪麗‧林肯進入白宮後，作為第一夫人她都幹了些什麼？國難當頭、財政拮据，她卻過著奢侈的生活，動用人民的血汗錢，把總統官邸裝飾得富麗堂皇，像封建貴族和奴隸主的宮殿一般。

林肯　她確實有些愛慕虛榮，但你去過歐洲，你曾對我說，與英法等國相比，白宮仍

薩姆納　寒酸得像布爾喬亞的客廳。維修工程超支的部分，我已用薪金償還了。瑪麗‧陶德熱衷於法國的時髦東西、英國貴婦人的生活方式、吉卜賽人的瘋狂妒嫉……

林肯　（打斷）你是來向我指控第一夫人是叛軍間諜這樣嚴重的事，薩姆納！

薩姆納　我就要涉及事情的本質了，瑪麗利用總統夫人的合法身分和特殊地位，在白宮、劇院、舞會，陪同總統視察等機會，搜集總統、內閣軍隊的情報和國家機密，然後，通過叛軍潛伏在華盛頓的間諜網，提供給「南部同盟」。

林肯　瑪麗‧林肯是合眾國最危險的毒蛇，而睡在她身旁的總統卻一無所知！

薩姆納　這樣，我們就足以解開疑團：為什麼比叛亂集團強大得多的我軍一再戰敗？為什麼麥克累倫將軍一直按兵不動、坐以待斃？為什麼……

林肯　戰爭指導委員會指控瑪麗‧林肯是內奸的全部事實，其依據是建立在她的奴隸主家庭出身，而親族又參加叛亂軍隊這一點上。於是，不分青紅皂白，歸納、演繹、推理，最後得出荒謬絕倫的結論。

薩姆納　你是在為你的妻子辯護！

林肯　別打斷我，參議員先生。如果按照這種邏輯，你和國會裡一切出身於蓄奴主階級的人都將被指控為南方間諜。相反，出身於北方資產階級、如今指揮叛軍的將領反倒是我們的朋友，比如叛軍總司令羅伯特・李將軍。

林肯 如果逮住羅伯特・李，應該把他槍斃！

薩姆納 我再請你注意以下事實：一隻好出風頭、高視闊步、妒嫉錦雞有一身美麗的羽毛的孔雀，能充當狐狸的角色麼？

林肯 （若有所悟）在戰敗問題上，國會不會停止追究總統和內閣的責任！再見，總統先生！

薩姆納

〔與助手下〕

林肯 謝謝，參議員先生。（興奮地）瑪麗！

〔瑪麗從房裡出來，神情焦灼。〕

林肯 沒事了，親愛的，去休息吧。

〔瑪麗感動難言，順從離去。〕

林肯 （喊）約翰・海！

〔林肯的私人秘書約翰・海上。〕

林肯 立即通知全體成員，召開國務會議！

約翰・海　是，總統先生。（從右邊下）

〔突然，幕後傳來雜亂的腳步聲和令人心悸的急喊聲：「總統夫人！夫人！」〕

〔兩個衛兵從左邊上，其中一個渾身透濕，抱著氣息奄奄，裹著毛毯的威廉。後面跟著戰戰兢兢的湯瑪斯。〕

〔瑪麗奔上。〕

瑪麗　（驚呼）天哪！（搖搖欲墜，林肯扶住她）

林肯　羅傑……

衛兵甲　兩個孩子騎著小馬在河邊玩，不知怎麼一來，大的跌入河裡，我聽見小塔德的呼喊聲，忙奔去跳下河把他救起……

瑪麗　（揪住湯瑪斯）威利怎麼掉進河裡的？

〔湯瑪斯嚇得哭泣起來。〕

林肯　（阻攔）別再嚇著孩子了。快，湯姆快去叫醫生。（抱過威廉）你去換下濕衣服，羅傑！

衛兵乙　大夫隨後就到，總統。

〔衛兵甲、乙下。〕

〔醫生匆匆上，與林肯一起進入瑪麗的房間。〕

〔一會兒，房裡響起一陣哭聲。〕

〔林肯的啜泣聲：「我可憐的孩子……」〕

〔林肯雙肩顫抖，淚痕猶在，和垂頭喪氣的醫生一同走出房間，默默握別。〕

〔一陣嘈雜聲蓋過了房裡的哭泣聲。兩個身穿制服的工作人員，拉扯一個老婦人，「你不能上樓，總統有公事！」〕

老婦人　我一定要見總統，否則，我就死在這兒！

林肯　（一驚）誰？又是誰要去死？

老婦人　（瞥見林肯，驚喜）亞伯！劈柵欄木條的總統……

林肯　是你，斯科特夫人，快放開她。（走去握住她的手）咱們十年沒見面了，你好嗎？五個兒子怎樣了？

斯科特夫人　（突然跪下）我的兒子，我可憐的威廉，正要死去！

林肯　（驚悸）威廉，我的兒子……你的兒子，快要死……快起來，斯科特夫人。（扶她進會議室坐下）慢慢說。

斯科特夫人　仗一打起來，我的五個兒子都聽你的話，穿上軍裝，打南方佬去了。老大、老二、老三、老四……一去就再也沒回來；最小的也是最孝順的威廉，上帝把他給我留下……他有一星期休假就回來了，我病著，他就沒日沒夜地看護我；回到前線又替一個生病的戰友站崗……他實在太疲倦了，在崗位上睡著了。結果被判了槍斃……

林肯（觸動傷心之處，掩面抽泣）……

斯科特夫人（驚疑）亞伯……總統？

林肯　你、你有這樣的好兒子，放心吧，你的兒子會平安無事的，好夫人。

斯科特夫人　謝謝，亞伯，謝謝您！

林肯　不，總統應該謝謝你！共和國應該謝謝你，夫人！（緊緊握手，吩咐左右）好好安排這位尊敬的夫人食宿，明天用我的馬車護送夫人回鄉。再見。

〔工作人員甲扶持依依不捨的斯科特夫人下。〕

〔林肯入座，奮筆疾書。〕

〔約翰·海從右邊上。〕

約翰·海　報告總統，內閣成員已到。

林肯　知道了。（書就手諭，交給工作人員乙）你立即飛馳威廉·斯科特軍士的營地，把它交給米德將軍。

〔工作人員乙應聲，從左邊下。〕

〔西華德、蔡斯、斯坦頓、貝茨、布雷爾等閣員從右方魚貫而上。〕

林肯 先生們，非常抱歉，我剛從前線視察回來，耽誤了大家的時間……你來得正好，斯坦頓先生。米德將軍屬下的威廉•斯科特軍士觸犯了軍紀，但鑑於情況特殊，我想赦免他。

斯坦頓 去他媽的威廉！總統不能凌駕於軍法之上！兩軍鏖戰，共和國存亡攸關，你卻老是用你的婦人心腸、基督的說教、乞丐的眼淚，干涉軍隊、鼓動逃兵、助長叛亂分子的氣焰……你是個傻瓜！低能兒！軟腳蟹！

〔內閣成員冷眼旁觀。〕

林肯 （痛苦地）我是傻瓜、低能兒，陸軍部長說得對。他的職責是全世界最艱巨、最受責難的，而我還要增加他的困難。但願這是最後一次。

斯坦頓 你沒有「最後一次了」！（冷酷地）你應該引咎辭職。

〔內閣成員面面相覷，心照不宣。〕

林肯 （平靜地）這並不是你一個人的想法，斯坦頓先生。在政府裡我不是一個好總統，在家庭裡我不是一個好丈夫，對孩子們我不是一個好父親。可是，人民在關鍵時刻選舉我當總統，我怎麼能夠在關鍵時刻拋棄我的人民！

〔眾人入座聆聽。斯坦頓怒目而視。〕

林肯　剛才斯科特夫人來過，千里迢迢從家鄉趕來，向我述說她最小的才十五歲的兒子威廉，在崗位上打瞌睡的原委……威廉・斯科特下士是因愛他的母親、愛他的戰友、愛他的軍隊才觸犯軍紀的。想想看：你們當中有哪一位、有哪一位將士能在連續四十八小時、七十二小時不睡覺之後，還能一眼不眨地站崗放哨？先生們，我們應感謝他，威廉・斯科特軍士；他是在四個哥哥相繼陣亡之後要求參軍的。我們要感謝她，威廉的好母親斯科特夫人，她送五個兒子上戰場，忍下了喪子之痛，卻沒有掉一滴淚，我們能做到嗎？

〔內閣成員被感動：「應該赦免！」「同意赦免！」〕

斯坦頓　（震動）總統先生……我向你深表歉意！

林肯　謝謝。現在研究一下挽回戰局的事。

〔不滿與責難聲鵲起：「總統有什麼高見？」「佛里芒特將軍發布解放黑奴的文告錯在哪兒？」「總統指望麥克累倫將軍會創造奇蹟吧？」〕

林肯　今天早晨，我在軍營裡對麥克累倫將軍說，撤銷他的總司令職務；由英勇的格蘭特將軍指揮我們的軍隊。

〔眾人皆驚，啞口無言、點頭稱是。〕

林肯 我說過在這場鬥爭中，我們的最高目標是拯救聯邦，而不是摧毀奴隸制。現在我要說為了拯救聯邦，必須解放黑奴！

〔全體閣員起立，激動地唱起《自由和林肯》，同下。〕

——**幕落**

第四幕

〔一八六三年七月，葛提斯堡戰役。十一月，林肯視察葛提斯堡戰場，發表演說。〕

啊，約翰・布朗的遺體
在那墳墓中腐爛，
他和十九條好漢奪取了哈普渡口。
呵，約翰・布朗雖死，
奴隸必將獲得自由；
天上的群星慈祥地俯視茫茫大地。
榮耀，哈利路亞！榮耀！
榮耀，哈利路亞！真理傳四方！

——《共和國戰歌》

〔葛提斯堡，賓夕法尼亞州的一個依山傍水的小村莊。右邊是神學院，左邊是公墓群，中間是一片開闊地。〕

〔幕啟。一隊黑白士兵扛槍刺，唱戰歌，在星條旗引導下，過場。〕

〔南部同盟軍總司令羅伯特・李及隨從將領上，羅伯特・李一副志得意滿的神態。〕

〔夏日晴空，山風徐來，莊稼搖曳。〕

李　（手持馬鞭）……亞伯拉罕・林肯頒布《解放宣言》也好；斬將換馬，下令徵兵也罷，都不能挽回北方的厄運……

朗斯特里　敵人在我後面騷擾，我軍缺少彈藥給養，總司令閣下。

李　我這頭狂怒的牛正要尋找亂吠的狗！攻克哈里斯堡，林肯和他的敗軍之將會給我們獻上一切給養和彈藥的，我國也會得到英法等國際社會承認的。

朗斯特里　我軍兵員不足……

李　（打斷）聽著，戰爭勝負，不決定於兵員而決定士氣；不決定於軍備而決定指揮才能，朗斯特里將軍。

〔一軍士匆匆上。〕

軍士　報告長官，發現敵人蹤跡。米德的主力部隊正在追蹤我軍，已至葛提斯堡公墓石牆一側。

李　葛提斯堡？

朗斯特里　（打開地圖）葛提斯堡，離我軍攻佔目標哈里斯堡西南二十五公里，是個名不見經傳的小村落……村外有神學院……

李　諸位，本司令宣布：葛提斯堡將從此名揚天下，並因此載入我軍輝煌戰役的軍事史冊而不朽！

〔**眾將士歡呼、鼓掌。**〕

李　我命令，向葛提斯堡挺進，炮兵部隊在神學院紮營，皮克特將軍率主力軍在強大炮火的掩護下，突破敵軍防線，擊潰敵軍主力！

皮克特　我將成為總司令的犄角，捅穿米德的胸膛！

朗斯特里　（驚呼）上帝！這不可能！那橫在敵我之間的是一片開闊地，我軍豈不成了敵軍火力的靶子？

李　我軍將士不懂「不可能」三個字。在我的指揮下，他們可以打到任何地方，做任何事！

〔眾將士歡呼，下。〕

〔副官上，後面跟著**伐蘭狄甘**。〕

副官　報告，克雷門特・伐蘭狄甘先生要見你，總司令閣下。

李　是那個臭名昭著的銅頭蛇頭目？不見！

伐蘭狄甘　（大步上前，伸手）久違了，老朋友，我是特地來拜望您的。

李　（冷淡地）馬上要打仗了，先生。

伐蘭狄甘　我就是為我軍打敗北方而來的！

李　我只能給你五分鐘時間，先生。

伐蘭狄甘　五分鐘，我足以把美國搞得天翻地覆。我們的人已行動起來，在敵人後方燃起怒火，我馬上去紐約。

李　我對恐怖活動不感興趣。

伐蘭狄甘　我就要提到您的事，閣下。您的軍隊必須將黑鬼斬盡殺絕，活剝下他們的皮，釘在絞架上，讓林肯對著他們的臭皮囊去哀號吧！

李　我不需要別人對我指手劃腳，先生。我不是為反對解放黑奴參戰的，相反，我釋放了自己的奴隸，我是為我的佛吉尼亞州才參加南部同盟的。

伐蘭狄甘　我提醒您，閣下。您的白手套上沾滿了黑鬼的鮮血，眼淚也洗刷不了您對他們犯下的罪行，一旦戰敗，您將被釘在恥辱柱上……

李　（揮舞馬鞭，怒吼）我是個美國軍人，我深感遺憾，林肯總統為什麼對毒蛇寬大為懷！

伐蘭狄甘　我同樣遺憾，戴維斯總統怎麼讓一個農夫出任統帥？（灰溜溜下）

〔羅伯特・李從另一邊下。〕

〔林肯在將士的簇擁下從左邊上。〕

〔公墓後面有黑白士兵放哨。〕

林肯　共和國處在危急時刻……格蘭特將軍在攻打維克斯堡，但你們葛提斯堡一役將是決定南北命運的關鍵一仗。我特地前來看望將士們，米德將軍。

米德　謝謝總統，健兒們已做好戰鬥準備。

〔哨兵向林肯敬禮。〕

米德　（指白人士兵）他就是威廉・斯科特軍士，總統先生。

林肯　請允許我跟您的哨兵說幾句話，將軍。

米德　可以，總統先生。我替他站崗。

威廉　（激動地）您救了我的命……媽媽來信全告訴我了。您為了赦免我……還受到埋怨，我要是知道，寧死也不能讓您受氣。

林肯　你聽說過一則寓言嗎？從前，古希臘哲學家蘇格拉底常常挨罵，他的親人、鄰居、同行、市民、政府官員都罵他。他的學生為他抱不平，他笑著回答：你瞧瞧箭靶子不就明白了麼。

威廉 我懂了，總統閣下。

林肯 不過，我要說的是，你欠了我很多債，你願意償還麼？

威廉 （吃驚）是的……我、我當然願意償還。我的軍餉、補助、還有家裡……夥伴們再幫助湊些，大約有五六百美元。

林肯 不不，這些遠遠不夠償還你欠的債。（威廉失措，眾人瞠目）你記住，只有用勇氣和克盡職守才能償還你欠共和國的債務。

威廉 （恍然大悟，朗聲回答）是，總統閣下！

米德 （介紹黑人哨兵）這是德雷德•司各特上士，第一個報名參加我軍的黑人士兵。

林肯 （與司各特握手）歡迎你參加聯邦軍隊，司各特上士！

司各特 向總統致敬！

林肯 （面對大家）奴隸主和銅頭蛇咒罵我們解放黑奴，是挑起黑人對白人的報復，把為聯邦作戰變成為黑人作戰。司各特上士，你能告訴大家你參軍是為了什麼嗎？

司各特 黑人和白人是兄弟。黑人拿起武器並不是打白人，而是要砸碎奴隸制枷鎖，使美國成為一個真正民主、自由、統一的國家。

林肯 （驚喜地緊握對方）你說得太好了，司各特上士，我們應該重塑美利堅合眾國的形象。

〔眾將士歡呼：「重塑美利堅！」「重塑美利堅！」〕

〔約翰・海匆匆上。〕

約翰・海 緊急報告，總統先生。

林肯 你能否念一下，約翰・海？

約翰・海 紐約發生反革命暴動。……暴徒撕毀解放黑奴文告、搗毀徵兵站、搶劫商店、屠殺黑人和他們的妻小、襲擊政府機關、焚燒合眾國國旗和總統模擬像……經查明，完全是銅頭蛇策畫和煽動……西摩州長和銅頭蛇站在一起！

林肯 我立即返回華盛頓。將士們！你們已經看到了，一小撮壞人為了分裂祖國，維護罪惡的奴隸制，不惜瘋狂地使用暴力，我們的回答是——用暴力對付暴力！

〔將士們呼應：「用暴力對付暴力！」〕

林肯 （對威廉、司各特）我等待你們的凱旋！

威廉、司各特 （敬禮）遵命，總統閣下！

〔林肯及約翰・海下。〕

〔舞臺轉暗，夜色吞噬一切。〕

〔天幕火光映照，槍聲、喊聲大作——

〔「勇士們！衝呵，拿下華盛頓！」〕

〔「弟兄們！為共和國而戰，進軍里士滿！」〕

〔一束光柱照亮舞臺一角，林肯在辦公室裡踱步，焦灼不安。〕

林肯　（喃喃自語）葛提斯堡！葛提斯堡……

〔約翰・海送上電報。〕

林肯　（念電報）「……敵連日來向我全線各點的進攻都被擊退……今天敵傾巢而出，向我撲來……我傷亡慘重……敵已突破我最後防線……軍事會議主張撤軍……」（極度失望）撤退？米德將軍要幹什麼？他要讓敵人和南部同盟頭子在華盛頓開慶祝會？不！你立即向米德將軍發報，現在不是開會、延宕、撤退，而是反攻！

約翰・海　是，總統先生！（下）

〔林肯頹然跌坐，陷入沉思。〕

〔赫爾登躡手躡腳上。瞧見林肯打了個寒噤，趕忙脫下外衣披在他身上。〕

〔林肯驚醒。〕

林肯　（驚喜）是你——比爾！

赫爾登　是我，總統先生！

林肯　（擁抱赫爾登）太好了？比爾……你瞧，我不稱你市長，你也還是叫我亞伯吧。

赫爾登　亞伯，我代表家鄉人民向你和夫人問好，致意！

林肯　我們三年沒見面了，比爾。戰爭整整打了兩年，什麼時候才能不再流血，重返故鄉呢？

赫爾登　我和家鄉人民都盼望你視察斯普林菲爾德。

林肯　可是，聽說家鄉同胞對政府的公告也表示反感，你能解釋一下嗎？

赫爾登　是這樣的……

〔門外響起人聲。〕

林肯　是誰？喬治？

〔門衛聲音：「是斯托夫人(5)，總統。」〕

林肯　呵，快請她進來！

〔斯托夫人上。〕

林肯　（迎上去）呵，你就是寫了那本引起這次大戰的書作者？（握手）坐坐！

斯托夫人　您太抬舉我了，總統先生。我只是個小婦人。

林肯　沒有你的傑作《湯姆大叔的小屋》，也許不會有那麼多的人認識到奴隸制的罪惡和危害……如果奴隸制不是錯誤的，那麼世上就沒有什麼東西是錯的了。

赫爾登　是的，家鄉許多同胞就是看了斯托夫人的書，才參加聯邦軍隊的。

斯托夫人　太過獎了，先生。我是來告訴總統……

〔門外爭執聲——〕

「你不能進去，總統有客人！」

「林肯已經沒有資格當總統了！」

〔薩姆納強行闖入。〕

林肯　是薩姆納，歡迎。（對眾人）薩姆納參議員，我看不用介紹了，他是我們共和黨在國會裡的領袖，反對奴隸制的出色鬥士。這位是哈里特・比徹女士，著名的反奴作家。這位是比爾・赫爾登先生，我從前的搭檔，現在是伊利諾州斯普林菲爾德市市長。

〔薩姆納與斯托夫人握手。〕

赫爾登　見到您非常榮幸，薩姆納先生。（伸手）

薩姆納　我不屑和一個任憑銅頭蛇橫行的懦夫握手！

赫爾登　（怔住）

林肯　這不是他的過錯，那兒的情況複雜。

薩姆納　那就是你的過錯，總統。你的家鄉成了反動派的巢穴。

林肯　你是來彈劾總統嗎，參議員先生？

薩姆納　我代表國會部分議員和戰爭指導委員會，向你提出三點要求：改組內閣，清除西華德、布雷爾等妥協派；重新起用佛里芒特等激進派將領；嚴厲鎮壓銅頭蛇等叛亂分子和暴徒……

林肯　對這個提議我深表遺憾，參議員先生。

薩姆納　（陰鬱地）為什麼？

林肯　一個受命於危難之際的政府要團結一切力量，在決戰關頭不能隨便換將；嚴懲首惡，對脅從和受蒙蔽者寬大，只要他們放棄敵對行動。

薩姆納　你的背叛和怯懦已引起全國的公憤。《解放黑奴宣言》並沒有使所有黑人得到解放，並徵召他們參戰；《徵兵法》讓窮人的兒子充當炮灰，為富人的少爺賣命；你的優柔寡斷甚至使我們最有才能的指揮官格蘭特將軍、米德將軍也膽小如鼠、按兵不動……連一向支持你的工人、農民也起來反對你、倒向敵人……

赫爾登　（忍不住）不對！你說的並非事實，先生。我剛從伊利諾州來，那些逃避兵役的是農民或出生在奴隸州，或者本身是奴隸主。我是特地來白宮向總統轉達斯普林菲爾德的人民對聯邦政府的支援，那兒已把銅頭蛇打得落花流水了。

林肯　（喜出望外）好樣的，比爾！

薩姆納　別忘了，紐約的工人也參加了銅頭蛇的暴動。

〔約翰・海上。〕

約翰・海　來自紐約的工人代表要見總統先生。

〔林肯示意接見。〕

〔工人代表甲、乙上。〕

林肯　歡迎。（有力地握手）情況怎麼樣，暴亂是否平息？工人在這場鬥爭中表現如何？聽說工人也有參加暴亂的？

代表甲　我們是紐約共和工人協會委員，向總統報告。

代表乙　感謝總統果斷而及時地派遣托馬克軍團將暴亂平定……銅頭蛇收買流氓、無賴、酒鬼到處燒殺搶砸……激發了工人和市民的同仇敵愾……我們紐約工人組織了聯邦同盟與銅頭蛇鬥爭。

代表甲　我們受紐約工人的委託，支持總統的各項決策。唯一希望總統對敵人進攻、進攻、再進攻！

斯托夫人 我也來湊份熱鬧，諸位先生。我們的行動得到了外國友人和世界上愛正義有良心的人們的支持，這是他們要我轉交給美國總統的信件、電報。（從皮包裡掏出一大疊信件、電報等）

林肯 （激動地）謝謝……

〔遠處響起凱旋號聲和雄壯的戰歌。〕

〔約翰・海興沖沖上。〕

約翰・海 報告總統，葛提斯堡大捷！米德將軍擊潰了敵人的最後進攻，粉碎了李將軍的不可戰勝的神話，重創敵人二萬八千，俘敵八千……我軍傷亡、失蹤二萬三千……敵總司令率殘兵狼狽逃跑。

〔機要員甲、乙上。〕

機要員甲 報告總統！格蘭特將軍攻下了維克斯堡……

機要員乙 報告總統！班克斯將軍佔領了赫德森港……

林肯 太好了，朋友們。我們去發賀電，命令他們進攻、進攻、再進攻！

〔舞臺轉亮，葛提斯堡公墓嶺。〕

〔一座合眾國葛提斯堡陣亡將士紀念碑高高矗立。〕

〔秋日的陽光照耀寂靜的山崗和田野。〕

〔林肯在西華德、米德、約翰・海等文武官員、秘書、外交使節陪同下上。〕

公墓委員 （歉意地）我們沒有想到總統您會來……發了邀請信……許多人沒來。公墓委員會為了讓人們瞻仰烈士們的殉難處，決定舉行獻地儀式……總統先生參加，使盛典增添光彩。

約翰・海 （抱怨地）總統很忙很辛勞，葛提斯堡大戰期間，他三天三夜沒闔上一眼……就在總統來這之前，他的小兒子湯瑪斯重病在床，總統還要準備國情咨文。

公墓委員 （汗顏）呵，對不起，總統閣下，能不能請您隨便說幾句話。

林肯 邁克爾先生，我能參加葛提斯堡國家烈士公墓落成典禮，感到非常榮幸。

〔林肯在公墓委員引導下獻上花圈，與全體人員在紀念碑前肅立、默哀。〕

米德 葛提斯堡戰鬥之激烈，傷亡之慘重，在我國戰爭史上是罕見的……瞧！這棵蘋果樹，它中了二百五十顆彈丸，卻屹立不倒！

林肯 勇士們屹立不倒……我要見一下威廉・斯科特和德雷德・司各特，米德將軍。

米德 他倆不幸殉國，總統先生。……司各特軍士率先跳出戰壕跟敵人肉搏，殺死三個敵人後，與第四個敵人同時刺中對方……威廉是在反攻時，被敵人排槍打爛了下半身，送到醫院，因傷勢過重而亡，臨死前他掙扎著寫了這封信。（取出信遞給林肯）

林肯 （念信，泣不成聲）「尊敬的林肯總統：我已盡力還債……我要走了……我在最後時刻想念您慈祥的面容，……我再次感謝您容許我作為一名士兵光榮地戰死疆場，而不是作為懦夫死于戰友之手……」

〔公墓委員上。〕

〔公墓委員：「典禮就要開始，有三萬人參加，請總統閣下和諸位先生入場。」〕

〔眾人下。〕

〔合唱隊上，唱《共和國戰歌‧副歌》——〕

我親眼看到上帝，
在那營帳的篝火間，
他們在夜晚的霧中為他築起聖殿；
在那昏暗的燈光下，
我讀到他的格言，
他的時代奔向前。

榮耀，榮耀，哈利路亞！
榮耀，榮耀，哈利路亞！
真理傳四方！

〔公墓委員為前導，林肯等人上。〕

西華德 現在，我們請美利堅合眾國總統亞伯拉罕．林肯講話。

〔露天會場莊嚴肅穆。〕

〔林肯走上講壇，面對寂靜無聲、全神貫注的人眾，掏出講稿一瞥，隨即演講。〕

林肯 （嗓音高亢、清晰）

八十七年前，
我們的先輩們在這個大陸上創立了一個新國家，
它孕育於自由之中，
奉行一切人生來平等的原則。
現在，我們正從事一場偉大的內戰，
我們在這場戰爭中的一個宏偉戰場上集會。
烈士們為使這個國家生存下去而獻出了生命，
我們在此集會是要奉獻這個戰場的一部分，

作為他們的最後安息之所。
我們今天在這裡所說的話，
世人將很少注意到，
也不會被長久記住，
但勇士們在這兒的功勳
全世界永遠不會忘記。
我們必須在他們之後，
完成如此崇高而未竟的偉大事業。
讓這個國家在上帝福佑下得到自由的新生，
並且讓這個民有、民治、民享的政府永世長存！

〔瞬間靜寂。爆發出暴風雨般、經久不息的掌聲。〕

——**幕落**

第五幕

〔一八六五年四月初，南部同盟投降。十四日，林肯總統遇刺。〕

啊，船長，我的船長！
我們艱苦的航程已經終了！
我們的船渡過了每個難關，
追求的目標已經得到，
港口就在前面，
我已聽見鐘聲，
聽見人們的歡呼；
千萬雙眼睛在望著我們的航船，
它顯得威嚴而雄偉。
只是，啊，心呀，心呀！
啊，鮮紅的血在流淌。
就在那甲板上，我的船長倒下了。

他已渾身冰冷，停止了呼吸。

——《啊！船長，我的船長》

〔舞臺背景：大西洋波濤滾滾，大洋中泊岸的一條航船——「自由女神號」。〕

〔舞臺為航船的甲板、船艙、會議室、船長室等。〕

〔幕啟。黑人群眾簇擁林肯登上甲板，他們中有聯邦軍人、工人、農奴、僕人、童工。他們狂熱地呼喊「老亞伯！」「我們的大救星！」〕

〔有人頂禮膜拜。〕

〔西華德、斯坦頓等隨從上。〕

〔老水手沃爾夫‧惠特曼(6)在遠處觀望。〕

林肯 （扶起跪拜的婦女）請不要這樣！我不是救世主，也不是上帝，我只是……

〔黑人聲浪淹沒一切：「你就是救世主，你是上帝！」「你使我們得到了自由！」〕

林肯 黑人同胞們，聽我說……

一黑人 （打斷）不！除非你答應我們你真的是救世主！

林肯 這樣吧，請你們聽我講一則寓言。（黑人就地圍坐靜聽）從前，地上的人類真是可憐，吃著半生不熟的食物，身上沒有禦寒的衣服，山林荒野出沒鬼怪野獸，人類被凍餓、疾病、猛獸所威脅。天上有位大神名叫普羅米修斯，他為了拯救人類，偷了天火，教會人類煮熟食物、烤火取暖、驅除野獸……

〔黑人群眾心領神會：「老亞伯就是普羅米修斯！」〕

林肯　（示意安靜）天帝宙斯知道了普羅米修斯私自將火種給了人類，萬分震怒，立即將他釘在高山的懸崖峭壁上，讓惡鷹啄食他的肝臟，命暴風雪吹打他的臉龐，他在無限的苦痛折磨中熬了三千年。這時，人間有一位大英雄經過這兒，射死了惡鷹、砸碎了鎖鏈、解放了普羅米修斯！他就是——

黑人們　赫刺克利斯！

林肯　對！這位人間的英雄就是赫刺克利斯。你們瞧吧，是天神解放了赫刺克利斯，還是赫刺克利斯解放了天神？（眾人面面相覷）是人間的英雄解放了天神，是你們解放了自己，而我林肯只是告訴你們這個真理。

〔黑人群眾激動難言，互相擁抱。〕

林肯　唉，我曾經以為你們黑人膽小、愚昧、智力低下，遜於白人……我曾經想向南方以贖買的形式送你們返回根生土長的非洲大陸。可是，我錯了……在維護共和國、砸爛奴隸制的戰鬥中，黑人戰士甚至比白人戰士更英勇、更堅決，更有智慧和才幹。我可以舉出一長串黑人英雄的名字：佛里德里克、塔布曼特露絲、希金森、斯莫爾斯、司各特……我向他們 表示敬意！我向你們表示謝意！

〔群眾高呼：「謝謝老亞伯！」「林肯總統萬歲！」〕

林肯 今天我軍攻佔了叛軍首都里士滿，我乘船來到這座滿目瘡痍的城市看望大家，並邀請你們參觀這艘名為「自由女神號」的航船……我們要使這個世界的所有奴隸和窮人都獲得自由、幸福。

〔林肯陪同黑人參觀航船，並將惠特曼介紹給大家。〕

林肯 這位水手就是我們歌唱自由和民主的詩人沃爾夫・惠特曼。

〔惠特曼熱情地和黑人握手。〕

〔一個黑老婦突然哭起來。〕

林肯 （吃驚，走去）你怎麼了？老大娘？（老婦愈發哭得傷心）是不是你的親人遇到不幸？還是你的房子被敵人燒了？放心，老大娘，一切都會有的……（老婦人的哭泣，引起了更多黑人的悲傷）

〔林肯不知所措。〕

西華德 我想這場戰爭，黑人士兵衝鋒陷陣，也犧牲最多。現在這些黑人獲得了自由，觸景生情想起了自己戰死的親人，有的是丈夫、有的是兄弟、有的是父親，老婦人則是兒子，能不悲痛麼？

西華德 是的，戰爭使流血太多。

斯坦頓 不僅是血流太多，這場持續四年之久的內戰，使人民苦不堪言：工人失業、田地荒蕪、物價飛漲、食品匱乏、商人投機倒把……廢奴派和極端分子乘機要政府下臺。戰爭不能再繼續下去，總統先生。

老黑人 戰爭必須繼續下去，總統先生！難道能讓烈士的鮮血白流？難道能讓反革命和別有用心的傢伙摘取我們的勝利成果？

林肯 （擔心地）老亞伯……您會不會收回您說過的話？

老黑人 （恍然大悟）你是指《解放黑奴宣言》，大叔？（老黑人點頭。黑人們停止哭泣，企盼）人們常常指責我行動遲緩，但是，一旦我採取了立場，就永不會後退！

林肯 您是說，我們和我們的子孫再也不當奴隸了？

林肯 我告訴你們，政府即將公布一項法律：在美國大地上永遠廢除奴隸制！

〔頃刻，黑人群眾欣喜若狂，流淚、擁抱、跳起舞來。〕

〔林肯與他們手挽手地載歌載舞。西華德、斯坦頓也加入行列。〕

〔惠特曼手腳並用地打著節拍。〕

〔汽笛響起，歌舞停止。〕

〔惠特曼下，約翰・海上。〕

約翰・海　船就要起航，駛往格蘭特將軍的駐地，總統先生。

黑人們　（依依不捨地）再見了，老亞伯！

林肯　讓我們在最後勝利的那天在白宮再見。

〔林肯等把黑人們送到舷梯旁。〕

林肯　立即電告格蘭特將軍，約翰・海。在和南部同盟特使談判期間，我軍應繼續作戰。船一到目的地，你立刻讓格蘭特將軍來見我，然後，我還要接見對方代表。

約翰・海　是，總統先生。（下）

林肯　隨我來船長室，我們還有事商討，先生們。

〔林肯與西華德、斯坦頓等人下。〕

〔舞臺轉暗，又轉亮。〕

〔約翰・海陪格蘭特(7)上。格蘭特落腮鬍子、不修邊幅，身著士兵制服，唯有肩章顯示其軍銜。〕

約翰・海　報告總統先生，司令官格蘭特將軍已到！

〔林肯上。〕

林肯　呵，非常高興見到你，格蘭特將軍！我代表合眾國政府和三千萬人民感謝你，信任你。由於你的忠誠和卓越的指揮藝術，我軍正勢如破竹，在各條戰線上挺進，解放南方。

格蘭特　我可以抽煙嗎，總統先生？

林肯　當然可以，而且可以喝酒，將軍，我為你準備了陳年的威士忌。

格蘭特　不，謝謝，我已經戒酒了……因為，我曾酗酒誤事……是你為我擔保……還遭到了全國的批評……（掏出煙斗）

林肯　（一笑）軍方指責得更凶，都要我將你免職。我說我不能沒有這個人；又說我不知他喝什麼牌子的酒，否則，我要大量購來，分給那些從不喝酒、但至今尚未打過一次勝仗的將軍們。

格蘭特　（大笑）敵軍投降了，我再開戒。

林肯　好。言歸正傳，跟南部同盟和談的情況怎麼樣，格蘭特？

格蘭特　（搖頭）將士們埋怨我們，根本不該和敗軍之將和平談判！

林肯　剛才陸軍部長在會議室對我破口大罵：「叛徒」、「投降派」。我這樣做只是想用勝利贏得和平，早一天停止流血，現在國庫也面臨危機……

格蘭特　我軍已做好一切準備，給敵人最後的打擊！

林肯　我還想給他們最後一次機會，格蘭特。

格蘭特　我讓他們來見你。（和約翰‧海同下）

〔約翰‧海引導南部同盟特使甲、乙上。〕

林肯　我對你們拒絕和談深表遺憾，先生們。

特使甲　戴維斯總統對貴國總統提出的和平建議表示讚賞，所以——

林肯　（打斷）不存在兩個美國，只有一個我們共同國家的提法，先生！

特使甲　貴方提出的實現和平的條件似乎過於苛刻，總統先生。

林肯　恰恰相反，我們的條件太仁慈了。維護聯邦，反對奴隸制，反對內戰是我們的一貫方針！

特使乙　我想你一定清楚英國國王查理一世的例子，他同用武力反抗他的政府的人民進行過和平談判。

林肯　對這件事我唯一清楚的是，作為發動內戰而慘敗的查理一世最後掉了腦袋。

特使乙　總統先生，你是否認為南部同盟犯了叛國罪，我們成了賣國賊？

林肯　這不是明擺著的事實嗎？

特使甲　在實現和談的條件上是否還可以商酌，總統先生？

林肯 （斷然地）你們必須無條件放下武器！

特使乙 我向你轉達戴維斯總統的口信：他寧可捨生受辱，也不願重新聯合。

林肯 （痛苦而憤怒）那麼……你們只有被消滅！

〔在隆隆炮火和軍號聲中，特使甲、乙倉皇逃下。〕

〔惠特曼上。〕

林肯 傳令「自由女神號」啟航，返回華盛頓！

惠特曼 遵命，船長先生！（下）

〔約翰·海奔上，手持電文。〕

約翰·海 總統先生！敵人投降了！

〔西華德、斯坦頓奔上。〕

林肯 是敵人投降了，約翰·海？

約翰·海 是的，總統先生。格蘭特將軍從前線發來電報，叛軍總司令羅伯特·李向我無條件投降。

林肯 （閱電文畢，宣布）戰爭結束了。鳴炮鳴炮！

〔禮炮聲。〕

〔林肯家人瑪麗、湯瑪斯，總統的隨行人員、部分船員湧上甲板。〕

〔人們激動地吹呼：「戰爭結束了！」「我們能回家了！」〕

湯瑪斯　爸爸、爸爸，我們也回家吧。

林肯　（撫摸孩子）我們是在返回華盛頓的途中，塔德。

湯瑪斯　不是……爸爸，你不是想回到斯普林菲爾德去嗎？

林肯　（熱淚盈眶）是的，孩子，爸爸終於能回到故鄉了。

瑪麗　哎，你還想著回去幹你的老本行？親愛的，我要你答應，你離任前去倫敦、羅馬、巴黎觀光、旅行。

林肯　我答應你，瑪麗。

瑪麗　太謝謝了，亞伯……只是可憐的孩子愛德華、威廉他們不能與我們同享幸福。

〔眾人悄悄離去。〕

林肯　他們在上帝身邊呢，瑪麗。

瑪麗　亞伯……告訴我，你是不是要寬恕那些參加過叛軍的人？

林肯　我將向全國發表講話，對任何人不懷惡意，對一切人抱寬容態度，堅持正義，因為上帝使我們懂得正義，醫治戰爭的創傷，重建南部。

瑪麗 太好了，我的兄弟、妹夫也能平安歸來，……亞伯，我們的船到了哪兒？

林肯 我們快到目的地了——首都的前一站亞歷山大里亞。

〔**幕後傳來一陣不甚分明的呼喊聲。**〕

林肯 （向幕後喊）約翰・海，你去瞧一下那邊來的划艇，他們在朝我們說什麼？

〔約翰・海上。〕

約翰・海 他們是一個巡迴劇團，想搭我們的船回華盛頓，總統先生。

瑪麗 巡迴劇團？太好了！海，你去叫他們上船！

〔約翰・海下。〕

林肯 我看，還是徵詢一下斯坦頓的意見。他是負責我們安全的，是個雷神！

瑪麗 呵，懦夫！什麼人都可以擺布總統，而總統指揮不了任何人，我受夠了！

〔約翰・海領小劇團成員上。〕

〔**劇團團長約翰・布思是個英俊的青年，但他們被聞訊而來的斯坦頓攔住。**〕

斯坦頓 你們不能上船，這是美國總統的專船！

布思　（彬彬有禮地）尊敬的大人，如果我沒有認錯的話，您一定是全國人民同聲謳歌，向南方的叛軍和北方的內奸進行嚴厲打擊的「自由的雷神」、合眾國陸軍部長愛德華・斯坦頓閣下。

斯坦頓　我是斯坦頓，你是誰？你們是做什麼的？

布思　我名叫約翰・威爾克斯・布思，戲劇演員，這位是我的搭檔，劇團助理鮑威爾……

瑪麗　（驚喜地）噢，他就是著名的布思戲劇家族的一員，他的父兄都是偉大的莎劇演員。

斯坦頓　約翰・布思？據我所知，那是位糟糕的演員。

布思　你對他的評價完全正確，部長先生。本來他能夠成為一個出色的演員，不幸的是，不，應該說是有幸的是，他把鍛鍊戲劇藝術造詣的全部精力，用在效忠於北方的正義事業上，我指的是，我和我的同志們冒著敵人的槍林彈雨到火線上為聯邦戰士作巡迴演出。現在，我們要趕回首都，為慶祝該死的南部佬的覆滅而演出。

林肯　順路搭船，就讓他們一起回華盛頓吧，斯坦頓先生。

布思　（驚喜）呵，總統，老亞伯……我們太幸福了！朋友們，他就是把祖國和黑人兄弟從災難中拯救出來的英雄亞伯拉罕・林肯，美國最偉大的總統！

〔演員們歡呼：「總統萬歲！」「老亞伯萬歲！」〕

斯坦頓 不行！他們必須離船，總統先生！

林肯 （尷尬地）這……

瑪麗 （疾步而來）是我邀請他們登船的！

斯坦頓 沒有我的批准，誰也不能讓陌生人上船！

瑪麗 你、你算什麼東西？（急不擇言）是總統把你這頭惡狼馴養得稍有人性，讓你看守畜欄，你卻在總統頭上張牙舞爪？你滾吧，總統和我不需要你的保護！

斯坦頓 你……只要我的職務未被總統解除，我絕不離開一步！

林肯 （為難地）斯坦頓……瑪麗……

布思 我彷彿是潘朵拉，造成你們的隔閡；但願我的告退，使你們重歸於好。總統先生，總統夫人，謝謝你們的好意，我們會在華盛頓再見。

林肯 我向你們表示歉意，先生們。

〔布思和演員們欲下。〕

瑪麗 你們不能走！要不，讓斯坦頓把我們一起趕走！

斯坦頓 我無話可說，總統夫人。（憤然而下）

瑪麗 別把這事放在心上，我和部長先生的吵嘴是經常的事，就像天有陰晴冷暖……布思，你們怎樣酬報我和總統呢？對了，你擅長戲劇，總統最喜歡看莎士比亞的戲了，對不對，親愛的？

林肯 （面露倦色）是的，瑪麗。

鮑威爾 太好了，布思先生最拿手的就是演莎士比亞的兇殺戲。

布思 （怒斥）是悲劇，混蛋！（歉意地）我這朋友雖酷愛戲劇，卻是門外漢。從前他是聯邦戰士，負傷後，在劇團裡當雜差。

瑪麗 總統喜愛的莎翁劇碼有：《李爾王》、《哈姆雷特》、《理查三世》、《麥克佩斯》……你們挑選劇碼吧！

林肯、布思 （不約而同）《麥克佩斯》。

林肯 我認為《麥克佩斯》是莎劇中最出色的、無與倫比的。莎士比亞把篡位者暗殺鄧肯國王的陰暗心理刻畫得精彩極了，你們聽聽麥克佩斯的一段內心獨白。

（背誦）

要是幹了以後就完了，

那麼還是快一點幹；

要是憑著暗殺的手段，
可以攫取美滿的結果，
又可以排除一切後患；
要是這一刀砍下去，
就可以完成一切，
終結一切，
解決一切；
——在這人世上，
僅僅在這人世上，
在時間這大海的淺灘上；
那麼來生我也顧不到了。
可是在這種事情上，
我們往往逃不過現世的裁判。
我們樹立血的榜樣，
教會別人殺人，
結果自己反被人所殺……

呵，請原諒，我是在行家面前獻醜，布思先生。

〔演員們驚慌失措，布思面無人色。〕

布思 我……太激動了，……總統先生，沒想到總統還是位研究莎劇的專家，我們自慚形穢。

瑪麗 別浪費時間了，今夜就演《麥克佩斯》，布思先生。我和總統預祝你們演出成功。

布思 （亢奮地）我們「約翰・布思」巡迴劇團今夜的演出，將是世界上最精彩最有意義的盛事！

〔眾人同下。〕

〔舞臺暗轉。總統夫婦和西華德、斯坦頓、約翰・海及隨從、部分水手在甲板上觀看布思等演戲。〕

林肯 （對斯坦頓低聲地）我有種預感，有人要殺害我，國王肯特也有這種預感。

斯坦頓 我毫不懷疑，總統。戲應該馬上停演，我懷疑這幫傢伙。

林肯 這樣做不好吧，如果上帝讓他們殺害我，這就是天命……昨夜，我夢見自己乘著一艘特大而無法形容的船，以令人眩暈的速度，馳向一條黑暗無邊的冥河。

斯坦頓 你想想看，你自任總統以來，收到過多少聲稱暗殺你的恐嚇信——七十九封。

林肯 （笑）該是八十封，斯坦頓。（掏出一封信）

瑪麗 （不悅地）你這是怎麼啦，亞伯？我從未見過你看戲像今天這樣心不在焉，又打擾人家。瞧，布思將麥克佩斯演得多麼出色呀！

〔斯坦頓匆匆離去。〕

〔隱約在望的海岸上鳴放禮炮，不時照亮在海上快速航行的「自由女神號」。〕

林肯 對不起，瑪麗。我們的船快要進華盛頓港口了。瞧，禮炮！聽，鐘聲！我已經嗅到了庭院裡紫丁香的芬芳。

瑪麗 禮炮、鐘聲、花香，都比不上眼前麥克佩斯的行動更叫人怦然心動！

〔布思扮演的麥克佩斯上，觀眾鼓掌。〕

〔舞臺上麥克佩斯夫人挽著鄧肯的手從一邊下。〕

麥克佩斯 （獨白）要是幹了以後就完了，那麼還是快一點幹；要是憑著暗殺的手段，可以攫取美滿的結果，又可以排除一切後患……那麼來生我也就顧不到了。

〔剎那間，布思飛快地掏出手槍，朝林肯射擊。〕

布思 （狂呼）布魯圖斯殺死暴君凱撒！

林肯　（中彈倒下）美利堅……重塑……

〔林肯死去。〕

〔舞臺轉亮，在港口的喪鐘聲中，在惠特曼的朗誦聲中，西華德、斯坦頓、約翰・海等人抬著林肯總統的靈柩，和悲慟的瑪麗、湯瑪斯緩緩而下。〕

——劇終

注釋：

(1)約翰・布朗（一八〇〇～一八五九）起義領導人。出生於康涅狄格州白人農民家庭。一八五九年他領導美國人民在哈伯斯費里舉行武裝起義，要求廢除奴隸制，起義失敗，他被逮捕並殺害。大部分歷史學家對他持肯定態度，包括作家愛默生、梭羅。

(2)羅伯特・李（一八〇七～一八七〇），美國軍事家，出生於佛吉尼亞。他在美墨戰爭中表現卓越，並在一八五九年鎮壓了約翰・布朗的武裝起義。在美國南北戰爭中，他是美國南方邦聯的總司令。一八六五年，他在邦聯軍彈盡糧絕的情況下向格蘭特將軍投降，結束了內戰。

(3)威廉・西華德（一八〇一～一八七二年），美國律師、地產經紀人、政治家，曾任紐約州州長和國務卿。先後擔任林肯和詹森兩位美國總統的國務卿，任內在沙俄手上買下了俄屬北美，即今日的阿拉斯加州。

(4)愛德文・斯坦頓：（一八一四～一八六九）美國法學家、政治家。早年為美國著名律師，擁護反對奴隸制的鬥爭，任司法部長。林肯總統時期擔任陸軍部長，對北方的勝利起過重要作用。

(5)斯托夫人（一八一一～一八六九年），廢奴小說的代表作《湯姆叔叔的小屋》的作者。南北戰爭，即黑奴解放戰爭，是在十九世紀六〇年代進行的。但從十九世紀二〇年代起，廢奴制問題就成為美國進步輿論的中心議題。當時許多著名的美國作家都站在廢奴的一邊，為解放黑奴而呼籲，斯托夫人便是廢奴作家中最傑出的一位。

(6)惠特曼（一八一〇～一八九二），美國傑出的思想家、文學家。出身於農民家庭，一面從事體力勞動，一面寫作並參與政治活動，自學成才，代表作《草葉集》。

(7)尤里西斯・格蘭特（一八二二～一八八五年），美國軍事家、陸軍上將和第十八任總統、他是美國歷史上第一位從西點軍校畢業的總統，在美國南北戰爭後期任聯邦軍總司令，屢建奇功。